La Favorita

AURORA GARCÍA MATEACHE

La Favorita

La historia de amor entre Alfonso XII y Elena Sanz

la esfera ⊕ de los libros

Primera edición: junio de 2015
Segunda edición: septiembre de 2015

© Aurora García Mateache, 2015
© La Esfera de los Libros, S. L., 2015
Avenida de Alfonso XIII, 1, bajos
28002 Madrid
Tel.: 91 296 02 00 - Fax: 91 296 02 06
www.esferalibros.com

Fotografías de cubierta e interior: Getty Images y archivo particular
ISBN: 978-84-9060-420-5
Depósito legal: M. 15.638-2015
Fotocomposición: J. A. Diseño Editorial, S.L.
Impresión: Anzos
Encuadernación: Unigraf
Impreso en España-*Printed in Spain*

A Aurora, mi madre.

Demasiadas giras, demasiados alientos en la cara del otro como para que Julián Gayarre no percibiera en ella una respiración de más. Elena llevaba así un tiempo, de pie, con la cabeza apoyada en la cortina y la mirada puesta en las butacas que habrían de llenarse con un público que ansiaba, con aquella representación, quitarse un luto que cada día parecía darle más horas de sueño al sol.

Tres meses habían pasado desde el entierro de la reina, Mercedes de Orleans. Tres meses desde aquel «Me voy poco a poco» pronunciado al borde de la muerte. Un suspiro final que hizo estremecerse al pueblo cuando lo leyó reproducido en gacetas y periódicos de Madrid, La Habana y las cuatro esquinas de un imperio que se desvanecía. Mercedes, la reina niña, les había dejado huérfanos.

Elena aisló sus pensamientos al notar el recorte de prensa que el célebre tenor le colocó en su mano. Cerró los ojos al reconocerlo. Un año después todavía podía recordar el vuelo de las palomas engalanadas y las composiciones poéticas que caían sobre los espectadores en papeles de colores la noche de su debut en el Teatro Real. «Aplausos y coronas, placer y llanto de un genio sublime son los despojos, y allí donde no llega tu dulce canto llegan, miran y vencen tus bellos ojos», escribía un tal M. del P. en el diario. Rio al recordar el calificativo «Bella Sultana del Betis» del marqués de Valle Alegre, que le imploraba: «Vuelve, ingrata, vuelve luego nuestra pena a consolar; impacientes te aguardamos… ¿No es cierto que volverás?» Toda la *high life* y el diletantismo madrileño llenaba el coliseo. Y en el palco…

Elena se apartó de la cortina con un gesto nervioso y se dirigió a su camerino. Cerró la puerta con violencia y retiró el sudor que empezaba a brotar en sus pómulos.

Se colocó sobre sus enaguas el vestido que la convertiría en Leonor de Guzmán, la amante de Alfonso XI, cuya vida sirvió de inspiración a Donizetti para escribir su ópera *La Favorita*. Un papel de apenas dos horas que a ella le hubiera gustado interpretar toda la vida. Se sonrió. Qué ironía: cinco siglos y medio después, la historia regresaba con sutiles variaciones. En vez de la noble Leonor estaba ella, la cómica Elena Sanz. En vez de Alfonso XI, de la Casa de Borgoña, Alfonso XII, de la Casa de Borbón y también casado con una prima. ¿Se repetiría también el desenlace? ¿Los hijos nacidos de su amor prohibido fundarían una nueva dinastía de reyes para España, como la de los Trastámara, surgida de la historia de adulterio inmortalizada por Donizetti? Tiró del corsé hasta que se le cortó la respiración.

—Deja de pensar estupideces.

El año pasado no había sido casual que Isabel II la eligiera a ella para reabrir el Teatro Real tras la Restauración de los Borbones en el trono de España. «Elenita, tenemos que hablar de una cosa», le había dicho. Bien sabía aquella reina sin trono la necesidad que tenía Elena de conquistar Madrid, su tierra, después de haber ocupado Francia, Italia, Rusia, América. Pero aunque la corona ya no pesara sobre su cabeza, en el auditorio real seguía sin entonarse ni un «re» sin el consentimiento de la madre del recién coronado rey.

Sabía también que el oído de su hijo Alfonso apenas podía distinguir la «Marcha real» del «Himno de Riego» al piano. No sería su amor por la música lo que le movería a ocupar su sitio en el palco, sino su obsesión por ella, su favorita. La misma que podría impedir su boda con la dulce Mercedes.

La contralto cogió la polvera y se animó el rostro.

Hoy, un año después, todo era distinto. Mercedes estaba muerta. Y el rey que se sentaría en el palco con el frac y la camisa de pechera no era el mismo que la traspasó con la mirada hacía un año, comprometido con la que sería reina de España durante escasos cinco meses.

No lo era. Era un rey perdido, ya en duelo con una tuberculosis que se empeñaba en marcarle el camino. Y en el momento en que puso el pie sobre el escenario y lo vio entre las sombras, algo le indicó a *La Favorita* que la de Mercedes no sería la única muerte.

Primer acto

1

—Niña de Leganés, ¡despierta! La duquesa de Sesto quiere hablar contigo.

Elena sonrió a su hermana y le dio con la almohada de lana en la cabeza.

—¿También tú con esas majaderías, Dolores? Soy Elena Sanz y Martínez de Arizala, anónima y pobre como una rata. Moriré igual.

Dolores arqueó la ceja con escepticismo, le quitó la almohada y se la aplastó contra la cara para callarla. Demasiados años juntas como para no saber cuál era el motivo por el que, desde hacía tres noches, su hermana mayor se levantaba con la misma sonrisa que veía antes de apagar la lámpara de gas.

Como todos los años en Navidad, la sociedad madrileña había acudido al salón del colegio de Nuestra Señora de la Presentación, comúnmente conocido como colegio de las Niñas de Leganés en honor a su popular patrono, José Isidro Osorio y Silva-Bazán, duque de Sesto y marqués de Leganés, llamado cariñosamente Pepe Alcañices por el pueblo de Madrid, en alusión a otro de sus dieciséis títulos, el marquesado de Alcañices. Era tradición que familias enteras se reunieran para escuchar a aquellas niñas huérfanas entonar motetes navideños y, si una voz se había distanciado aquella Navidad del resto en el coro, sin duda había sido la de Elena Sanz. O así lo manifestaron los aplausos y vítores hacia la que empezaba a tener nombre artístico entre los madrileños: la Niña de Leganés.

—Saldoni me dijo ayer: «¿Sabes, Elena? Ayer bajaba por la calle del Clavel y escuché a un grupo de gente hablando de ti. Tiene gracia que aunque ya hayas cantado en los teatros de Francia, se te siga conociendo como la Niña de Leganés». Y yo le dije: «¿Cómo deben llamarme, profesor, la *fille parisiense*?» —terminó Elena, imitando a una sofisticada parisina exhalar el humo del cigarrillo. Rio al recordarlo.

Pero al maestro de canto y director del coro, Baltasar Saldoni, no le había hecho ninguna gracia: le preocupaba no ver ya en ella a la desorientada niña de diez años que entró en el colegio junto a su hermana menor, Dolores. Al centro llegaban esas chicas con un buen apellido —o razonablemente respetable— como garantía, pero sin medios que lo sustentaran. Y bellas, lo que aturdía al solemne profesor. Porque si las niñas pobres corrían más riesgo de perder su virtud que las de buena posición, más todavía aquellas tan bellas como Elena. Sus ojos azabache sabían hablar más que unos labios a medio sonreír, que rara vez alguien conseguía abrirlos del todo. Su prominente mentón aportaba determinación a unas facciones perfectas en armonía. Voluptuosa y evidente en sus formas, su figura conjugaba gracia y una turbadora sensualidad. El brillo de su larga y densa melena negra hablaba del anochecer y hacía soñar con la posibilidad de presenciarlo junto a ella. Aquella visión pesaba sobre Saldoni tanto como la ilusión del profesor que ve en los progresos del alumno los suyos propios.

—No sé cómo deberían llamarte —la sacó Dolores de sus pensamientos—, pero desde luego debes de haber alcanzado la máxima popularidad para que doña Sofía esté esperándote a ti y no tú a ella.

Elena se incorporó en la cama. A sus veintiséis años de edad, hacía casi un lustro que había abandonado las clases del colegio para continuar su formación en el Real Conservatorio de Madrid bajo la tutela de su profesor, pero seguía asistiendo a las funciones de Navidad y el centro nunca le negaba un lugar donde dormir. A toda prisa, cogió el traje que vio más a mano. Marrón, de lana y abotonado hasta el suelo, solo animado por el cuello blanco de algodón. Se fue al baño común de la planta para refrescarse la cara y cepillarse rápidamente el pelo, a continuación bajó corriendo las escaleras hasta la sala de reuniones del colegio.

Saldoni y Sofía Troubetzkoy guardaron silencio en cuanto entró. Elena se abrazó la cintura en un gesto de autoprotección. Quizá hubiera sido mejor retrasarse más y hacerse valer con un aspecto más digno. La duquesa de Sesto, rusa y casada con Pepe Alcañices, estaba considerada una de las mujeres más bellas y elegantes de Europa. Su porte imperial hacía que la llamaran, sencillamente, la princesa. Un abrigo de paño inglés azul marino, con ribetes de terciopelo negro, se adaptaba a su fina y sugerente silueta. Debajo se desplegaba una falda escocesa de seda en tonos azules, rojos y crudos, que dejaba asomar sutilmente las enaguas de encaje de Bruselas, a juego con los puños. Las manos de la duquesa, enfundadas en delicados guantes de cabritilla, recolocaron distraídamente su sombrero, bajo el que asomaban unos graciosos bucles rubios, dando tiempo a que la Niña de Leganés superara la primera impresión. Las *toilettes* de doña Sofía eran estudiadas con envidia por las grandes damas de Madrid y sentaban el canon de la elegancia femenina en la capital.

—Buenos días, señora —saludó Elena, tomando su mano con una leve inclinación de cabeza—. Profesor.

Sofía Troubetzkoy sonrió y evitó devolverle la inspección; era una de esas mujeres a las que bastaba un ademán, un matiz en una frase o el modo de sonreír para captar la talla de su interlocutor sin necesidad de mirarle de cuello para abajo.

—Querida Elena, siento muchísimo haber venido sin avisar. Demos un paseo en mi carruaje, Madrid está precioso en Navidad. Tan bonito como mi San Petersburgo, pero aquí podéis mirar la nieve sin miedo a quedar enterrados en ella.

Mientras hablaba, Elena observó su perfecto rostro ovalado, blanco y terso, que evocaba en ella el recuerdo de suelos de mármol en palacios que solo conocía por el relato que de ellos hacían, en el mercado, las mujeres que los limpiaban. Sofía había adornado sus pómulos aquella mañana con un tenue toque de rosa. Sus definidas cejas enmarcaban unos ojos castaños, cálidos y sutiles, pero con una caída de burlona indiferencia que hacía perfecta diana en el orgullo de los señores de mayor vanidad y poder.

¿Qué interés podía tener una mujer así en reunirse con ella? Elena miró a su maestro sin entender. Saldoni, de pie y con las manos enlazadas a la espalda en actitud reflexiva, asintió con una sonrisa tranquilizadora.

Salieron a la calle. A Elena le gustaba la nieve porque hacía desaparecer bajo ella los desechos humanos (desechos en el sentido literal de la palabra). El colegio estaba cerca de la Gran Vía, en un modesto edificio de la calle de la Reina. Los madrileños, pueblo cortés, avisaban con un recio «¡Agua va!» a los transeúntes que pasaban debajo de sus balcones instantes antes de vaciar jofainas y orinales por la ventana directamente a la calle. A media tarde se añadía al paisaje olfativo de la capital el aroma de los despojos de las carnes y pescados que se vendían en los mercados. Los efluvios solían quedar acorralados entre la proximidad de los edificios, por lo que era muy de agradecer el piadoso manto con que las nieves de aquella Navidad cubrían las calles de Madrid.

Elena miró a Sofía y admiró el contraste entre el encaje de Bruselas de los puños que rodeaban sus manos, que en esos momentos daban medio real a un chaval a cambio de *La Época*, con las garras agrietadas de las mujeres que vendían verdura en el barrio. Entre el impresionable vulgo de Madrid corría el rumor de que sus camisas eran de una batista tan delicada que solo podían utilizarse una vez. La duquesa de Sesto pidió al cochero que diera «una vuelta, ya sabe» y se acomodó en el asiento del carruaje. Él obedeció con naturalidad, como si la orden fuera lo habitual.

—Aquí estaremos más tranquilas —le comentó a Elena, que se estrujaba las manos nerviosa al comprobar que la rusa no tenía ninguna prisa en informarle de por qué se encontraban las dos metidas en una berlina que se disponía a dar vueltas por Madrid.

Abrió *La Época* hasta que encontró lo que buscaba: «El príncipe Amadeo viene ya navegando a bordo de la *Numancia*». El de 1870 fue un convulso invierno para el país. Para el 30 de diciembre, tres días después de aquella mañana, España esperaba la llegada de Amadeo de Saboya. Un rey italiano que difícilmente podría ser querido por el pueblo. Un rey a regañadientes que había rechazado ya en dos ocasiones el honor que se le ofrecía. Y no fue el único. La revolución de la Gloriosa echó a Isabel II del trono y dio paso a una monarquía constitucional con una corona tambaleante por la sencilla razón de que, dada la alarmante inestabilidad económica y política del país, ninguna cabeza quería estar debajo de ella. Ni siquiera cuando el general Juan Prim, presidente del Consejo de Ministros, consiguió convencer al candidato piamontés, tataranieto de Carlos III por parte de madre, sus propios ministros se conformaron o guardaron silencio. «Necesitamos mucho orden y mucha justicia, cosas ambas de las que el país está sediento», pedía el titular de Hacienda, Segismundo Moret, a la vez que anunciaba su dimisión en cuanto pusiera un pie en España el nuevo rey.

Pero si hubo alguien que no le perdonó a Prim ni un real de los que gastó en sus viajes al extranjero en busca de un nuevo monarca fue Antonio de Orleans, duque de Montpensier y cuñado de Isabel II (estaba casado con la hermana de esta, Luisa Fernanda de Borbón). Montpensier tuvo que tragarse la afrenta de presenciar cómo a Prim le rechazaban la Corona de España una y otra vez sin que este pensara en ofrecérsela a él. Su ambición por ser rey de España no era desconocida para el general, ya que esta le llevó incluso a participar en el movimiento que echaría a Isabel II, su propia cuñada, del trono. Esta falta de escrúpulos resultaba tan evidente que motivó a Enrique de Borbón —hermano del rey consorte, Francisco de Asís— a llamarle públicamente «pastelero y truhán». Montpensier consideró que semejante mancha en su honor era motivo de duelo, y, efectivamente, mató de un tiro a Enrique. Pero si la pólvora del Duelo de Carabanchel acabó con la vida de su concuñado también dio al traste con su trayectoria política. La muerte del infante y su avidez de poder fueron causa directa de la coronación de Amadeo de Saboya: los parlamentarios dieron 191 votos al candidato de Prim, 60 a la república federal, y apenas 27 se decantaron por el duelista Montpensier, que no por ello dejó de seguir intrigando para saciar su ambición.

Nunca un monarca español había necesitado tanta escolta como Amadeo, cuyo barco atracaría en Cartagena. Desde allí, cogería un tren especial acompañado por una compañía del Ejército y una sección de infantería de la Guardia Civil. Esa inseguridad transmitía un único mensaje a Montpensier: debilidad. Solo Prim, el gran valedor de Amadeo, se interponía entre él y la anhelada Corona de España. Pero no era un obstáculo despreciable, ya que realmente era Prim quien detentaba todos los resortes del poder del Estado, a pesar de que el presidente del Gobierno fuera Serrano.

—Parece que Tamberlick recibió ayer en el Teatro Real una de las mayores ovaciones de su carrera como tenor —comentó de pronto Sofía.

Elena se sobresaltó, llevaba un tiempo entretenida observando Madrid por la ventana y esperando a que la princesa terminara de leer el periódico. Por la postura de ella adivinó que la observaba desde hacía un buen rato. Elena asintió.

—Me ha dicho Saldoni que tiene plena confianza en que cosecharás muchos éxitos como contralto.

La Niña de Leganés sonrió abiertamente, sonrojada. El gesto le debió de resultar algo ordinario a la duquesa, ya que retiró por unos segundos su mirada.

—Gracias a él he podido cantar en el Teatro Chambery de París. Interpreté el papel de Azucena en *El trovador* —añadió Elena inmediatamente.

—No es el único que te va a ayudar —dijo Sofía, volviendo a sonreír. Al girar su cabeza hacia ella, un aire imperceptible llevó a la nariz de Elena el aroma que muchas damas de Madrid trataban de imitar. Era sabido que la rusa confeccionaba su propio perfume, a base de agua de Chipre. Solo un porte como el suyo podía tener la osadía de imitar a las patricias de la antigua Roma utilizando esa fragancia, y desafiarlas con la ocurrencia de añadir raíz de lirio.

—Yo misma quedé impresionada la pasada Nochebuena después de oírte cantar en el colegio. Lo hablé con mi marido, que sabes te tiene un cariño especial. Y me informó de que doña Isabel, desde París, también está bien informada de tus avances.

—¿Quién es esa señora?

—¿Te absorbe tanto la música que no sabes quién ha estado reinando en tu país hasta hace seis meses?

—Isabel… ¿De Borbón? —titubeó Elena.

—Claro, querida —canturreó Sofía, cogiéndole la mano—. Doña Isabel es una apasionada de la ópera. No serás la primera ni la única a la que proteja. Si no la defraudas, no habrá puerta en ningún teatro de Europa cerrada para ti.

—Pero… ¿por qué yo?

—Ya te he explicado el motivo. —De pronto el tono de la princesa fue algo cortante, como si quisiera zanjar el asunto y olvidarse de una pregunta que no pudiera responder. Rápidamente volvió a sonreír—. Tienes una voz tan maravillosa que sería un desperdicio recluirla en un conservatorio. Y estás entrando en un mundo en el que la protección nunca está de más. Irás a ver a doña Isabel a París. —Dio unos golpecitos en el cristal sin girarse, y el cochero emprendió la vuelta hacia el colegio en la primera esquina que pudo—. ¿Qué dices, Elena? Es tu oportunidad.

—Por supuesto —respondió con una entereza que ni ella reconoció.

—Estupendo. Se ve que no eres de esas pusilánimes que se lo tienen que pensar.

—El único asunto, señora, y siento importunarla con mis problemas dado como se ha portado usted conmigo, es que… —Elena tragó saliva— usted ya sabe que estoy en una situación precaria como para subsistir por mis propios medios…

—Si no la defraudas, ella te protegerá —repitió Sofía—. Ya prepararemos todo para tu partida. No será inmediata. Doña Isabel me ha pedido que esperemos a que se normalicen un poco las cosas. —La duquesa de Sesto llevó instintivamente la mano a la solapa del abrigo, donde tenía prendida una flor de lis—. Tú aplícate en tus clases y volveré a visitarte.

Aquel 27 de diciembre Prim tenía programado partir a Cartagena para recibir al rey electo, pero la nieve, que volvía a caer con fuerza, retrasó el viaje un día más. El tranquilo transcurrir de aquella tarde madrileña no anticipaba sobresaltos. En los cafés las tertulias giraban en torno a la llegada de Amadeo I. En los *fumoirs* de los grandes salones la cosa se animaba con un recio veguero, que entraba mejor si venía acompañado por una copa de whisky, vicios masculinos que en el cogollo de la *crème* femenina estaban muy de moda.

Al término de la sesión plenaria en el Congreso, Prim se despidió de sus compañeros y ordenó al cochero de su berlina que se dirigiera al Ministerio de la Guerra para ultimar los detalles antes del viaje del día siguiente. La nieve fue envolviendo al carruaje que bajaba por la calle del Turco, hasta cerrarse como una puerta por detrás. Una descarga de disparos certeros echó el cerrojo para siempre.

2

El horror provocado en París por cuatro meses de asedio prusiano parecía difícil de superar. Sesenta días de Comuna, de marzo a mayo de 1871, se encargaron de descubrir una nueva dimensión del caos. Finalmente, el ejército de MacMahon, lanzado por el presidente Thiers, envió las ocurrencias políticas de anarquistas y comunistas, revolucionarios de panfleto callejero, a las cloacas donde perecieron sus abuelos.

No quedaba una estantería de la biblioteca del Louvre. No quedaba un libro. Los primeros rayos del sol se ensañaban con los restos del edificio, como si quisieran quemar hasta la última prueba de la tragedia al que Francia había puesto fin escasas horas atrás.

Los políticos radicales de la Comuna, que aprovecharon el vacío dejado por los victoriosos prusianos para instalarse en el poder, pasaron de proponer piadosamente la supresión de la jornada laboral nocturna a llenar regaderas con petróleo y verterlo en los sótanos por los respiraderos. Antes de ser exterminados, París ardería en llamas. El abandonado Hôtel de Ville, convertido meses antes en espacio donde debatir, donde resolver, donde dirigir, fue el primer objetivo del furor autodestructivo. Le siguieron el Palais Royal, el Ministerio de Hacienda, el palacio de la Legión de Honor, residencias particulares… Eso sí, algunos emporios comerciales quedaron exentos de arder, como el almacén Petit Saint-Thomas: treinta mil francos se redimieron financiando la resistencia revolucionaria que sucumbía ante los embates de MacMahon. La plaza de la Concordia, qué sarcasmo, fue escenario de sangrientos combates entre hermanos.

Finalmente, el asalto a las guardias de Belleville y Les Buttes Chaumont silenció la capital de Francia. Cuando la resaca comenzó a dar paso a los primeros atisbos de lucidez en las conciencias, la ciudad de los cien teatros sintió la vergüenza de un espectáculo sin entrada. «¡A las barricadas! ¡El enemigo está en nuestras manos! ¡Nada de vacilaciones! ¡Adelante, por la República, por la Comuna y por la libertad!», urgían inofensivos ya los carteles, de los que apenas quedaba algún resto en las esquinas por donde doblaban los guardias nacionales, pendientes ahora de dar sepultura a los treinta mil cadáveres que apestaban las calles de la capital de Francia.

Isabel II y su maltrecho séquito abandonaron aquel infierno y buscaron cobijo en Suiza hasta que la paz volviera a la ciudad del placer. Los españoles no sentían la de París su guerra. Sin embargo, uno de ellos, cantante de ópera, no sintió las fronteras. Sintió la muerte.

Salió de su habitación del hotel de París, y corrió entre los disparos de los cañones hasta el barrio de las Tullerías, donde los supervivientes traían centenares de heridos que con los medios más rudimentarios se intentaba sanar. Elena Sanz se puso al servicio de aquella ciudad presa del pánico a la que solo el raciocinio podía hacer subsistir. La cantante hizo torniquetes e incluso llegó a amputar cuando fue necesario. Las vendas traídas desde los hospitales se terminaban, y París presenció cómo la Diva del Re cogía el bajo de su vestido y rasgaba una capa tras otra para no dejar una herida sin cubrir, hasta que las enaguas quedaron a la vista de todos sin importarle. Las parisinas, poco a poco, fueron tomando ejemplo. Elena Sanz se mantuvo firme en mitad de aquel horror real, tan distinto de los dramas de cartón piedra que solía protagonizar en los escenarios. No descansó hasta el último disparo.

Triunfar en el Petit Club de la plaza de la Concordia de París era como hacerlo en una prueba de voz ante el todopoderoso Verdi. Actores, cantantes, libretistas, dramaturgos, escritores... la *crème de la crème* del mundo artístico se concentraba allí, punto de llegada para el consagrado que, cansado, tenía ganas de observar, y punto de partida para el ambicioso que necesitaba ser observado por el consagrado. Divas en ciernes desplegaban sus encantos con la esperanza de que los grandes empresarios repararan en ellas. También conocido como «Baby», no era lugar para los no egocéntricos: el paisaje de la ciudad era demasiado desolador como para dedicarle atención apenas unos meses después del infierno de la Comuna.

Elena Sanz tomaba café rodeada de sus compañeros de reparto. En un momento en que se levantó para ir al *toilette*, una señora que no le había quitado ojo en toda la tarde —¿una admiradora?— hizo lo propio.

—¿Elena Sanz?

—Para servirla —respondió.

—Permítame que me presente, soy Josefa de Borbón, cuñada de doña Isabel. —La cómica se paró en seco, pero la dama le tomó el brazo y, sonriendo, continuó caminando—. La señora pregunta si usted tendría algún inconveniente en visitarla mañana en palacio.

No era la primera vez que Elena ponía un pie en la residencia de Isabel II, conocida en origen como el hotel Basilewski, ya que había pertenecido a un aristócrata ruso. Después de adquirirla para albergar a la exiliada familia Borbón, los nuevos inquilinos decidieron rebautizarla como palacio de Castilla.

El carruaje se detuvo en la avenida Kleber ante la fachada de la mansión, de estilo Luis XVI. La cantante subió unos escalones hasta la puerta, donde fue recibida por Carlos Marfori, jefe de la Casa y, se rumoreaba en todo París, el nuevo capricho para el gozo y entretenimiento de doña Isabel. Marfori la condujo por la imponente escalera de mármol que se abría ante la entrada, diseñada para recordar su pequeñez a los visitantes en caso de que tuvieran pretensiones. Aquella impudicia arquitectónica desembocaba en un salón rectangular presidido por un retrato de Isabel la Católica. A la izquierda, el despacho de la reina destronada.

—Hija, menos mal que estamos casi en verano porque nos congelamos aquí, no tenemos ni para calefacción. —Se acercó a saludar desde la ventana. Elena se apresuró a besarle la mano.

—Siéntate, quiero hablar contigo.

Elena así lo hizo y sonrió al comprobar que el ejemplar de *Don Quijote* continuaba sobre la mesa del escritorio, en el mismo sitio en que lo dejó la última vez —siempre al lado de *Las aventuras de Rocambole*, de Ponson du Terrail, su verdadero libro de cabecera—. La reina Isabel nunca fue una gran clienta para las librerías.

—Gracias, señora. Es, como siempre, un honor para mí aceptar una invitación vuestra.

—Qué tontería, Elenita, no sabes cómo me anima a mí saber que tienes París a tus pies, y en solo un año. A mí me quitan la corona y a ti te la ponen.

—Señora, no digáis eso…

Isabel II quitó importancia al asunto con un seco movimiento, como si con su grueso brazo estuviese apartando una mosca inoportuna.

—Imagínate, con solo trece años me endilgaron la corona de un país —dijo, hinchada, como quien ya se sabe alejada de todo—.

He visto miserables a *puñaos*, y los rumores que circulan sobre ti me han llegado al alma.

—¿Rumores sobre qué, señora? —Abrió Elena los ojos.

—Sobre tu generosidad y valentía durante la Comuna. La voz se ha corrido por todo París, Elenita. Y yo te lo quiero compensar. Aunque lo que yo pueda darte suponga menos que la Cruz Roja y las medallas de oro, plata y bronce que te han concedido por tu heroísmo y piedad.

—Pero señora, fue un impulso. Lo hubiera hecho cualquiera.

Doña Isabel soltó una sonora carcajada, que tambaleó unos sufridos senos apretados en el generoso escote de su vestido de seda inglesa.

—Ay, hija... Qué cosas tienes. En fin, vamos a lo que nos interesa... ¿No crees que deberías completar tu formación?

—¿A qué os referís?

—El bel canto tiene nombre de Adelina Patti. Tus primeros pasos en los teatros parisinos e incluso italianos están siendo decisivos, pero no puedes correr el riesgo de estancarte.

Elena guardó silencio, los ojos clavados en su regia madrina.

—Yo correría con los gastos de tu ingreso en la compañía de la Patti.

La Niña de Leganés luchó por contener las lágrimas. Esta vez no preguntaría de nuevo por qué. Se limitó a estrechar sus manos con las de la reina.

—Perdonad la cercanía, pero... sois tan buena conmigo...

—Pobre niña. —Isabel se levantó y dio la vuelta a su escritorio para acercarse a Elena—. Levántate.

Ante el asombro de la cantante, la última reina de España la apretó fuerte entre sus brazos, contagiada por la emoción.

—Avisaremos a Pepita y daremos un paseo por el jardín. Es increíble que la hermana de mi marido, que hace todo por saquearme, sea de las pocas personas de las que me pueda fiar, coño.

Al atravesar el salón, como siempre desde el pasado 25 de junio de 1870, Isabel vio la misma imagen que invadía su mente cada vez que cruzaba la estancia: ella, vestida con un vestido rosa, encajes blancos y una corona de perlas sobre su cabeza. A su lado, su hijo Alfonso, ataviado con una levita negra y el Toisón de Oro, que su madre creyó oír latir violentamente contra su pecho. Como le sucedió también a ella, el príncipe de Asturias estaba a punto de cumplir los trece años. Sin embargo, su reinado era todavía una incógnita y, para despejarla, sería necesaria aún una larga y compleja partida de ajedrez. «He venido a abdicar, libre y espontáneamente…», había pronunciado en junio sobre un sillón de damasco rojo. La madurez no vacunaba contra las emociones, consideró la soberana al comprobar que su corazón podía aplastar al de su hijo cuando le vio firmar los derechos sucesorios. Al terminar, se impuso la dignidad: «¡Qué peso se me ha quitado de encima!», exclamó. Y pensar que su cuñado Montpensier había incluso barajado la idea de que ella pudiera abdicar en él y no en su hijo. Con valiente miserable se había casado su hermana.

«La de los tristes destinos», la habría de llamar Galdós. No había tienda de moda, café o teatro reabierto tras la Restauración de Napoleón III que la exiliada no conociera. Su figura constituía uno de los epicentros sociales de París. Aristócratas, altos cargos y diplomáticos de todo el mundo honraban las invitaciones a los convites del palacio de Castilla.

Y se sentía muy sola. Sus seguidores eran tan leales que, de tanto seguirla, habían perdido el norte. La brújula apuntaba a Madrid y ellos ahí estaban, en el Gran Hotel de París, apoyando la causa isabelina a golpe de café y tertulia. Los visionarios Cánovas del Castillo y el duque de Sesto sí comprendían que estar alejado de la escena solo le convierte a uno en espectador. El futuro estaba en el pequeño Alfonso y el tablero de ajedrez era Madrid, donde un infatigable núcleo aristocrático planeaba cómo empujar del trono a Amadeo de Saboya.

Isabel II había cedido ante las presiones de Pepe Alcañices para que abdicara en favor de Alfonso. Al fin y al cabo, a él tenían que agradecer la ayuda económica que les permitía vivir en París. Si los inviernos eran duros en esa casa, más inclemente hubiera sido un pueblo con la «guillotina» en los ojos. Y de la cuantiosa cantidad que les concedía, una parte daba para los «ahijados» talentosos de doña Isabel. De hecho, Sesto estaba muy al tanto y, en algunas ocasiones, era quien azuzaba la idea o, por el contrario, la hacía dormir en la cabeza de la madre de Alfonso.

La reina destronada admiró el color de las buganvillas que ella misma había pedido plantar. Todo, hasta el apodo del hotel, tenía la misión de catapultarla a su España. Hasta Elena Sanz, que le daba el brazo a Pepita y sonreía al sol de mediodía.

—Hubo un tiempo —interrumpió la conversación que Elena y Pepita mantenían acaloradamente. Estas callaron de inmediato— en que una ópera no comenzaba en Madrid sin que el pueblo verbenero se girara hacia el palco para aplaudirme hasta quedarse con las palmas rojas. Tú, Elenita, cuando llenes el Real, no te olvides de esta pobre sufridora que lo ha dado todo por España.

—Señora —respondió la Niña de Leganés con vehemencia—, si yo cantara en el Teatro Real de Madrid se habría cumplido el sueño que me levanta cada mañana. Y haré cualquier cosa que vuestra majestad, porque para mí lo sigue siendo, me pida.

Las tres damas se perdieron por los jardines, entre alhelíes y rosas más dispuestas a rendirle honores que la Guardia Real.

Elena recorrió las calles de París buscando el vestuario, zapatería y *atrezzo* adecuados para su estancia en San Petersburgo. La diva Adelina Patti, la soprano mejor pagada de toda Europa, continuaría en tierras rusas su gira, a la que Elena debía unirse. La tarde antes de partir, mientras preparaba la maleta, se acordó de su madre y se arrodilló a los pies de la cama pidiendo a Dios protección.

Había algo en la situación que a la cantante le hacía sentirse insegura; se había acostumbrado desde demasiado pequeña a no tener regalos, al igual que su madre a matar en sí misma el amor que también había sentido por el canto a base de clavada de aguja y *crochet*. Una costura que se hacía menos dolorosa cuando llegaba la paga por las labores realizadas, incluida la extra, que le permitía un tiempo de respiro en el que solía dejar volar la imaginación pensando hasta dónde podía haber llegado en los escenarios.

Cuántas presiones había recibido Elena, por parte de sus amigas y de su familia, para que olvidara el inestable camino que ya estaba recorriendo. Un trayecto en el que cada flor que crece se va marchitando porque uno no puede regresar a regarla. Y cuando se llega al final y se vuelve la mirada, se siente el propio fin al ver que la alfombra de flores que se creó está muerta.

Elena cogió el retrato de su madre y lo introdujo en la maleta, protegido entre los vestidos. Cerró el equipaje y la cantante se abrió paso en su interior: ella iba a ser una gran cantante de ópera. Ese era el único regalo que había pedido desde que entonó el primer re.

Un moderno landó la esperaba en la puerta del hotel, cortesía de despedida de doña Isabel. El lacayo vestido con librea verde oscuro, galoneada de plata, sujetaba hierático la puerta del coche. Solo cambió de posición para colocar el equipaje y subir al pescante antes de dirigirse hacia la estación de tren.

Durante el trayecto la cantante no despegó sus grandes ojos negros de la ventana, despidiéndose de los Campos Elíseos, del Teatro Chambery donde le dio la primera calada a la droga de los aplausos, del palacio de Castilla. Cuando llegaron a la estación cambió la nostalgia por el miedo escénico. Adelina Patti se encontraba en el andén, oculta entre un círculo de personas. En un destello, Elena vio la cara sonriente de la soprano y, mientras caminaba sola hacia el tumulto de gente, se dio cuenta de que si Napoleón III había conquistado Francia desde las Tullerías, la Patti había hecho lo propio desde el Théâtre des Italiens.

—¡Ni un ruiseñor hubiera entonado semejantes trinos! —le decía un entregado admirador cuando Elena llegó al grupo. En cuanto la cantante de ópera se fijó en ella, le dedicó una espontánea sonrisa. Tenía la *prima donna* ciertos vestigios infantiles en la manera de moverse y hablar que la hacían cercana. De frente recta y cejas pobladas, en su rostro destacaban unos vivarachos ojos oscuros.

—Querida Elena —la saludó efusivamente—. ¿Dispuesta a una nueva aventura?

La Niña de Leganés se relajó ante el caluroso acogimiento y asintió. Iba a abrir la boca cuando un grupo de reconocidas damas hizo corrillo en torno a ella. Elena identificó a algunas —solía mirar con curiosidad, antes de la función, a través de la mirilla del telón—, como la duquesa Malakoff, pariente de la emperatriz Eugenia de Montijo. Era precisamente la mujer de Napoleón la causante de que todas fueran con los mismos diseños, obras del creador de la alta costura Charles Frederick Worth. Bajo los abrigos, la última tendencia era llevar la falda lisa por delante y con la tela sobrante formando una cascada de volantes que terminaran en cola, arreglo que acabaría denominándose polisón. Otras se habían atrevido con la crinolina, nuevo diseño para evitar el incómodo sistema de poner una capa sobre otra para conseguir una falda abultada, sustituyéndolo por ligeros círculos de metal.

—Te presento a Elena Sanz, va a…

—Por supuesto que sé quién es. No me pierdo una ópera suya —respondió la duquesa de Malakoff.

—Muy honrada de poder contar con su presencia en mis actuaciones —alegó Elena con la fingida humildad de los que no sienten tan lejos la Corona.

Le llegaron a la cabeza imágenes de aquel 12 de diciembre de 1863, día en que la Patti cantó en el Teatro Real de Madrid *La Sonámbula*. Saldoni le consiguió unas entradas para que «tomara nota» de la que sería la mejor cantante de Europa. Aún recordaba cómo la definió: «Única capaz de ir de la clásica pureza mozartiana a la dramática pasión de Verdi pasando por la patética dulzura de Bellini». Adelina Patti había nacido en Madrid y comenzó su formación en América, enamorando después al exigente público francés e italiano. Más tarde había regresado a su Madrid para alcanzar el éxito al que Elena aspiraba. Porque, a pesar del *charme* de París, la lírica de Italia o la imperiosidad de Rusia, la valenciana Elena quería triunfar en la España que la había visto crecer.

El viaje a San Petersburgo fue muy lento y, conforme se acercaban a la entonces capital de Rusia, el frío se le metía en los huesos a Elena, contribuyendo aún más al desasosiego que la invadía cuando dejaba la mente en blanco. Camufló con una inerte sonrisa sus ganas de comprar otro billete de tren y volverse a Madrid, con su incondicional profesor Saldoni y su hermana, o al Teatro Chambery de París, en el que se había asegurado una ovación final. Quizá había sido demasiado arriesgado soltar el timón para que otra diva lo usara a su merced.

—¿Te apetece una partida al *lotto*? —le preguntó la Patti, acompañada por su marido, el marqués de Caux. En aquel momento a Elena solo le apetecía apoderarse de su deslumbrante abrigo de pieles, pero le pidió con fingido interés que le explicara las reglas del juego.

—Ya descubrirás cuál es la verdadera afición de mi esposa —bromeó el marqués—. Es capaz de dejarme plantado en una cena con el zar Alejandro II con tal de ganar una partida.

Adelina movió la cabeza con indiferencia y acarició la cara de su marido.

—Querido, sabes que sería incapaz de tal cosa. Sobre todo, teniendo en cuenta el broche de diamantes que me regaló la última vez que interpreté *Don Pasquale* en el Teatro Imperial —se giró a Elena—. Me sedujo muchísimo que Catalina II se lo hubiera regalado a uno de sus amantes, pero más todavía que estuviera valorado en setenta mil francos. —La Niña de Leganés y el marqués rieron, él sinceramente y ella optó por asimilar lo que acababa de escuchar cuando llegaran al hotel—. Bien, juguemos.

El recibimiento en la estación de San Petersburgo provocó que a Elena se le escapara el nerviosismo contenido en unas lágrimas irrefrenables, que se apresuró a secar con un pañuelo. El intendente del Teatro Imperial, la compañía en pleno y más de quinientos aficionados esperaban su llegada. Notó sus miradas curiosas, preguntándose los menos informados de los artistas europeos quién sería la chica morena que acompañaba a su diva, que el año anterior había sido galardonada con la Orden del Mérito y nombrada cantante de la corte por el mismo emperador de todas las Rusias. Elena se lanzó a imitar con tal naturalidad el saludo y la actitud de la Patti que ellos aceptaron y correspondieron, como disculpando su ignorancia. La Niña de Leganés soltó una carcajada.

Para su asombro, les indicaron que un trineo les llevaría al hotel Demounth. El tintineo de las campanillas de los caballos acunó agradablemente a la contralto hasta que llegaron a la que sería su residencia durante la temporada. Elena se mareó cuando entró en la suite que se le había reservado. Jamás hubiera imaginado que dormiría en una habitación semejante, donde hasta unos pájaros cantores le dieron la bienvenida.

—Adelina, me resulta todo tan abrumador… No sé si voy a ser capaz de compensarlo —se derrumbó finalmente, vencida por el cansancio y el cúmulo de emociones.

—Aprovecha para descansar —le contestó Adelina cálidamente, pero con distancia—. Deja que sea el público quien lo juzgue. Mañana hay ensayo en el teatro, al que nunca asisto. Esta vez lo haré por ti y practicaremos juntas. Que descanses.

La ópera que inauguraría la temporada era *La Esmeralda*, inspirada en la obra de Víctor Hugo, *Nuestra Señora de París*.

Adelina Patti interpretaba el papel principal a la gitana Esmeralda, y ella encarnaba a madame Aloise de Gondelaurier, con la dificultad añadida de que debía debutar como mezzosoprano, no como contralto. La valenciana había pasado semanas ensayando en París y seguía sin sentirse segura. Todo el equipo de la compañía estaba allí.

—A ti solo te basta seguirme —le espetó la soprano directa, frase que llegó a ser mítica, ya que era su forma de afianzar su trono ante los cantantes con los que compartía escena.

Cuando la Patti entonó el fa alto, límite de las posibilidades de la voz humana, la valenciana repitió mentalmente el célebre dicho: «Nunca llegaré a cantar como la Patti». Cambiaba de una escala a otra con una precisión que parecía un coro alternándose en los turnos. Sus ataques salían de su garganta como si no le pertenecieran, poseída por la fuerza de un huracán cargado de pureza sobre los pecados de los mortales.

Ya no fue ella. En el ensayo se centró en intentar imitar a Adelina Patti en la interpretación. La inseguridad se apoderó de ella y no consiguió hacer justicia a las críticas que la habían llevado hasta allí.

—Por esto quería ensayar contigo primero —le explicó la diva, con una insultante sonrisa—. Sabía que ocurriría. No puedes intentar convertirte en mí, querida. Cada uno en su lugar.

Elena miró al suelo y mordió la humillación en su labio. «¿Cada uno en su lugar?». Se había comportado como una estúpida. Dejándose deslumbrar por los delirios de grandeza de la Patti. Y había sido tan evidente que hasta ella lo había percibido, y se había permitido burlarse de ella. Cantaría. Y lo haría de un modo tan grandioso que haría estallar de admiración el Teatro Imperial. Aunque fuese lo último que hiciera en su vida.

Los días antes del estreno, Elena se dedicó por entero a preparar su papel. No hizo vida fuera del hotel o del teatro. Rehusó ver a Adelina Patti tanto como le fue posible, lo que no le resultó muy difícil, dada la brillante vida social que los marqueses de Caux desarrollaban en San Petersburgo.

La Patti estaba tan cotizada que las previas al estreno llenaban los periódicos rusos. Elena leyó que una tal princesa Souvarof tuvo que abonar cuatrocientos rublos por un palco del grandioso Teatro Imperial, donde no había una fila, una luneta sin completar. Fiel al ritual, abrió la mirilla del telón para tantear el ambiente, y no supo qué la cegó más, si la luz saliente de la monumental lámpara de bronce y cristal que colgaba del centro del techo, o los tejidos en oro y plata del tisú que lucía la aristocracia rusa sentada en las primeras filas. Las condecoraciones y los galones de oro eran la mejor carta de presentación en ellos, y en ellas, las escandalosas piedras preciosas amenazaban con anular los esfuerzos de los sastres franceses afincados en la capital de Rusia para dar a conocer sus vestidos. En el palco imperial, el zar Alejandro II y la zarina, María Alexandrovna.

Elena demostró por qué había llegado hasta allí. Se olvidó de todo, excepto de su personaje. Consiguió encontrar su equilibrio como mezzosoprano y la pasión que la caracterizaba en cada movimiento, en cada nota, logró quedar envuelta en esa mezcla de tonos graves que conferían, a la vez, majestuosidad a su interpretación.

Cuando terminó la función, el público se volcó en una cerrada ovación. Y no solo dedicada a Adelina Patti. Esta tuvo que salir varias veces a saludar sobre un escenario repleto de flores, pero el público quiso más, y no paró hasta que Elena se dio cuenta de que también la llamaban a ella. Diosa de la escena y joven promesa se presentaron juntas de la mano, y la valenciana notó un apretón añadido.

Al llegar al camerino se encontró una caja negra. Buscó apoyo en la silla tras comprobar que dentro había dos botones de diamantes con una invitación del zar a una cena en el palacio de Invierno.

—Elena. —La cabeza de Adelina Patti asomó por la puerta—. Los marqueses de Caux quedarían eternamente agradecidos si se dignara usted a acompañarles a cenar en la humilde morada de un tal Alejandro.

Elena prorrumpió en una carcajada nerviosa.

—Y la agasajada, encantada.

El día siguiente lo dedicaron a recorrer las tiendas de San Petersburgo, que abrían sus escaparates en avenidas interminables convertidas en alfombras blancas por la nieve. Aunque Elena se mostró más interesada en leer los titulares de la prensa que en el abrigo de terciopelo forrado de marta cibelina que la soprano se empeñaba en regalarle. Optaron para la cena por dos vestidos polisón, tan de moda en París, solo que si en la capital francesa la tendencia se decantaba por los colores fuertes, en la rusa predominaban los tonos pastel. Riéndose como dos adolescentes, decidieron que Adelina llevaría el rosa y Elena, el malva.

La mejor manera de entender el poder del zar era mirar el palacio de Invierno. Solo la plaza del edificio podía abarcar un pueblo entero. La Niña de Leganés hizo verdaderos esfuerzos por no parecer impresionada al tener delante de sí la vasta construcción de estilo barroco isabelino. Mientras subían la escalera central —de mármol y animada con columnas y figuras de ángeles con terminaciones bañadas en oro—, se preguntó cuántas familias podrían vivir en las mil quinientas habitaciones de la residencia del zar. Príncipes, embajadores, damas de la corte… A pesar de las personalidades invitadas al encuentro, la intimidad de la cena fue un gesto del zar que las cantantes interpretaron como una forma de demostrarles su confianza.

La zarina había escogido un vestido azul, a juego con el terciopelo que forraba las sillas. Dos grandes arañas de cristal de bohemia iluminaban desde el centro de la mesa hasta los frescos de las paredes.

Los gestos de María Alexandrovna le recordaron a alguien a Elena. Su piel de porcelana, su cara ovalada, sus ademanes. Después de la cena, en un momento de aparente intimidad, la contralto se dirigió a la soprano y le espetó:

—¡Ya sé a quién me recuerda la zarina!

—¿A quién?

Elena se dio la vuelta y contempló con horror que la persona que tenía delante era la misma zarina.

—Disculpad, señora. Estaba diciendo que guardáis un gran parecido con una persona muy especial para mí —respondió. La Patti no pudo evitar una mueca de desaprobación ante la sinceridad de su amiga.

—¿Y puedo saber quién es esa persona tan especial? —se interesó la zarina.

—La duquesa de Sesto. Supongo que será por sus orígenes rusos.

A la soprano le costó aún más ocultar esta vez su indignación por la indiscreción de su amiga. Era regla básica que, en ciertos círculos, nunca se mencionara el nombre de nadie a no ser que se deseara que el mensaje llegue al interlocutor.

—¿Sofía Troubetzkoy?

—¿La conocéis?

—Por supuesto, ha pasado mucho tiempo bajo estos techos.

Elena asintió para que prosiguiera.

—Fue aspirante a *frelina* de la esposa del emperador Nicolas I. —Ante la expresión confusa de Elena, la zarina aclaró—: El padre de mi marido. —Sonrió haciendo memoria—. Era muy obstinada, vivió con su madre en París antes de que la internara en el colegio de Smolny durante ocho años. Al principio nadie podía hacerla comer *borscht.*

—¿*Borscht*? —se volvió a extrañar la Niña de Leganés, ya sintiéndose incómoda ella misma por hacer tantas preguntas a la zarina.

—Sí, la sopa de coles agrias. ¿No la habéis probado?

—Yo tengo bastante con controlarme con el pan negro —respondió la cantante. Y añadió deprisa para evitar que la emperatriz la recordase como una ignorante—: Me gusta mucho el *stchi*.

—Ella sabía que usted vendría esta noche, nos informó por carta de su llegada a San Petersburgo —aclaró la zarina.

—Para que luego digan que no tiene tema de conversación —murmuró la Patti en cuanto se marchó—. Estaba al tanto de todo.

Pero Elena no prestaba atención a las reflexiones de la soprano. «Nos informó por carta de su llegada a San Petersburgo», resonaba en su cerebro. ¿Pero por qué los duques de Sesto mostraban tanta solicitud con ella y estaban detrás de cada cosa buena que le sucedía?

La Patti le informó más tarde de que en Rusia corría el rumor de que la mujer de Pepe Alcañices era en realidad la hija del zar Nicolás I, quien habría mantenido una relación extramatrimonial con la madre de esta, de la que el emperador estuvo profundamente enamorado.

—¿Y tú lo crees?

—Si tenemos en cuenta que heredó una finca de más de dieciséis mil hectáreas en Mullovka, con mil siervos, y otra en Novy Buayn, de más de catorce mil y casi mil siervos también, podríamos decir que sí —concluyó su amiga—. Piensa, Elena, ¿cómo iba a conseguir semejantes terrenos si no es a través del zar?

A pesar del frío, Elena se despertaba con la energía de un niño. Quizá les unía descubrir un mundo nuevo. Camaleónica de carácter, no le costó trabajo amoldarse a las costumbres de la Patti, y después del desayuno acompañaba a los marqueses de Caux a dar, si el tiempo no lo impedía, un paseo tras el que nunca descuidaban el ensayo de ejercicios vocales. Ambas seguían una rigurosa disciplina alimenticia; a las dos se servía la comida y a las cinco, la cena. En el caso de que por la noche hubiera función, esta era muy ligera y después de la ópera solían recargarse con un opíparo atracón. Elena disfrutaba de los banquetes... y del lenguaje de los abanicos tan en boga por entonces. Y, por supuesto, de las interminables partidas de naipes a las que se apuntaba la compañía teatral.

Elena Sanz consiguió su propio espacio para las críticas, para su imagen en primera plana. Al poco tiempo el exigente público ruso le aumentó la vanidad y le hizo olvidar sus inseguridades. Una noche, después de la representación en el Imperial, tras subirse al coche que la llevaría al hotel, notó cómo la berlina se tambaleaba. Asustada, sacó la cabeza por la ventanilla y vio cómo el lacayo peleaba a latigazos con un grupo de devotos que intentaban despojar de las lanzas a los caballos para llevar ellos a la cantante adonde quisiera.

La contralto, divertida, le gritó que les dejara hacer y recorrió las calles de San Petersburgo con la ventanilla bajada, animando al personal con sus canciones. Eran los mismos estudiantes que agitaban a los siervos y a los campesinos a que se sublevaran contra la autoridad del zar, salidos de los mismos conciliábulos donde se tramaban atentados contra su sagrada persona. Bajo el reinado de Alejandro II empezó a crecer la marea que estallaría en la revolución de 1905. Su política fluctuaba entre la tolerancia y la represión brutal que fundía la nieve con senderos de sangre.

Poco a poco los transeúntes se fueron uniendo también a la cabalgata de la cantante, contagiados por la alegría de los estudiantes, a los que Elena cogía las manos para cantar. No fue la única vez que se llevó una reprimenda por tener la voz cascada al día siguiente durante el ensayo.

3

La compañía de Adelina Patti viajó a Inglaterra, Francia y de vuelta a Rusia. De tren en tren, de teatro en teatro, la leyenda de la Niña de Leganés fue agrandándose. Consiguió conquistar los diferentes, a veces incluso contradictorios, gustos del público de los países que visitaba. Y las opiniones que sus compañeros divulgaban de ella contribuyeron a definir a la diva Elena Sanz no solo por su voz y deslumbrante belleza, sino por su alto sentido del compañerismo y su sencillez.

En marzo de 1872, la compañía fue contratada para dar una serie de funciones en el Carl Theater de Viena. Elena aprovechó su estancia de paso en París para ir a visitar a su madrina artística y contarle, de viva voz, como se lo hubiera transmitido a su madre, todo lo que estaba viviendo. Cuando llegó al palacio de Castilla, Marfori le indicó que doña Isabel se encontraba dando un paseo por el jardín. Elena hizo un esfuerzo para no correr hasta ella en cuanto la vio sentada en un banco con aire reflexivo. En la piel, atezada, se percibían los esfuerzos del maquillaje por aportar vida a su rostro.

—¡Elenita! —Le sonrió en cuanto la vio.

—Señora. —Se apresuró a besarle la mano.

—¡Ay, hija! Demos un paseo y me cuentas todo.

Con la reina colgada de su brazo, Elena se echó la larga trenza negra hacia atrás para que nada estorbara su relato. La emoción pudo con ella en algunos momentos, su mente corría más que sus palabras. Doña Isabel, silenciosa, mantenía la misma sonrisa todo el tiempo. Cuando llegaron de nuevo al banco, la hizo sentarse y le cogió las manos.

—Así que ahora te vas a Viena, ¿verdad, hija?

—Sí, señora. No os imagináis las ganas que tengo de conocer Austria, esos teatros, esos…

—Sabes que mi hijo Alfonso está estudiando en el colegio Teresiano.

— ¿Y cómo se encuentra el futuro rey de España? —preguntó, alegremente.

La voz de doña Isabel adquirió mayor profundidad.

—Bien, hija. A la que no deja de dar disgustos es a su madre.

—¿Qué ha pasado? —se interesó Elena, orgullosa de que una reina le contara a ella sus inquietudes personales.

— Ya sabes, Elenita… Él, los que le rodean… —Isabel trajo a su mente los recientes rumores de que Montpensier estaba intentando sacar el mayor rédito a los encantos de su hija Mercedes—. ¡Como si mi hijo pudiera enamorarse de la hija de un traidor! —apretó los puños con rabia.

—Lo siento mucho, señora. —Bajó la diva la cabeza.

—Perdona, Elenita. Ya sabes cómo somos las madres —dulcificó la voz doña Isabel—. ¿Tú tienes novio?

—No, aunque también he tonteado con el que no debo —rio, liberando la tensión.

—Tú eres tan guapa… —Le acarició el pelo—. Deberías ir a visitarle.

—¿A vuestro hijo? —Se irguió, sobresaltada—. Yo sí que soy la que no debe… No entiendo… —se atropelló.

—Ay, hija —contestó, alegremente—. No tienes que entender nada, simplemente le mandaré una carta anunciándole que vas a ir y él estará encantado de cambiar los plomizos libros de estudio por una belleza como la tuya. ¡Ea! —terminó, incorporándose con energía—. Vamos dentro, tengo que cambiarme el vestido de visita por el de noche.

Tres recios golpes en su puerta sacaron al príncipe Alfonso de su ensimismamiento. Hasta ese instante había estado intentando concentrar su mente en un complicado problema de matemáticas, pero su propia imaginación le distraía con imágenes inconexas de heroicas proezas militares: desesperadas cargas de caballería, combates a sable cuerpo a cuerpo en el campo de batalla y aisladas baterías de artillería resistiendo contra toda esperanza en la cima de una remota colina. A Guillermo Morphy, su tutor personal en el colegio Teresiano de Viena, no le iba a gustar que, media hora después de dejarle solo, aún no hubiera resuelto el ejercicio.

—Adelante —replicó sin girarse y con los codos sobre la mesa fingiendo concentración.

—Un futuro rey debe ser siempre consciente de que no solo él aspira al trono. Debe saber siempre quién entra en su habitación.

El príncipe sonrió y antes de levantarse desenvainó rápidamente la espada.

—Es una forma de despistar —resolvió con expresión socarrona apuntando a su visitante, antes de envainarla de nuevo con precisión—. ¡Pepe, dame un abrazo!

El duque de Sesto se apoyó en su inseparable bastón para acercarse y hacer lo que le pedía. De mediana estatura y caminar estevado, su cortante ingenio y su imperturbable sonrisa provocaban la inquietud de las damas de la corte. Gran conversador, con la distancia categórica que imprime el que gobierna sobre lo que dice y lo que hace, administraba con juicio su inmensa fortuna. Pepe Alcañices era un entusiasta de la alta política del Estado y no tenía reparo en invertir sus aparentemente ilimitados recursos económicos en causas que merecieran la pena, como la restauración borbónica en España. Estaba considerado uno de los mejores alcaldes que había tenido Madrid en toda su historia y, además, trabajaba con ahínco en modernizar la agricultura y la ganadería no solo en sus inabarcables fincas, sino en toda España como presidente del Consejo Superior Agrario. Fue el creador de las Casas de Socorro. Él mismo se personaba en barrios afectados por epidemias, lo que le otorgó una gran popularidad, suficiente escudo para no necesitar escolta en las zonas pobres de la capital. Este amor que le profesaba el vulgo era a veces cuestionado por medidas impopulares como impedir que la ciudadanía hiciera sus necesidades en la calle para lograr que Madrid dejara de oler como un estercolero. A veinte pesetas la multa, algunos carteles que informaban de la prohibición fueron decorados con mensajes como: «¿Cuatro duros por mear? ¡Caramba, qué caro es esto! ¿Cuánto cobra por cagar el señor duque de Sesto?».

El príncipe de Asturias observó sus pobladas patillas y la perilla mosca tan de moda y anheló tener la edad suficiente para imitarlo.

—¿Acabáis de empezar con el estudio? —preguntó Sesto, al ver el vacío tras la interrogación en el problema de matemáticas.

— Estaba leyendo una carta de mi madre —mintió Alfonso ágilmente, señalando un papel doblado por la mitad encima de un sobre—. Me apenan los problemas personales de mis padres.

—Comprendo.

—Si me caso, será con una mujer a la que adore. Mi prima Mercedes sería una opción.

—Una de las exigencias de un futuro rey es que nunca pierda la cabeza que sustenta al país.

El príncipe retiró la mirada.

43

—Dice mi madre que vendrá a visitarme una cantante de ópera, Elena Sanz.

Alcañices lo miró intensamente, de un modo que sorprendió al príncipe Alfonso y no logró comprender.

—Es una magnífica artista. Una gran embajadora de nuestro país.

—Pepe, ya sabes que a mí la ópera no me interesa demasiado. Si voy a los teatros es para que las cantantes me alegren la vista.

—No creo que os defraude —contestó evasivamente Sesto para, a continuación, cambiar de tema sin darle tiempo a Alfonso a responder—. Y ahora, si no es una osadía por mi parte, os pido que acabéis ese ejercicio de matemáticas antes de que la corona repose por fin sobre vuestra cabeza.

Isabel II había nombrado a Pepe Alcañices jefe superior del cuarto de su hijo. Era el responsable último de una educación decisiva para los planes del círculo aristocrático que se afanaba en la capital española por arrebatar la corona a Amadeo de Saboya. En la elección del último colegio que completaría la formación del príncipe (debido al exilio cursó también estudios en París) intervinieron Cánovas del Castillo, el marqués de Novaliches y otros representantes de la causa alfonsina. Finalmente se optó por el centro Theresianum, situado a las afueras de Viena, porque, además de tener rango de colegio imperial, tras su fachada neoclásica estudiaba la familia real y la primera línea de la nobleza danubiana. Asimismo, se trataba de una instrucción católica. El que su confesor fuera alemán corrió a cuenta de la preferencia del duque de Sesto en las distintas culturas europeas.

El joven príncipe fue inscrito bajo el seudónimo de marqués de Covadonga con la finalidad de ser tratado como un alumno más, a pesar de que en el centro se supiera perfectamente quién era. Aunque solo fuera por las cuatro habitaciones reservadas únicamente para él, por las que Isabel II —ayudada, una vez más, por el duque de Sesto— pagaba mil florines mensuales.

Los informes de sus progresos eran analizados por la reina, los profesores y los mentores con el mismo rigor que por la sociedad madrileña en las reuniones de salón. Sus quince años de edad iban descubriendo a un hombre no muy alto, pero sí bien formado, del que las jovencitas admiraban sus labios sanguíneos, mensajeros de una pasión apenas contenida por la melancolía de sus ojos. Su manejo del florete y el sable, su afición a la caza y a la ropa buena le convertían en la encarnación humana de los nocturnos de Chopin y los versos de Bécquer, que las estudiantes atesoraban febriles, y deseando protagonizarlos, bajo el escritorio.

Su vida en el Theresianum no difería de la de los demás alumnos: madrugaba para asistir a las clases, solía almorzar a la una de la tarde y se acostaba a las diez de la noche, después de invitar a sus compañeros a jugar al billar en sus aposentos. En los ratos de ocio hacía excursiones por los alrededores de Viena, participaba en cacerías y acudía al Burgtheater.

Su actitud cambiaba en cuanto salía del ambiente estudiantil. Educado y cauto en su manera de desenvolverse, pronto se ganó el favor de una sociedad austríaca que tendía a simpatizar con la causa carlista. Cuando no fue invitado al acto inaugural de la Exposición Universal que se celebró en Viena, el hijo de Isabel II no se arredró y compró un ticket de entrada como un espectador más, suscitando murmullos en el palco de los archiduques. Gestos de sencillez que no reñían con la consciencia de su posición y de un objetivo marcado desde su nacimiento.

Aconsejado por su madre, pidió audiencia con el emperador Francisco José. La visita se prolongó más de lo habitual y al salir le rindieron honores casi semejantes a los del príncipe imperial. La siguiente vez que Alfonso entró en el palacio de Schönbrunn fue a petición propia del emperador, al que le gustaba conversar con el adolescente que dominaba ya el alemán y el francés. Por otro lado, Francisco José comenzó a ver con buenos ojos al Borbón como candidato y a su círculo de influencia, que, a diferencia de los carlistas, no tenían en sus planes sumir al país en una guerra civil para conseguir su propósito. En efecto, a diferencia de la causa alfonsina, que optó por la influencia y la espera para hacerse con el poder, el duque Carlos, Carlos VII para los carlistas, preparaba una ofensiva bélica para arrebatar a Amadeo I el trono. Las preferencias del emperador no eran secretas, ya que su primo segundo, el archiduque Raniero —tío segundo de María Cristina de Habsburgo— no dudaba en airear cómo Francisco José comparaba las cualidades de los dos aspirantes al trono, decantándose siempre por la conducta del apadrinado por el duque de Sesto.

El príncipe comió su almuerzo lo más rápido que se le permitió y corrió a su habitación. Se le había ocurrido una idea y quería compartirla con su madre antes de que llegara la tal Elena Sanz. La influencia de Pepe Alcañices se extendía también en lo referente a los caballos, ya que era uno de los más afamados criadores de España. Alfonso también iba aprendiendo de él dotes de negociante. «Ahora no están muy caros, por la cantidad de gente que se ha arruinado estos días en la Bolsa y además se haría un arreglo con el marchante que los vende a que se comprometa a recomprarlos en el espacio de seis meses, cuando queramos, perdiendo nosotros menos de lo que cuesta el alquiler», escribía el quinceañero a su madre cuando le anunciaron que tenía visita.

Contempló su imagen en el espejo: uniforme militar de chaqueta con pantalón de paño de lana y la raya del pelo perfectamente marcada al lado derecho. Se colgó la espada con determinación y, antes de descender las escaleras, cogió el sombrero como siempre hacía el duque de Sesto.

Al entrar en la sala de visitas, encontró a Elena sentada en una butaca de espaldas a la puerta, mirando por la ventana un día apenado, que invitaba al recogimiento. Al notar su presencia, ella se giró despacio hacia él iniciando una sonrisa y se levantó con la resolución que le permitían los trece años de edad que le sacaba al príncipe de Asturias.

—Alteza.

Alfonso llevaba preparándose desde su nacimiento para mantener la entereza en situaciones determinantes. Pero nunca nadie había sabido instruirle para conservarla al tener enfrente a una mujer como aquella, que respondía a la perfección a los cánones de belleza de la época. Las formas de Elena Sanz se entreveían en una falda ceñida con polisón de madroños, que se comprimían en la cintura. Cuando él se acercó para saludarla, sin dejar de mirarlo, ella se inclinó hasta casi alcanzar el ángulo recto, dejando a la vista un generoso escote.

El príncipe adolescente, en cambio, sí encontró dificultades para no desviar la mirada más allá de aquellos vivos ojos negros.

—Por favor —le ofreció que se sentara de nuevo, con una sonrisa—. Me alegré mucho cuando me escribió mi madre para decirme que vendríais a verme.

—Me ha encargado que os entregue esta carta.

Alfonso rozó la mano de la cantante al coger el sobre que le tendía y, sin dejar de mirarla a los ojos, la guardó en el interior de su chaqueta.

—Así que vais a quedaros en Viena una temporada.

—Eso parece —asintió la cantante, esbozando una amplia sonrisa de satisfacción—. Aunque ya sabéis cómo es esto, un día estás aquí, otro allí… He pasado una larga temporada cantando en París, ahora acabo de llegar de Rusia…

—Una vida muy interesante, sin duda —dijo Alfonso mientras atenuaba la turbación que le estaba provocando el encuentro imaginándose que tenía enfrente al emperador Francisco José—. Sería para mí un honor que me reservarais algún día para contármela.

Elena asintió, sorprendida por el atrevimiento del adolescente aspirante al trono.

—Por supuesto. La semana que viene canto en el Carl Theater. ¿Querríais venir?

—Allí estaré.

Al poco tiempo, Alfonso se disculpó porque debía regresar a sus estudios, así que salieron de la sala y atravesaron el patio para llegar a la puerta de entrada del colegio. Sus compañeros aún se entretenían fuera de las aulas. La Niña de Leganés, tímida, alzó ligeramente la barbilla al notar todas las miradas puestas sobre ella. Podía interpretar las arias más complejas delante de un auditorio hostil sin reparar en su presencia, pero en esta ocasión sabía que el interés que suscitaba en los imberbes era debido a otro tipo de talento. Notó, halagada, cómo el príncipe hinchaba pecho a su lado.

—Muchas gracias por visitarme —la despidió, tras abrirle la puerta de la berlina. Una vez sentada, tomó su mano y se la llevó a los labios.

—Ya sabéis que estáis en deuda —dijo Elena, sorprendiéndose de su propia osadía.

Mientras el carruaje se perdía entre el aire ceniciento, los alumnos del Theresianum rodearon al futuro rey y regresaron a las aulas entre bromas y palmaditas en la espalda, de las que vivió durante la siguiente clase. Y del recuerdo de cómo, mientras la cantante hablaba sentada en la sala del colegio, la curva de su cintura ajustada hacía adivinar la delicadeza de unas caderas que prometían un descubrimiento mayor.

Elena corrió ligeramente el cortinaje y miró a través de la ventana del Carl Theater que daba a la calle. La Nestroyplazt era un océano negro de sombreros y abrigos que, traspasado el umbral del teatro, descubriría una mezcla colorida de terciopelos, encajes, hombros desnudos y suaves como las sedas de sus vestidos, mangas abullonadas, diademas de perlas y chales de gasas. ¿Estaría él entre los espectadores? Emitió una risa de incredulidad. Era indudable el encanto que envolvía al príncipe de Asturias. También que Mercedes de Orleans no entraba en los planes que Isabel II tenía preparados para su hijo. Y, sobre todo, que ella aún menos. Ella, una cómica.

¿Llegaría Alfonso a reinar y la ayudaría a convertirse en la reina del Teatro Real de Madrid? Y si no era este su objetivo, ¿qué pretendía aquella entusiasta del bel canto, doña Isabel? Elena hizo el amago de volver a mirar a través de las cortinas, pero inmediatamente cambió de planes y regresó al camerino. Leonor de Guzmán no podía ser vista en un descuido tan ridículo.

Tarareó por dentro el comienzo de su interpretación mientras la maquillaban, y al colocarle la tiara que remataría su imagen de la hija del noble y hombre de Estado Pedro Núñez de Guzmán, y de la bisnieta de Alfonso IX de León, Juana Ponce de León, la Niña de Leganés, como si de una deidad se tratara, asumió una dignidad que la acompañó al escenario.

El teatro estaba a oscuras, iluminado levemente por las bombillas de los palcos. Una luz tenue, tímida, se fue animando poco a poco hasta que la cantante pudo mirar de soslayo el palco imperial, donde, debajo del escudo del águila bicéfala, distinguió al emperador Francisco José y a su familia. Le buscó en los palcos de madera contiguos, buscó sus ojos entre las miradas de los aristócratas iluminadas por los motivos dorados que los adornaban. Lo supo. Alfonso no había ido.

La diva se entregó al papel de doña Leonor, amante de Alfonso XI, quien por cuestiones de Estado se casa en cambio con María de Portugal. Matrimonio que no solo no frena los sentimientos del monarca hacia Leonor, sino que los aumenta: la reina no puede darle descendencia masculina, mientras que su favorita, sí. La pasión del rey de Castilla la convierte en su principal consejera e, incluso, concede a sus hijos bastardos el mismo tratamiento que a quien finalmente heredará la Corona, Pedro I el Cruel, y crea con su descendencia ilegítima la dinastía de los Trastámara, que llegará hasta Fernando el Católico. La venganza de la reina se sirve en frío; al morir Alfonso XI a causa de la peste, ordena decapitar a la mujer que destronó su orgullo para siempre. La favorita muere entre los muros del alcázar de Talavera de la Reina, el castillo de Abderramán III.

La ovación cerrada del público resucitó a Elena cuando se corrieron las cortinas. Tuvo que salir varias veces a saludar. La emoción de su papel y el fervor de los asistentes hicieron que la cantante olvidara el hueco de un aplauso.

En el gallinero del teatro, el público más humilde se deshizo en elogios en aclamaciones.

—Qué hermosa es la cantante… ¿Cómo se llama?

—Elena Sanz, Elena Sanz…

—¿Crees que tengo alguna posibilidad con ella? —vaciló un desdentado mientras su mujer le propinaba un capón.

—Pues a mí no me parece tan guapa…

Mientras sucedían los comentarios, una mano masculina —joven y blanca, acostumbrada a la espada y la pluma más que al azadón— buscó un lápiz por debajo del sayo rígido de lana gruesa, y se detuvo mientras la otra mano de finos dedos sostenía el programa de la función. El hombre pasó suavemente el útil por encima del nombre del rey de Castilla, y cuando llegó al final de Alfonso XI añadió un palo con trazo firme.

Elena buscó un pretexto nada más terminar la función y corrió hasta su camerino. Necesitaba soledad, en la inmensidad del momento no cabía nadie más. Una cosa es triunfar en la Rusia de los zares y otra muy distinta hacerlo en la Viena del emperador. Abrió la puerta y se sentó en la silla enfrente del espejo. Su reflejo le devolvió el sabor amargo de la fama, ese distante halo, casi celestial, que impide tocar el calor del público. Rápidamente se quitó la corona de Leonor de Guzmán y una lágrima se desbordó por sus mejillas. ¿Qué estaría haciendo su hermana, por qué no tener a su lado a una madre, o a un padre, que apoyara la mano en su hombro para sentir algo real?

El ritual de cepillarse el pelo la calmó. La diva, poco a poco, fue descubriendo a través del cristal del espejo el resto de la habitación, que las lágrimas habían convertido en una superposición de colores borrosos. No había reparado en que la *chaise longue* del cuarto estaba invadida de rosas. Rosas amarillas. Lentamente, Elena se levantó y se dirigió a ellas. Cogió una y la olió hasta que su perfume entró de lleno en su pecho. Cuando la depositó junto a las demás, observó que una de ellas había sido manipulada para que cambiara de forma. A Elena se le cortó el aliento: la flor de lis. Sonrió a la gentileza de doña Isabel, y percibió inconscientemente una protección parecida a la que transmite una madre.

Llamaron a su puerta.

—¿Quién llama?

Silencio.

—¿Quién llama?

Alguna empleada despistada, pensó la diva, y volvió a pensar en la generosidad de su madrina.

Volvieron a llamar.

—¿Pero quién es? —alzó la voz la cantante, impaciente. Se dirigió a la puerta y la abrió algo colérica. La aparición le quebró el aliento—. Alfonso.

—Disculpad, no quería decir mi nombre en voz alta —respondió. La diva, después de la primera impresión, reparó en el sayo que le cubría los hombros.

—Por supuesto. Pasad, por favor.

Alfonso se adentró en el camerino y miró fijamente las rosas amarillas.

—Pero entonces… ¿habéis visto la ópera? —preguntó espontáneamente Elena, llevándose la flor de lis, de la que en ningún momento se había desprendido, al pecho.

—¿Acaso podíais dudarlo?

Inconscientemente, Elena estrujó la flor entre sus dedos. El tosco sayo, con capucha, solo dejaba a la vista la piel blanca de su rostro que, haciendo contraste con el color marrón del socorrido abrigo, la volvía algo espectral, incluso enfermiza. Fragilidad azuzada por la intensidad con la que sus grandes ojos negros la miraban. En un arranque de timidez, el hijo de Isabel II se dio la vuelta y volvió a mirar las flores.

—¿Cómo habéis conseguido llegar hasta aquí? —se acercó a él por detrás, la mano delante. Iba a posarla en su hombro cuando la realidad le vino de golpe. El futuro rey de España se despojó de la capa, y se volvió erguido dejando ver sus relucientes botas y unas incipientes patillas que se había aventurado a dejar crecer desde su cita con Elena, imitando el estilo del duque de Sesto y del emperador Francisco José. Se llevó la mano a la espada antes de hinchar levemente el pecho.

—Digamos que tengo buenos amigos, Elena.

La Niña de Leganés recogió su mano y se sentó en el tocador para perfumarse levemente y ocultar el leve dolor que le provocaba la redescubierta distancia que la separaba del príncipe.

—Elena, yo no entiendo nada de ópera y, sin embargo, vendría a veros tantas veces como rosas hay esparcidas por el sillón.

—Debéis darle las gracias a vuestra madre por el regalo —repuso la cantante, con la sonrisa forzada.

—El regalo me lo dio ella a mí cuando os pidió que me visitarais.

—Me refería a las rosas —respondió, sin poder ocultar su turbación.

—Mi madre no cometería la torpeza de enviar flores a una flor.

Elena se volvió sin saber qué le perturbaba más, si el hecho de saber que Alfonso era el autor del obsequio o el desparpajo del joven heredero al dirigirse a ella.

—Para ser tan joven no os mordéis la lengua —se defendió, poniéndose en pie.

—Es llamativo que me diga eso una cantante de ópera —Elena se mantuvo quieta mientras Alfonso se colocaba detrás y se inclinaba para susurrarle al oído— que es capaz de convertirse en el escenario en la favorita de un rey, en el amor y en la pasión de un rey. —Colocó sus manos sobre su cintura. Elena las cogió para intentar retirarlas, lo que sirvió al adolescente para apretarlas con fuerza. Cuando notó que la resistencia cesaba, aflojó y las acarició.

—Vos lo habéis dicho. En el escenario. La vida real me obliga a tener los pies en la tierra y saber dónde está mi lugar.

—Afortunada. Me presento: soy Alfonso de Borbón, hijo de una reina destronada. Cuando vuelva al colegio seré el marqués de Covadonga para convertirme en uno más, aunque todos saben quién soy. Y es posible que nunca llegue a reinar. Yo no sé dónde está mi lugar, Elena. Para mí, estar aquí es la vida real.

—Basta. —Elena giró la cabeza para volverse, pero Alfonso encontró la oportunidad que buscaba: la cogió por la nuca y la besó. La diva se quedó rígida, paralizada, hasta que, derrotada, le correspondió.

Cuando se separaron, Alfonso se dirigió al sillón, cogió el sayo y se lo colocó sobre los hombros, recuperando la imagen inicial.

—Como deseéis —sonrió, antes de dar media vuelta y desaparecer por la puerta.

4

Aquella tarde tan de abril Sofía Troubetzkoy decidió convocar a sus amigas a merendar. La lluvia, imparable, solo invitaba al recogimiento. En la calle de Alcalá número 74, junto a la plaza de la Fuente de la Castellana, se erigía el vasto palacio de los duques de Sesto. Aunque tenía tres pisos de altura, la inabarcable longitud de las fachadas que daban al paseo del Prado y a Alcalá hacía que pareciera bajo. Los balcones se sucedían sin fin, solo interrumpidos por los blasones del ducado de Sesto que se ensañaban con los Saboya cada vez que pasaban por delante de la propiedad de Alcañices. También formaba parte de la tortura psicológica al monarca de origen piamontés el que la rusa tuviera desplegados a sus sirvientes delante de cada ventana cuando era informada de que los reyes pasarían por delante de su palacio. Durante los segundos en que la berlina real recorría la calle, la señora de la casa daba la orden: el ventanazo, seco y rotundo.

La imponencia de cada esquina de la fortaleza corría a cargo de cuatro torres que terminaban en agudas flechas, en señal de advertencia. Los jardines del palacio eran conocidos por toda la capital, divididos en distintas estancias y patios de honor, y no pocas personas eran adictas al estanque de agua filtrada sobre una terraza de cinco metros de altura. Allí aprendieron a nadar los hijos de Sofía, fruto de su relación con su primer marido, el duque de Morny: Sergio, María, Carlos y Matilde. Por el contrario, la duquesa no pudo darle descendencia al duque de Sesto, para gran pesar de este, quien siempre se comportó con ellos como un padre.

Todo el que atravesaba los salones de la residencia tenía la impresión de visitar un museo: sus paredes estaban repletas de obras de arte, y su color daba nombre a cada una de las estancias: salón de raso encarnado o de los retratos, salón de terciopelo rojo o de armas, salón de damasco encarnado o de porcelanas, salón dorado o de baile, salón de oro o de los tapices, salón verde o de entrada… La sala de esgrima era continuamente visitada por los niños y los adultos, ya que este era el deporte por antonomasia de la aristocracia de la época. La vida social se prolongaba a través de dos comedores, un gabinete para tomar el café y una sala de billar. La residencia constaba además de una capilla que era asiduamente visitada por la familia Sesto. Sofía, nacida en la ortodoxia, se convirtió al catolicismo al contraer matrimonio con Alcañices.

El lacayo, con librea roja y bocamangas bordadas en hilo de oro, abrió la portezuela del carruaje del que descendió una visita inesperada. Las largas mangas de su levita le definían tan bien que no necesitaba presentarse en caso de que alguien olvidara su cara. Pidió entrevistarse con el duque de Sesto mientras, con el ceño fruncido, se concentraba en limpiar las lentes de sus gafas. Cuando el mayordomo le informó de que el señor se había ausentado, volvió a colocarse los aún empañados anteojos para disimular el súbito brillo de sus ojos.

—¿Y la señora?

La mujer del duque de Sesto se encontraba en esos momentos haciendo una de las cosas que más le gustaba: fumar. Y pareció, al echar el humo, querer expulsar también el comentario que Josefa de Arteaga y Silva, íntima amiga y marquesa de Torrecilla, acababa de soltar alegremente ante el resto de invitadas: Angustias de

Arizcún Tilly y Heredia, condesa de Tilly y de Heredia-Spínola; Cristina de Carvajal y Fernández de Córdoba, marquesa de Bedmar; Agripina de Mesa y Queralt, condesa de Castellar; y Mercedes Méndez de Vigo y Osorio, condesa del Serrallo.

—Querida, es lógico que reaccionen ante una ofensa. Pero es un gesto que queda ahí. Cuando importé el árbol de Navidad desde Rusia, al principio muchos se echaron las manos a la cabeza. Y ahora está en todas las casas —sonrió, con vanidad—. Así que ahora la nueva moda será cerrar las cartas con el sello de Amadeo de Saboya bocabajo. —Dicho esto, Sofía introdujo un papel dentro del sobre y la efigie del rey de España quedó mirando hacia sus pies.

—Si yo no te contradigo. —La marquesa de Torrecilla terminó de beber el té, y colocó la taza de porcelana de Meissen en su correspondiente plato. Se acomodó en la *chaise longue* de la sala tras un discreto bostezo—. Solo espero que no se les ocurra ahora poner nuestras caras bocabajo vestidas de prostitutas en los carteles publicitarios.

—Josefa, qué imaginación tienes —repuso la anfitriona molesta, con una media sonrisa de circunstancia. Nada le apetecía menos que recordar cómo, un año atrás, su «rebelión de la mantilla» había sido tan duramente reprendida por la camarilla del rey. Para demostrar su españolismo, y sobre todo su repulsa a Amadeo, las aristócratas salieron de sus casas para darse el habitual paseo por los jardines del Prado con una mantilla en la cabeza sujeta al pelo con un broche en el que podía verse la flor de lis. Los ministros de Fomento y de Gobernación, Manuel Ruiz Zorrilla y Práxedes Mateo Sagasta, supieron que la ofensiva no podía quedar impune, y organizaron un sutil contraataque: buscaron en un burdel conocido como La Piltra del Tío Largo a algunas mujeres de buen ver y mejores tragaderas y les colocaron el mismo atuendo que las nobles para que también se exhibieran en su matutino recorrido.

—Pues algo debemos de estar haciendo bien, y no estamos solas —respondió tajante la duquesa de Sesto, encaminándose hacia una mesa de raíz de nogal, donde reposaba una pila de periódicos. Cogió uno al azar—. La Loca del Vaticano. Así la llaman en el diario *El Imparcial* a Victoria, comparándola con Carlota de Sajonia, cuando suplicaba ante el papa Pío IX para que no fusilaran a su marido, el emperador de México Maximiliano de Habsburgo.

—Nosotras estaremos a salvo con tal de no asomarnos al balcón de tu casa, Sofía —ironizó la marquesa, en referencia al artefacto que meses atrás un grupo de violentos agitadores defensores de Amadeo I, conocidos como el Partido de la Porra, había tirado a los balcones del palacio de los duques de Sesto.

—Qué negativa estás hoy, querida. Cada vez creo más en lo que le comenté a mi primo, el barón Behr Pohlen, sobre mi primera impresión de los españoles. Está lleno de leones pero mandan los monos.

—Pues eso no debería molestarte. Menos mal que tu sensato marido no ha permitido que llenes la casa de esos animales como hiciste con el anterior, que en paz descanse.

A Sofía le vino de pronto la imagen de cómo se había desprendido de sus bucles dorados en señal de pureza cuando murió su primer marido, Carlos Augusto Morny, para introducirlos en su féretro. Dominó su rabia y la apartó de su cabeza.

—Empiezo a pensar que estás del bando de la Cubana —apostilló, señalando con gracia hacia el palacio de la Presidencia, conocido como la Casa de los Heros, edificio vecino donde residía la duquesa de la Torre, mujer del general Serrano, regente del reino antes de la llegada de Amadeo. Por toda la alta sociedad española era conocido el «duelo» entre ambas damas; si Sofía Troubetzkoy no tenía reparos en colocarle ese apelativo o el de la Regenta, con sorna, a Antoñita Domínguez y Borrell, esta traspasaba cualquier frontera apodándola a ella públicamente la Tísica o la Moscovita.

Ambas señoras disponían de su propio ejército de sirvientes, al que manipulaban para que les transmitiera información acerca de lo que se «cocía» de importancia en las residencias vecinas. La belleza y elegancia de una y otra luchaban de igual a igual, pero la rusa jugaba con ventaja al tener el respaldo de un marido con el que simpatizaban tanto las clases pudientes como el pueblo llano. Por otro lado, ella también llevaba en la sangre la amabilidad con los más pobres, que en ocasiones como aquella utilizaba en su propio beneficio: siguiendo una vieja costumbre rusa, en la dureza del invierno ofrecía bebidas calientes a los lacayos que esperaban ateridos de frío en la calle a que sus señores terminasen de divertirse. Aquello desembocó en una guerra entre el servicio de una y de otra acera de la calle de Alcalá por hacerse con los caldos gentileza de la rusa.

La marquesa de Torrecilla emitió un intencionado bostezo cuando las demás invitadas propusieron jugar a las cartas para suavizar la tensión y, con disimulo, se quitó los zapatos para acomodarse bajo el acogedor *plaid* escocés de su amiga.

Llamaron a la puerta y el inesperado Cánovas del Castillo fue anunciado. Todas las damas se irguieron en sus sillones y marquesitas, incluida Josefa de Arteaga entre protestas.

—¡Qué vida esta! No puedo descansar ni un día. —Y, al igual que las demás, preparó la mejor de sus sonrisas.

El fundador del partido conservador entró con paso firme y semblante serio en el salón, y lo primero que hizo fue coger la mano de Sofía Troubetzkoy hasta casi rozarla con sus labios.

—Señoras —saludó con una medio sonrisa—. Nada podría apetecerme más que una tarde en tan inmejorable compañía, pero lamentablemente un aburrido asunto de Estado me tiene muy ocupado, como bien sabéis. —Y se volvió hacia la duquesa de Alburquerque—. Por eso no me queda más remedio que secuestrar a la cabeza pensante del movimiento, para que despache con el simple brazo ejecutor. —La princesa, halagada, emitió una alegre carcajada y pidió al servicio que le habilitaran una salita para hablar a solas con Cánovas.

—¿Buenas noticias, Antonio? Tu expresión es ambigua —comentó cantarina la dama rusa cuando, después de que el político rehusara tomar una taza de café, escuchó que la doncella cerraba la puerta.

Cánovas, de mediana estatura y rostro sin excesivas pretensiones, era de esos hombres que llevan la grandeza en el contorno de los ojos. Sonrió en silencio, abandonando momentáneamente su postura circunspecta. Después, volvió a ella.

—Sofía, le he escrito una carta al príncipe Alfonso.

—¿Con qué motivo? —La expresión de la duquesa se tornó seria.

—No te alarmes, es solo que nos estamos acercando a una fase definitiva, y creo que debo ir informándole de la situación.

—A ti te hará caso, Antonio. Sé por mi sobrino Julio, el conde de Benalúa, que te tiene un gran afecto y consideración por la labor que estás haciendo.

—Mala noticia sería que piense que me debe un favor. —La duquesa de Sesto frunció el gesto en señal de no entender, por lo que el estadista, haciendo gala de su célebre sarcasmo, añadió—: Hablará mal de mí en cuanto sea proclamado rey.

Sofía Troubetzkoy se relajó en una espontánea risa, y se anilló un bucle en el dedo. Cánovas tenía un gran éxito entre el sector femenino. Y era aquel carácter ocurrente la causa de que ellas se olvidasen de que era bizco.

—Mi marido y mi sobrino también me informan de que el príncipe Alfonso está absolutamente enterado de todo lo que sucede en España. Incluso estudia los anuncios, sus favoritos son los de *La Correspondencia*.

—Sí, la prensa se va convirtiendo en un elemento de presión inestimable para nuestra causa. Los artículos en *La Gorda* y *La Época* son los más influyentes para la restauración.

—Por supuesto —corroboró la duquesa de Sesto. Y se jactó, con graciosa altanería—. Si me permites la arrogancia, yo he contribuido al enfoque de más de uno. —Al percibir cierto fulgor en la mirada de Cánovas, continuó—: En una de las reuniones de mi casa, llegué a la conclusión de que era perjudicial tener como rey a un personaje que solo fuma Virginias y no tabaco español de La Habana. A los dos días vi plasmada esa idea en un artículo.

—Por algo te nombré secretaria de la causa alfonsina. —El malagueño se acordó de una reciente conversación con un político alfonsino que la conoció en Francia, donde vivía con el duque de Morny, su primer y fallecido marido. «Es curioso cómo ha cambiado, antes indolente y algo retraída en los salones de París, y aquí se ha transformado en una mujer brillante y activa. Es como si en esta lucha hubiera encontrado su razón de ser»—. ¿Cómo van tus famosos ficheros de adhesión?

—Cada vez más llenos. Las reuniones y fiestas en mi casa son un éxito. Las personas son solidarias siempre y cuando se diviertan, Antonio. Dentro de unos días organizaré una función de circo en el picadero y he convencido a algunos amigos nuestros para que actúen.

—¿El picadero que está entre el jardín y la iglesia de San Fermín? —Tras el asentimiento de la duquesa de Sesto, Cánovas confirmó su asistencia—. No cometas la redundancia de ponerles disfraz.

—Descuida. ¿De verdad no quieres que pasemos al *fumoir*?

—Me encantaría, Sofía, pero no me puedo entretener. Además, tienes invitadas en casa.

—Mientras haya vegueros y princesas de la Cisterna a las que desplumar no me echarán de menos.

Cánovas se acarició la barbilla, pensativo, al escuchar mencionar a su ojito derecho a la reina de España, María Victoria del Pozzo.

—La Cisterna tiene su público, Sofía. Y no solamente entre los miembros del gobierno de su marido. Cada vez se dedica con más ímpetu a las obras piadosas de ayudas a los más desfavorecidos y hay una parte de la burguesía y del pueblo que sí se identifica con ella.

—Ya he pensado en eso. Ella les puede motivar con su abnegado carácter, pero nadie puede competir con Pepe si se trata de ejercer influencia.

Cánovas arrugó el gesto en señal de rechazo.

—No está bien que una mujer hable tan bien de su marido, transmite la sensación de que no ha sido capaz de provocarle ningún rencor. Le robas hombría al pobre Pepe.

Los recuerdos del duque de Morny pudieron con su fino sentido del humor, muy útil para una mujer alérgica a los despliegues emocionales.

—Ya me generaron demasiado rencor. —Se levantó y se dirigió a la ventana para abrir más las cortinas de brocado de la sala y ocultar el dolor que le producía recordar la imagen de aquellas cartas aromatizadas con un perfume que no era el suyo, descubiertas entre las pertenencias de un hombre del que estuvo profundamente enamorada. Siguió con el dedo el dibujo de la tela—. Tantos años de luto para acabar descubriendo que aquel nunca había sido mi lugar. —Tiró de las cortinas con furia para separarlas y se volvió hacia el político, que la observaba en un respetuoso silencio. Solo la proclamación del príncipe Alfonso como rey le hubiera merecido interrumpir el privilegio de que ella, la princesa, le abriera su corazón. Aunque no fuera más que durante unos segundos. La repentina sonrisa y energía con la que ella volvió a sentarse frente a él le hizo recomponerse de golpe—. La misión que he tenido el honor de que me encomiendes es mi prioridad ahora. Bien, Antonio. ¿Qué le escribes al príncipe en tu carta?

—Según mis últimas informaciones, los carlistas están preparando una sublevación contra el rey a finales de este mes. Es conveniente ponerle al corriente de ello y de cuál será nuestra postura.

La duquesa optó por asentir levemente; no era inteligente mostrar ante tan audaz hombre de Estado la excitación infantil que le producía ser partícipe de los movimientos que cambiarían el curso de la historia de España.

—Seguiremos con nuestra estrategia y nos mantendremos en un aparente segundo plano. Es importante que el prestigio de la causa alfonsina no se mezcle con la sangre que se derramará. El pueblo español debe sentir que el trono y la presidencia del Gobierno se ocupan legítimamente y no de un modo impuesto. Mientras, nosotros seremos testigos de cómo los carlistas, republicanos y demás movimientos definen su propio final. El príncipe debe seguir con sus estudios, pero también estar preparado para cualquier acontecimiento.

—Esperemos que el más importante no le llegue siendo menor de edad —comentó Sofía con intención.

Cánovas se limitó a fruncir el ceño para encajar el golpe; suave comparado con los que recibía en los debates del Congreso de los Diputados. Era un secreto a voces la preferencia que la reina madre María Cristina de Borbón sentía por su hija Luisa Fernanda, en detrimento de Isabel, por lo que los pasos de Antonio de Orleans después de que la reina destronada abdicara en favor de su hijo fueron presionar a su suegra hasta conseguir que firmara un acuerdo por el que él se convertiría en regente de Alfonso en caso de que este reinara siendo menor de edad. Y no solo eso; ofrecía a su hija María de las Mercedes en matrimonio con el joven heredero. Esta situación le auguraba un porvenir muy poco esperanzador a Cánovas, quien, además, sentía un odio visceral hacia Montpensier, independientemente de sus ambiciones políticas.

—A pesar de todo, Antonio —se apresuró Sofía a compensar el comentario—, doña Isabel no olvida que fue Montpensier quien sufragó la revolución para echarla del trono.

—Lo sé, Sofía. Sé que ella intentará por todos los medios arruinar cualquier plan que ingenie su cuñado. Pero me preocupa su hijo. Como bien sabes, parece que no serán necesarias las maniobras de Montpensier para conseguir que el príncipe se fije en la encantadora Mercedes, y no va a cejar en su empeño de unirlos.

La duquesa de Sesto sonrió con picardía.

—Por supuesto que no. Conozco su dulzura y belleza —clavó los ojos en él—. Pero doña Isabel es una gran entendida de la ópera y reconoce perfectamente a la que sabe, y puede, elevar el tono.

5

Ya habían terminado las clases y el príncipe Alfonso no había podido concentrarse en ellas. Efectivamente, la información que le había transmitido Cánovas se había cumplido. Aquel 21 de abril de 1872 los carlistas se habían levantado en España contra Amadeo I. El político malagueño insistía en que su baza era un «movimiento de opinión». También le informaba de que, sin descuidar sus estudios, antes o después debía centrarse en su formación militar. Se sentó con la carta en la mano. Acarició el sello del rey de España plasmado hacia abajo en el sobre y sonrió ante la última ocurrencia de la mujer del duque de Sesto.

Necesitaba pasear. Descendió las escaleras de piedra del Theresianum y se detuvo delante de un retrato de Felipe V. Mientras observaba a su antepasado, recordó cómo había vencido a quien había intentado arrebatarle la corona, el archiduque Carlos, quien, precisamente, había muerto entre los muros de aquel palacio, convertido ahora en el colegio de los hijos de la más alta nobleza. Se prometió a sí mismo no defraudar a quienes esperaban lo mismo de él y la presión le impulsó a salir de allí. Informó a su tutor, Guillermo Morphy, de lo que se disponía a hacer y le pidió permiso para solicitar una berlina. El tutor decidió ser comprensivo con él.

El día anterior, Isabel II había enviado a Alfonso una carta en la que le informaba de las críticas que su tutor le había trasladado y pensó que el joven heredero a la Corona podría estar algo afectado.

El príncipe se deshizo del uniforme militar y se vistió con un traje oscuro más funcional para pasar desapercibido. Cuando el cochero le preguntó por su destino, se dio cuenta de que en ningún momento se había parado a pensar adónde ir.

—Comience el paseo por la Praterstrasse, por favor.

El conductor obedeció mecánicamente. El traqueteo del coche y el rítmico paso de los caballos le mecían hasta sumirle en un dulce estado de semiinconsciencia. Con los ojos entrecerrados distinguía los colores de los vestidos de las damas paseantes, que los rayos del sol volvían más vivos. También sus cabellos, que se mostraban tímidamente bajo sombreros atados con lazos de encaje, resplandecían más. Aquellas últimas imágenes quedaron en su cabeza cuando cerró definitivamente los ojos y la fantasía del joven príncipe puso el resto imaginando que le permitían acariciar esos tobillos, que le regalaban momentáneamente la vista al levantar levemente el vestido para subir un escalón, y que alguna de ellas le permitía incluso subir hasta una de esas enaguas que había visto publicitarse en los periódicos.

Recordó la misiva que su mentor Morphy había enviado a su madre y por la que había sido reprendido. Después de resaltar sus progresos académicos y sus dotes de observación, el supervisor de sus estudios añadía: «No se le escapa nada, todo lo analiza aunque solo de un modo indirecto se descubre su pensamiento, porque es muy cauto en lo que habla». El leal profesor continuaba: «El método de vida arreglada y la prudente alternancia entre el estudio y la diversión son muy necesarios para el príncipe». Morphy reflexionaba además que, al tener una sensibilidad y una fantasía inquieta, «cuando pasa muchos días en la ociosidad adelanta su imaginación más de lo necesario en cierto terreno y vuelve al trabajo con disgusto». Así informaba, con discreción exquisita, de la distracción favorita del joven adolescente, que Morphy temía acabara siendo prioritaria y le distrajera de su ambición a la Corona de España.

El repentino frenazo de uno de los animales desequilibró la berlina y le despertó violentamente.

—Disculpad, señor. Está todo en orden. ¿Seguimos el paseo?

Aún desconcertado, el príncipe miró a su alrededor a través de la ventana. Habían llegado al emblemático Prater, poblado de austríacos que daban un paseo o se demoraban en la belleza del lugar para que el camino hasta su destino les resultase más agradable. Alfonso iba a indicar al conductor que prosiguiera, cuando atisbó un caminar que sintió familiar. La mujer, aunque se movía despacio y en soledad, conservaba una altanería y cierta majestuosidad demasiado aprendida ya como para prescindir de ella en un resquicio de intimidad.

—Siga despacio y manténgase en el carril que bordea al parque. —El conductor azuzó con las riendas a los caballos, que iniciaron el paso con brío—. No, no. Más despacio —insistió Alfonso, sin apartar la mirada de ella.

La berlina poco a poco fue avanzando hasta colocarse a su altura, pero los arces en flor desplegados en hilera la envolvían, convirtiéndola en una oscura mancha borrosa. No hizo falta más. En cuanto detectó una trenza negra acomodada delante de su hombro izquierdo le pidió al cochero que se detuviera.

—No me espere.

—Pero señor, tengo la obligación de llevaros de vuelta al colegio, no puedo dejaros aquí —contestó alarmado el cochero al ver que el príncipe ya tenía colocada la mano en el pomo de la puerta.

—No se preocupe, ¡no diré nada!

El príncipe atravesó los árboles siguiendo aquella trenza. Iba tan ensimismada que ni siquiera se había percatado de que alguien la seguía. Apretó el paso para ponerse a su altura y finalmente se decidió:

—Elena.

La cantante frenó en seco y giró levemente la cabeza, insegura de estar preparada para enfrentarse al rostro que acompañaba a esa voz que ya reconocía.

—Buenas tardes, alteza.

En su sencillo vestido lila de tafetán, una discreta franja color oro bordeaba el bajo de la falda. Cubría su cabeza con un sombrero oscuro, que dejaba apenas perceptibles sus intensos ojos negros. La Niña de Leganés no llevaba maquillaje, a diferencia de cuando se conocieron en el colegio y de aquella vez que estuvieron a escasa distancia en su camerino. Su piel, blanca y tersa, provocaba un dulce contraste con sus labios voluptuosos y de un tono rosado ligeramente infantil, sin el rojo que acostumbraba a vestirlos. La cercanía que transmitía impulsó a Alfonso a ofrecerle el brazo.

—Te acompaño hasta donde vayas.

—A ningún lado —respondió la cantante con franqueza—. Paseo de vez en cuando a solas.

—Claro, estás al lado del teatro donde deslumbras en cada función.

—Me gusta porque cuando el sol se proyecta sobre las hojas parecen cristales.

—A mí me gusta entonces porque podré ver tu imagen en ellos. —Elena le observó sin tomar aún su brazo—. ¡Ah, vamos! Es un comentario, sin más.

Soltó una carcajada el príncipe para quitarle tensión a la situación. No retiró el brazo que, finalmente, la cantante aceptó.

—Así que esto es lo que las artistas hacen en su tiempo libre. Disfrutar de su soledad —inició el príncipe la conversación, sacando del bolsillo una petaca de plata con su firma grabada. Cogió el tabaco y comenzó a liar un cigarrillo con el papel.

—Veo que los príncipes también. ¿Hay algo más en lo que podamos congeniar? —preguntó a su vez Elena, utilizando la insolencia como arma de defensa.

—Por supuesto. En el arte.

—¿De verdad? No me digáis que también cantáis. —Le miró de reojo. La arrogancia del príncipe era contradicha por sus temblorosas manos, incapaces de liar el cigarrillo. Se separó de su brazo y alargó la mano hacia las de Alfonso—. ¿Me permitís?

La cálida sonrisa de la diva le movió a retirarse a tiempo con elegancia.

—Por supuesto. ¿Dónde ha aprendido una dama como tú a hacer eso? —preguntó, realmente sorprendido por la rapidez y precisión con la que procedía Elena.

—Por favor, alteza —sonrió ella con sincera socarronería—. He compartido habitación y baño con el resto de las niñas en un orfanato y ahora vivo entre camerinos. Soy una cómica, como algunos nos llaman.

—No me gusta que hables de ese modo —interrumpió Alfonso, aceptando el cigarrillo ya preparado—. Yo también te llamo de esa forma despectiva y lo hago intencionadamente, créeme. Me creas inseguridad.

—¿Inseguridad? ¿De qué puede tener complejo un futuro rey?

Alfonso se salió del camino y se adentraron en un pequeño bosque de cerrado follaje.

—¿Pero a dónde me lleváis? —inquirió la cantante, sobresaltada. El príncipe apretó el brazo contra su torso para impedir que ella pudiera soltarse. Cuando llegaron a un árbol alejado del bullicio de los paseantes, la soltó. Se irguió todo lo que pudo y miró al infinito.

—*Gaudeamus igitur, iuvenes dum sumus…* —Ante la atónita cantante, Alfonso comenzó a entonar el célebre himno escolar que su curso preparaba para final de carrera. El heredero, que desafinaba más que cualquier otro adolescente, en lugar de avergonzarse cantaba cada vez más fuerte, animado al comprobar que Elena reía incontroladamente y, cuando pudo recomponerse, hizo un gesto con el brazo para que se detuviera. Al ver que no le hacía caso, ella se lanzó a taparle la boca con la mano. La retiró de inmediato, indecisa aún de las distancias que debía marcar con el hijo de Isabel II.

—¿Crees que pasaré la prueba final en verano?

La diva volvió a reírse y le cogió del brazo para continuar el paseo, esta vez no solo por complacer su galantería.

Los dos jóvenes continuaron su camino por el bosque, alejados del bullicio de la gente. A pesar de sus delicados zapatos de tacón, Elena prefirió encontrar la intimidad con el príncipe y se adentró con él aún más en el bosque hasta que sus cuerpos terminaron siendo una mancha en la espesura. Ignoraron el tiempo hasta que no pudieron seguir haciéndolo.

—Se hace tarde. Deberíamos regresar. —La oscuridad fue un golpe de realidad para la Niña de Leganés—. ¿Los jóvenes príncipes no deberían estar ya de vuelta en el colegio?

—Antes quiero demostrarte que soy capaz de hacer algo bien —repuso su acompañante absorto en otros pensamientos.

Insistió en acompañarla al Carl Theater, ya que la cantante quería pasar por el camerino para recoger unas partituras y repasarlas antes del ensayo del día siguiente. En la berlina, apenas intercambiaron palabra. Solo, de vez en cuando, una mirada de complicidad ante la inmensidad que les aguardaba. O, al menos, así lo sentía ella. ¿Hacer algo bien? Sintió un escalofrío por el enardecimiento que le producía visualizar imágenes de la última vez que estuvieron juntos.

Aquella noche no había representación y la soledad del edificio en la penumbra le confería un aspecto aún más majestuoso. Las puertas estaban abiertas, el portero se acercó al reconocerla. La diva saludó rápidamente al ver que se quedaba mirando a Alfonso, quien permanecía a su lado en silencio intentando pasar desapercibido, con una divertida expresión en su rostro.

—Iremos por la escalera que conduce directamente a los camerinos —dijo Elena. Como notó al príncipe algo perdido le cogió espontáneamente de la mano y le condujo suavemente hasta el suyo. Cerró la puerta tras de sí y tomó aire. Se volvió—. ¿Y qué es lo…?

—Shhh —la calló él, colocando el dedo sobre sus labios—. Túmbate en el sillón.

—¿Tumbarme? Pero… —El príncipe parecía no escucharla, buscando algo a su alrededor. Elena obedeció y se sentó sin quitarle el ojo de encima. Finalmente, reparó en la silla colocada delante del tocador, inundada por unos trajes superpuestos encima desordenadamente. Los apartó con cuidado y los colocó en el respaldo del sillón.

—Túmbate, Elena. Y tranquila. Yo voy a buscar la luz adecuada.

—Alteza, no sé qué os proponéis a hacer, pero ya os dije que yo no… —La voz de la cantante perdió fuelle ante la mirada insistente del príncipe, y finalmente se colocó el polisón de tal modo que pudo tumbarse de lado. Estiró las piernas hasta el final para evitar que el hijo de su madrina se sentara junto a ella.

Alfonso se despojó de su abrigo, pero antes de sentarse sacó un lápiz y una pequeña libreta encuadernada en piel negra.

—¿Qué vais a hacer?

—¿Siempre preguntas tanto? Relaja la expresión.

El príncipe frunció el ceño y comenzó a dibujar trazos, a la vez que alzaba la vista de vez en cuando para observar su larga trenza, su cuello, sus cejas, o, durante unos segundos, el pecho de la diva, que subía y bajaba agitadamente, apenas controlado por la rigidez del vestido. Le cogió la mano con los ojos.

—Puedes relajarte, Elena. Estas conmigo —aseguró, bajando el tono de voz.

Elena sintió que sus mejillas explotarían y no de rubor, sino de rabia por reconocer que la osadía del adolescente le había gustado. Estaba apresada por un lápiz que no paraba de moverse, que pretendía capturarla en un trozo de papel. Era ridículo, pensó, y puso un pie en el suelo con intención de levantarse. No pudo.

No tuvo que esperar demasiado tiempo: los trazos del príncipe eran certeros, orquestados por unas manos ágiles que, a veces, parecían funcionar de memoria.

—*Voilá.*

Alfonso cerró de golpe el cuaderno y se dispuso a guardarlo en el bolsillo del abrigo.

—Ah, no, de ningún modo. —Aquello ya fue demasiado para Elena, que se levantó de golpe y caminó hacia el hijo de Isabel II. Rápido de reflejos, alzó la mano todo lo alto que pudo para impedir que lo cogiera—. Dejadme verlo.

—No.

—Dejadme.

—No.

La tiple tomó aire para recomponerse y hablar lo más convincente posible.

—Por favor. Marchaos. Tengo que preparar el ensayo de mañana.

—Elena, es solo que estoy un poco inseguro con el resultado y quiero retocarlo… —El tono tajante de la cantante le cogió desprevenido, y su arrogancia se perdió en una ansiedad por explicarse, que a Elena le resultó conmovedora en su inocencia.

—Por favor.

En silencio, el príncipe recogió sus cosas y se fue, cerrando la puerta con cuidado. En un arranque irracional, Elena se echó a llorar compulsivamente. Qué imprudente había sido por su parte dejarle entrar. Y qué imprudente dejarle salir así. Al hijo de Isabel II, que tan bien se había portado con ella. ¿Y si le contaba todo lo sucedido a su madre? Por un instante le pareció que Alfonso había hecho tambalear su sueño de cantar en el Teatro Real. Se levantó de inmediato, tenía que encontrarlo.

Mientras se ponía el abrigo se asustó al escuchar un ruido que provenía de la puerta. Habían pasado un papel doblado por debajo. Se agachó despacio y lo recogió. Comenzó a desenvolverlo despacio; era su retrato. Sin embargo, unas palabras ocuparon todo su interés: «No volveré a molestarte más».

—Alfonso.

Se incorporó con violencia y abrió la puerta. No había nadie. Miró a su alrededor en un teatro a oscuras y distinguió el contorno de la figura del príncipe, levemente trazada por la iluminación que provenía de debajo de la escalera que conducía a la entrada del edificio. Su porte, algo enjuto por una adolescencia aún inacabada, transmitía ya categoría en sus ademanes. No era el miedo a perder su sueño lo que la había movido hasta allí. O quizá se había dado cuenta de que no solo tenía uno.

—Alfonso —llamó en voz queda. El silencio del teatro acogió el nombre del príncipe como el susurro del viento que queda atrapado entre unas paredes hace tiempo abandonadas. Se detuvo y dio media vuelta, al borde de la escalera.

Elena se dirigió rápida hacia él; la distancia se le antojó insoportable. Durante unos segundos, el príncipe fue el descanso de la diva. Aturdido por su impetuosidad, poco a poco fue reaccionando y correspondió al abrazo con una mano sobre su cintura. La otra la dedicó a acariciar el vino tinto de su pelo. Cuando el temblor de Elena se apaciguó, la separó suavemente y acercó sus labios a los de ella.

—Eres el pulso de mis días.

A Elena poco le importó que esas palabras fueran ciertas o resultado de la tensión, estaba más interesada en callarle con sus labios. La respuesta a su osadía no tardó en llegar, sintió una firme mano en su nuca y unos labios empeñados en demostrarle quién tenía el mando, sabedores de que ella le había dejado ganar la guerra. Sin separarse, volvieron al camerino.

Los primeros destellos del alba auguraban que el sol sería inclemente, perfecto para adormilar conciencias con su calor. Alfonso descendió de la berlina y le pidió al cochero que aguardase para buscar en el bolsillo de su abrigo los florines que Elena le había prestado para pagar al cochero.

El sirviente que se afanaba en limpiar la entrada del colegio le abrió la puerta sin mirarle a los ojos, mezcla de sumisión y de no querer haber visto en caso de ser preguntado. Alfonso subió las escaleras hacia su habitación con sumo cuidado para evitar ser oído. Cuando llegó a su destino respiró aliviado tras la puerta. Cerró los ojos, la vio a ella. Rememoró algunas imágenes que cobraron forma, sintió el cuerpo de la diva como si fuera el suyo propio, y una sonrisa invadió su cara sin poder ni querer retirarla. Se había quitado un peso de encima que ni siquiera él era consciente de que tenía. La dulce sensación en sus articulaciones le llevó a querer estar de nuevo en sus brazos. Por un instante sus sentimientos se vieron enturbiados por la inseguridad de no haber estado a la altura, pero recordó cómo Elena había perdonado su torpeza e indecisión de principiante dejándole hacer sin trabas, incluso guiándole en ocasiones. Era una mujer maravillosa. El deseo volvía a estar ahí, acercándose lentamente como las nubes de una tormenta.

—Espero que durante las clases de hoy consigáis apartar esa expresión de vuestra cara, alteza.

Sobresaltado, el príncipe se llevó la mano a la espada instintivamente, hasta que distinguió una sombra sentada en la silla de su escritorio, una sombra tan familiar ya como la suya propia. Se dirigió hacia el final de la habitación y abrió las pesadas cortinas de terciopelo con un golpe seco. Se volvió hacia Guillermo Morphy con la mayor expresión de gravedad que pudo reunir. Su orondo y honrado profesor se encontraba de brazos cruzados, con aspecto de haber dormido solo a ratos. Para su distracción, el compositor tenía sobre la mesa unas partituras de piezas para vihuela. Ya por aquel entonces era conocida su labor compilando el repertorio español de composiciones para este instrumento en el siglo XVI. Sin saber por qué, una carcajada nerviosa brotó de los labios del adolescente, como si llevara mucho tiempo almacenada dentro y hubiera encontrado su momento de salida.

—¿Dónde habéis estado? —preguntó su mentor sin inmutarse.

—Disculpadme, de verdad. Disculpadme. —Durante el camino de regreso al colegio un sentimiento de madurez había perdurado en su pecho todo el tiempo, pero la solemnidad del rostro de Morphy y lo delirante que le parecía la situación le hizo verse de pronto como un niño que hubiese cometido una travesura. Notó una línea de sudor en la frente, que no logró calmar su risa.

—Profesor, me río porque no vais a creer lo que me ha sucedido. Fui a dar un paseo por el parque y estaba tan cansado por la actividad de toda la semana que me quedé dormido en un banco. —En un alarde de lucidez se acordó de que en una mentira convincente predominan los detalles—. Ha sido una madrugadora señora envuelta en pieles de arminio la que me ha despertado, y si por la noche he pasado frío, peor ha sido la vergüenza. Creo que será más conveniente que hoy guarde reposo en la cama.

—Comprendo —asintió Morphy, acariciando el borde de las partituras—. Y esa señora envuelta en llamativas pieles de arminio no será cantante de ópera y responderá al nombre de Elena Sanz, ¿verdad?

—Pero profesor… —respondió con asombro el príncipe, sin poder articular media palabra más.

—Veréis, alteza. —Morphy se pasó la mano por su mullida barba en actitud reflexiva, sin reproches en su voz—. Os tengo en la suficiente consideración como para suponer que vuestra inteligencia intuirá que si el futuro rey de España se va del colegio sin avisarme, en cuestión de minutos, escasas horas si fuera preciso, será localizado.

—Ni siquiera sé si voy a ser el rey de España.

—Claro que no, alteza. Hay mucho en juego y cualquier movimiento es decisivo. Toda la alta nobleza se desvive por apoyaros. Y no solamente en cuanto a círculos de opinión se refiere, sino también a efectos de subsistencia, como bien sabéis. Siento herir vuestro orgullo, pero mantener vuestras cuatro espléndidas habitaciones, mi pensión, la de Ceferino como ayudante de cámara y la manutención de tres criados supone un desembolso de casi mil quinientos francos. Pues bien, ayer tuve que informar al duque de Sesto de que necesito entre quinientos y mil francos más para otros gastos, entre los que se encuentran los suyos, ya que solamente los del colegio alcanzan dos mil quinientos francos mensuales.

El príncipe sintió de pronto la vergüenza de haber tenido que pedir a una dama dinero para poder volver al colegio. Bajó levemente la cabeza.

—Tenéis muchos frentes abiertos en vuestra contra, y no solo por la derecha con la sublevación carlista —prosiguió el profesor—. Por la izquierda están los republicanos, que leen con entusiasmo a Marx y cuyas ideas podrían extenderse con rapidez en determinadas capas sociales… Y un pequeño detalle; nos guste o no, Amadeo de Saboya sigue ocupando el trono que ansiáis. Es decir, se está invirtiendo mucho en poner la corona sobre nuestra cabeza sin ninguna garantía sólida por el momento.

—¿No tengo derecho a tener vida propia? —dijo Alfonso, abandonando la compostura—. Eso que me estáis contando ronda por mi cabeza día y noche… —Comenzó a dar pasos agigantados por la habitación—. Y luego están esas cartas… La relación de mis padres es insostenible, cada vez más. —Se abrazó los codos en señal de autoprotección.

—¿Tener vida propia? —El profesor se rio irónicamente, para después clavar su mirada en el niño que tenía delante—. Cada movimiento que hagáis, cada paso, ha de responder a la más absoluta ejemplaridad. Al pueblo que representéis le dará exactamente igual vuestra tristeza por la relación de vuestros padres, alteza, si la más alta institución del Estado no cumple con las expectativas creadas. Y debéis aprender esto muy pronto. —Alfonso tragó saliva—. Escuchadme bien: si al concluir vuestro desarrollo físico e intelectual os casáis con una mujer virtuosa de quien no solo estéis enamorado, sino que os sepa llevar, seréis feliz y un gran hombre. Si os lanzáis a la vida tempestuosa, vuestro camino estará marcado por el fracaso.

El príncipe pensó que Elena podría aunar estos requisitos, pero guardó silencio. Algo en la actitud de Morphy le hizo comprender que serían frases al vacío.

—Todo se resume en que vuestro porvenir depende más de vuestro carácter, inteligencia y tacto para manejar las situaciones que de vuestros conocimientos puramente científicos en la ciencia militar, por poner un ejemplo.

Alfonso recibió una agradable ráfaga de los veranos en Deauville, en la residencia de verano francesa del matrimonio de los duques de Sesto, recibiendo con su primo Julio «la clase divertida» de Morphy. La que, a veces, incluso contaba con la presencia de Pepe Alcañices. El profesor les enseñaba historia contemporánea. Cuatro eran las prioridades para un rey constitucional: España, la Carta Magna, reinar con la garantía del pueblo y respetar el dogma sin supersticiones. Alfonso rememoró aquellas reconfortantes escenas infantiles que calmaron su nervio por la falta de lucidez causada por la noche en vela. Recordó las veces en que Pepe, después de despachar diariamente con su madre, siempre encontraba el tiempo necesario para pasar tiempo tanto con él y su primo, como con los niños de Sofía. A Alfonso no le sorprendía que los hijos del primer matrimonio de la duquesa con el duque de Morny terminasen considerando a Alcañices un padre, dado que con ellos se comportaba como el mejor progenitor, algo que exasperaba a Sofía porque no entendía la excesiva familiaridad que se daba entre padres e hijos en las familias españolas. Las imágenes continuaban llegando a su cabeza, como aquel día en que el duque de Sesto le regaló un poni por su santo, al que llamaron Gil Blas y con el que daban largos paseos por el Bois de Bologne. Sonrió al recordar aquella mañana en la que todos habían amanecido muy cansados después de pasar una noche entera jugando a las prendas en el salón de la casa y, sin ningún motivo, Sesto apareció con un velocípedo para cada uno. Mientras discutía con la rusa, que le echó en cara estar malcriando a los niños, estos se subieron entusiasmados encima de aquellos modelos tan modernos, que tenían las dos ruedas de madera iguales en lugar de que la delantera fuera de dos a cuatro veces más grande que la trasera. Salieron desde la avenida de la Grande Armée hasta la Porte Maillot para probarlos. Al príncipe se le escapó una risita recordando cómo su primo había terminado estampado contra los muros del Arco del Triunfo.

Ofendido, ya que creía que la risa de Alfonso había sido provocada por sus últimas palabras, Morphy recogió sus partituras con cuidado y se levantó de la mesa. Además de compositor, era abogado e historiador, y al príncipe le transmitía la confianza y seguridad que adornan a quien siempre sabe dónde está y qué tiene que hacer.

—Bien, alteza, os aconsejo que os cambiéis lo más rápido posible para llegar a vuestra clase de aritmética. Hoy tenéis un día duro en gimnasia, tengo entendido que la clase se centrará en los ejercicios de saltos.

—Si me permitís, insisto en que estoy algo indispuesto y creo que sería más conveniente…

El profesor percibió esa insulsa respuesta como un ataque a su inteligencia. Sus consejos no habían causado efecto en el joven. Lo miró con tierna condescendencia.

—¿Sabéis? —sonrió—. Aún recuerdo una tarde que pasamos el duque de Sesto y yo en vuestra compañía y en la de vuestro primo para enseñaros Viena antes de que comenzaran vuestras clases en el Theresianum. Fuimos al Museo Histórico y os quedasteis absorto en la espada de Fernando el Católico. «Pepe —le dijisteis—, te juro por mi sangre que si algún día ciño esa espada de Castilla, no ha de ser menor mi voluntad que la de don Fernando V». —El profesor se encogió de hombros y se dirigió a la puerta negando con la cabeza—. En aquel momento creí en vuestra voluntad.

Diana.

—Y así será —respondió Alfonso con indignación.

Morphy no se volvió y salió de la habitación cerrando con suavidad la puerta tras sí.

En un arranque de orgullo, el joven príncipe se propuso prestar la máxima atención durante la jornada escolar, haciendo verdaderos esfuerzos por no quedarse dormido en las explicaciones. El cansancio le impedía discurrir con claridad y cuando por fin llegó el momento de retirarse a su dormitorio, al meterse en la cama, Alfonso se dio cuenta de que no había sido la amenazante mirada de sus profesores ante un parpadeo de más, ni la adrenalina por no quedar detrás de sus compañeros en los ejercicios físicos de destreza y fuerza lo que le había mantenido despierto. Más tarde, el futuro rey le ofreció a Morphy sus disculpas en silencio, porque a lo largo de todo el día solo la autoridad de un recuerdo había podido inspirarle para resistir. Cerró los ojos, la vio a ella.

6

No había dudas al respecto. Los palacios de Medinaceli, Liria y Alcalá eran los más sublimes de la capital y bastaba con entrar en ellos para entenderlo.

El joven conde de Benalúa se encontraba en el de Alcalá, con sus compañeros de reparto, repasando el programa. Había tenido el honor de ser nombrado por su tía Sofía director de la función de circo que tendría lugar allí, ya que precisamente él había convencido a la rusa para que la organizara con su agudísima imaginación. Gran aficionado a las representaciones de saltimbanquis, la había invitado un día a la del Circo Price, ubicado en las que, pasados los años, serían las calles de Almirante y Bárbara de Braganza. Después de la función le presentó a sus amigos gimnastas y, a raíz de una animada conversación, ella encontró «fascinante» un tipo de vida —en la que, por otra parte, no hubiera durado ni media mañana— y se le ocurrió organizar espectáculos de caridad por los pobres en la parroquia de San Sebastián y en la de San José. ¿Y acaso la causa alfonsina no era también merecedora de la generosidad del contribuyente? Si alguna vez la duquesa de Sesto había sentido cierta incomodidad por la intensa dedicación de su marido a los sementales que tenían en la casa —a pesar de ser precisamente aquella afición que compartían la causante de haberse encontrado hacía años en aquellos largos paseos por las avenidas de París—, la princesa empezó a mirar al picadero y a los ciento cincuenta ejemplares que vivían allí con otros ojos. Le serían de gran utilidad.

Los espectadores iban llegando. Las damas, acomodadas en el brazo de sus maridos con sombreros de copa alta, recibían los primeros ramalazos de la primavera con vestidos alegres de rayas y gran despliegue florido. En sus atuendos no faltaba una flor de lis de concha de azabache o de brillantes. La de Sofía llamaba la atención sobre las demás porque estaba cuajada de diamantes, engarzados con un trabajo exquisito. Algunas damas, simplemente, llevaban una A.

La duquesa de Sesto se esmeró en no perder su merecida fama de gran anfitriona y no descuidó ningún detalle. Colocó en la entrada del picadero dos acomodadores que repartían a los invitados un programa encuadernado en seda escarlata. Entre sus páginas se colaba alguna caricatura de los carlistas Cándido Nocedal y de Vicente Manterola, látigo en mano, corriendo detrás de un rey Amadeo que huía forrado de millones. La sátira era obra de los amigos de «cuadrilla» del duque de Sesto: los duques de Medinaceli, los marqueses de Arcicóllar o Bedmar, entre otros, y que también habían sido los cerebros que ayudaron a redactar el borrador del documento de abdicación de Isabel II.

El picadero, una construcción rectangular de treinta metros de ancho y sesenta de largo, se encontraba entre los laberínticos jardines de la imponente residencia y la iglesia de San Fermín. Pintada por dentro de blanco y amarillo ocre, una arcada inferior recorría parte de las inmediaciones para que entraran y salieran los caballos y, en ocasiones como aquellas, los cómicos. Un anfiteatro recorría la segunda planta con palcos y gradas, donde se fue sentando la alta nobleza madrileña.

Andaba por aquellos días en Madrid el legendario marqués de Villadarias, íntimo amigo del duque de Sesto. Un caso entre tantos de promiscuidad alfonsina-carlista. Mientras su mujer, la condesa de Casa Bayona, era una asidua a las tertulias a favor de la restauración, Villadarias tenía costumbre de presentarse en el frente carlista y guiar los belicosos batallones navarros con su inseparable bastón como única arma. Cuando Serrano fue nombrado jefe de la Armada del Norte, su responsable del área de Navarra, Moriones, venció a los antiliberales en Orokieta y a punto estuvo de tener a don Carlos entre sus manos de no ser porque el propio marqués de Villadarias lo salvó. Y en el mismísimo picadero de los duques de Sesto se había presentado esa tarde, apoyado en el mismo bastón.

—Señoras, lo que cuento es completamente cierto —aseguraba, alzando levemente la barbilla en señal de suficiencia ante el revuelo causado. Mantenía una pierna cruzada sobre la otra y apoyaba el cuerpo en su insignia de mando. Su augusta estirpe no era incompatible con la vida bohemia que desplegaba en su piso del Montmartre, desde el que, por no tener criada ni campanilla, arrojaba platos por la escalera para que la portera acudiera a servirle. El duque de Sesto se acercó al corrillo, y Villadarias añadió malintencionadamente, mirando de reojo a su íntimo amigo:

—Los que conocen bien a nuestra queridísima doña Eugenia de Montijo son conscientes de su ímpetu y decisión, cuando algo o alguien se le mete en la cabeza.

Alcañices sonrió, incómodo.

—Cierta sospecha referente a su esposo, Napoleón III, que ella, como buena mujer, consideró de Estado, la llevó a revolver los cajones del despacho del señor de Saint Aubin, cuya mayor cualidad a ojos del emperador es su extrema fealdad. —El público femenino emitió unas risitas nerviosas—. La urgencia por encontrar una determinada correspondencia le hizo a la emperatriz aparecer en bata de muselina y despeinada. —Las señoras se miraron entre ellas antes de bajar la mirada al suelo en señal de pudor, ocultando así sus ganas de que el marqués prosiguiera—. Entró el secretario Saint Aubin y le dijo en su perfecto francés: «Le ruego me disculpe pero cúbrase porque debajo de este *secretaire* hay un hombre». —Villadarias apoyó el pie en el suelo para escenificar mejor la escena—. Entonces ella lo miró, abrió sus grandes ojos y preguntó sorprendidísima: «¿De verdad hay un hombre debajo de la mesa?».

Villadarias sonrió halagado al escuchar las risas de las féminas, aunque sospechaba que quizá alguna no supiera suficiente francés para captar la gracia de la anécdota. Por su parte, el duque de Sesto creyó conveniente terminar con la conversación.

—Bien, señoras, será mejor que vayan sentándose en sus asientos porque la función que tan brillantemente ha organizado mi mujer está a punto de comenzar. Después, donde Dios me llame…

—… pero con don Alfonso —terminaron al unísono el popular recordatorio de Alcañices.

No quedaba claro si la aristocracia pagaba su entrada por la causa alfonsina o por ver cómo reputados señores se convertían en payasos, y no en el sentido figurado —a eso estaban más acostumbrados—, sino en el literal. Ejemplo de ello eran el marqués de Vallecerrato y el de Ivanrey, que no dudaban en subirse en un tonel cada uno para recoger en la cabeza los sombreros de pierrot puntiagudos que les lanzaban. Ver al hijo del embajador de Estados Unidos haciendo de trapecista, en un momento político en el que las relaciones exteriores con aquel país eran determinantes para resolver el conflicto cubano, saciaba la imaginación de las mentes más traviesas.

En un circo tan original quería participar hasta el bibliotecario, dicho sin sorna: el conde de las Navas, vástago del conde de Donadío, ejercía como tal dentro del palacio, y se había preparado con ahínco para acompañar al conde de Benalúa en la batuda en la que el joven Julio se lucía al final de la función, pero no le quedó más remedio que presenciar el espectáculo como un espectador más.

La doméstica sesión circense fue un éxito, y Sofía no cabía en sí de gozo ante las continuas peticiones de sus invitados para que organizara otra pronto. Un exhausto Julio se retiró a su habitación a descansar. No había comenzado a desvestirse cuando llamaron a su puerta. Abrió sin preguntar.

—Dime, tía.

Benalúa nunca dejaba de sentir admiración por aquella mujer a la que siempre envolvía un halo de distinción. Como era costumbre en ella, apenas una pulsera de lapislázuli —su gema preferida— adornaba su muñeca. Más de una vez se la había escuchado decir que ella no era una nueva rica que necesitara airear sus pertenencias.

—Necesito que mañana te conviertas en nuestro escribiente-amanuense.

—Haré cualquier cosa que me pidas. ¿Con qué motivo?

—Recuerda, querido sobrino, que a quienes ejercen ese oficio se les pide ante todo discreción.

—Llevan años de estudio encima —sonrió con picardía—. No estoy a su altura.

—Mañana. A las diez —insistió la princesa, dándole un beso en la mejilla—. Que descanses.

Al día siguiente, diez minutos antes de las diez, el sobrino huérfano y «adoptado» por el duque de Sesto se encontraba en la sala de reuniones de su tío, de pie frente a la mesa ovalada de caoba de veinte metros de largo, en la que intuía se sentarían los asistentes debido a los tinteros colocados junto a las plumas y dos papeles encuadernados reservados para cada uno de ellos. El adolescente permaneció de pie, sin saber dónde debía sentarse, así que optó por apoyarse en el borde de la mesa de billar, colocada a varios metros de la mesa. Cogió una de las bolas y reconoció la acertada idea de su tío de causar en el invitado una atmósfera amigable antes de firmar ningún acuerdo. Si la cosa iba bien, se dejaba ganar.

Para cuando el duque de Sesto abrió la puerta, Julio llevaba un buen rato ensimismado en el trabajo de la alfombra colocada debajo de la mesa, elaborada por la Real Fábrica de Tapices, de un azul intenso con grandes motivos dorados en el centro.

—Buenos días, Julito —saludó Osorio alegremente, cerrando la puerta tras sí. Se acercó a él con decisión, ataviado con su característico calzón negro. Estudió la mesa unos segundos y volvió a dirigirse a él—: Cánovas se sentará en la cabecera y tú a la derecha.

Julio asintió sin preguntar ni consultar nada, aleccionado la noche anterior por su tía Sofía, que no asistió a la reunión. Cuando llegaron todos los notables del partido alfonsino, Alcañices los invitó a tomar asiento.

—Bien, señores. Vengan de donde vengan, les recibo en mi casa por una iniciativa que nuestro querido amigo y excelentísimo don Antonio Cánovas del Castillo explicará mucho mejor que yo. Se les permite cualquier licencia para convertir este salón en la sala del Congreso y ustedes, republicanos y saboyistas, no tengan ningún reparo en demolerlo —terminó esta frase haciendo chocar su puño contra la palma de su mano, provocando la risa de los congregados. Se acercó a su sobrino—. No teman por este audaz joven, que ya conocen, es sangre de mi sangre y lo hemos contratado como escribiente para que todo conste en acta. Yo respondo por él. —Colocó su mano en el hombro de Julio y su semblante continuó conciliador, pero se tornó serio—. Ahora, le concedo la palabra a don Antonio y espero que finalmente tengan la misma impresión que yo.

«Abajo el extranjero». Con el grito de guerra de los carlistas, comenzó Cánovas su discurso y, haciendo gala de su célebre oratoria explicó por qué aquel era el momento de «presentar» al joven

Alfonso ante el pueblo español. Los alfonsinos querían lo mismo que los carlistas, pero para perdurar en el trono el procedimiento debía ser otro.

—Según los informes militares que me llegan sobre este último levantamiento, tengo plena confianza en que el Ejército de Serrano será superior. ¿Y para qué habrá servido?

Ante la negación de cabeza de los asistentes, el político expuso la conveniencia de dar un paso antes de que se produjera el desenlace. Hacerlo después podría parecer oportunista. El paso no sería otro que un manifiesto firmado por el heredero al trono de España en el que el hijo de Isabel II se presentara como un futuro rey católico, pero abierto a toda idea liberal de progreso y adaptación a los tiempos. Un monarca con la historia y las tradiciones de España a su espalda y a la vez dispuesto a abrazar cualquier iniciativa que supusiera la prosperidad del país. Al final del coloquio la aprobación fue unánime, y procedieron a establecer los puntos clave del manifiesto que Benalúa redactaba entusiasmado por ser partícipe de aquella reunión secreta entre caballeros.

Al término del encuentro, cuando todos se habían marchado, Alcañices leyó las ideas transcritas por su sobrino y, después de felicitarlo, indicó a un mayordomo que llamara a la señora de la casa. Este regresó al poco tiempo, Sofía había salido al teatro. Y no llegó hasta después de la cena.

—Perdona, querido, pero he recibido una invitación a última hora de la tarde después de la función. ¿Me buscabas?

—Siempre. —Pepe Osorio besó la mano de su mujer con sentimientos añadidos, al comprobar que llevaba al cuello las famosas perlas regalo de su canastilla de boda, conocidas como «los Balbases»: la rusa era perfectamente consciente de que si una se tomaba la licencia de regalarse un día libre de estar pendiente de su marido, había que recordar después que nunca había dejado de estar a su lado. Admirable torpeza sería hacerlo mediante palabras.

Le dio el manifiesto, que la duquesa de Sesto hojeó.

—Necesito de tu *finesse* y saber hacer. Mañana parto con Antonio María Fabié para Viena para entregarle este documento al príncipe Alfonso y volvernos con su firma. Seguiremos caminos distintos para no llamar la atención. ¿Puedo contar contigo para que tenga una presentación impecable? Piensa que luego será publicado en los periódicos y repartido por cualquier rincón de la capital.

—Por supuesto. Voy a buscar yo papel de seda, no conviene levantar ninguna sospecha entre el servicio. Lo tendrás a primera hora de la mañana con la mejor caligrafía.

—Siempre agradecido. Si ves algo mal redactado o crees que otra palabra puede tener más fuerza, confío plenamente en tu intuición.

Tras un bostezo, el duque de Sesto se retiró a dormir con la calma que le confería saber que aquel documento de Estado quedaba bajo supervisión de su esposa.

Al poco tiempo, la primera proclama de Alfonso XII entraba y salía, arrugada de tanto mostrarla, de los bolsillos de los madrileños, hasta quedar grabada en la memoria de todos los españoles. El duque de Sesto se encargó de sacar rédito a tantos años trabajando por la sintonía de las distintas capas sociales de la capital, y mientras Campoamor acabó utilizando las copias amontonadas en la barra de los bares para escribir por detrás sus humoradas cuando se le terminaba el papel, la declaración de intenciones del joven príncipe llegó a taconearse en los tablaos españoles, la aireó con su capa el banderillero Gordito y se tornó apasionada en los dramas de Ricardo de la Vega.

Alfonso cerró el periódico y sonrió a Elena, tumbada a su lado con la cabeza apoyada en su hombro.

—Impone un poco ver tu propia rúbrica en un periódico. —Acarició los rizos de la diva, que, despojados del sombrero, caían enredados después de una pequeña siesta al arrullo del río Wien en el Stadtpark de Viena. Ella se desperezó y quedó boca arriba, pensativa—. Y más si no es un texto redactado por uno, pues estoy en manos del criterio de la aristocracia española para coronarme rey. Y yo aquí, tan lejos.

—Estáis haciendo lo que debéis…

—Elena, insisto, no me trates así. Tú, no.

—Perdona, siempre se me olvida. —Se llevó la mano a la frente, dándose una ligera palmada—. Estás haciendo lo que debes: formarte para ser un rey. Si estuvieras allí sería peor porque te verían como un imberbe, de este modo entrarás por la puerta grande, como un hombre hecho y derecho. —Terminó la frase con un rotundo gesto de sus brazos.

—¿Crees que llegará ese momento?

—Claro que sí. No has nacido para ser otra cosa. ¿Qué ibas a hacer si no?

Alfonso se incorporó levemente sobre la manta de la Real Fábrica de Lanas de Antequera y se apoyó en el codo para volcarse hacia ella. Le acarició la cara.

—No sé cómo haces, pero cuando estoy contigo todo es más fácil.

—Soy del pueblo llano; camino por la tierra por si me caigo. —Alfonso profirió una carcajada y la besó—. ¿De verdad no quieres un poco de vino? —preguntó Elena, sacando una de la cesta de mimbre—. No sé para qué te esfuerzas en conseguir esta botella si no vas a probar ni gota.

El príncipe observó cómo Elena vertía la botella Château d'Yquem de 1858. A la luz del sol, parecía oro líquido.

—Ya sabes que no me gusta beber. Pero este vino lo merece: coincidió su añada con el gran cometa Donati, que se vio de noche durante meses en Europa. Su sabor es especial por eso.

—¿Qué relación hay?

—No lo sé. Nadie lo sabe. Es algo mágico y me gusta haberlo traído aquí hoy. Sírveme, brindaré contigo.

Elena lo hizo.

—Porque cantes en el Teatro Real de Madrid mientras yo te observo desde el palco real, preso de celos por todos los que observan tu belleza.

La diva rozó su copa con la de él y bebió. Después la apoyó en su mano izquierda y la movió levemente en círculos, como si el movimiento del vino consiguiera llevarse un leve dolor en su pecho.

—¿Y quién estará sentada a tu lado? —Alfonso la observó y le acarició la cara, sin responder—. Qué tontería —reaccionó ella con dignidad, herida en su orgullo. Giró la cabeza hacia el río.

El príncipe se levantó de un salto y se colocó de pie, delante de ella, con la copa en la mano.

—A no ser que quieras ser mi Leonor de Guzmán…

La diva dibujó una media sonrisa.

Se arrodilló junto a ella con la mano izquierda en su pecho. El sabor dulce y denso del blanco regaló a sus articulaciones una alegría redonda, infantil… que se fue asentando consistente y sensual en él.

—Tendríamos más de diez hijos y crearíamos como ellos una nueva dinastía. Los españoles y yo competiríamos por el amor de la reina de España.

A Elena le sobresaltó el golpe de su corazón, pero rápido volvió a su tierra firme.

—Tengo que hablar con Adelina Patti sobre la nueva gira y…

Alfonso la calló con un beso y la cogió por la cintura, hasta conseguir tumbarla encima de la manta.

—Vive el presente, estás conmigo. —Elena peleó por zafarse de él, mirando hacia los lados en búsqueda de testigos—. Solo me quitaré, si me das tu promesa de que me dejarás acompañarte a tu camerino. Es tu decisión.

Ya le habrán pasado el parte a Morphy, pensaba Alfonso de regreso al colegio. Se pasó la mano por el pelo y pegó una patada a una piedrecita del camino en señal de fastidio; no había nada que le apeteciera menos que volver a escuchar una reprimenda moral de su profesor. Se envolvió en la capa y, como ya era habitual, las personas del servicio miraron distraídamente a otro lado cuando él pasó delante de ellas. Entró en su habitación y al encender la luz sonrió: ni rastro de Morphy. Tranquilo, se preparó para dormir.

Pero poco había que conocer a aquel profesor, inmune al desaliento, para entender que su ausencia tenía una razón de peso. El duque de Sesto, que había viajado hasta allí para visitar unos días al príncipe, disfrutaba del oporto con el tutor tras la cena. Estaban en una de las habitaciones adyacentes a las del adolescente. Durante toda la conversación Alcañices había evitado hablar sobre la «precoz actitud» del heredero al trono. Cuando sintieron su llegada, Morphy se levantó de inmediato.

—Déjale que duerma, estará cansado. —Cogió el duque el decantador de cristal con forma de cisne y le sirvió un poco más de oporto con extremo cuidado, a pesar de que el vino había sido filtrado previamente con un pañuelo de muselina para apartar los posos—. Acábate esta copa conmigo.

—No tardaré mucho.

—Guillermo —este se detuvo frente a la puerta y se volvió. El duque de Sesto retiró el puro de su boca y exhaló una intensa nube de humo antes de continuar—: soy el jefe superior del cuarto del príncipe, y te pido que no interfieras en su relación con Elena Sanz.

Morphy lo miró sin comprender.

7

Mayo de 1872 fue el mes de la victoria para Amadeo de Saboya, aunque especialmente para Serrano, que al volver victorioso de la campaña del norte fue designado jefe del Gobierno. Los actores de la causa alfonsina supieron que era el momento de salir al escenario. Mientras que Montpensier, que no conseguía imponerse como alma de la Restauración, se dedicó a repartir estampas suyas junto al príncipe por España para afianzar su papel, Cánovas del Castillo, cada vez observado con mejores ojos por Isabel II, se parapetaba para tener todos los frentes cubiertos, incluido el militar. En ningún momento entró en sus planes iniciar un levantamiento bélico, pero se preocupó por tener capacidad de respuesta. Su amigo el conde de Valmaseda, capitán general interino de Cuba y eficaz represor del movimiento insurreccional, reunió al brigadier Arsenio Martínez Campos y a otros oficiales importantes de las campañas de Cuba para dirigir una conspiración armada en caso de que fuera necesario. Además, consiguieron la participación de muchos militares que habían servido a las órdenes de Valmaseda. Este no solamente le facilitaba a Cánovas apoyo militar, sino que, además, influía en la red de Círculos Hispanos en ultramar para recaudar fondos. Esta red estaba formada por conservadores españoles, residentes en Cuba y contrarios al proyecto de ley referente a la abolición de la esclavitud, promovido por Zorrilla bajo el reinado de Amadeo de Saboya. Ya en octubre de ese año, la admiración de doña Isabel por el olfato estratégico de Cánovas la elevó a tantearle para que dirigiera él oficialmente el proceso de la restauración, lo que suponía una gran afrenta hacia Montpensier y su familia. Pero el éxito del político residía precisamente en su capacidad para tomar distancia respecto a sí mismo, por lo que los halagos no le desviaban de su rumbo. El gesto de confianza de la madre de Alfonso XII le sirvió de impulso anímico, pero conocía perfectamente el carácter volátil de Isabel II, que podía cambiar de opinión a los dos meses de nombrarlo. Por ello no dio su brazo a torcer: aceptaría el nombramiento solo a cambio de que le concedieran plenos poderes para que, entre otras cosas, Montpensier no fuera regente de Alfonso en caso de que alcanzara la corona siendo menor de edad. Este era un asunto que no le urgía: la política es la ciencia de gestionar los tiempos.

Su estable prestigio entre la grandeza de España, que en buena parte se debía al trabajo de los duques de Sesto, hizo que el 27 de diciembre de 1872, ciento treinta y seis miembros de la alta nobleza se sumaran, en el palacio de Liria, a lo que se conoció bajo el nombre del Casino Hispano-Ultramarino. Una campaña que se creó bajo dos «mandamientos»: restauración alfonsina bajo la dirección de Cánovas y mantenimiento de la situación conservadora en Cuba.

La alfombra real de Antonio de Orleans, duque de Montpensier, lejos de irse desenrollando hacia el trono, iba poco a poco recogiéndose hasta impedir que sus pies caminasen: ni siquiera en la relación personal con Alfonso tenía ninguna batalla ganada. La relación entre el duque de Sesto y el adolescente era tan fuerte como la que fluye entre un padre y un hijo, por lo que en cuestión de ejercer influencia tenía todas las de perder. Solo le quedaba un cartucho que llevaba meses preparando y que era motivo de alguna noche de insomnio en su cuñada.

Los Montpensier vivían en el castillo de Randan, en la Auvernia francesa. Antonio de Orleans, bajo la excusa de recuperar la confianza de su cuñada, invitó a mediados de año a toda la familia a instalarse durante las vacaciones de Navidad en su residencia, rodeada de idílicos y soñadores parajes que sumían hasta al más resentido en un estado de paz y reconciliación, incluso con uno mismo.

Fue tarea dura convencer a Isabel II y no lo logró él, sino, como era habitual, su suegra María Cristina. Finalmente, la cuñada de Montpensier accedió a visitar a la familia, por la simple razón de que como cuando se cursó la invitación todavía quedaba mucho tiempo por delante, se le hacía menos duro. Desde el otoño, el matrimonio Montpensier residió en el castillo y se enfrascó en un programa de costosas reformas para que todas las instalaciones estuvieran perfectamente adecuadas al gusto de Isabel II y al de su hijo Alfonso, sin margen para la improvisación.

El camino hasta la fortaleza, observado desde la berlina, tenía mucho encanto con las majestuosas montañas nevadas al fondo. La primera impresión no defraudó cuando el paisaje descubrió los torreones del castillo en algunas curvas del camino: abandonado desde los tiempos de Francisco I y recuperado en 1821 por Adelaide, la tía de Montpensier, fue restaurado siguiendo los dictados de un estilo pseudomedieval. La construcción, de piedra blanca, saludaba imponente en su grandeza, con sus alargados pináculos cubiertos con losetas de pizarra. Alfonso no ocultó su entusiasmo a su madre, sentada a su lado.

—Seguro que a papá le habría gustado venir —comentó. Por su parte, Isabel II se mordió la lengua al imaginar la cara de su marido de haberle propuesto viajar a la residencia del asesino de su hermano—. De todas maneras, espero que mis primos sean más divertidos que María Cristina de Habsburgo porque si no voy a morirme del aburrimiento.

—¿No te divertiste en casa del archiduque Raniero?

Hacía pocos días que madre e hijo habían ido a su residencia de Viena. Al quedar viuda la madre de María Cristina, la archiduquesa Isabel de Habsburgo, tras la muerte del duque de Teschen, la archiduquesa María de Raniero se hizo cargo de ella, mientras que a los tres hermanos vivos de María Cristina los adoptó su tío Alberto, archiduque de Teschen, para que prosiguieran con su carrera militar. María Cristina y Alfonso habían pasado unos días codo con codo en los que no habían llegado a intimar demasiado. La hija de la bella archiduquesa tenía un año más que Alfonso; era de carácter tímido y reservado, más propensa a observar que a actuar y no pareció motivar demasiado al joven. El príncipe miró a su madre con cara de sorna y siguió observando el paisaje por la ventana.

—Me haría más ilusión sacar a bailar a la yegua que empuja este carruaje que a esa chica. Al menos estoy seguro de que es más briosa.

La familia Montpensier había dedicado aquella mañana a ultimar todos los detalles, y mientras la infanta Luisa Fernanda se encargó de organizar el aperitivo previo al almuerzo, los niños fueron a la capilla a colocar las piezas del Belén.

—Así. Está precioso —sonrió María de las Mercedes—. Como este vestido blanco que me he puesto para recibir a los ilustres huéspedes. —Cogió los pliegues del traje de mikado de seda, con cuello y puños de encaje. Los soltó y exhaló un suspiro antes de hablar con su marcado acento andaluz—. Espero que no sea un engreído por ser el futuro rey.

—Mercedes, no sé cómo el otro día confundieron tu edad, diciendo que aparentas quince. Ni siquiera sé si puedes disimular tus doce —le reprochó Cristina, su hermana mayor—. Menos fantasías y más estudiar.

—¿Fantasías? —respondió ella altanera, poniendo los brazos en jarras.

—Llevas una semana obsesionada con la gitana que te leyó la buenaventura y te dijo que serías la futura reina de España

—le espetó su hermana con impaciencia—. Una de tantas historias tuyas.

—Eso no es una fantasía. Es la verdad. Y, después de decirme eso, su semblante empalideció y me miró con horror. —La niña se sobrecogió.

Cristina puso cara de resignación y le indicó a su hermano Antonio que fuera recogiendo sus cosas porque los invitados estarían a punto de llegar.

—Me han contado que no le interesan las cosas normales —apuntó el niño—. Que cada vez que habla con la abuela solo le pregunta por la política española.

—Venga, vamos a casa. Fernando, tú también —azuzó su hermana mayor a sus tres hermanos, temerosa de una reprimenda de su madre.

Subieron a sus habitaciones para darse el último retoque antes de acudir a la sala de visitas. Mercedes fue la última en bajar. Cristina comprobó indignada que, aprovechando su ausencia, se había retocado los pómulos con su colorete: le tenía dicho que era aún demasiado joven para eso.

—Buenos días, Alfonso.

La de su primo fue la primera espalda con la que se topó. De pie, conversaba con su padre, mientras que su madre y su tía se encontraban sentadas en los sillones de cretona de la sala, con sus hermanos y las hermanas del príncipe —Isabel, Paz, Pilar y Eulalia— alrededor de ellas.

Alfonso se giró. El cuerpo de Mercedes presentaba el aspecto ligeramente rollizo del desarrollo inacabado, y el maquillaje en sus mejillas estaba de más: cuando se encendían, su rostro ya era amapola sobre mármol recién tallado. Parecía que absorbiera el aire para respirar con la mirada, con una inocencia tan explícita que conmovía e incomodaba por igual.

—Buenos días, Mercedes. —A su primo le tembló ligeramente el plato al posar sobre él la taza de café. La dejó encima de

94

la mesa para poder coger la mano de su prima y apenas rozarla con los labios. Por su parte, ella bajó la cabeza e hizo una leve reverencia.

—Cristina, podéis ir a la sala contigua, nosotros tenemos cosas de que hablar —indicó la hermana de Isabel II.

—Pediremos más café, que a Alfonso se le ha acabado —apuntó Mercedes, sin apartar los ojos de su primo.

La sala contigua era un agradable espacio con grandes ventanales que encuadraban el impresionante paisaje. Cristina se sentó en el sofá y le ofreció acomodarse al príncipe, pero este quedó de pie observando cómo Mercedes se acercaba a uno de los candelabros y lo encendía.

—Así tiene más encanto —sonrió, tras lo que le preguntó directamente a Alfonso—. ¿Y no echas de menos Madrid?

A su hermana le dolió la mano de apretar el rosario, gesto que disimuló sonriendo.

—Hay destinos que no se eligen, Mercedes —observó—. Alfonso, ¿te apetecería que te enseñáramos el resto del castillo?

—Después, no hay prisa —negó, cortés, con la mano. Se dirigió a Mercedes—. ¿Y tú? ¿Echas de menos Sevilla?

—Por supuesto. Daría cualquier cosa por volver al palacio de San Telmo, allí pasé toda mi infancia.

—Me hubiera gustado verte de pequeña.

—¡Si nos vimos! —le interrumpió, efusiva—. Tú ibas con traje corto.

—Es imposible que te acuerdes.

—Pues me acuerdo —enfatizó ella con el ceño fruncido, lo que provocó una carcajada en el hijo de Isabel II—. Ea, vamos a enseñarte el resto del palacio.

Durante los tres días que Alfonso pasó en Auvernia, Isabel II observó, a su pesar, cómo todo el interés de su hijo se centraba en estar con su sobrina y cómo, a su vez, Mercedes clavaba con ansiedad y sin disimulo sus grandes ojos negros en la puerta o miraba constantemente en derredor suyo hasta que Alfonso aparecía. Y, lo que era peor, esa precocidad «en cierto terreno» de la que le hablaba Morphy en sus cartas no se percibía en la actitud de su hijo con su prima. Era una mirada que, a pesar de su juventud, portaba tanta ternura y determinación que llegó a alarmarla como para que la última noche antes de partir de la fortaleza de los Montpensier no pegara ojo pensando en la despedida entre ambos primos.

Alfonso le propuso a Mercedes dar un breve paseo por el jardín antes de marcharse. El frío se asentaba en los huesos, así que el príncipe insistió en colocarle sobre los hombros su abrigo de paño de lana azul.

—Estoy deseando volver a España, Mercedes, pero no puedo.

No te preocupes. Un día te llamarán, y todos volveremos. —Su prima le apretó fuerte el brazo—. Y tú entrarás en Madrid a lomos de un precioso caballo blanco mientras toda España te vitorea. Alfonso, lo sé.

—Si tú lo dices, así será. —El príncipe la correspondió y cogió sus codos—. Pero si se cumple, Mercedes, me gustaría que tú estuvieras allí, esperándome.

Una promesa de adolescente, de inocencia solo aparente. Una promesa llamada a dejar un profundo surco en el corazón de la niña Merdeces. Y en la historia de España.

Alfonso llegó tarde al Prater. Había tenido que darle una burda excusa a Morphy y era consciente de que no se la había creído. Pero le había dejado marchar; últimamente su profesor estaba más permisivo que de costumbre. «Me habrá dado por perdido», pensó el príncipe. Bajó de la berlina y caminó rápido, pero esta vez la urgencia no la motivaba llegar al destino, sino volver cuanto antes al punto de partida.

Allí estaba, con un alegre abrigo invernal estampado y su característica trenza. Hablaba sonriente con un matrimonio, y después de hacerle una carantoña al niño en la barbilla tomó la estilográfica del padre y firmó en una libreta. El príncipe sonrió y el porte de la diva le hizo recordar qué le había arrastrado a asistir a su concierto aquella vez. Se pasó la mano por la frente y se acercó a ella.

—Elena, querías verme.

—Claro. ¿Cómo no voy a querer verte? —se burló ella, sin comprender. Pensó en cogerle del brazo, pero rehusó. Él no se lo había ofrecido, y lo achacó a la multitud de paseantes de aquel día. Preguntó, socarrona—: ¿Qué tal en Francia, con los temibles Montpensier? Espero que no haya sido muy duro visitar al… ¿Cómo lo llamabas? ¡Ah, sí! Destronador de Borbones. —Elena soltó una carcajada al recordar cómo el hijo de Isabel II imitaba al cuñado de su madre, tumbados en el sofá de su camerino.

—Bien, bien. —De pronto a Alfonso le pareció una impertinencia la ligereza de ella al hablar de su familia—. Bueno, ¿por qué verme con tanta urgencia?

Elena detuvo el paso y cogió aire.

—Me voy a Buenos Aires, Alfonso. Es inminente.

—Te vas, sí. Y muy lejos.

—La compañía ha firmado muchos contratos con los teatros de allí para continuar la gira.

—Vas a ser mundialmente conocida, Elena. ¿Has barajado la posibilidad de quedarte? —Se arrepintió de inmediato de haber pronunciado esa pregunta.

—No, Alfonso. —La diva se lanzó a cogerle del brazo—. Cuando pongo un pie en el escenario la fuerza que me arrastra a volver a hacerlo es la misma que si viera un oasis en mitad de un desierto. Y uno no se plantea dejar de beber.

El príncipe guardó silencio y siguieron caminando. El frío se adueñaba de sus huesos como la escarcha de las copas de los árboles.

—¿Nunca dudas de nada? Cuando estoy contigo siento que caminas por delante de mí.

—Quizá lo haga. Quedan más de dos lustros para que llegues a mi edad. Y entonces harás memoria y te acordarás de aquella cantante a la que jugabas a convertir en Leonor de Guzmán.

El príncipe apuró el paso.

—Vamos, Elena. Tengo que regresar al colegio. Morphy me está esperando.

La diva dudó antes de pasar la mano por la ventana para retirar el vaho que producía el calor de la locomotora ya en marcha. Prefirió cerrar los ojos y sus ojos verde oliva colapsaron la oscuridad. Allí estaba, de pie al otro lado del tren, quieto y sonriéndole. Volvió a despegar los párpados con lentitud. Se atrevió a deslizar su dedo por el cristal, pero la realidad le trajo un matrimonio con sus hijos; ella cogía el brazo de su marido sin mirar a su alrededor. Se aferró con fuerza al reposabrazos, el vahído de la imagen la empujaba a bajarse del tren.

—El desamor es el primer sacrificio de los artistas. —Adelina Patti, sentada a su lado, le acarició la muñeca.

—Será el amor.

—No, querida.

8

Amadeo de Saboya renunció al trono español el 11 de febrero de 1873, poniendo fin a quince siglos de monarquía en España. Con un Ejército dividido entre republicanos y alfonsinos, y las distintas fuerzas políticas encarnizadas en una lucha cada vez más amenazante, los desaires personales hacia el rey italiano llegaron a ser intolerables. Unos días antes, la reina Victoria había dado a luz. El bautizo se celebró en el palacio. Fue la comidilla de todos los mentideros de Madrid que Serrano rehusara ser el padrino del príncipe recién nacido. El líder del partido radical, Manuel Ruiz Zorrilla, se había hecho con el poder a finales de 1872, y Serrano no quería manchar su imagen aceptando ser el padrino del vástago que debilitaba su oposición al partido de su adversario. Pero si grave fue su ofensa, no lo fue menos el que su mujer, la duquesa de la Torre, renunciara al cargo de camarera mayor.

«Todos los que causan los males de la nación son españoles», rezaba sin rodeos su mensaje de abdicación. Inmediatamente después recuperó su extranjería y se refugió en la embajada italiana. El sentimiento de repulsa acumulado del monarca italiano hacia el pueblo español era tal que, a pesar de que su mujer María Victoria estuviera aún en la cama reponiéndose del parto, ordenó que se la trasladara en una silla de mano. Y a pesar de los ruegos de su padre —Víctor Manuel, rey de Italia, que desaprobó la renuncia de su hijo y le pidió que se apoyara en el Ejército—, la decisión era inalterable: el rey era tan maltratado por todos los sectores que asumió su obvia derrota.

El mismo día 11, con 258 votos a favor y 32 en contra, se proclamó la República y los reyes tomaron el tren rumbo a Lisboa para abandonar el país. Solo la viuda de Prim y un reducido grupo de fieles fueron a despedirlos a la estación.

El príncipe Alfonso siguió desde Viena los acontecimientos que sumieron a España en uno de los periodos políticos más inestables de su centenaria historia. Tres guerras se desataron simultáneamente: la carlista, la separatista de Cuba y la de los federales, que a su vez se dividía en múltiples enfrentamientos contra cantones independientes.

Mientras Cánovas aguardaba pacientemente a que la República se clavase ella misma la punzada certera, el duque de Sesto se concentró en su especialidad: el pueblo. Formó una fuerza popular y callejera para enfrentarse a la Milicia Nacional de la República, que consagró a la causa tanto su alma como su hígado: levantaban con el mismo ahínco el fusil y la botella. Por algo la aguerrida formación era conocida como el Batallón del Aguardiente. Su popularidad hizo que otros aristócratas formaran milicias semejantes, como el escuadrón del marqués de Bogaraya, bautizado como el Batallón del Agua de Colonia, ya que estaba formado por los señoritos de las mejores familias. Otro, capitaneado por Ortiz y Casado, era el Batallón del Aguarrás, formado principalmente por comerciantes.

Paralelamente, y a pesar de haber renunciado a sus derechos dinásticos en favor de su hijo, Isabel II no abandonaba su sueño de recuperar el trono. La «condesa de Toledo», como se hacía llamar para mantener el anonimato, viajó por toda Europa para conseguir apoyos: desde la visita al papa Pío IX hasta al último pretendiente Borbón al trono de San Luis, el conde de Chambord. El sumo pontífice la recibió con afecto paternal, pero Isabel no obtuvo apoyo alguno a sus ambiciones. Chambord ni se dignó a entrevistarse con ella.

El príncipe Alfonso pasó aquel verano en Deauville, en la casa de Sesto y, aunque conocía a Sofía desde su infancia, durante aquel periodo la música hizo que su amistad se fortaleciera. La duquesa descubrió que el adolescente era incapaz siquiera de distinguir los compases de la «Marcha real».

—¿Pero cómo es posible que se haya permitido esta situación? —le recriminó la rusa a su marido—. ¡No se puede consentir en el futuro rey de España!

Decidida como era, le pidió a Alfonso que le reservara un rato todas las tardes para ella sola. Lo sentaba a su lado mientras tocaba el piano diferentes piezas antes de que comenzara el himno nacional de cada país, momento en el que tenía que levantarse y adivinar a qué nación correspondía la melodía.

Por su parte, la reina destronada era cada vez más consciente de que el triunfo de la Restauración estaba en la mano de Cánovas. Apremiada por el duque de Sesto, convocó una reunión en su palacio de Castilla con adeptos alfonsinos, Alcañices y dos de sus hijos, Alfonso y la infanta Isabel. A Isabel II no le quedó más remedio que conceder todos los poderes al político malagueño y aceptar otro requisito de gran dureza: Cánovas exigía que, cuando el príncipe fuera nombrado rey, su madre permaneciera en París para alejar su imagen de la de su hijo. Quería que el pueblo entendiese que con Alfonso se abría una nueva era.

El líder del partido conservador viajó hasta París para firmar el documento, y se llevó en el tren de regreso una muy buena impresión del heredero, sobre todo por su habilidad en la conversación, que podía ser muy favorable para los futuros intereses del país. Sin embargo, la duquesa de Sesto se quedó muy intranquila hasta conocer el veredicto del político: primero, porque le había hablado tan bien del futuro rey que temía haber generado demasiadas expectativas, y segundo porque se había olvidado de prevenir a Alfonso de que Cánovas no soportaba que le miraran directamente a los ojos durante mucho tiempo.

Y Cánovas también se llevó consigo a Madrid otro recuerdo de no menor peso: la última conversación con Isabel II en su despacho. Mientras hablaban, ella reparó en unas cartas que tenía sobre la mesa, concretamente de un remitente que le hizo sobresaltarse: Montpensier. Se disculpó y abrió el sobre para leer el contenido.

—De ningún modo va a ir mi hijo otra vez a su casa… Ya lo que me faltaba, que la viera de nuevo… —murmuró mientras devoraba cada palabra con avidez. Cánovas carraspeó para recordar su presencia y, al volver de nuevo en sí, Isabel II se encogió de hombros—: Y luego dicen de las suegras, los cuñados son el peor lastre.

La duquesa de Sesto convocó a Cánovas en su casa antes de que su marido regresara de París. Quería conocer todos los pormenores de su visita al palacio de Castilla y su encuentro con el príncipe. Con Pepe delante, Antonio era menos obsequioso con ella en las descripciones de los hechos.

—Celebro tanto que por fin estemos consiguiendo todo lo que nos habíamos propuesto desde el principio. —La princesa despidió a su sirvienta para verter ella misma el champán Cristal en la copa de Cánovas. Alzó la suya y la inclinó para chocarla levemente contra la de él—. Pero no anticipemos acontecimientos ni nos relajemos, ahora es cuando hay que estar más alerta que nunca.

—De eso mismo quería hablarte. —Cánovas bebió pausadamente de su copa y la depositó sobre la mesa—. Hay una pieza del rompecabezas que no estamos encajando en el lugar adecuado. —La duquesa de Sesto inclinó ligeramente la cabeza hacia adelante para que prosiguiera y escuchó atentamente el relato de Cánovas de su encuentro con Isabel II en su despacho—. Creo que es obvio que cuando dice «verla» se refiere a Mercedes. Y el hecho de que le produzca tanto desagrado apunta a la misma conclusión.

—Por lo visto, el príncipe es generoso a la hora de repartir su corazón… Y es igual de poco precavido que su madre, lo que lo hace más voluble. —Sofía alcanzó un veguero. Sonrió con ternura—. Cuando montábamos a caballo por las calles de París y la gente se volvía a mirarnos, porque la habían reconocido, siempre me decía: «¡Los franceses sí que saben encontrar una excusa para observar a una gran dama!». —Cánovas la contempló mientras se encendía el cigarro: el óvalo de su cara era la luna de costado, su cuello, una delicada agonía hasta sus labios—. Quizá no podamos virar el rumbo del barco, pero sí cambiar de capitán.

—Soy todo oídos.

—Montpensier solo ha tenido una ambición en su vida, ser el rey de España.

—Me están llegando informaciones muy graves, Sofía, podría ser que fuera él quien organizara el asesinato de Prim.

Sofía Troubetzkoy abrió los ojos y mantuvo el cigarro en tensión, pero apenas pasados unos segundos se lo volvió a llevar a la boca y aspiró el humo.

—Esa información no nos interesa ahora —sentenció con crudeza.

—Lo sé.

—Todos los españoles, de alta o baja alcurnia, conocen la animadversión de doña Isabel hacia su cuñado. Y tú sabes la opinión que tiene el pueblo de ella, hasta tal punto eres consciente que le has impedido viajar a España cuando Alfonso sea proclamado rey.

Cánovas no movía un músculo de su rostro ni desviaba sus ojos de los de ella, la mano sobre su barbilla.

—Alfonso significará viento fresco, monarquía constitucional, renovación… —La duquesa movía ágilmente sus brazos hacia los lados acompañando cada concepto. Los colocó de nuevo sobre la mesa, sonriente—. ¿Y para renovarse no es necesaria una ruptura?

El político comenzó a sonreír.

—El príncipe no solo se casa con la hija del enemigo de su madre, dándole en cierta medida razón al pueblo que la echó, sino que, incluso, lo hace por el sentimiento más puro que pueda tener un hombre: el amor.

—Y Mercedes representa el perfil perfecto para que el pueblo la adore: guapa, dulce, sencilla, enamoradiza, angelical…

Sofía asintió con la cabeza.

—El vodevil perfecto. Y, por otro lado, mi querido Antonio, y esto también nos favorece, es que si algo he aprendido todos estos años son las ventajas de tener al enemigo en casa. Y solo hay una forma de que Montpensier calme sus pretensiones de ostentar la corona.

—Que la luzca su hija querida.

—Exacto. —La princesa terminó la frase a la vez que estrujó el cigarro en el cenicero.

—Además, Mercedes nos evita una complicación internacional al no ser extranjera. Elegir una candidata procedente de otro país europeo podría causarme un problema con Inglaterra, concretamente con sus bancos. Y nos interesa tenerles contentos.

Sofía arqueó una ceja, satisfecha. Influir en un estadista de la talla de Cánovas le producía un placer con sabor agreste. Tragó saliva.

—Es una carta que tenemos en la baraja. Ya veremos cuándo es el momento de sacarla en el caso de que tengamos que hacerlo.

—No es por ponerme quisquilloso —dijo el malagueño como de pasada—, pero para algunos esto podría verse como una traición a doña Isabel.

—Desde luego, hay mucha gente que no sabe contextualizar. Nosotros no estamos provocando los acontecimientos, los estamos llevando a nuestro terreno. Adelante —ordenó al sentir unos tímidos golpes en la puerta. Un sirviente anunció la llegada del duque de Sesto—. Te pediría, Antonio, que nuestra conversación quede, de momento, entre estas cuatro paredes.

—¿Pero por qué a tu marido le va a sentar mal el matrimonio de Alfonso con Mercedes?

—Ya te lo explicaré en otro momento. Vamos, mejor nos encontraremos con él en la sala de reuniones. —Aprovechó la espalda de Cánovas, al dirigirse a la puerta, para guardar la botella y las dos copas. Le preguntó al criado—. ¿El señor viene solo o acompañado?

—Acompañado, señora. Por don Felipe Ducazcal.

—¿Por quién? —preguntó de nuevo—. ¿Has dicho Felipe Ducazcal?

Cánovas la tomó del brazo para calmarla.

—Pepe me saca de quicio, ¿Cómo se le ocurre invitar a nuestra a casa al mismo que se puso unas patillas postizas ridiculizándolo, con una cuadrilla de fulanas detrás, como venganza por la rebelión de las mantillas? Jamás he tenido que soportar una ofensa semejante.

—Escucha, Sofía. ¿No acabas de decir que es mejor tener al enemigo en casa? Yo le apoyo en esta decisión.

—¿Que tú le apoyas? ¿Os habéis vuelto locos? ¿Es que no me valoráis, ni a mí ni a vosotros mismos?

—Valoramos la causa alfonsina. Nosotros estamos en un lugar secundario. Y tanto él como Robledo…

—¿Romero Robledo? ¿El Pollo Antequerano? ¿El que hasta que yo he tenido conocimiento de causa era considerado uno de nuestros mayores enemigos por escribir aquel letrero negro en el Ministerio de Hacienda? —Tras el asentimiento de Cánovas, la princesa negó con la cabeza—. Yo no entiendo el modo de proceder de los españoles. En Rusia tenemos más sentido de qué lugar ocupa cada uno.

—No me cabe la menor duda, señora mía. Por eso la zarina Ana Ivanovna hacía pernoctar a los bufones en su palacio de Hielo, y ni el sofoco de la noche de novios les hacía entrar en calor hasta perecer. Llámame soso, pero a mí eso me resulta una excentricidad algo sádica. —La duquesa miró hacia otro lado mientras caminaban hacia la sala, y reflexionó. Aquella construcción efímera a la que se refería Cánovas como escenario de refinada crueldad, un colosal palacio construido con bloques de hielo encargado caprichosamente por los zares a sus arquitectos, tardó en derretirse tres meses, de enero a marzo de 1740. Las paredes, los muebles y hasta el último adorno estaban tallados en el agua congelada. Se hicieron jardines de flores de escarcha y en el centro dominaba un gigantesco elefante de hielo, flanqueado por fuentes cristalinas que escupían parafina ardiendo. Dos bufones enanos, hombre y mujer, interpretaban el papel de inquilinos del gélido palacio y la aristocracia rusa observaba su intimidad a través de los translúcidos muros. Cánovas exageraba: los bufones no murieron ateridos en su noche de bodas. Se les pudo reanimar en el último momento. Su mente divagaba: pensó en su gran pasión, las aves, y en cómo el privilegio de poder surcar los vientos estaba sujeto a su fragilidad. En milésimas de segundo, las poderosas alas de un águila imperial… tan frágiles al mismo tiempo. No pudo evitar trazar un paralelismo con ella misma y el sobresalto la hizo volver a la conversación. Desorientada, se rio de sí misma: las aves tienen un gran sentido de la orientación que les hace siempre saber dónde están. Cánovas seguía hablando:

—Romero Robledo es un gran orador, y Ducazcal defendió el reinado de Amadeo de Saboya por ser un fiel partidario de Prim. O eso dice. Siendo así, ningún adepto a la causa ha de ser rechazado. Simplemente hay que verlos como hijos pródigos que regresan a casa.

Felipe Ducazcal traía los ojos brillantes y el paladar con aún más lustre. La princesa cogió con gran curiosidad la densa zamarra de pelo negro que portaba el nuevo amigo de Alcañices para colgarla. Le miró detenidamente, sin quitarse de la cabeza que el pelotón de la Porra que lideraba era famoso por haber asaltado redacciones de ideología conservadora, propinar palizas a carlistas y moderadas e intentar disolver sus reuniones mediante la fuerza. Pero, sin duda, la imagen que reinaba en su memoria por encima de todas era el letrero negro contra la raza de los Borbones en el muro del Ministerio de Hacienda. Intentó llevarse aparte a Alcañices, pero este la esquivó hábilmente.

—Sofía, mira a ver qué podemos ofrecer a nuestro huésped. Y que no desmerezca, gracias a él hoy no estoy entre rejas.

—¿Entre rejas? ¿Pero qué ha pasado? —preguntó Cánovas.

—Dígame, señor Ducazcal, ¿qué le apetecería tomar? —preguntó la anfitriona a su peculiar invitado, que ya había tomado asiento.

—No se moleste, señora. —Ducazcal movió las manos sin saber dónde colocarlas y apartó la mirada del cuadro de unas náyades semidesnudas ante la mirada inequívoca de Sofía. Carraspeó para aclararse la voz y finalmente imitó con la mano un ademán que había visto hacer a Alcañices en más de una ocasión—. Cualquier cosita, señora, un anisado...

—Lo lamento muchísimo, pero no tenemos. La próxima vez que venga me encargaré de ofrecérselo, pero mientras ¿por qué no prueba un licor de hierbas que hacen unos cartujos franceses y que guardo para las ocasiones especiales?

Ducazcal asintió del mismo modo en que lo hubiera hecho de haberle ofrecido un whisky mezclado con café irlandés.

—Gran elección, querida. Cánovas y yo nos apuntamos también. —En cuanto Sofía cursó la petición al servicio, Alcañices se volvió a su mujer con una sonrisa inerte en su cara—. Cuéntale a Felipe cómo esta mañana te vitoreaba la gente en la Virgen de la Paloma por tu gran labor al frente de la causa alfonsina, sin desprestigiar a Antonio, faltaría.

—No me lo recuerdes, que no he podido donar unas cristaleras porque me han impedido el paso. —La duquesa de Sesto ayudó al sirviente a colocar las cosas en la mesa desde el carrito y se dirigió a Ducazcal, al ver la intensidad con la que miraba la botella de Chartreuse—. Si no le apetece, dígamelo y…

—No, no. Me parece una elección perfecta.

El duque de Sesto y Cánovas se miraron con cierta sorna.

—Querido, creo que todos estamos de acuerdo en que nos resulta más interesante saber por qué estás ahora aquí y no en la cárcel —le apremió Sofía, incómoda por la fruición con la que su invitado observaba derramarse el líquido en la copa que ella le servía.

—Ah, sí. La cárcel —recordó Alcañices. Movió distraídamente el vaso antes de proseguir—. Verás, el Gobierno ha dado una orden de prisión contra mí por nuestras reuniones clandestinas. Iban a llevarme preso al enterarse de que estaba en casa del general San Román, pero aquí mi gran amigo —Alcañices rodeó a Ducazcal con su brazo— no ha dudado en sacarme de la casa antes de que llegara la policía.

—No sabe lo agradecida que le estoy, señor Ducazcal. Personas como usted son nuestros mejores aliados. Para mí, para mi marido y para la causa alfonsina. —Por la mirada con que Ducazcal miraba a Sesto, en su orden de prioridades Alcañices no estaba flanqueado por Sofía ni por la misión borbónica. La rusa se volvió a su marido sin poder ocultar el temor en su rostro—. ¿Vendrán aquí esta noche, Pepe?

—No temas. La Guardia de los Gorros Colorados me ha jurado guardar por mí toda la noche.

—¿Que los Gorros Colorados van a estar en la puerta de tu casa velando por tu seguridad? —preguntó Cánovas, sin salir de su asombro. Así se apodaron a unas milicias populares y sin escrúpulos, cuya ideología fundamental era ser anticarlista. De extrema izquierda y afamados por su radicalismo, propugnaban que el país se dividiera en repúblicas federales.

—No veo por qué no. Asistimos a tiempos convulsos que nos acabarán uniendo a todos bajo la capa de Alfonso.

Cánovas corrió las cortinas y se asomó a la ventana. La abrió al comprobar que el escuadrón ya estaba allí, en posición de firmes. «¡Señor duque! ¡Mientras nosotros estemos aquí, su persona y su familia, sagrados!», gritó el cabecilla. Los duques de Sesto y Ducazcal corrieron también a asomarse.

—Bien, son más de una veintena. Sofía, veamos qué podemos ofrecerles para cenar, la noche es muy larga. —Alcañices ahogó un bostezo. Cogió la botella de Chartreuse y se la dio a su salvador de aquella noche. Lo miró con expresión de gravedad—. Toma, llévatela a casa y dile a tu mujer de mi parte que alce la copa en señal de orgullo por su valeroso y leal marido.

—Yo ya no sé qué causa defiendo. Solo sé que estoy cansado de la revolución y del carlismo —repuso mecánicamente Ducazcal, observando la botella con detenimiento como si tratara de descifrar el mensaje oculto en una tabla de El Bosco.

—Claro, amigo. Te acompañaré a la puerta. ¿Te he hablado alguna vez de las fiestas que organizamos en Algete?

El duque de Sesto y Ducazcal abandonaron la sala, acompañados por la incrédula mirada de Cánovas hasta que desaparecieron por la puerta.

—Ahí tienes la grandeza de España.

El irónico sentido del humor de Sofía pudo con su no menos poderoso sentido del rencor y soltó una franca carcajada.

9

La famosa fiesta de 1873 en la finca de Algete de los duques de Sesto fue recordada en los años posteriores por la variedad de los asistentes. Cada primavera, la puesta de hierro al ganado nacido en el año anterior era todo un acontecimiento debido al inabarcable número de caballos que Alcañices tenía entre ejemplares andaluces, árabes e ingleses; solamente en yeguas se podían contar más de doscientas cabezas. A Sofía le fascinaba vestir para la ocasión el traje andaluz de chaqueta corta y bolero y, como buena romántica, le encantaban las sorpresas. Así que cada año el modelo era diferente y la elección la mantenía en secreto, algo que a su marido le amargaba el día previo al acontecimiento.

—¿Cómo se le ocurrirá aparecer? —compartía su inquietud con los más íntimos—. Espero que no le dé por confundir la fiesta con un baile de seguidillas, como la última vez.

Los terrenos de Alcañices fueron el escenario de la reconciliación social de un Madrid al servicio de una misma causa: artistas, aristócratas, el Batallón del Aguardiente, hasta los peluqueros de Pepe Osorio fueron invitados a la fiesta. En un momento del multitudinario encuentro, Cánovas no encontraba al anfitrión de la fiesta, por lo que se acercó a Sofía, en agitada conversación con sus amigas, para preguntarle por él.

—Ah, está en su despacho, reunido con Tamberlick —respondió ella con desenfado, y volvió a la charla.

Sin encontrar la razón por la que el tenor podía retener al anfitrión durante tanto tiempo, el político malagueño se adentró en el interior de la casa que conocía tan bien y subió las escaleras. Recorrió un extenso pasillo alfombrado y se detuvo en la puerta del despacho. Alzó el puño para llamar, pero al escuchar voces dentro con claridad, la curiosidad pudo con él. Se acercó más a la puerta sin pegar el oído, gesto demasiado indigno.

—Perfecto, Enric. Elena es una gran cantante y debe seguir siéndolo. Gracias por demostrarme que he hecho bien depositando mi confianza en ti.

—No te preocupes, insisto en que Adelina me tiene al tanto de cada paso que ella da. No tendrá ningún problema en su carrera profesional, de eso me encargo yo.

—Bien. Ya sé que es una grosería recordarte lo fundamental que es la discreción en todo este asunto, pero creo que ella es muy importante para mí.

—Por supuesto.

—Pues creo que ya va siendo hora de que volvamos, o mi grosería va a alcanzar todo tipo de matices.

Al oir que se levantaban de la mesa, Cánovas llamó a la puerta.

Las reuniones y celebraciones que organizaban los duques y demás alfonsinos no eran desconocidas para el Gobierno desde hacía mucho tiempo. Finalmente se implementó la medida de limitar el número de asistentes a sesenta. Rápidamente, Sofía buscó una solución para evitar que el Ejecutivo de Serrano pudiera organizar su caza de brujas con los artífices de la Restauración, y se le ocurrió que las embajadas fueran un escenario alternativo de reunión. La idea tuvo una excelente acogida, y se organizó así una clandestina ruta diplomática. «¿Quién estará en casa este lunes?» era la pregunta. «Lady Layard, esposa del ministro de su majestad británica». Y allí se celebraba la tertulia. El martes podría ser que la francesa marquesa de Bouille «estuviese en casa», o que el jueves la baronesa de Canitz estuviera dispuesta a abrir los salones de la misión alemana.

Mientras, en el frente contra los carlistas, la razón se distorsionaba entre tanta sangre. Sofía decidió tomar cartas en el asunto y fundó una organización solidaria paralela a la Cruz Roja, que se llamó Asociación para el Socorro de los Heridos. La duquesa de Sesto llegó hasta a pedir permiso a Isabel II para deshacer su ropa interior gastada, y la suya propia, para convertirlas en vendas que luego enviaban al norte en cajas. Durante estas y otras jornadas en el palacio de los duques de Sesto, las damas se sentían heroínas de guerra entre puntada y puntada.

—En Rusia —comenzaba a narrar la princesa con orgullo—, el zar Nicolás I reprimió la sublevación de los nobles que abogaban por una monarquía constitucional, los decembristas, y envió a más de doscientos hombres a las minas de níquel en Siberia. Sus mujeres, en lugar de quedarse calentitas en sus acogedoras residencias, pidieron al zar que las dejara unirse a sus maridos. Se les consintió, pero a cambio sus hijos perderían los títulos y los derechos y se convertirían en plebeyos. Ninguna de ellas se arredró —concluyó con aplomo, y satisfecha ante la expectación causada, añadió con afectación—: Es una prueba de amor que me atormentará toda la vida.

—En España nuestro coraje no tiene nada que envidiar a las decembristas —repuso por su parte la marquesa de Miraflores, con orgullo patrio—. Agustina de Aragón no estuvo al lado de su marido en el destierro, sino que fue directamente al frente. En la Guerra de la Independencia, durante el asedio de Zaragoza, fue a El Portillo a llevarle comida. Los franceses avanzaban y lo único que había al lado de un cañón para frenar el ataque era un muerto acurrucado en la tierra y maltratado por el viento. Agustina de Aragón, a cuerpo descubierto y sin armas, corrió, tomó la mecha en manos del cadáver y disparó. Temiendo una emboscada, los franceses se retiraron. —La marquesa alzó el dedo—: Llegó a ser nombrada subteniente.

El príncipe no perdía la esperanza de verse en el trono.

—¿Conque ahora todos somos ciudadanos? —le solía decir a su madre—. No te importe nada esto, pues teniendo paciencia y trabajando mucho para ser digno del puesto al que estoy destinado, ya llegará el día en que iremos todos juntos a España.

Esta actitud se debía en parte a la confianza que tenía en Cánovas. Para este, desanimado por sus desavenencias con Isabel II en los momentos más decisivos, la fe del príncipe en él era fundamental.

A principios de 1874, el general Pavía encabezó un golpe de Estado en el Congreso de los Diputados para evitar la votación de un nuevo presidente que sucediera en la jefatura del Estado a Emilio Castelar. El propósito del golpista se vio frustrado, ya que Castelar no aceptó mantenerse en el poder por medios antidemocráticos. La derecha republicana encontró a su candidato en Serrano, que fue nombrado presidente del Gobierno. Se abría así la puerta a la restauración borbónica a través de una coalición con Serrano, pero Cánovas se negó a que la vuelta de Alfonso se identificase con un golpe militar, a pesar de las insistencias de Isabel II. «Una monarquía legítima y restauradora del orden social no puede ser levantada por medio de motines», le explicó a la madre del príncipe por carta. Por su parte, la admiración de Sofía hacia el político creció tras esa nueva demostración de su férreo carácter, y el príncipe Alfonso también le apoyó: «Por mi parte, creo que ha hecho usted muy bien, como en todo, en no haber querido tomar parte en el Gobierno. En cuanto a mí, crea usted que trato de formar mi carácter cuanto antes, y en cuanto haga falta ser militar de veras, será sin flaqueza alguna».

Mientras los carlistas y el Gobierno de Serrano se batían en el norte, Cánovas seguía con su estrategia centrada en influir en los círculos de opinión. Para afianzarse en el poder, el Gobierno de Serrano desterraba a los sediciosos y censuraba la prensa, lo que apresuró su debilitamiento en la misma medida en la que hacía crecer la simpatía hacia la causa alfonsina.

Con visión estratégica, Alcañices, que se encontraba en Viena con el príncipe, le trasladó a su mujer la idea de organizar un baile por todo lo alto, aprovechando el santo del heredero el 22 de enero. Las fiestas de la duquesa generaban tanta expectación que las ausencias se contaban con los dedos de una mano, por lo que además eran un eficaz método para demostrar al gobierno del duque de la Torre que los alfonsinos tenían la mano ganadora, al menos socialmente.

Por su parte, el político malagueño solicitó a Osorio que organizara primero una comida política para invitar a las más altas personalidades sin contar con representantes del sector militar. De este modo se quería dejar claro que no se estaba preparando un golpe de Estado y se ofrecía la imagen de que la Restauración contaba con un consolidado apoyo intelectual y político. Cánovas no le quiso decir a Sesto quién sería el primer invitado, lo que dejó a Alcañices en una situación incómoda: por un lado debía fiarse del malagueño, pero por otro el almuerzo sería en su propia casa y eso le provocaba intranquilidad. «Desde luego, es una de las personas que más trabajan y se sacrifican por la causa», fue la respuesta del estadista.

Llegado el día, el duque de Sesto recibió con impaciencia la lista de comensales y pudo leer el nombre de la persona que encabezaría tan ilustre mesa: «La excelentísima señora marquesa de Alcañices». Pepe Osorio recibió la noticia en una confusa sensación de indignación y orgullo marital, y le razonó a Cánovas la imposibilidad de contar con la presencia de Sofía, alegando que se trataba de una comida de señores.

Cánovas señaló la lista de invitados.

—Ya no digo mejor ni peor. ¿Pero alguno de ellos tiene su visión política, duque Pepe?

La duquesa de Sesto reaccionó sorprendida e insegura. Siempre que en una fiesta un corrillo estaba formado por más de dos señores se apartaba por si pudieran iniciar una conversación política. En esta ocasión tendría que pronunciar un brindis ante una treintena de ellos.

—No te preocupes, Sofía, yo te ayudaré a redactarlo —la animó el político.

—¿Ves, Antonio, como es un planteamiento descabellado? —Alcañices soltó una desenfadada carcajada—. No te agobies por nada, querida, encontraremos un sustituto…

La duquesa intentó aislar su mente de la voz de su marido. Gran lectora, detestaba sin embargo escribir. Apretó el brazo del duque y respondió con aplomo:

—Yo lo haré. Será corto y convincente.

En realidad, para Cánovas lo verdaderamente convincente es que ella presidiera la mesa. Para marcar el carácter político de la comida, la duquesa sentó a su izquierda al presidente del Círculo Conservador, y a su derecha, a su valedor. El mantel era blanco, con flores de lis bordadas en plata. En el centro, elaborados centros de frutas se desplegaban a la altura perfecta para que los comensales de ambos lados de la mesa pudieran mirarse a los ojos.

—Te has debido dejar el discurso en la habitación —le susurró Cánovas a Sofía, al ver que no portaba nada en sus manos.

—Está todo controlado —le sonrió ella.

Y así fue. Cuando llegó el momento de brindar, la princesa se levantó y miró a la concurrencia tranquila y segura, sin olvidar dedicarles su sugestiva media sonrisa. Alzó su copa de champán y habló alto: «Señores, os doy las gracias por haber venido hoy a comer conmigo y os aseguro que el año que viene será el rey quien os invitará a su mesa». No consideró necesaria más verborrea por la misma razón que cuando se ponía una joya la dignificaba sin ninguna otra a su alrededor.

Si el duque de Sesto se metía en el bolsillo —en sentido figurado y literal— al pueblo, Cánovas hacía lo propio con la prensa: todos los jueves tenía cita en el restaurante Filiquier de la calle Serrano con el director y los principales redactores del periódico *La Época*. Tampoco se le escapaba otra esfera: la militar. Fue precisamente su insistencia lo que motivó que el joven príncipe abandonase sus estudios en el Theresianum de Viena y se inscribiera en el colegio de Sandhurst con el objetivo de completar su instrucción marcial en Inglaterra.

A mediados de abril de 1873, el marqués del Duero —afín a la causa alfonsina—dirigió un levantamiento en Bilbao contra los carlistas que no llegó a buen puerto. Pero a Cánovas no se le escapaba que la imagen del príncipe, que todavía no era mayor de edad, al frente de los Ejércitos podría tener más valor para el pueblo que cualquier sesudo manifiesto de intenciones. Por su parte, Alfonso no se hubiera opuesto a los deseos de Cánovas. Cansado de su papel de espectador, escribió a su madre: «Mi mayor placer sería estar a caballo asistiendo a batallas y batiéndome yo mismo. La única sangre que vería correr con pena sería la de los españoles». Y, para demostrarle su virilidad, Alfonso le informó de que ya no se afeitaba con el cortaplumas, sino a navaja. Pero de aquellas cartas Isabel II no guardó en su memoria las viriles audacias de su hijo, sino el férreo compromiso que sentía con Cánovas. El príncipe estaba dispuesto a seguir su consejo y a apoyarlo en cualquier decisión política que tomara.

Esta complicidad, obviamente, no existía entre Isabel II y el malagueño, que llegó a asegurar por escrito a su amigo Antonio María Fabié que la reina destronada estaba empeñada «en perder la corona de su hijo». Cánovas se manifestaba cansado «de tanto batallar inútilmente». Y no hablaba en vano: el trabajo de tantos años podía, al fin, materializarse, porque todos eran conscientes de que el contexto político apropiado para dar el golpe final era ese y una segunda oportunidad era algo con lo que no podía contarse.

Fue entonces cuando, para desesperación del malagueño, el marido de Isabel, Francisco de Asís, que sentía el mismo odio por Cánovas que por el duque de Sesto, se permitió el «capricho» de airear asuntos íntimos en la prensa, azuzado por su cómplice Serrano, que no se había visto en otra. El marido de la reina Isabel, en su interés por levantar polémica que la perjudicase, reveló en *El Diario Español* que Jose Güell y Rente, su excuñado —separado de su hermana Josefa—, ejercía una «influencia perniciosa» sobre la madre de Alfonso, ya que la había presionado para que declarase nula su abdicación e incluso despidiera a Alcañices. Güell no desperdició la ocasión de manifestarse y reveló, en *El Imparcial*, que Isabel II había entregado dos millones de reales a Montpensier cuando participaba en el proceso de la restauración y otros cincuenta mil mensuales al diario *El Tiempo* con los que le «calmaba» informativamente. Y por si no había tenido suficiente, el marido de Isabel II contraatacó en el mismo medio contra la causa alfonsina anunciando su malestar porque el traspaso de poderes a Cánovas se había realizado sin contar con su consentimiento como rey consorte. La situación llegó a tal extremo que el malagueño, que había impuesto que la madre de Alfonso permaneciera en París cuando este fuera nombrado rey como condición para asumir el mando de la restauración, se decidió a escribirle directamente a ella lo siguiente: «La posteridad no querrá creer que personas próximas a vuestra majestad sean los mayores enemigos del príncipe», teniendo la delicadeza de no mencionar directamente que tambíen se refería a ella.

Era evidente que el talón de Aquiles de Cánovas era Isabel. El político, que si por algo había destacado durante toda su gestión al mando de la restauración era por entender la importancia de los tiempos y por mantener la cabeza lo suficientemente fría como para saber esperar su momento durante años, e incluso renunciar a acogedoras capillas de promoción política por aspirar a la catedral, perdía su férrea paciencia con ella.

En una ocasión le solicitó autorización para nombrar a determinadas personas para que se hicieran cargo del proceso de la restauración, debido a que él pensaba que tenía que ausentarse para reunirse con el príncipe durante varios días. Las semanas pasaban y la soberana no daba señales de vida, por lo que le envió una misiva con un claro mensaje: su impotencia.

Aquí me llegan noticias de dificultades para la firma de la autorización que pedí, y (…) se indican propósitos, se toman quizá resoluciones y se manifiestan ideas totalmente contrarias a las mías y a las condiciones con que acepté en el año pasado los poderes de vuestra majestad y de su hijo; y aunque no todo emane de vuestra majestad, no hago el viaje ni continúo representando a vuestra majestad mientras no sepa a qué atenerme sobre los puntos esenciales. Ante todo necesito cumplir la oferta hecha a la Junta de Madrid de enviarles una autorización con la firma de don Alfonso. Todos aceptaron el mandato, pero esperan los poderes que confirmen su misión. Todos ven que la causa de don Alfonso no tiene mayores contrariedades que las producidas por las noticias que vienen de París, precisamente cuando mi pretexto debía darse para ello. Venga, pues, ante todo, esa autorización con la firma del príncipe (…). Necesito saber si vuestra majestad mantiene en toda su integridad los poderes que recibí para dirigir los asuntos políticos y resolver sobre uno muy importante: el de los estudios del príncipe, sus viajes y las personas que han de acompañarle. Todos consideran a don Alfonso desde la abdicación como rey, y lo que le afecta, no como asunto de familia, sino de interés nacional. Yo no puedo ocultar nada al partido y no representaré otra política. Dos veces abrí desde Madrid camino para que designase otro director de la política alfonsista. En Pau aguardo, pues, para saber si formalizo inmediatamente las dos dimisiones a vuestra majestad y a su augusto hijo.

Isabel era el detonante para interrumpir la contención de un estado de ánimo cada vez más débil. Aquel verano en Deauville, entre partida y partida de croquet en los jardines de la casa de los duques de Sesto, Sofía mantuvo intensas conversaciones con ella para llevársela a su terreno.

—Pues mira lo que te digo, Sofía —comenzaba con énfasis la regia invitada, dando un puñetazo en la mesa—, yo creo que al final será Serrano quien proclamará rey a mi hijo. Eulalia, querida, retírate que estamos hablando de política —le decía a su hija, que obedecía a regañadientes.

—¿El duque de la Torre? —La princesa sonreía con una desconfianza muy discreta, para no ofenderla, y descendía la mirada hacia la copa en señal de humildad antes de volver a mirarla—. ¡Pero qué podemos esperar de un hombre que quiere gobernar España y nunca ha sabido gobernar a su mujer!

Con tal de defender la posición de Cánovas, la rusa se arriesgaba incluso a cuestionar al General Bonito, quien fuera el primer amante oficial de la exiliada, incluso recurriendo a cuestionar la fama que tenía Serrano de parecerle menos heroicidad participar en la Revolución de 1854 que enfrentarse a su mujer.

A la reina Isabel no le pasaron desapercibidas las implicaciones del comentario de Sofía y pensó si la historia de su reinado no hubiera sido diferente de haber tenido entonces alguien que le recordara las verdades duras de manera tan suave.

En tales circunstancias, el 28 de noviembre el príncipe cumplió diecisiete años. El Gobierno de Serrano trató de que de la recién estrenada mayoría de edad de don Alfonso quedara en una mera efeméride y no solamente censuró a la prensa para que no publicara ninguna reseña del acontecimiento, sino que, además, dio orden de disolver comidas formadas por más de seis comensales. La duquesa de Sesto, ayudada por su marido, contraatacó a través de su comité de damas para que la grandeza española y los afines a la causa alfonsina enviaran al heredero de la Casa de Borbón telegramas de felicitación. El propio Cánovas, que no era gran partidario de estas iniciativas, se enfrascó en la misión él mismo, aunque tiempo después no tuvo reparo en asegurar que solamente el 10 por ciento de las felicitaciones recibidas por don Alfonso habían sido enviadas de forma puramente voluntaria. Los duques de Sesto también mandaron la suya oficialmente, pero más tarde añadieron otra menos protocolaria y con cierto tono de amable advertencia. «No le olvidaremos nunca y menos en días como el de ayer —remarcaron con afecto, para luego señalar—: Mucho juicio y mucho carácter, piense vuestra alteza que en estos momentos toda España le está observando. Que los que hemos venido de verle este verano hemos hecho ver a todos que vuestra alteza ya es un hombre y no es cosa que nos deje por embusteros si la ocasión se presenta».

El Gobierno de Serrano trataba por todos los medios de evitar esa ocasión, pero el movimiento alfonsino la supo buscar. En medio de las batallas en el escenario español, el mismo día de su cumpleaños, el príncipe firmó el manifiesto más determinante de su vida: el de Sandhurst. Redactado por Cánovas del Castillo, el hijo de Isabel II agradecía las felicitaciones recibidas y presentaba a la monarquía como única alternativa eficaz para terminar con la angustiosa situación que vivía el país. El documento insistía en que su Corona respetaría un sistema de consenso institucional: «La monarquía hereditaria y constitucional posee en sus principios la necesaria flexibilidad y cuantas condiciones de acierto hacen falta para que todos los problemas que traiga consigo su restablecimiento sean resueltos de conformidad con los votos y la convivencia de la nación». Y, lo más importante, para hacer mella en las conciencias que años atrás habían clamado por la abdicación de su propia madre: «No hay que esperar que decida yo nada de plano y arbitrariamente: sin Cortes no resolvían los negocios arduos los príncipes españoles allá en los antiguos tiempos de la monarquía».

Una vez más, la duquesa de Sesto se implicó en su elaboración. Madrugador, Cánovas lo redactaba en su casa y luego comía en la residencia de los Alcañices para discutir el contenido: a veces en la sobremesa, otras en el despacho de Sesto, con vistas al jardín de la casa. Uno de esos días, con un buen fajo de borradores bajo el brazo, el malagueño se acercó a la rusa, que hacía la digestión acunada por una suave brisa al borde del estanque de la terraza. La princesa cerraba los ojos y agradecía los rayos de sol, pinceles de su pelo. Abrió los ojos y se quedó contemplando el cándido plumaje de una lechuza traída de Sierra Morena, que se lo reorganizaba con el pico en el descanso de una rama. Al término, el ave volvió a cerrar los ojos. Sofia notó su presencia.

Cánovas, ligeramente despeinado, la observaba como el pintor que casi ha terminado su obra y no es capaz de asumir la creación de tanta belleza. Sofía lo miró de lado y sonrió con calidez.

—Dime, Antonio.

—Necesito que me hagas un favor. —Extendió los papeles delante de ella—: Tengo muy mala caligrafía.

La duquesa, risueña, se levantó a cogerlos.

—No sé en qué tipo de colegios estudiabais los hombres de esta casa. Descuida, empezaré ahora mismo.

El que Sofía le considerara uno más en su hogar le infundió valor para ir con ella hasta su sala de estar, su mayor anhelo desde que ponía el pie en aquella casa, que a veces se cumplía y a veces no. Entrar en el saloncito de la rusa era la única invasión de sus entrañas que a Cánovas le estaba permitida; un santuario en el que ella se parapetaba de los demás y en el que lo más íntimo de su feminidad se distribuía por cada detalle de la estancia. Nada más entrar, a la derecha, un piano de Boisselot et Fils, en madera de palosanto y boj, una mesa sobre la que reposaba una bola del mundo con la que seguir soñando otras vidas y otros lugares y un esbozo de acuarela sobre papel prensado en el que plasmar sus realidades con los matices que ella quisiera percibir. Cada vez que el político traspasaba el umbral de aquella puerta, un sentimiento masculino de posesión que rozaba lo sexual se apoderaba de él.

Sofía mojó la pluma en el tintero y sacudió delicadamente los restos de tinta de la pluma antes de deslizarla sobre el papel, con su vestido de volantes ciñéndole el cuerpo. Esa estampa le indujo a Cánovas a solicitar un día a un pintor de poco renombre para que la retratara. Cuando estuvo terminado el dibujo, anotó con un lápiz: «El creador admirando una de sus más bellas obras», lo enrolló y lo colocó entre los libros de la estantería de la duquesa.

El manifiesto, firmado por Alfonso el 1 de diciembre de 1874, tardó un mes en publicarse en la prensa. La princesa se encargó de realizar las copias y enviarlas una por una a las personalidades que habían felicitado al príncipe por su cumpleaños. Solo que en esta ocasión las pretensiones fueron mucho mayores, y ella misma se encargó de traducirlo a los principales idiomas europeos y de hacerlo llegar a las más importantes cancillerías de Europa. A pesar de que Cánovas, en colaboración con los duques de Sesto, fue el responsable del contenido, tanto Isabel II como su hijo mantuvieron una fluida correspondencia para abordar cómo hacérselo llegar a quien fuera el apoyo, si no el más determinante, sí uno de los más cruciales para la restauración de la Corona: el papa Pío IX. «En cuanto a enviar la copia al papa, creo francamente que no se debería hacer sin consultar a Cánovas, debiendo quedar la cosa reservada, pero luego que por tu carta vi que se debía publicar, cambió la cuestión a mis ojos y creo en efecto que vale más que su santidad conozca el documento por mi conducto, que no por el de la *Liberté* o de cualquier otro periódico, porque así se verá la cuestión más benignamente, y en España la opinión del papa no deja de tener fuerza».

Todas las esperanzas estaban puestas en la repercusión del documento, y a punto estuvo de quedarse en una intención. El director de *La Época*, José Ignacio Escobar, viajó hasta París con la misión de llevarlo a Madrid. El periodista, que portaba el manifiesto aderezado con dinero, gentileza de Isabel II para financiar el movimiento alfonsino en la prensa, se quedó a dormir en una posada navarra camino a la capital y, a medianoche, un destacamento carlista entró en su habitación y se lo llevaron preso para fusilarlo. La insistencia de Escobar en demostrar su amistad con el marqués de Valdespina hizo que los sublevados contactaran con el aristócrata, quien se personó para evitar la ejecución de su amigo y, maniobrando con tacto, evitó que requisaran el preciado documento. Gracias a esta intermediación, el manifiesto de Sandhurst pudo ver la luz.

Una vez más, los obstáculos provenían de la propia familia Borbón. La reina destronada estalló en cólera al comprobar que su hijo, ya mayor de edad, había firmado el documento sin mencionárselo primero, y tuvo que ser Alcañices quien invirtiera parte de su tiempo en convencerla de que, ahora más que nunca, debía apoyarlo. Francisco de Asís, como era de esperar, se opuso al documento, aunque dada la ojeriza de los españoles hacia el marido de Isabel II, algunos lo vieron como una ventaja. Es más, desde no pocos diarios monárquicos se llegó a manifestar públicamente que el príncipe heredero debía «renegar de los sentimientos y las enseñanzas de sus padres».

Por el contrario, la abuela de Alfonso, tan unida a él desde siempre, le trasladó en una misiva todo su apoyo para que pudiera volver a España cuanto antes. María Cristina de Borbón sabía priorizar los intereses de su nieto por encima de cualquier rencilla familiar.

El 27 de diciembre, la declaración de intenciones del príncipe se publicó en los medios nacionales favorecedores de la causa y, más importante aún, la prensa internacional se hizo eco de ella: en el *Liberté* de París, en el *Morning Post* y en el *Times* de Londres, o en el *Freie Presse*, de Viena, se le dedicaron múltiples reseñas.

Ese mismo día, la duquesa de Montijo, viuda desde hacía un año de Napoleón III, ofreció una fiesta en su palacio de la plaza del Ángel. Toda la causa alfonsina se personó en los salones de la condesa de Teba. Tanto la duquesa de Sesto como Cánovas del Castillo pusieron su foco de atención en dos personas. Mientras la rusa cogía del brazo y se deshacía en miradas de adoración —caída de ojos puntual incluida— hacia Alcañices, su marido, aceptaba tácitamente esta táctica para desmotivar a la anfitriona, cuyo tesón en él le reducía al papel de presa y le violentaba. Cánovas, por su parte, buscaba en todo momento un acercamiento directo con el general Arsenio Martínez Campos. En eso pensaba mientras se arreglaba para ir a la fiesta.

Parecía que el militar había comprendido que Alfonso no daría un paso sin consultárselo a él primero, pensó don Antonio con satisfecha vanidad horas antes de que diera comienzo la fiesta en el palacio de la plaza del Ángel, cuando se preparaba para salir. Pero el político era muy consciente de que eso no había conseguido parar a Martínez Campos. El segoviano pertenecía a esa opinión castrense que consideraba que la corriente de opinión de apoyo al futuro rey ya estaba lo suficientemente asentada como para sustentar una intervención militar, y meses antes había tomado la decisión de enviar una misiva a Isabel II y al regio adolescente para exponerles sus razonamientos y conseguir su beneplácito para actuar saltándose a Cánovas. La reacción de la reina Isabel y, por supuesto, de su hijo, a quien el malagueño había convertido en un absoluto incondicional, fue contárselo. Y el político no se puso en contacto con el militar, sino que optó por observar sus movimientos. Recordó la tarde después de Navidad en que la duquesa de Sesto organizó unas horas de patinaje sobre hielo con su marido y sus hijos. A la rusa le hacía sentir bien deslizarse por las congeladas aguas del estanque del palacio de Liria y del lago de la Casa de Campo. Patinaba con tal destreza que podía cerrar los ojos unos segundos y visualizar cómo en su infancia, en los inviernos más implacables de San Petersburgo, ella y sus compañeras del internado Smolny recorrían el hielo del Nevá, tan sólido que hasta se colocaban sobre él rieles para que los tranvías pasaran por encima. A las mujeres les gustaba mirarla para imitarla, y a los hombres, simplemente observarla desde fuera de la pista. Aquel día el estanque estaba muy concurrido, y al mensajero le costó encontrar a Sesto para informarle de que el conde de Valmaseda le esperaba en su propia casa para entrevistarse con él. Osorio dejó a una intranquila Sofía junto a sus hijos y se marchó a su palacio. Allí, el conde le informó de los planes del general de pronunciarse en Valencia y entregarle el Gobierno a Cánovas, en lo que fue un encuentro muy corto, ya que Alcañices regresó rápidamente al patinadero para asegurarle a su mujer que todo marchaba bien, y tomó un coche simón para no tardar en llegar a la calle de la Madera, donde le esperaba el político conservador.

—Me alegro de que te haya informado y de que cada uno sepa dónde está su lugar —había sentenciado Cánovas tras escuchar a su amigo—. Saben que no podemos funcionar separados.

—Lo que te cuento es tan real como que en el momento en que me llamaron estaba patinando en el palacio de Liria. Lugar donde, te recuerdo, casi doscientas personas se adhirieron al Casino Hispano-Ultramarino. Y su respaldo, buscado por ti, nos ha sido de gran ayuda.

—Desapruebo completamente un pronunciamiento militar.

—No se puede desaprobar, ni mucho menos abandonar, a quien se juega todo por la causa que estamos defendiendo.

—Y el problema es que, para los militares, dar marcha atrás implica reconocer que se han imaginado un fracaso.

—Sí, su disciplina les dificulta asumir un error.

—No me refiero a la disciplina. ¿De verdad ves a un militar imaginándose algo? Podrían detenerte por subversivo.

Alcañices liberó una carcajada.

—Celebro que vuelva tu alto sentido del sarcasmo, Antonio. Últimamente te he notado con menos gracia, has estado algo apagado. Debes casarte de nuevo cuanto antes, no es bueno que un hombre esté solo tanto tiempo. —Antes de que Cánovas pudiera replicar a la observación de Alcañices, este se adelantó—: De todas formas la información de Valmaseda no me pilló desprevenido. El domingo pasado hubo un almuerzo en su casa, tengo entendido. Me lo contó un amigo militar al que invité a jugar al billar días después. Al principio estaba reacio a decir nada, pero al final se soltó de la lengua y me contó una anécdota muy significativa...

Un sirviente interrumpió los pensamientos de Cánovas, que ya estaba preparado para asistir a la fiesta. La berlina estaba dispuesta para trasladarle a la residencia de Eugenia de Montijo. Es posible que Alcañices tuviera razón en lo de volver a casarse, pensó mientras descendía las escaleras. Una mujer siempre alegra una casa porque da sentido a un hogar. Además, sus dotes de anfitriona le ayudarían en el terreno social, en el que él no tenía tan desarrollado su talento. La imagen en su carrera política era tan necesaria como una convincente perorata en el Congreso de los Diputados, pensó mientras se adentraba en el coche. Al cerrarse la puerta y arrancar los caballos, volvió a repasar mentalmente las confidencias que le había transmitido Alcañices sobre lo sucedido en el almuerzo en casa del conde de Valmaseda.

—Resulta que la condesa se despidió con la siguiente ironía: «Señores, hasta el domingo que viene en que se repetirá una vez más el estudio de planes que no se realizarán». A lo que, según mi invitado, descuidado en su discreción, el general Martínez Campos respondió: «Condesa, el domingo que viene se hablará aquí no de lo que se va a hacer, sino de lo que ya se habrá hecho».

Cánovas recordó cómo el duque de Sesto había negado en silencio cuando le preguntó si su confidente le había dado información más concreta. Él seguía dando más fiabilidad a las urnas que a las insurgencias militares, pero consideró que una oposición radical a Martínez Campos no le beneficiaría: el currículum del general era impecable, desde sus hazañas en la guerra cubana de los diez años hasta su sometimiento de los cantones de Almansa y Valencia. Dentro y fuera del Ejército tenía gran prestigio. Una oposición radical supondría una imagen de debilidad de cara al Gobierno y a los carlistas. Tampoco debía posicionarse ni dejar ver que sabía demasiado de ser preguntado, no fuera que la sublevación fallase.

Nunca le había resultado tan molesta la concurrencia al político, que intentó mantener las conversaciones más breves posibles hasta dar con su objetivo. Cuando le detectó le observó a distancia: más magro que recio, su mirada serena y firme, su presencia de movimientos medidos para no desvelar más de lo necesario con sus gestos. Y, por supuesto, su característica barba alargada, que nacía del centro de la barbilla e incrementaba su porte militar.

Cuando el general vio también a Cánovas, su mirada pareció descansar. Se excusó con sus interlocutores y se fue directo hacia él.

—Tengo entendido que el Gobierno le está buscando —comentó el malagueño, tras estrecharle la mano. La actitud de Martínez Campos le hizo ver que una conversación adornada estaba fuera de lugar, parecía tener prisa.

—Lo que le puedo responder es que, si en algún momento no me buscan, le autorizo a desconfiar de mí —repuso el general con habilidad.

—La confianza es algo muy volátil, general. Hasta el punto de que, en ocasiones, la conveniencia es la única razón para tenerla en alguien y, aun así, consigue inclinar la balanza a favor.

Martínez Campos tragó saliva sin apartar la mirada de Cánovas.

—Considero que es usted un político brillante, y yo no me inmiscuyo en campos en los que no tengo experiencia. Pero no dejaré de hacerlo en aquellos en los que sé cuándo es mi obligación actuar. Como ve, la única diferencia es que utilizamos distintos modos de proceder. —Cánovas optó por el silencio, por lo que el militar se despidió. Trató de disimular su conmoción, pero su mano le delató al estrechársela a Cánovas. Este le siguió disimuladamente hasta cerciorarse de que abandonaba el palacio.

10

Encendió la lamparilla y se frotó la cara. Miró a su derecha y acarició las sábanas de la cama; parecía que hubiera dormido allí una mujer, pensó, mirando la huella que habían dejado en el colchón las vueltas dadas durante toda la noche. Ojalá. Decidió levantarse, imposible dormir. Calculó que habría empezado a conciliar el sueño ya entrada la mañana.

Nada más poner un pie en el suelo oyó unos tímidos golpes en la puerta.

—¿Quién es? —Todavía desorientado, no encontró el reloj para mirar la hora.

—Disculpe, señor.

—Pasa, pasa —le indicó Cánovas al reconocer la voz de su *valet*, mientras seguía revolviendo en su mesilla de noche—. ¿Qué hora es? —desistió.

—Las doce, señor.

—¿Las doce? —El político ofreció a continuación una muestra generosa de sus habituales tics y solo las tablas adquiridas por la costumbre permitieron al ayudante de cámara contener la risa—. ¿Y qué ocurre? ¿Llevas toda la noche esperando a que ponga un pie en suelo?

—Podría afirmarse así, señor —respondió el interpelado, mecánicamente—. Me han entregado esta carta para usted, parecía urgente pero no sabía qué decisión tomar.

—Haber llamado. Llevo toda la noche despierto. ¡No te voy a gritar!

El *valet* le miró con escepticismo, le entregó la misiva y tras preguntar si necesitaba algo más, se retiró. Cánovas se colocó las gafas para leer el trazo, acentuadamente inclinado hacia adelante, del general Martínez Campos. «Cuando reciba usted esta carta habré iniciado el movimiento en favor de Alfonso XII; cargo con la responsabilidad del acto, al cual arrastro a mis amigos. No tengo derecho a la protección del partido, ustedes son los jueces de si deben o no dármela». El militar presentaba la fe y sus principios como los únicos propulsores de su decisión y añadía: «Exijo que si el movimiento triunfa en Madrid sea usted el que se ponga al frente del Gobierno. Tengo el firme propósito de no aceptar mando, ni ascenso, ni título ni remuneración alguna».

El político estrujó la carta entre sus manos y se levantó rápidamente para arreglarse. Volvieron a llamar a la puerta.

—¿Quién es? —preguntó con impaciencia.

—Señor, el señor duque de Sesto, acompañado por otros dos señores, desea verle con urgencia.

—Voy enseguida. Ni se te ocurra decirles que me estoy arreglando. Ofréceles algo.

Los dos señores que acompañaban a Pepe Alcañices eran el alfonsino Alejandro Castro y el director de *La Época*, José Ignacio Escobar. Cánovas entró en el salón y comprobó que no estaban comiendo nada.

—Deben invertir más de sus ganancias en la causa alfonsina, ustedes nunca parecen pasar hambre —ironizó nada más entrar, solicitando al sirviente que le trajera un vaso de jerez.

—Antonio, tienes que abandonar esta casa —respondió directamente Alcañices, declinando sentarse como le ofrecía tranquilamente el malagueño—. Sé que el Gobierno y Sagasta tratan de resistir por orden de Serrano. No tardarán en venir a por ti.

—No voy a moverme de aquí —repuso, recibiendo la copa que le servían con una sonrisa imperturbable.

Guardaron silencio hasta que el sirviente desapareció.

—Antonio, si te llevan preso y Martínez Campos vence en Sagunto no podemos quedarnos sin la persona que asumirá el mando del Gobierno.

—Lo que no podemos es arriesgarnos a que me identifiquen con un levantamiento. —Zanjó el asunto con un movimiento taxativo de su brazo, y se dirigió a Escobar—: Debería escribir un artículo en su periódico informando de la distancia de Cánovas respecto a la insurgencia militar y…

—Con todos mis respetos, considero que es muy poco conveniente lo que usted me pide —respondió el director del periódico—. Usted es el padre del movimiento restaurador y el general y sus hombres están luchando por la causa alfonsina. ¿Cómo no iban a contar con su apoyo? Es mejor no hacer nada.

—Bueno, ya hablaremos luego de ello, José Ignacio. —Se volvió hacia el duque de Sesto—: Pepe, tú sí que deberías huir. Si a mí me encarcelan, en ti solo quedarán todos los poderes y asumirás toda la responsabilidad.

Trataron de disuadir a Cánovas de su decisión, pero sin conseguir nada salieron por la puerta los mismos que habían entrado por ella, salvo Escobar, que decidió quedarse junto al político, ya fuera por lealtad o porque su olfato periodístico le pedía mantenerse pegado a la noticia.

Tal y como auguró el duque de Sesto, el artífice del movimiento alfonsino fue encerrado junto al director de *La Época* en la cárcel del Saladero de la plaza de Santa Bárbara —edificio levantado en tiempos de Carlos III como matadero de cerdos y saladero de sus tocinos—. El gobernador civil, Moreno Benítez, en cuanto tuvo conocimiento de que tan ilustre personaje estaba entre rejas en semejante pútrida prisión, decidió sacarlo rápidamente de allí para trasladarlo, en régimen de reclusión formularia, a su despacho.

La noticia se difundió por todos los «mentideros» de Madrid, y en cuanto Ducazcal tuvo conocimiento de ella, corrió al palacio del duque de Sesto. Este, que se encontraba comiendo con su familia, le hizo pasar al comedor. Preocupado por la situación, se disponía a hablar sin preámbulos, pero algo en la duquesa de Sesto le dejó con la palabra en la boca. Asombrado, contempló cómo, para no mancharse, la mujer de Alcañices utilizaba guantes para comer unos espárragos de Aranjuez, pero más impactado aún quedó al ver que un criado le traía unos nuevos en una bandeja para el siguiente plato.

—Y dinos, ¿a qué se debe tan grata pero urgente visita? —preguntó Osorio.

Ducazcal volvió en sí.

—Duque Pepe, quítese usted de en medio; antes de una hora vendrán a buscarle.

Sofía miró a su marido alarmada, pero este, alérgico como era a la exaltación, pidió un café al término del almuerzo, dando tiempo a que llegara otro nuevo devoto de la causa alfonsina, Romero Robledo. Cuando terminó su café, el duque de Sesto le hizo a su mujer algunas recomendaciones para afrontar su ausencia y se despidió.

—Tengo el deber de no dejarme coger —dijo.

Salió caminando de su casa por la calle del Prado hasta perderse en la niebla de aquel frío diciembre de 1874. Un cuarto de hora después se personaba en el palacio la ronda del gobernador civil, ordenando su detención. Al término del día, su familia tuvo noticias de que Alcañices había sido acogido por el hijo de un miliciano del Batallón del Aguardiente, en una casa de la calle Serrano. Aquella noche, los madrileños aguardaban expectantes y alguno consideró la capa de la oscuridad la mejor aliada para camuflarse y gritar: «¡Viva Alfonso XII!».

Mientras tanto, lo único que reinaba en España era la incertidumbre y la confusión, hasta el punto de que la misma persona por la que se había producido el levantamiento, el príncipe Alfonso, desconocía que el general Martínez Campos se hubiera sublevado. En ese instante, quien podía ocupar el trono de España de un momento a otro se encontraba en un tren con destino al palacio de Castilla para visitar a su madre, completamente ajeno a la situación que se vivía en su país.

Cánovas del Castillo, en condiciones muy peculiares para un preso, recibía una opípara cena de Moreno Benítez, su carcelero, que optó por tratarle con consideración, no fuera que Cánovas le guardara algún reproche en caso de que Martínez Campos saliera victorioso.

Fue esa misma noche cuando Serrano se puso en contacto con el Ministerio de la Guerra: Martínez Campos había vencido en Sagunto y proclamado rey al príncipe Alfonso y las tropas del norte se negaban a levantarse contra los defensores de la restauración de la Corona. En manos del duque de la Torre quedaba el trazo del curso de la historia. Serrano no quería ver más sangre derramada, o al menos eso argumentó, y en esa apelación al patriotismo renunció al mando del norte y se fue a Francia, tal y como había hecho Isabel II cuando él la echó del trono.

En cuanto el capitán general de Madrid se dirigió al Gobierno Civil y se cuadró ante Cánovas, delante de todos los presentes, este telegrafió inmediatamente a Isabel II con el siguiente mensaje: «Los ejércitos del centro, del norte y de las guarniciones de Madrid y de las provincias han proclamado a don Alfonso XII rey de España», y le pidió con urgencia que se lo notificase a su hijo «cuyo paradero se ignora».

Antes de convocar a sus principales hombres de confianza en el Ministerio de la Guerra, Cánovas se fue con ansiedad a su casa para poner a salvo el documento por el que Isabel II le otorgaba los plenos poderes, sin el que su sacrificada carrera podía quedar en la nada. Una vez guardado cuidadosamente en su abrigo, pidió al duque de Sesto que se reuniera con él en el ministerio y redactó, junto a sus otros afines, el decreto que se publicó el 31 de diciembre por el que se instituía el Ministerio-Regencia, del que se puso al frente: «Habiendo sido proclamado por la nación y por el Ejército el rey don Alfonso de Borbón y Borbón, ha llegado el momento de hacer uso de los poderes que me fueron conferidos por Real Decreto…». Bajo esta premisa jurídica, Cánovas nombró a todos los ministros de su Gobierno y demás cargos. En el Ministerio de Estado, Alejandro Castro; Francisco Cárdenas, Gracia y Justicia; Pedro Salaverría, Hacienda; Romero Robledo, Gobernación; marqués de Orovio, Fomento; Adelardo López de Ayala, Ultramar. Cánovas nombró alcalde de Madrid al conde de Toreno.

Julio Benalúa, de la misma edad del ya nombrado rey de España, asumió el papel de hombre de la casa de Sesto y se mantuvo sereno para contrarrestar los nervios de la princesa, que llegó en una ocasión a arrebatarle el plumero a una sirviente para abrillantar ella misma un candelabro de adorno. Parecía como si todas las personas que acudían al palacio portadoras de noticias y requeridoras de las mismas le sobrasen, ya que escuchaba con una cortesía ausente hasta que llegasen noticias de su marido. Buscó una distracción banal, mientras fumaba un cigarrillo tras otro, y se fijó con satisfacción en los vestidos de sus invitadas. Cuando ella llegó a España le pareció que las señoras vestían de ordinario como sus profesoras del internado de Smolny, con su peinado en bandós y amplias faldas pasadas de moda. Cada vez más señoras imitaban sus trajes de día de terciopelo con pequeño cuello de piel, pero muy pocas podían permitirse su vasta colección de cibelinas para arroparse por la tarde.

Por fin tuvo noticias del duque de Sesto, que solicitaba el envío del bastón de mando al Ministerio de la Guerra: Cánovas le había nombrado temporalmente gobernador de la capital. Aquello fue demasiado para la rusa, que se levantó ipso facto de la silla y ordenó a sus criados que atendiesen a sus invitados en todo aquello que necesitaran. Se disculpó ante la atónita mirada de los demás con la excusa de que debía atender un asunto con urgencia.

—No puedo más, Julito —le confesó a su sobrino—. Vamos a buscar el bastón y yo misma se lo llevaré a tu tío.

—De acuerdo, pero tendrás que dejarme que te acompañe. No querrás que lo utilice para romperme la cabeza.

Ambos se afanaron en la búsqueda y, una vez en manos de Benalúa, tomaron una berlina para dirigirse al Ministerio de la Guerra. Subieron por la cuesta del jardín, y la duquesa se anunció en la puerta. Alcañices no tardó en salir para recibir a su mujer.

Sonrió con ternura ante la imagen; el sol, que se peleaba con las nubes para salir de su encierro, encontraba reposo en el pelo de ella. Con su mano derecha abrazaba a su sobrino por el hombro en instintiva protección maternal. Quiso con un dulce asentimiento de cabeza reverenciar a su marido y dio unos golpecitos a su emocionado sobrino para que le entregase el bastón, quien procedió con toda la solemnidad que pudo. Alcañices inspeccionó la vara de mando con satisfacción y acarició el puñado de diamantes en el cerco de la empuñadura. Le dio una desenfadada palmada al adolescente en la espalda e indicó a la princesa que se acercara.

—¿Qué vas a hacer con ese bastón, querido? —preguntó zalamera, apoyando ligeramente la cabeza en su pecho.

—Gobernar Madrid.

El duque de Sesto no quiso perder un minuto y se encaminó al despacho del Gobierno. No obstante, no le quedó más remedio que retrasar su misión: ese mismo día le robaron el bastón y hubo que encargar otro.

Y mientras en Madrid el nuevo Gobierno de Alfonso XII se ponía en funcionamiento, este llegaba ajeno a todo a París por la mañana, donde le esperaban Isabel II y las infantas en la estación de tren. Días antes, le había escrito una carta a su madre que probaba su ignorancia respecto a cómo, en pocos días, su vida daría un giro copernicano. «Mañana, después de comulgar, me voy a Sandhurst, hago el equipaje el sábado, el domingo me voy a Dover y el lunes por la tarde estoy en París y allí me quedo hasta el 7 de enero, en que pasada la Epifanía contigo me vuelvo aquí a seguir mis estudios».

La única nueva que recibió por parte de su familia fue que aquella noche irían al teatro y, para gran sorpresa suya la obra elegida por su madre fue *La gallina de los huevos de oro*, cuya temática versaba sobre mujeres egregias y los despropósitos por ellas cometidos durante el curso de la historia.

Antes de asistir a la función descansó un rato en su habitación del palacio de Castilla. Se cambió su uniforme militar por el frac, proceso que aprovechó su ayudante de cámara, Ceferino, para entregarle un «billete» perfumado que exigía respuesta. «*Urgent*», leyó Alfonso. Lo abrió: «*Sire, V.M. à eté proclamé roi par l'Armée espagnole. Vive le roi*».

Alfonso leyó el recado anónimo y no habló, ni siquiera hizo el más mínimo gesto.

—¿Qué contesto, señor? —preguntó Ceferino.

—Di que está bien —respondió el rey, a secas, y siguió vistiéndose. Guardó el billete en la chaqueta.

Fuera cierto o no, y a pesar del entusiasmo que le producía el que la corona volviera a colocarse sobre su estirpe, a Alfonso no se le escapaba la responsabilidad que se le venía encima a su temprana edad. Ni siquiera había completado su formación académica ni militar y recibía una España destrozada moral y económicamente, con las guerras carlistas como telón de fondo. Si eso le preocupaba, pensaba mientras se dirigía al teatro en el carruaje con la locuaz conversación de las mujeres de su familia como música ambiente, quizá aún más el saber si contaba realmente con el respaldo de la opinión pública española. La entretenida representación no pudo distraerle.

—¿Qué te sucede, hijo? —le preguntó Isabel al final de la obra, al notarlo muy apagado—. ¿No te ha gustado?

—Sí, mamá —impostó una sonrisa—. Ya sabes que, aunque nunca he llegado a entender de ópera, disfruto mucho en el teatro.

—Pues algo habrás aprendido, ¡tengo entendido que en Viena no te movías de las butacas del Carl Theater! —le pinchó, buscando una complicidad que no encontró. Bajó la voz y se acercó a él—: Y que conste que lo entiendo, no se me escapan los encantos de las tiples.

—Mamá —pidió que se callara con una sonrisa significativa, y siguió ensimismado en sus pensamientos.

Si Alfonso tenía alguna duda respecto a la fiabilidad de la información que le había llegado, el corazón le dio un vuelco al ver a José Elduayen, representante de Cánovas, en el salón de la primera planta cuando llegaron al palacio de Castilla.

—¿Qué pasa? —preguntó Isabel II.

El emisario del malagueño anunció su proclamación como rey de España en nombre del político, y le entregó una copia del telegrama que habían enviado. Alfonso lo leyó con atención mientras Isabel II le abrazaba, sometía a todo tipo de preguntas a Elduayen y volvía a abrazar a su hijo.

—¡Alfonso! ¿Pero cómo no dices nada? —le preguntó, asombrada, en mitad de la ebullición—. ¡Te acaban de nombrar rey de España y no mueves ni una ceja!

—Ya lo sabía.

A la vez que se organizaba el viaje del nuevo rey, toda la grandeza española de París se acercó al palacio de Castilla a rendir sus honores. Los carteros circulaban como una noria desde la oficina de correos hasta la residencia, con las felicitaciones llegadas desde distintas partes del mundo que se amontonaban en macizas bandejas de plata. Pero lo que le provocó el definitivo suspiro de alivio fue el telegrama de bendición del papa Pío IX, ya que su lectura le confirmaba que podía contar con su respaldo en detrimento de los carlistas, que continuaban con su ofensiva del norte.

Quien no tardó en presentarse en la residencia de la familia Borbón antes de la partida de Alfonso fue el duque de Montpensier. Para desgracia de Isabel, su hijo no olvidó preguntarle por Mercedes. Con desfachatez disfrazada de buenas intenciones, el tío del nuevo rey se atrevió a insistir en ser el regente hasta que Alfonso adquiriese la madurez suficiente, todo ello de manera desinteresada, por supuesto, y para aislarle de las malas influencias de los nobles madrileños.

Pero ni Alfonso ni por supuesto su madre barajaron por un instante esa posibilidad, de la que Cánovas fue inmediatamente notificado. El político prohibió, no solo que Isabel II acompañase a su hijo a su entrada en España, sino que también ordenó que, bajo ningún concepto, Montpensier se moviera de Francia. También se mostró inflexible frente al desgarro que sentía Isabel II al no permitírsele estar junto a Alfonso en el día más importante de su vida: su primera entrada en Madrid como rey de los españoles. A pesar de ser un requisito que ya se había acordado, ella insistió en viajar al lado de su hijo. «Vuestra majestad pertenece a una época histórica pasada y lo que el país necesita ahora es otro reinado, otra época diferente de las anteriores. Cuando el reinado actual haya tomado ya todo su verdadero carácter y esté ya definida completamente la nueva época, será cuando vuestra majestad podrá y deberá venir». Cánovas era consciente de que la imagen que diera Alfonso a su entrada en la capital es la que se llevaría el pueblo español a casa.

En el andén de la estación de París la aglomeración de polisones formaba un alegre cuadro impresionista, la marcha real contribuía al habitual murmullo y el vagón reservado para el nuevo rey había sustituido sus sillones de cuero por damascos y sedas. Acompañado por su inseparable Morphy y una serie de nobles españoles residentes en Francia, la emoción contenida de Isabel II encontró su libertad cuando su hijo puso el pie dentro del vagón.

Las lágrimas de la madre del rey reconocían un cambio de ciclo que ya asomó cuando Alfonso cumplió la mayoría de edad, al firmar el manifiesto de Sandhurst sin contar con ella.

Se llevó la mano al pecho; de sus latidos de orgullo de madre le quedó el dolor de los golpes, y luego, la nada. La nada al pensar que ahora el niño que había llevado en sus entrañas se apoyaría en otros, pediría consejo a otros. Aún era muy joven, pensó mientras observaba cómo Morphy, que aún no había asimilado del todo la nueva condición de su pupilo, le daba instrucciones dentro del vagón.

Pero Alfonso buscaba a alguien con la mirada, y se detuvo en cuanto la vio a ella. Con su característica sonrisa serena, movió la mano para despedirse de su madre. Gesto que propició un aldabonazo en su conciencia: no, de ninguna manera se apartaría, por mucho que algunos quisieran, de la vida de su hijo. Y, ni mucho menos, en ciertos aspectos sentimentales. Sonriente, alzó la mano y despidió a su hijo hasta que el tren se perdió en el horizonte, consciente de ser el objetivo de los periodistas del *Fígaro*, del *Times* o del *Morning Post*, ahora que su interés principal se perdía de vista, camino de España.

Después de varios días «presentándose» por el norte, Alfonso XII llegó a Madrid en tren, un gélido 14 de enero, a la una de la tarde. Acompañado por el duque de Sesto, Carlos Morny —hijo de Sofía— y Benalúa, quienes le habían recibido en Aranjuez, nada más poner un pie en el suelo de la capital se evidenció que uno de los pilares de su reinado sería la desvinculación total del de su madre. Cánovas lo recibió junto a los miembros del Gobierno. Muchos de ellos lo habían sido también con Isabel II en el trono de España. Al saludar al nuevo titular de Ultramar, López de Ayala, el rey estrechó su mano y le miró directo a los ojos:

—Sí, ya tengo el gusto de conocerle por sus escritos…

El ministro se quedó con la duda de si el monarca lo decía por sus célebres obras de alta comedia o por el manifiesto de Cádiz del 68, que echó a Isabel II del trono.

Sofía Troubetzkoy había dedicado las jornadas previas a aquel día a organizar la decoración de la fachada de su imponente palacio, por donde pasaría la comitiva real hacia el Prado y la Puerta de Alcalá. La rusa había invertido días en preparar los reposteros de los Balbases y colocar un despliegue de guirnaldas verdes enredadas entre las plantas de la fachada y las luces.

Vestido con uniforme militar, en un caballo blanco y tordo de Zapata, llamado Arrogante, el rey alzó su teresiana cuando estuvo debajo de ellas para dedicar un saludo significativo a los duques de Sesto, colocados en uno de sus veinticuatro balcones, más abiertos que nunca. Una imagen que hubiera resultado muy dolorosa para el exiliado matrimonio Saboya.

Más que ningún otro día, el magnífico palacio de los populares duques se encontraba repleto de gente. Sofía había tenido la delicadeza de invitar a la grandeza que había contribuido a que ese día fuera posible, y que por la lejana ubicación de sus casas no habrían podido presenciar el desfile.

Y Alcañices dirigió sus atenciones al servicio. Consideró que aquellas personas que se habían esmerado durante tantos años en que cada faisán resultara exquisito al paladar de los invitados más ilustres, o que la alfombra de la escalera por la que subían y bajaban cada día estuviera impecable sin tregua, habían contribuido de diferente pero de igual modo a la causa. Así que habilitó el último piso para que lo ocupara el personal del servicio y su familia, y los gorros blancos de los cocineros y de los marmitones lucieron de la misma forma que los sombreros de copa de los señores en los balcones de las plantas de abajo.

El pueblo soportó el frío para salir a recibir al rey y vivir en un momento histórico en el que llegaba a Madrid una figura en la que veían la esperanza de un resurgimiento. El duque de Sesto y sus correligionarios se encargaron de crear el ambiente propicio para impactar al pueblo de Madrid y mandaron crear un arco del triunfo cerca de la Puerta del Sol. La prueba más fehaciente de la crudeza con la que el populacho resolvía sobre la legitimidad de un aspirante al trono la sintió Alfonso ese mismo día. Conmovido por las aclamaciones fervorosas de un grupo de vendedoras del mercado de la Cebada, exultantes ante la figura imponente del rey, tan inalcanzable encima de su caballo blanco, Alfonso se acercó a saludarlas expresamente.

—¡Más gritábamos cuando echamos a la puta de tu madre!

Fue la réplica que obtuvo ante su agradecimiento.

Acarició el hocico del caballo. El calor de las caballerizas del Palacio Real relajó sus articulaciones, ateridas por el frío. El enardecimiento por la acogida que había recibido congelado en sus huesos se fue disolviendo lentamente en él, dejando a su paso una sensación dulce y serena que algo tenía que ver con la calma tras la tormenta. Pensó que nunca estaría lo suficientemente agradecido a Cánovas del Castillo ni a la familia Sesto.

Cerró los ojos. La vio a ella.

La imaginó cantando en un escenario, vertiendo en cada nota toda la pasión que él ya conocía. Allí, en un instante de soledad después del baño de multitudes, un desestabilizador temblor recorrió su cuerpo. Pero la ensoñación le duró poco: el caballo le dio un ligero empujón con el hocico. Abrió los ojos. Acarició la piel de Arrogante con suavidad. Blanca, tal y como ella había vaticinado.

—¿Así que vas a ser tú la encargada de devolverme a la realidad, Mercedes? —le susurró al animal.

11

Elena solamente pensaba en regresar al hotel Demouth de San Petersburgo. La gira la había situado al comienzo del nuevo año en Rusia y aquel era el invierno más duro que ella recordara de sus estancias en la capital de los zares. En las puertas de las residencias más suntuosas, los propietarios ordenaban encender monumentales hogueras para que sus lacayos y cocheros no perecieran de frío esperando de pie junto a las berlinas a que sus amos terminasen de cenar. Había acudido al restaurante junto a sus compañeros de reparto para huir de aquella imagen, a la que ahora solo quería volver. Porque apretarla contra su pecho era el único modo de sentir que él volvía a ella.

—Elena, ¿estás bien? —le preguntó Julián Gayarre con disimulo—. Llevas toda la cena muy callada.

—No te preocupes, Julián —le apretó el brazo y sonrió para tranquilizarlo—. Simplemente es que estoy algo indispuesta, me ha debido sentar mal la cena. Me vuelvo al hotel.

—¿Indispuesta? Pero si no has probado bocado —contestó el tenor, señalando el intacto consomé Moskova de la tiple.

—Forma parte de este oficio vivir a dieta —repuso Elena, levantándose y excusándose ante los demás con el mismo pretexto que había dado al tenor. Al notar que continuaba preocupado, le guiñó un ojo y se acercó a su oído—: Por eso me voy a mi habitación, para pedir un pastel ruso sin que nadie me vea.

Al llegar, agradeció la excelente atención del servicio del Demouth, que se había preocupado de encender la chimenea. Se acercó y colocó las manos delante del fuego. Se despojó de los zapatos y se frotó los pies. Se daría un baño para relajarse y entrar en calor. La diva esperó pacientemente a que el personal terminase de prepararle la bañera, con el periódico encima de sus rodillas y sin apartar la mirada de la imagen. Cuando terminaron, se quitó el pesado vestido y lo arrojó encima del sofá, ubicado al lado de su escritorio. Antes de dirigirse al baño volvió a coger el diario ruso y lo dejó sobre la silla pegada a la bañera, donde el servicio había colgado su ropa de dormir. Se desnudó por completo y se sumergió hasta que solo la cabeza quedó visible por encima del agua cubierta de espuma de jabón. Cerró los ojos y durante un tiempo trató de dejar la mente en blanco. Cuando volvió a abrirlos, el vaho había empañado todo el espejo. Giró la cabeza hacia el recorte de prensa. La ilustración del rey de España se entreveía aún más majestuosa encima de aquel caballo: la niebla de la humedad del baño la envolvía, confiriéndole un aire casi esotérico.

Visualizó cómo a Alfonso le gustaba recrearse en ella, con el miedo del ladrón que teme ser apresado si antes de actuar se relaja y olvida la alerta defensiva de la primera vez. Acompañó sus pensamientos con sus manos. Cauto las primeras veces, cada vez más dominante las siguientes, al terminar siempre reconocía en sus ojos al adolescente con sayo tosco y capucha que se presentó aquella vez en su camerino. Se llevó la mano al pecho izquierdo y se desgarró al recordar cómo el ahora rey solía apoyar la cabeza allí para serenarse lentamente —y también consigo mismo—, escuchando los latidos de su corazón. Una lágrima recorrió sus mejillas y le dedicó con su llanto la derrota del que todavía espera una explicación.

«Me llegan rumores de que el rey ha estado viéndose con la hija de Montpensier», le había dicho Adelina Patti, ajena a todo —al menos aparentemente—, mientras le colocaba alegremente la *ushanka* para que no pasara frío en las orejas—. Se llama Mercedes y es sevillana. ¿Será ella la privilegiada con la que don Alfonso comparta el trono?».

La ira nubló el pensamiento de Elena y del sollozo pasó a un desahogo histérico que encontró salida dando un puñetazo en el borde de la bañera. Sintió claustrofobia, la forma de la pila le recordó a un ataúd. Un ataúd en el que ella sola había decidido entrar. Estúpida.

Vio la luz. Alcanzó una toalla y, aún enjabonada, salió a su habitación y se encaminó a su escritorio. Abrió el cajón con energía y sacó la última carta que había recibido de él, hacía ya varios meses. Se acabó. A punto estaba de rasgar el papel en dos, pero algo le incitó a detenerse. «Te echo de menos. Siempre, tu A.».

Elena siguió con el dedo la letra alargada y decidida de su amante. Soltó la carta y buscó apoyo en la mesa para arrodillarse en el suelo. Se dio cuenta de que tenía la piel de gallina, provocada por el cambio de temperatura al salir del baño. Se acurrucó y descansó la cabeza en la pata de la mesa. Se quedó ahí durante horas. En su cabeza luchaban con fuerza la imagen de un joven rey y la incipiente determinación a olvidarle.

De todos los hombres de San Petersburgo que peleaban por tener su trono en el mundo de Elena solo uno despertaba su curiosidad. Quizá sencillamente porque, en sentido estricto, no peleaba. Estaba casi siempre quieto, a cierta distancia, mirándola. Acechando.

Solía aparecer casualmente en recepciones, fiestas, restaurantes y bailes, y Elena llegó a acostumbrarse a su silenciosa presencia, allí, a varios metros de ella, con una impertinente sonrisa irónica en los labios, como si solo él conociera la secreta farsa que la rodeaba entre representación y representación. Horas después, en su habitación, Elena apenas podía recordar nada de su aspecto. Únicamente un par de intensos ojos oscuros que, pasadas las horas, aún creía notar clavados en su espalda.

Se decidió a preguntar a Adelina Patti sobre aquel misterioso personaje. Fue en un recital de piano en honor de la hija de los zares, la gran duquesa María Aleksandrova, y su entonces novio, Alfredo de Sajonia Coburgo Gotha, hijo segundo de la reina Victoria de Inglaterra. La velada musical tuvo lugar pocos días antes de la boda, la segunda semana de enero de 1874.

—Adelina.

—¿Sí?

—¿Quién es ese?

No hizo falta ni señalarle con la barbilla.

—Ahhh... el príncipe de las Tinieblas.

—¿Cómo?

—Así le llaman medio en broma. Y medio en serio.

—¿Y quién es?

La Patti sonrió levemente y los ojos le brillaron de la excitación que le producía comenzar el relato.

—Es el conde Yuri Suvorin. Fue ministro de Justicia durante unos pocos años. Ahora es profesor de criminología en la escuela de jurisprudencia de la Universidad de San Petersburgo. Y también es dueño de periódicos. Y poeta. Y compositor. Se cuenta que ha sobrevivido a varios intentos de asesinato. Medio San Peterburgo cree que es un anarquista disfrazado de tradicionalista y la otra mitad un reaccionario de la peor calaña que se hace pasar como socialista para irle luego con el cuento al zar Alejandro, que es amigo suyo desde la niñez. Muy rico. Rico de los de verdad, de los que nadie sabe cuánto dinero tienen. Ni siquiera él. También es un sabio por lo visto. Es amigo del gran Dostoievski y dicen que le sirvió de inspiración a un personaje muy turbio de su última novela, *Los poseídos*, o *Los demonios*, o algo así. —Adelina bajó la voz un poco para completar la biografía—. Y estuvo envuelto en un sonadísimo escándalo con una mujer casada, una prima del zar. Hace años, cuando era joven.

—¿Y qué pasó?

—Se suicidó.

Elena miró al conde y sintió un escalofrío al ver que este le estaba clavando de nuevo la mirada, sonriendo, como si supiera exactamente de qué estaban hablando. Adelina pareció darse cuenta.

—Pero no te inquietes. Es un gran conversador. Y parece saberlo todo siempre.

—¿Cómo que parece saberlo todo?

Adelina hizo un gesto indeterminado sin saber explicarse.

—No sabría decirte... te lleva de un lado para otro con las palabras. Pero es divertidísimo, de verdad, no paras de reírte. ¿Quieres hablar con él?

—No.

Elena se sorprendió por la intensidad de su negativa.

—¿No? Pues viene hacia aquí.

La Patti se fue sin más, dejando a Elena con el corazón latiéndole desaforadamente, sola y muerta de miedo. Pero era un miedo que no invitaba a huir.

El conde Suvorin se situó justo enfrente de ella y se quedó mirándola a los ojos descaradamente, sin dejar de sonreír. De cerca su presencia parecía llenarlo todo. Su rostro parecía no tener edad, joven y viejo a la vez. Los segundos iban pasando y no decía nada, solo la miraba y sonreía, completamente relajado, como mira el depredador mientras jugueteaba con su presa.

—¿Y bien? —dijo al fin Elena, sin poder aguantar ni un segundo más su tranquila insolencia.

—Qué extraño animalito el corazón de una mujer.

—¿Disculpe?

—Hablaban ustedes de mí.

—Pues... sí.

—Me pregunto qué le habrá dicho de mí su amiga.

Elena se recogió la falda como dispuesta a irse, pero era solo un movimiento reflejo para replegarse y reunir fuerzas.

—Me ha venido a decir que es usted un encantador de serpientes.

—Yo soy un encantador de palomas.

El conde amplió su sonrisa como riéndose de su propia ocurrencia, borrando de un plumazo con ese leve gesto toda la tensión del encuentro. Era la sonrisa de un colegial, una sonrisa inocente y divertida, una sonrisa que parecía decir: «Dejémonos de tonterías. Tú y yo somos iguales». Elena, para su sorpresa, sintió en su pecho unas ganas incontrolables de reír. ¿Pero quién era este hombre?

—Y ahora usted y yo, si me lo permite, nos vamos a ir de este aburrido lugar y nos vamos a ir de excursión.

—¿Sí? ¿De excursión?

—Sí. Ahora mismo. Y vamos a bailar y vamos a reír. Y vamos a hablar. Y le enseñaré sitios nuevos. Y usted me hablará de sitios nuevos para mí aquí —dijo, rozándole levemente la frente con el dedo índice—. Y si estuviéramos en otro lugar le prometería que el viaje duraría hasta el amanecer. Pero en San Petersburgo el sol no sale en enero y la noche termina cuando uno quiere o, para ser más exactos, cuando yo quiero.

—Pero no puedo...

—¿No?

Esa última pregunta fue pronunciada con tanta intención que Elena tuvo la sensación de que no solo hacía referencia a aquella escapada, sino a la primera de muchas que vendrían luego. Fue como si aquel hipnotizador le estuviera preguntado a lo más profundo de su alma: ¿no puedes? Y al mismo tiempo le respondiera: lo puedes todo.

Durante el resto de sus días, Elena se preguntaría cuántas horas pasó realmente con el conde en ese delirante San Petersburgo en el que los días se mezclaban con las noches. Nada más escapar del soporífero recital de piano, llevada de su mano, visitaron un oscuro sótano lleno de humo donde se habían reunido varios alumnos del conde con algunas amigas. La promesa fue cumplida y Elena, cuando regresó a su hotel, apenas podía mantenerse en pie del cansancio producido por tanto baile. Recordaba las lecciones de las jóvenes enseñándole danzas campesinas. Y las risas. Y las conversaciones con el conde que tenían la extraña virtud de no llegar a ningún lado y no dejar nada sin analizar al mismo tiempo. Conversaciones sobre arte, sobre el carácter ruso y el español, sobre tal o cual libro, sobre tal o cual suceso que aparecía en los periódicos. Durante horas y horas.

Aquella primera noche la acompañó hasta la puerta del hotel y se despidió con la misma sonrisa de colegial con que la había arrastrado desde el primer minuto. Luego, al final de otra noche en aquella noche sin fin, llegó el primer beso.

Con él, Elena se sentía como detrás de un muro de roca. En él, rasgos contradictorios vivían en armonía: tanta fuerza y tanta ternura. Y luego estaban las lagunas negras de su alma, que aparecían y desaparecían en un instante, como aquella vez que ella le dijo medio en broma que era su conde de Montecristo y, durante una fracción de segundo, pareció recordar algo y su rostro se nubló. Y ella tuvo miedo.

Cuando el conde desapareció, tan súbitamente como había aparecido, Elena se preguntó si todo no habría sido un sueño. Pero algunas semanas después su propio cuerpo se encargó de confirmarle que había sido un sueño demasiado real.

El conde no dejó dolor al pasar fugazmente por su vida. Cambió su alma y fue a ocupar su lugar al fondo del lienzo de su memoria, como una figura medio difuminada en segundo término, cuya posición da sentido a toda la escena.

Elena no se arrepintió jamás de él. Lo hubiera vuelto a hacer todo igual una y otra vez.

Qué extraño animalito el corazón de una mujer.

12

A Cánovas le resultó tan natural el gesto que ni reparó en las exquisitices de Alcañices, que insistió en que nadie podía enterarse de que el recién proclamado rey iba a personarse en su propia casa para agradecer a su mujer la labor desarrollada a favor de la causa durante su exilio.

—Pepe, creo que en todo el proceso restaurador, el cacareo gallináceo ha corrido de nuestro lado. No está de más que el rey agradezca al cerebro inspirador su parte.

—Bueno —zanjó el duque de Sesto el tema algo incómodo—. Lo único que estoy diciendo es que don Alfonso debería personarse en mi casa por la noche, cuando no haya testigos que puedan ofenderse por la deferencia hacia Sofía.

A la rusa le pareció una gran idea que tan distinguido agradecido se personase en su casa al anochecer, ya que así ella tendría más tiempo para arreglarse y el servicio para cumplir sus órdenes y que no hubiera ningún fallo. La princesa escogió un vestido verde y se puso su afamado collar de perlas que reposado en su delicado escote daba la sensación de estar en una vitrina. Pidió que la peinaran con un medio recogido que permitía a sus bucles caer graciosamente sobre sus hombros. Una vez vestida, solicitó al servicio que se retirara para perfumarse y retocar el tono de labios a su gusto: las últimas aportaciones debían ser de una misma. No sabía explicarlo, pero creía que si algunas mujeres parecían disfrazadas después de arreglarse era porque se percibía falta de sello propio.

El monarca llegó, siguiendo las indicaciones del duque de Sesto, por la puerta del jardín que daba al Pardo.

Cánovas, Alcañices y su sobrino, el incondicional Julio Quesada, fueron los encargados de recibirlo, mientras que la princesa se hizo esperar a propósito. Tenía intención de hablar con el rey a solas, para lo que era necesario aparecer una vez se hubiera saciado el torrente de palabras y de comentarios propios de la primera toma de contacto.

Tras ser anunciada, la rusa apareció sonriente en el salón principal y se encaminó directa hacia Alfonso, a quien saludó con una solemne reverencia.

—Majestad.

—Sofía —exclamó el adolescente, tomándola de los brazos sin darle tiempo a levantarse del todo—. No eres consciente de las ganas que tenía de transmitir mi afecto a quien tanto debo.

—Señor, yo solo he cumplido con el deber de ayudar a conseguir lo que es mejor para este país. Gracias por dignificar mi casa con vuestra presencia.

El todavía adolescente sonrió complacido y quiso romper con la formalidad protocolaria. Miró sonriente a su alrededor.

—Precisamente, tengo curiosidad por conocer los rincones donde se conspiraba a mi favor —comentó con picardía, provocando una carcajada del mismo tono entre el trío confabulador.

—Por supuesto —se adelantó Sofía a su marido—. Si me permitís un consejo, iniciaremos la visita en la sala de estudio de Julio y de mi hija María, en el que hay colocado un retrato vuestro firmado que seguro os hará ilusión ver. Después os enseñaremos todas las estancias, la capilla, incluso el picadero donde organizábamos las obras circenses por la Restauración.

El rey asintió y se colocó a su lado para seguirla, divertido y algo fascinado con aquel recorrido que se le antojaba legendario. Por su parte, Sofía tomó del brazo al sobrino de su marido y no a Alcañices.

—Estupendo —repuso el duque de Sesto—. Yo aguardaré aquí con Antonio, tenemos que tratar algunas cosas. Recogednos cuando vayáis al resto de las estancias, nos encantará acompañaros.

Perfecto, pensó Sofía. La zona de estudio era considerada infantil y, por tanto, área de mujeres.

Mientras subían las escaleras, la princesa pensó en cómo librarse sutilmente de su sobrino. Quería que el rey saliera de esa casa con un mensaje que le acompañara constantemente, y para tratar el tema era indispensable una voz femenina.

—Julio, querido, hazme un favor. ¿Podrías ir a buscarme el broche con la flor de lis que me he dejado en la sala de invitados? Me encantará enseñarle al rey la moda que ha creado entre las damas durante su ausencia.

La rusa sabía que el adorno estaba bien guardado junto a sus demás abalorios y que el cumplidor adolescente no se iba a permitir volver sin él.

—Por supuesto, tía. Ahora mismo vengo.

—Dile a alguien del servicio que te ayude si no lo encuentras.

Entraron en el cuarto de estudio, en el que lo primero que hizo el rey fue detenerse a contemplar el cuadro que le había indicado la duquesa. A solas con don Alfonso, ella se arriesgó a mantener el mismo tono condescendiente y maternal que adoptaba con Benalúa, de la misma edad que el monarca.

—Me hubiera quitado mucho trabajo de encima, majestad, de haber vivido en Madrid todo este tiempo... Si las señoras os hubieran visto personalmente ahora estoy segura de que se habrían puesto la flor de lis movidas por una única razón.

—Gracias, Sofía. Es muy difícil que te imagines la emoción con la que estoy viviendo estos días. ¡Te aseguro que, ahora, a los primeros compases de la «Marcha real» me levanto como un rayo! —La princesa rio emocionada recordando las lecciones musicales que había prodigado a Alfonso—. Antonio, al que profeso una gran admiración, no se cansa de reconocer tu gran ingenio e inteligencia como principal baluarte del regreso de la Corona.

—Antonio es muy generoso en el halago, pero él sabe mejor que yo que en cualquier proyecto de Estado las cualidades de los que forman el círculo no son suficientes, sino que han de ser complementarias entre sí para que funcione. —La duquesa de Sesto tomó desenfadadamente asiento en una de las sillas, para familiarizar el ambiente. Alfonso hizo lo propio, apoyándose en el reposabrazos de un sofá de la sala.

—Explícate, Sofía —le pidió.

—Os buscaré un ejemplo. —La princesa fingió tomarse unos segundos para reflexionar—. Es como un matrimonio. —Rio de forma distraída antes de proseguir—: Uno puede encontrar encantadoras ciertas virtudes en alguien, pero si no fluyen en sintonía con las de uno mismo se convierten, a la larga, en un lastre.

—Eso es cierto —respondió el rey, reflexivo—. Es importante que exista coordinación y complicidad —añadió, pensando con tristeza en sus padres.

—Exactamente. —Con el brillo en la mirada del que va a cometer una travesura, añadió—: Si me prometéis que no le diréis jamás una palabra a mi marido, os haré una confesión.

—Descuida. —Inclinó el cuerpo hacia delante, en innata predisposición a conquistar al género femenino—. Nada de lo que digas traspasará estas paredes.

—De joven uno tiende a priorizar el amor y la pasión como forma de vida. La atracción que se siente hacia una persona parece suficiente para apostar por ella.

—¿Y no lo crees así?

—Bajo ningún concepto. Son sensaciones tan placenteras que llegan a bloquear la mente, y ahí surge el problema. No es que esté poniendo en duda mis sentimientos hacia mi marido, pero cuando tienes una gran causa que defender, como para nosotros ha sido devolver el trono a quien realmente corresponde, no se puede perder el rumbo por descentrarse con peleas románticas.

—Mi objetivo tampoco desmerece esa reflexión: tengo que reinar para devolver la estabilidad y la prosperidad a un país en ruinas.

—Majestad, vos más que nadie debéis tener presente esta reflexión —repuso Sofía con aplomo, para lanzar un señuelo más jugoso—. España os necesita. —Fingió no haberse percatado de la repentina y honda respiración de Alfonso—. Cuando valoréis las aptitudes de la mujer que os acompañará en vuestro largo camino como rey, tened muy presente su lealtad, su virtud y su educación, pero nunca olvidéis que vuestro matrimonio es también cuestión de Estado: detectad sus dotes para que el pueblo la quiera. —Unos segundos de silencio resultaron suficientes para que sus palabras calaran en la mente de un hipnotizado adolescente, y quitó importancia al comentario con un gracioso aspaviento de brazo—. De todos modos, no sé qué os estoy aconsejando que no haya hecho la sabiduría de doña Isabel. Vayamos a buscar al pobre Julio, seguro que el broche se lo ha debido llevar alguna señora envidiosa.

Ordenó al servicio que avisara a sus hijos, a su marido y al estadista para que se reunieran con ellos en su salón de estar. La rusa era muy consciente de la debilidad de Alfonso por los *zakouskis* calientes que constituían el típico aperitivo ruso, y los sirvió en la misma mesa en la que había redactado el manifiesto de Sandhurst. El monarca parecía uno más de la familia Alcañices.

Alfonso disfrutó muchísimo de la visita por aquel «campo de batalla» de la persuasión y la oratoria y, después de despedirse de todos, se dirigió a Sofía con deferencia y se llevó su mano a los labios.

—Le pido que ruegue a Dios por mi buena estrella para bien de España, mañana parto para la campaña del norte.

La duquesa le correspondió haciéndole la señal de la cruz en la frente y lo besó antes de exclamar: «¡Que Dios esté contigo!». Por inercia, le había bendecido como hacen las madres rusas con los hijos que parten a la guerra.

Cánovas tenía dos prioridades en su mente: identificar a don Alfonso con el Ejército, dada su condición de jefe supremo de las Fuerzas Armadas, y demostrar con su presencia en el frente que la Corona y el nuevo Gobierno estaban dispuestos a terminar con la guerra carlista y dibujar una nueva etapa en la historia. Las Vascongadas y Navarra eran el corazón y el pulso de los carlistas. Cánovas indicó al rey que escribiera una proclama para los habitantes de aquella área de España, para enfatizar que el deseo de paz y la postura antibélica del «bando» de la Restauración continuaba vigente. «Ningún deseo se antepone en mí al ánimo de la paz», declaró el rey. Mostró su repulsa hacia los carlistas por «una guerra inútil como la que sostenéis vosotros contra el resto de la nación» y remarcó su condición de católico.

El político malagueño no tuvo que poner mucho de su parte para que don Alfonso se involucrara con el estamento militar. El rey estaba incondicionalmente unido a él desde los tres años de edad, cuando se impregnó del gusto romántico por las gestas bélicas que se extendió por España a raíz de la guerra de África. Acompañó a su madre, por entonces, a la Dehesa de la Villa de Madrid para presidir una parada del Ejército español. El acontecimiento se fijó en el cerebro del niño, quien desde entonces siempre pedía a sus maestros que le narraran anécdotas de la contienda. Esa conciencia de sacrificio por la patria se mantenía inamovible en él y lo demostró desde el principio. El valle navarro del Yerri, tomado por los liberales, fue asaltado por sorpresa por los carlistas la tarde del 3 de febrero de 1874, concretamente el pueblo de Lácar: más de mil soldados perecieron en la batalla y el rey se mantuvo junto a sus tropas hasta que llegó al Gobierno el aviso de que los carlistas planeaban raptarlo, por lo que tuvo que abandonar el lugar.

A su regreso a Madrid, tuvo un vómito de sangre en el tren. El médico militar que lo acompañaba, el doctor García Camisón, después de detectar en él una incipiente fiebre inspeccionó el lugar y comprobó que un brasero estaba cerca del vagón del monarca, por lo que pensó que podría haberse intoxicado con el humo. En cuanto llegaron al Palacio Real, informó a Alcañices de lo sucedido, pero Alfonso estaba tan ilusionado con contarles su experiencia en el frente a Sesto y a Cánovas que quitó importancia al asunto y mintió al asegurar que ya se encontraba bien.

Ambos escucharon admirados el relato tan apasionado y entusiasta del joven rey, y reían sus anécdotas bélicas. En un momento de máxima exaltación, en el que, para escenificar cómo un caballo había salido despavorido dejando en la estacada a un soldado, el monarca tomó prestado el bastón de mando de Alcañices y lo utilizó a modo de fusta para atizarse levemente en la bota, la sacudida le provocó tal mareo que intentó no perder el equilibrio ayudándose con el bastón.

Cayó al suelo de espaldas a ellos.

—¡Señor! —El duque de Sesto y Cánovas se lanzaron para ayudarlo a levantarse, pero don Alfonso los detuvo con la mano.

Durante unos instantes respetaron su petición hasta que sufrió un ataque de tos. Pepe Osorio lo tomó por las axilas y lo levantó, colocándole después el brazo por encima del hombro. Giró la cabeza hacia Cánovas, quieto detrás.

—Antonio, espéreme aquí. Voy a acompañarle a sus aposentos, sin duda necesita descansar después de estos días tan duros.

Alcañices dejó al rey en manos de su ayuda de cámara para que lo desvistiera y lo preparara para dormir. Volvió junto a Cánovas mientras recordaba cómo, durante la infancia de Alfonso, Morphy le había informado de que había percibido un desequilibrio entre su fortaleza física y su capacidad intelectual, por lo que recomendó supervisar su «método higiénico».

—Por Dios, Antonio, esperemos que no sea grave y únicamente fruto del cansancio acumulado. Vaya susto.

Cánovas no se dio la vuelta, absorta la mirada en la alfombra sobre la que había caído el joven monarca. Cuando Alcañices llegó a su altura, se limitó a señalar una mancha oscura, camuflada en la trama de la alfombra.

—Ha vomitado sangre de nuevo.

—¿Sangre? ¿Me estás diciendo que todo ese charco es sangre?

—Agáchate si quieres para comprobarlo.

Durante los días siguientes, el monarca fue sometido a una inspección médica que no consiguió dar con la causa de su estado. El diagnóstico final fue de una enfermedad pulmonar y el suceso quedó archivado.

Pero Alfonso intuyó que el ataque de tos que sufrió escasos días después no fue inocuo.

13

Acababa el rey de despachar con Cánovas del Castillo y se dirigió a sus aposentos para cambiarse de ropa. Saldría a pasear a caballo por los jardines de El Pardo para distraerse. Entró en su habitación y se encontró, encima de su cama y en una bandeja de plata, un billete. Ceferino lo habría dejado allí. Se sentó encima del colchón, lo tomó entre sus manos y lo observó durante unos instantes antes de abrirlo. Optó primero por comprobar si estaba perfumado. Cerró los ojos, la vio a ella.

Despacio, abrió el pequeño envoltorio y leyó el conciso mensaje: «Te dije que entrarías por la puerta grande, y que no habías nacido para otra cosa que para ser rey. Qué lejano se te ve en las imágenes, encima de ese caballo. Aunque no me ha hecho falta ver los periódicos para sentirte así. De algún modo, he rehecho mi vida y necesitaba contártelo para empezar de nuevo. Tuya, E.».

Volvió a guardar la carta dentro del sobre y la introdujo dentro de la bota. No pudo recordar cuándo había sido la última vez que la escribió; sus prioridades habían cobrado una perspectiva diferente desde su proclamación. Y, sin embargo, no conseguía quitarse de la cabeza aquella frase: «De algún modo, he rehecho mi vida». Sutileza que, en una persona tan directa como ella, marcaba la lejanía de la que hablaba. «De algún modo». Compartiendo secretos que antes solo le pertenecían a él. El rey se imaginó el cuerpo de la aclamada diva acariciado por otras manos y se levantó de un salto para recorrer frenéticamente la habitación. En realidad, qué podía esperar de una tiple, qué podía esperar de una mujer a la que solo se le permitía dormir en hoteles si entraba de su brazo, como una ramera. Eran mujeres que servían para la pasión, para el entretenimiento, para el deleite de la vista y, para algunos incluso, el de los oídos al verla interpretar. Soltó una carcajada. Y ella se había atrevido a imaginar que podía llegar a ser *La Favorita*. Su favorita. Una cosa era pasárselo bien con ella en la cama y otra muy distinta llegar a esos episodios de intensidad con él. Seguramente se habría acostado con otro cómico, como debía ser. No cantaría jamás en el Teatro Real para que nunca olvidara el lugar que le correspondía y se lo pensara bien antes de hablar así al rey de España.

Necesitaba tomar el aire. Salió de su habitación y ordenó que se localizara al lacayo para que lo llevara al palacio del duque de Sesto. Al llegar, encontró a Alcañices en el picadero, acariciando la crin de un caballo con tal delicadeza que podría haber sido sustituida fácilmente por la de la princesa.

—Majestad. —Alcañices se dirigió a él en cuanto lo vio.

—Necesito tomar el aire. —Impostó una sonrisa distraída, como si fuera una ocurrencia repentina—. Y no hay nadie sobre el suelo de esta patria que conozca mejor las calles de Madrid que tú. ¿Por qué no me llevas a alguno de esos lugares que te otorgan tan merecida fama?

—¿Estáis seguro, señor? No olvidéis que no acostumbro a llevar escolta.

—Nada podría apetecerme menos.

El rey pidió que avisaran también a su primo Julito Benalúa e, ilusionado en compañía de quienes consideraba realmente sus amigos, les siguió por el Pinar de la Castellana hasta que el duque de Sesto decidió entrar en una taberna de la zona.

Alcañices tuvo dificultades para llegar a la barra, ya que nada más poner el pie dentro del establecimiento fue reconocido y alegremente saludado por unos señores de rostro baqueteado y mirada peligrosa.

—Buenas noches, señor Sesto —saludó uno de ellos, con un aliento perfumado de anís y carne magra que al joven rey le hizo apartar la cara—. ¿Le sirvieron a la señora duquesa los cuchillos?

—Lo importante es la turca que te has podido agarrar a su costa —bromeó Alcañices, apretándole el hombro, provocando una carcajada entre los compinches del cuchillero.

Pepe Osorio se giró hacia el rey para introducirlo en la conversación, pero Alfonso seguía manteniendo la cabeza en la misma posición y no solo a causa de los efluvios de la improvisada compañía. El rey miraba atentamente a una joven camarera que daba conversación a un cliente y que, cansada, terminó apoyando sus caderas sobre la mesa de madera. El interlocutor de Alcañices sonrió de cierta manera para que Osorio entendiera la intención de su frase.

—Deberían acompañarnos al Arco de la Herrería. Estoy seguro de que a su amigo le interesarán las moharras de lanza en las que estamos trabajando para no fallar en ninguna cacería.

Alcañices se puso serio.

—Antes de que sigas, te conviene saber que estás ante el rey de España.

Su amigo le susurró al oído:

—¡Najabao, hazle caso que yo no sé leer, pero no olvido una cara y la he visto en los sellos!

Cuando el rey se volvió a acercar, la cuadrilla realizó una histriónica reverencia.

Al poco rato aquel grupo estrambótico se encaminó por la cava de San Miguel, en una conversación que el rey encontró muy divivida. Antes de llegar al Arco de los Chuchilleros entraron en una de las casas que daban a la plaza Mayor, ubicadas a la izquierda. Según se aproximaban, el olor a ajo, a higos podridos y a ropa mal lavada en los ventanales marearon a unos inexpertos Alfonso y Julio. No obstante, la curiosidad por un mundo absolutamente desconocido animaba al monarca a seguir a aquellos hombres como si tuvieran un imán en la espalda.

Descendieron unas escaleras que bordeaban por detrás a una casa, y a través de una puerta de madera de nogal magníficamente tallada, que Alfonso intuyó robada, accedieron a un taller en el que los telares se mezclaban con una vasta exposición de diferentes tipos de cuchillos.

Una mujer no tardó en llegar.

—¿Pero qué alboroto es este, desgraciado? —le interpeló al amigo del duque de Sesto en un acento que parecía andaluz. De pronto, la oronda señora se llevó las manos a la boca al ver a Alfonso.

Excusándose, su marido se dirigió a ella y se la llevó a regañadientes cogida por el codo.

—Gente interesante —concluyó el rey—. No sabía que causaba tanto furor no ya entre damas, sino entre ángeles. —Sus acompañantes profirieron una espontánea carcajada—. No os ofendáis, mi querido amigo, pero esto no es lo que yo…

Se abrió nuevamente la puerta y la señora de la casa, con una amplia sonrisa, entró en la estancia, llevando anís, copas, tortillas de jamón, tajadas de bacalao y una guitarra. Además, traía una silla de madera que, por querer ofrecérsela a Alfonso, hizo que se le cayera una copa al suelo.

—¡Pero mira que eres torpe, perra judía! —vociferó su marido ante la mirada aterrada de su mujer.

—No hay ningún problema —repuso el rey, mirando fijamente a su anfitrión—. Y la que debería ocupar esta silla sería usted, señora.

Ella juntó las manos y lo miró como si tuviera delante la efigie del arcángel San Gabriel, pero no le duró mucho el asombro.

—¡Venga, no te entretengas! ¡Y tráelas de una vez! —Se volvió entre risas nerviosas que terminaron en un ataque de tos y cogió la guitarra, sentándose en la silla reservada al rey—. Verá cómo lo vamos a pasar, majestad… —De pronto, como recordando algo, se levantó y le ofreció el asiento, que el rey rechazó nuevamente con cortesía. Cuando las chicas entraron, el cuchillero clavó los ojos en su invitado con osadía para ver su reacción.

Negra, espumosa y lejana, como la noche sobre el mar enfurecido observado desde la ventana de un hotel, su melena caía sobre unos hombros finos y marcados. Su boca hubiera sido perfecta de no ser porque el labio inferior caía ligeramente hacia abajo, en un constante gesto de incertidumbre que le confería un aura embrutecida, de ignorancia heredada que humanizaba su belleza. Su mirada azul buscaba la continuidad de su mar a través de las grietas de sus manos. En las otras dos jóvenes, el rey apenas reparó.

—Fermina, ven —ordenó el anfitrión al ver quién había sido la escogida. Sin atreverse a presentarla directamente, le ordenó—: Baila.

La chica, que rondaría la edad de Alfonso, detuvo su mirada en cada uno de los invitados y, como si no necesitara más explicación, indicó con un impertinente gesto de cabeza al amigo de Alcañices que empezara. Para sorpresa de los asistentes, la zafiedad en la voz del anfitrión fue desgarro en la cuerda de la guitarra, y la tal Fermina comenzó a mover una bota de caña blanca por debajo de su falda, que por el desgaste hasta su abuela habría utilizado con toda probabilidad. El movimiento de la pierna fue poco a poco adquiriendo cuerpo, hasta que toda su anatomía se movió como una maraca que terminó con un repentino golpe seco de tacón y movimiento de brazos. Se notaba que la chica no tenía conocimientos como para bailar flamenco, pero conseguía que cualquier doctrina perdiera argumentos. «Le soltó el pelo y aquel rinconcillo del agua le sirvió de espejo», cantaba una de las chicas, y Fermina daba la vuelta y sentía a un absorto Alfonso en la vanidad de cada latido de su pecho. «¡Olé!», «Vamos allá», y les daba la espalda, movía la cadera mientras la sacaba hacia fuera, se retorcía como si quisiera expulsarse a sí misma, sonreía con timidez cuando escuchaba la palabra amor en la canción e imponía su autoridad al público masculino a golpe de taconazo.

Alcañices estuvo muy al tanto del incendio que Fermina iba expandiendo por el cuerpo del rey a través de sus movimientos, y hábilmente se dirigió al anfitrión cuando dejó de tocar la guitarra.

—¿Por qué no tocas una canción napolitana de amor, y que alguno de estos ángeles sustituya a Fermina con un baile de chales?

La mujer del cuchillero se levantó ipso facto y se dirigió al interior de la casa para volver con un mantón. Fermina se retiró y se apoyó en una pared. Miró al suelo y, con un gesto de desagrado, recogió un pequeño puchero del suelo. El rey se levantó de inmediato y se acercó a ella mientras el nuevo objeto de entretenimiento empezaba a bailar para Sesto y el primo del monarca.

—Ni siquiera ese gesto ha podido enturbiar tu belleza —le dijo sin preámbulos.

—¿Te vas a casar? —le respondió ella sin miramientos, con el recipiente en los brazos y en actitud de impaciencia. Una vez más, la joven demostró que el pueblo es ejecutivo y reacio a excesivos trámites.

—¿Casarme? —se sorprendió Alfonso.

—Claro —respondió, burlona—. Los hombres se la quieren correr antes de casarse, por eso vienen aquí. —Dio media vuelta y se dirigió a la puerta.

No estaba acostumbrado a que le dejaran con la palabra en la boca, los aristócratas se cuidaban mucho en sus comentarios de que eso no sucediera. La libertad con la que cada idea escapaba del pensamiento de aquella chica le hizo perder seguridad.

—¿Adónde llevas eso? —preguntó absurdamente, siguiéndola con torpeza.

—Mi hermano ha vuelto a dejar tirado el puchero después de salir a pedir agua para afeitarse.

Comentarios tan fascinantes como aquel le adentraron en un mundo completamente desconocido y le dejaron en un dulce estado de sumisión.

—Espera aquí. Ahora bajo —le paró ella, que no dejó de tutearle en todo momento, lo que le resultó incluso más atractivo. Y más aún barajar la posibilidad de que ni siquiera supiera que no debía hacerlo.

El anfitrión se levantó para acompañar al rey durante la espera y, cuando ella regresó, le dijo:

—Fermina, quizá a nuestro invitado de honor le apetezca que le acompañes a dar un paseo por los alrededores.

La niña miró al comerciante con amargo desprecio, licencia que le hizo saber él con un aspaviento. Fermina se mordió el labio y agachó la cabeza.

—En realidad, lo que me apetece a mí es que ella me permita escoltarla hasta donde quiera ir —respondió el rey con firmeza, sin quitarle a Fermina los ojos de encima.

La aludida levantó súbitamente la cabeza y le sintió tan dentro como si se hubiera convertido en su propia voz. Le sonrió e indicó con la cabeza que la siguiera. Subieron las escaleras por las que una hora antes el grupo noctívago había descendido. Hacía frío y ella se apretujó bajo un grueso mantón pardo. Alfonso se apresuró a despojarse de su capa.

—¿Con el frío que hace te vas a quitar eso? —le preguntó, abriendo mucho los ojos.

—No, es para ponértela sobre los hombros —rio él.

—Bah —resolvió Fermina con un brusco ademán—. Vamos.

Sin saber hacia dónde se dirigían, el rey obedeció en silencio. Le recordó en su caminar a una gacela insegura que, sin el sentido del disimulo que tiene el antílope asustado, miraba abiertamente sus botas o el broche de oro de su capa, como si no fuese real si no una ilustración en movimiento que hubiera visto en algún recorte de periódico.

—¿De verdad eres el rey?

—¿Quién te lo ha dicho? —le respondió, divertido.

—La señora Alicia. La dueña de la casa.

Fermina hablaba sin articular todas las letras. Parecía que dentro de aquel escultural cuerpo de mujer hubiera una niña dando sus primeros pasos.

—¿Son tus padres?

—No. Soy huérfana. Yo trabajo para el señor.

Jamás Alfonso había sentido tanto la diferencia de clases como al escuchar a la boca de la chica llamar señor a una persona a la que la duquesa de Sesto solo habría saludado para dar limosna.

—¿Y qué haces?

—Voy a un taller de telares. —Y recurrió a una serie de onomatopeyas para describir el sonido de las máquinas al funcionar. Arrugó el gesto—. Odio ese sonido. A mí me gusta este. —Y taconeó.

—Es un trabajo honesto.

—A mí solo me queda elegir ser una mujer mala o una máquina buena. Y lo primero me divierte más.

Fermina habló con la confianza del actor secundario que se ve con fuerzas para optar por el papel principal. Ante la evidencia, el rey frenó en seco y le rodeó la cintura por debajo del manto.

—¿Pero qué estás diciendo, criatura? —susurró, acercando su boca a los labios de ella. Su olor a fábrica y a desplume de pollos despertó en él un instinto animal que poco tenía que ver con el amor de alcoba.

—¡Los higos! —Se separó ella, llevándose las manos a la cabeza como recordando algo.

—¿Los higos?

—Tengo que ir a casa de la Marina a recogerlos, me los deja debajo de la escalera para que los venda por la mañana. Ven.

Un gesto de ella le catapultó momentáneamente al parque Prater y vio en su mano otra más blanca y más dubitativa, que se apartaba rápidamente de su brazo cada vez que veía a alguien conocido. Sin embargo, Fermina se aferró a él con decisión y le dirigió hasta la casa de la señora. La luna iluminaba levemente la entrada del bloque de pisos a través de un ventanuco, que guiaba la luz hacia una escalera de madera de finos peldaños. Calculó que para que le cupieran los pies en el angosto espacio debía ponerlos de puntillas.

La escalera dejaba debajo de ella un espacio limitado arriba por el primer piso, que permitía a dos personas como el rey y la modistilla permanecer de pie. Alfonso se anticipó a Fermina y recogió los frutos con los que sacarse un dinero extra en un gesto de galantería.

—¡Venga ya! —repuso ella, enfatizando su reacción con un espontáneo manotazo en su propio muslo—. Si a ti te gustan las mujeres que cargan un sofá en la rabadilla.

El rey soltó una explosiva carcajada ante semejante definición del polisón, a lo que Fermina, en un ataque de furia que ni ella entendió de dónde provenía, tomó un higo y se lo estampó en la cara, intentando zafarse de su abrazo.

—A mí me gustan las mujeres que me descolocan —respondió él, una vez repuesto del impacto, apretándola más—. Aplástame otro y me harás el hombre más feliz del mundo.

A la vez que ella cogía otro fruto de la cesta, Alfonso introdujo su mano debajo de su falda y la besó mientras la empujaba con suavidad contra la pared. Ella se separó para quitarse de la mejilla los restos del higo que el rey había dejado en ella al besarla. Volvió a poner el fruto en su sitio.

—¿No quieres hacerme feliz? —siguió besándola.

—Quiero poder comer mañana.

—Cómeme a mí.

Con un movimiento seco le retiró el mantón y le acarició un seno mientras le desabrochaba los botones del vestido, la otra mano navegó por su cadera hasta encontrar el puerto de su sexo. Fermina se abrazó a él y le pidió más, y fue al hacerla suya cuando notó una rozadura de un papel contra su pierna, dentro de la bota. Cerró los ojos, la vio a ella.

Aquella no fue la única noche en que el rey utilizó las calles más recónditas de Madrid como vías de escape. Volvió a reclamar una y otra vez la compañía de sus amigos para recorrer los «colmaos» de la capital. Fue la intuición del duque de Sesto la que le permitió transigir como tutor, ya que conocía al rey como si fuera su hijo y algo le decía que su reinado no sería muy largo.

La afición del joven por estas noches de incógnito le llevó incluso a salir solo y sin sus testigos más fieles, lo que no pasó desapercibido ante la picaresca del pueblo español. «Quién será ese buen mozo, quién será, con la capa de seda… No es el número uno ni es el número dos, es el número doce por la gracia de Dios», entonaban las canciones populares.

Una de esas veces se perdió al regresar al palacio y le preguntó a un viandante por la ubicación de la plaza de Oriente. El hombre interrogado no solo se prestó a indicarle la dirección, sino que lo acompañó hasta la mismísima morada del rey. En señal de agradecimiento hacia el desconocido, se presentó:

—Alfonso XII, aquí en palacio me tiene usted…

—Pío IX, en el Vaticano, a su disposición… —respondió el viandante con sorna, antes de alejarse en la oscuridad.

El rey no se sentía más encubierto en aquellas noches que cuando cruzaba los pasillos del Palacio Real para mantener una audiencia con el embajador inglés, o alzaba la copa de plata con su escudo grabado en una cena de gala. En las primeras se vestía de incógnito, en las segundas así se sentía. Porque cuando salía de sus habitaciones del ala oriental y atravesaba los túneles subterráneos, y su capa y sombrero terminaban fundiéndose en la oscuridad, sabía que al llegar a esa taberna y descubrir su rostro se sentiría el rey indiscutible de su pueblo.

14

La espera comenzó a impacientar el tranquilo estado de ánimo que la duquesa de Sesto había mantenido durante todo el día. Las fiestas en casa de los duques de Bailén eran todo un acontecimiento al que ella y su marido acostumbraban a llegar más tarde que el resto por deferencia protocolaria, pero Alcañices se había propasado en aquella ocasión. Mientras toda la aristocracia española se encontraba subiendo los escalones de la residencia, todavía estaban ayudando a su marido a vestirse. La duquesa sabía que había salido la noche anterior porque solía pasarse el día siguiente mimando a sus caballos en lo que entendía como un gesto de arrepentimiento y de respeto hacia ella, al no ser la protagonista de tales afectos.

Sentada frente al tocador de su sala de baño, alargó la mano para mojarse los dedos con agua del lavabo de porcelana y se refrescó los hombros desnudos hasta el escote, que protegía con una seda que daba forma a un soberbio vestido gris perla. Se miró en el espejo flanqueado por un dosel y celebró haber escogido las esmeraldas en forma de pera para adornar sus orejas. Y no había invertido precisamente poco tiempo en escoger entre su reducido ajuar los pendientes privilegiados que la acompañarían esa noche tan especial para ella. La otra opción hubieran sido dos de sus seis perlas también en forma de pera, valoradas en veintisiete mil novecientos francos. Poco entusiasta de las sortijas, solo tenía dos, mientras que si de pulseras se trataba sí se permitía compaginar calidad y cantidad: la mujer de Alcañices elegía entre ocho unidades para vestir sus delgadas muñecas, en las que nunca fallaba uno de sus dos relojes: o el de cadena de lapislázuli y brillantes o el pequeño con una corona de princesa que el duque de Morny le regaló.

Alargó la mano para alcanzar un candelabro, le gustaba buscar alguna imperfección en su rostro para corregirla a la luz de la vela.

Cuando le anunciaron que el duque de Sesto la esperaba en el recibidor del palacio, salió apresurada y comenzó a descender las escaleras de piedra. Como era habitual, su marido observó su elegante descenso desde que puso el pie en el primer escalón hasta que lo hizo en el último.

—Siempre es maravilloso contemplarte, querida, pero más aún comprobar el brillo de tus ojos al verme.

Todo el día con los animales y no había sido capaz de satisfacer su sentimiento de culpa, pensó la princesa mientras desplegaba la mejor de sus sonrisas y le tomaba del brazo. En realidad, el entusiasmo en la mirada de la rusa se debía a su ansiedad por encontrarse con Cánovas del Castillo y trasladarle todas las novedades que había recopilado durante aquellos días. Se colocó un chal con perlas incrustadas sobre los hombros: mayo no había empezado a florecer.

Al llegar, contempló con disgusto cómo los únicos testigos de su desfile por la escalera del palacio fueron las antorchas de bienvenida desplegadas a los lados, y los dos uniformados pajes en la puerta de entrada que recibían a los invitados como estatuas decorativas.

La duquesa aprovechó el asalto que sufrió su marido en el primer salón de la residencia por parte de unos señores en animada conversación y cambió el brazo de Alcañices por el de la mujer de uno de ellos con expresión desabrida.

—Ah, querida, menos mal que has llegado, a veces los hombres resultan tan tediosos… —le susurró en el oído.

—¿Es que no se supone que las salas de fumadores tienen la función de recluirlos? —respondió por su parte la duquesa, entonando con encantador hartazgo cada sílaba y provocando una tímida risa en su compañera.

Ambas se dirigieron al salón principal y se sumaron a la conversación de un grupo de damas.

—Desde luego los neoyorquinos son los seres más admirablemente estrafalarios —decía una de ellas—. Acabo de regresar de allí y he asistido a conversaciones basadas en críticas a un tal Dickens porque jamás ha descrito a un *gentleman*. Pero observad el abanico de marfil que me he traído, deberíamos introducir la moda americana…

La rusa asentía sonriente mientras buscaba a Cánovas a través de las parejas de baile que se deslizaban por la pista al ritmo del vals *Vida de artista,* de Johan Strauss hijo. Sonrió acunada por la música cuando lo distinguió en la lejanía, y se dio cuenta de que su anhelo real no era hablarle de asuntos políticos sino que la sacara a bailar.

—Disculpadme.

Con todos los buenos modales que pudo, esquivó a las personas que se ponían a su paso y le impedían llegar a su meta.

Cuando llegó a donde se encontraba, en lugar de saludar directamente, Sofía se aproximó a la espalda del político y echando ligeramente el cuerpo hacia adelante, simuló que pegaba el oído a su conversación sin reparar en su interlocutora. A la princesa le falló la posición, porque Cánovas no reparó en su presencia.

—Hoy tiene usted que suplir la ausencia de mi marido —le decía la monumental señora, tan absorta en él que tampoco reparó en Sofía.

—¿Hasta qué hora? —La mujer del duque de Sesto recibió con la respuesta una espada en su corazón. Un dolor punzante que se recreó en ella al comprobar que la agasajada no era otra que la duquesa de la Torre.

—Perdón —dijo Cánovas al aire, sin girarse para comprobar que el vestido que había pisado al moverse para introducir a la dama en la pista de baile era el de la mismísima Sofía Troubetzkoy.

Después de descubrir la correspondencia secreta del duque de Morny con sus continuas amantes, Sofía se juró que jamás mostraría sus sentimientos, no eran más que una flaqueza anímica que alimentaría habladurías a su costa. Y ella sabía bien que el único alarde espontáneo aceptado socialmente era el que correspondía a un estudiado movimiento de ajedrez. Recordó cómo en aquella ocasión pensó que no le resultaría difícil, ya que nada podía ser más humillante que el que su marido la hubiera estado engañando con su amiga Nina, con la que compartió pupitre dentro de los muros del internado de Smolny. Y con la que él tuvo un hijo.

Sofía soportaba las salidas nocturnas de su marido actual porque la causa alfonsina le permitía repartir afectos. Y dicha causa, la que le había devuelto la estabilidad y la autoestima y le había hecho atreverse a revalorizarse a sí misma, la que se había atrevido a revalorizarla, se la jugaba también. Como Augusto, como Pepe.

—Sofía, ¿cómo está?

—Estupendamente —sonrió, correspondiendo al saludo de la persona borrosa que la interpelaba.

La humillación y la rabia, por tanto tiempo aplastadas en su corazón a base de nicotina, afloraron de pronto y Sofía buscó aquella *rocking chair* de la villa de Deauville, desde donde aprendió a comprender que la furia de las olas del Atlántico también acaba muriendo en la orilla.

Se excusó con los invitados alegando que buscaba a su marido y encontró un salón vacío próximo a las habitaciones de los anfitriones. Apretó la mano contra el pecho y buscó el cortinaje de la sala para esconderse tras él. Ahogó un sollozo con la mano, hasta que la pérdida de equilibrio le hizo buscar apoyo en el cristal de la ventana descubriendo, por las sombras de la luna, que daba a una terraza. Abrió la puerta y aspiró el olor de los jazmines que los duques habían ordenado traer de Andalucía expresamente para la fiesta, y que trepaba por las estructuras de la casa. La cerró tras de sí y se dirigió al murete de la terraza. Recogió el largo de su vestido y se apoyó en el barandal.

—Es de mala educación que la mejor flor de jazmín nos haga renunciar a su aroma. Se lo haré saber a los duques de Bailén.

—Vete —respondió Sofía sin girarse. Alargó su cuerpo hasta alcanzar el tallo más próximo a la superficie del murete y lo partió. Sin mirar al intruso, deshizo los pétalos en su mano, que encontraron reposo en el repliegue de su traje.

—Sofía…

—¿Tenía que ser ella? ¿Tenía que ser con ella con quien consolaras tu absurda soledad? —La duquesa se volvió bruscamente a Cánovas.

—No te entiendo. —El porte del político se erigía imponente bajo el juicio de la luna, que con su luz exacta descubría su pose frente a la menudez de su estatura.

—¿No? ¿Y cómo me has encontrado? —exclamó ella, dirigiéndose hacia él con una violencia desconocida para el malagueño, que paró cogiéndole de las muñecas—. Mejor dicho, ¿por qué me has buscado? —acabó en un grito histórico que hizo que Cánovas se recolocara las gafas pensativo.

—No te encontraba. Quería hablar contigo y he preguntado a tu marido por ti. Te he buscado por todos los salones, hasta detrás de las cortinas de lugares poco apropiados. Como este. Quizá deberíamos volver…

La duquesa emitió una carcajada histérica y empezó a recorrer la terraza de lado a lado.

—Así lo resolvéis todo siempre. Le hacéis a una creer que es especial, le dais motivos y confianza para seguir, para formar parte de algo… Y cuando no estás delante te cambian por tu peor enemiga… Y todo se resuelve con un «mantén la calma»… ¡Yo! Que lo he sacrificado todo por la causa alfonsina… por tu causa alfonsina… ¿Y qué me encuentro? Con que al primer descuido estás flirteando con la Regenta… ¡Con mi enemiga! —La duquesa volvió a gritar apretando los puños en un gesto infantil—. Le has hecho saber que está por encima de mí… —Al escuchar sus propias palabras, cayó al suelo.

—Sofía. —Cánovas se acercó a ella y acarició su cabeza, que ella apretó contra las rodillas. Al sentir el contacto, el temblor en sus piernas hizo al político arrodillarse junto a ella—. Solo Dios sabe lo que me gustaría poder congelar este momento para siempre. Que alguien como tú… Sofía, ninguna mujer podrá nunca siquiera intentar ser la sombra que despliegan tus zapatos. Si me dejaras explicarte…

—¿Explicar qué? —Se aferró aún más al político—. Puedo soportar que la república desbanque a la monarquía… ¡Pero jamás que ella ocupe un lugar por encima de mí!

Cánovas se levantó ante las palabras de la duquesa y se alisó las mangas de la chaqueta.

—Debo regresar. Buenas noches, Sofía. —Con un gesto reverencial, se apartó de la princesa arrodillada.

La lejanía del político le provocó vértigo y, por instinto de supervivencia, controló sus emociones.

—Antonio, espera —pidió, serenando la voz y levantándose despacio. Él obedeció quieto y dejó que ella se acercara—. Perdóname. Me he expresado mal. Sencillamente, quería decir que para mí todo lo que hemos creado tiene sentido porque tú y yo estamos en ello.

Diestra, mientras pronunciaba esas palabras envolventes posó levemente su mano en su muñeca. Ante el contacto, Cánovas aspiró profundamente.

—Sofía. Mi interés por la duquesa de la Torre es exclusivamente político. Vine a buscarte para hacerte cómplice de ello. Como nunca he dejado de hacer.

—Claro, Antonio. Explícate.

—Será mejor que regresemos —repuso, mirando tras sí con inquietud.

—Espérame en el salón de fumadores, junto a la puerta. En cuanto termine en el tocador, pasaré por delante y quedaremos en el salón principal. Solo hay una forma de que puedas hablar conmigo a solas esta noche.

—¿Cuál?

Sofía se separó de él y abrió la puerta. Como si de pronto recordara algo, se giró levemente.

—Sacándome a bailar.

Desapareció tras las cortinas.

Tal y como había sido indicado, el político se dirigió a la sala de fumadores y se quedó junto a la puerta fingiendo escuchar las reflexiones de uno de los asistentes sobre la conveniencia de no exigirse en demasía en el sexto mandamiento en beneficio de la salud matrimonial.

Completamente recompuesta, Sofía reapareció exultante, como si viniera de ser acariciada por una esperada declaración de amor en lugar de un despecho histérico. Ella misma alargó la mano, ligeramente inclinada hacia el político.

—Solo bailaremos con la promesa de que lo hagas mejor que mi marido, Antonio. No quiero que piense que te estás conteniendo, sospecharía de inmediato.

Dejó que Cánovas acercara los labios a su mano y se alejaron de la carcajada del interlocutor del político, testigo de la ocurrencia de la duquesa. Al comenzar a bailar, Sofía buscó de soslayo a la Cubana hasta comprobar con satisfacción que la observaba dejarse llevar por los movimientos no muy líricos, pero sí determinantes del artífice de la Restauración.

—Todos los adversarios de la Restauración están reconociendo la legitimidad del reinado de Alfonso XII. Pero hay una persona que me preocupa: Francisco Serrano. He permitido que regrese a Madrid porque aquí no cuenta con apoyos suficientes y es menos peligroso que si está en el exilio, por lo que estoy tratando de convencer a cierta allegada suya sobre las bondades del reinado de don Alfonso. Teniendo en cuenta que no hay valoración que llegue más hondo que la que proviene de la mujer no solo que se ama, sino que es señora de la casa que uno habita, y que todos conocemos el miedo que le tiene Serrano a...

—La duquesa de la Torre —concluyó Sofía con distancia, recuperando el tono político. A Cánovas nunca dejó de maravillarle su capacidad para hacer y deshacer registros anímicos como si de pasos de baile se trataran—. Bien, ya entiendo. ¿Y hay algún otro motivo que añada preocupaciones a tu cabeza?

—Sí. Montpensier. —Cánovas pronunció el nombre de su enemigo con una sonrisa en los labios, para volverlos ilegibles. No le fue difícil teniendo la placentera sensación de poder rodear la cintura de la princesa—. Me consta que está escribiendo al rey como modo de presión para poder volver a España.

—Respecto a la situación que describes, no hay ninguna diferencia entre Serrano y Montpensier. El único motivo que encuentro para que tu brillante cerebro no haya llegado a tal conclusión es que la hermana de doña Isabel no sea tan inspiradora como la duquesa de la Torre para cortejarla por una buena causa —respondió Sofía con malicia. Cánovas sonrió y presionó su cintura ligeramente para atraerla más hacia él—. A Antonio de Orleans tampoco le sobran apoyos políticos y él lo sabe. Y sus esperanzas no están en su persona, Antonio. Están en su hija. Ya lo hemos hablado.

—¿Has corroborado lo que te dije de Adelina Borghi?

—Eso es lo que te quería contar. Sí. El rey se ve cada vez más con la cantante y ella está intentando conseguir favores a su costa para crecer en su carrera. Ya sabe demasiadas cosas de don Alfonso y no me fío de ella.

—Entonces habrá que arreglarlo para que encuentre palcos fuera de España. Inmediatamente.

—Sí, Antonio. Pero el continuo afán del rey por la compañía femenina está empezando a ser el tema de conversación en cualquier salón que se precie. Montpensier debe llegar a España cuanto antes con la dulce Mercedes e instalarse en su Sevilla querida.

—Es arriesgado. Nada debe quedar en manos de la improvisación.

—Por supuesto que no, querido. No solo tú eres enemigo de Montpensier. Su presencia en Sevilla provocará el furor de doña Isabel, que demandará inmediatamente tener también permiso para volver a España. Y nosotros transigiremos pero le explicaremos que se instale también en Sevilla para no provocar un revuelo político en la capital.

—¿Y por qué nos beneficia que se instale en Sevilla?

—Porque nuestro rey visitará a su madre: la excusa perfecta para estar cerca de su inocente y entregada prima. —La mirada de Sofía adquirió tal intensidad que a Cánovas le favoreció que se terminara el vals para detenerse y tomar aliento.

—Mercedes no es la única candidata que nos conviene. He estado barajando todas las cartas posibles, y también tengo puesto el ojo en la princesa Beatriz, hija de la reina Victoria de Inglaterra. Mercedes tendrá que desbancar a la otra. Y el verbo no lo he utilizado sin premeditación.

Tal y como la princesa pronosticó, al año siguiente tanto la familia de Mercedes como la reina Isabel y su séquito estaban instala-

177

das en Sevilla. Concretamente, en el otoño de 1876. El rey vivía un momento dulce institucionalmente: tres meses antes, una nueva victoria al frente de las tropas del norte contra los carlistas le hicieron entrar en la capital a golpe de tambor y corneta, como si del mismo espíritu de la Concordia se tratase. Las clases altas y las bajas se unieron para entonar un emotivo himno a la paz que nada tenía de espontáneo, sino que respondía a un estudiado plan del círculo alfonsino para glorificarlo en su trono.

España era una fiesta. De noche vivía iluminada por farolitos de aceite, que de día encontraban continuidad en las percalinas de los balcones, descanso de los rayos del sol. La paz había vuelto, o al menos eso se transmitió con éxito, y los españoles comulgaron al unísono con la idea de que en tiempos de Alfonso XII se viviría bien.

El protagonista del guion elaborado por la rusa tampoco falló y aprovechó que Sevilla era uno de los destinos de un viaje interno por las diferentes regiones de España para visitar a su madre y, por supuesto, a su prima Mercedes. Montpensier se encargó de que el rey de España sintiera su casa como propia, y se convirtió en su guía por la capital de Andalucía.

Un paso hacia adelante, advertido no solo por las familias regias, sino por los ojos del pueblo español, contagiados de la felicidad que transmitían los ojos de la niña Mercedes por que don Alfonso la acompañase después a ver las procesiones de su adorada Sevilla.

El monarca se dio cuenta de que la hija de Montpensier sería la única mujer de su condición capaz de provocar en él una unión perpetua, precisamente porque su pureza hacía que la separara de todo lo demás que, de un modo u otro, algo de mundano terminaba albergando. Como valoraría más adelante de aquel primer encuentro en el castillo de Randan: «Mercedes apareció ante mis ojos como la imagen perfecta de la felicidad y de la virtud». Alfonso no apartó de su cabeza su deseo innato de ser el jefe de los Ejércitos que protegiera al ángel que Montpensier había engendrado. Y solo se le ocurría un pedestal al que subirla.

Después de la procesión, Alfonso acompañó a Mercedes al palacio de San Telmo. Ataviada con una peineta, su prima aún llevaba la vela en la mano. Entró en los jardines de la casa y caminó a su lado hasta la puerta principal, seguidos por la dama de compañía de la joven.

—Ha llegado a mis oídos que lo primero que has hecho nada más llegar a Sevilla ha sido visitar a los niños expósitos de una inclusa.

—Sí, Alfonso. Son tan desgraciados.

—Y que volviste descalza a casa por regalarle tus zapatos a una niña.

—Shhh. —Mercedes miró hacia atrás para comprobar que el testigo a escasos metros de distancia no escuchaba y rio divertida—. Calla, que nos va a oír.

El rey se contagió de las risas de su prima.

—¿Y qué tal la nueva vecina?

Mercedes elevó el tono de sus risas y Alfonso le tapó la boca con la mano, desorden que la dama de compañía resolvió aclarándose la garganta para recordar su presencia.

—Tu madre se queja de que el palacio del alcázar es peor que el de San Telmo. Mi dama de compañía se ha enterado de que es habitual verla pegar gritos por la casa porque mi madre pisa alfombras y ella esterillas de cordelillo.

El rey prorrumpió en una carcajada imaginándose la escena, hasta que un nuevo carraspeo le indicó su lugar.

—Sigue, Mercedes. ¿Qué más sabes?

—Pues sé que se queja de que no haya sanitarios decentes y…

Una nueva carcajada interrumpió el relato de la hija de Montpensier, pero esta vez el rey no esperó a la llamada de atención y se volvió para disculparse con la mano.

—Sí, Alfonso, y que tampoco tiene agua corriente.

El hijo de Isabel II se tornó serio de pronto y se volvió hacia ella.

—Me apena ver a mi madre en esta situación, y el enfrentamiento continuo entre ambas familias. Y solo hay una razón de peso.

—¿Cuál? —imploró ella, deteniéndose súbitamente y mirándole con ojos anhelantes de una respuesta concreta.

La que no entendió que debía detenerse fue la guardiana del recato, que siguió sus pasos hasta pegarse a ellos.

—Vamos, Mercedes. —La cogió el rey del brazo, alejándose con ella entre risas.

Mientras los jóvenes primos reían felices y ajenos al mundo que los rodeaba, la frontera entre la residencia de la antigua reina de España y la familia Montpensier era el escenario de una auténtica batalla campal.

Ante el pánico de Cánovas del Castillo, para la madre del monarca el hecho de que con su presencia en España se le estuviera dando una segunda oportunidad no implicaba renunciar a sus caprichos románticos. Sin dudarlo, llamó a su secretario particular, Ramiro Puente, para que se presentara en el alcázar, cosa que esta hizo. Y no solo eso, sino que tampoco dudó en pasearse con su acompañante públicamente por las calles y presentarlo en las *soirées* de Sevilla. La guerra entre las hermanas resurgió y ambos frentes desplegaron todo su ingenio en buscar eficaces armas de destrucción, como invitarse mutuamente a cenar y buscar un acompañante que fuese del desagrado del huésped. Lo que en un primer momento se reservó a la privacidad de sus respectivos salones traspasó los muros de ambas fortalezas y sus inquilinos pasaron a no saludarse en los teatros ni en los acontecimientos públicos de las *gens du monde*.

No obstante, y a pesar del odio entre Antonio de Orleans e Isabel II, esta parecía haberse resignado a que la hija de su mayor rival fuera quien ocupara el trono al lado de su hijo, distraída en su idilio con Ramiro Puente.

Repentinamente, su actitud dio un giro copernicano. A mediados del año siguiente, un rey cada vez más convencido de las virtudes de Mercedes terminó con la batalla Borbón-Montpensier invitando a sus tíos y familia a alojarse en El Escorial, quedándose su madre como reina del «cotarro» sevillano.

En el Panteón de Reyes la hija menor del matrimonio volvió a sorprender al monarca y, mientras escuchaban misa, agarró la mano de su primo con temblor y le transmitió el presentimiento de que podría estar siempre junto a él, a pesar de que Alfonso no se había pronunciado todavía.

Pero ya estaba decidido. Para terminar la visita, el monarca les invitó al Real Sitio de Aranjuez, y aquellas palabras de Sofía Troubetzkoy, pronunciadas el día en que fue a visitarla tras su proclamación, no se alejaban de su cabeza: «Tened muy presente su lealtad, su virtud y su educación, pero nunca olvidéis que su matrimonio es también cuestión de Estado: detectad sus dotes para que el pueblo la quiera». También recordaba las palabras de Morphy después de su primera noche en el camerino de Elena: «Si os lanzáis a la vida tempestuosa, vuestro camino estará marcado por el fracaso».

Después de un copioso almuerzo, el rey se levantó con determinación y le pidió a su prima que dieran un paseo. Tan concentrado estaba que ni se fijó en las miradas significativas entre sí de los familiares. Nerviosa, Mercedes no paró de hablar hasta que el rey aprovechó que paraban bajo un arco de castaños para prometerle a su prima que se casaría con ella por encima de cualquier objeción. Incluso la de su madre.

Con lo que no contaba el rey es con que esta se personaría en El Escorial para intentar de impedir, por todos los medios, el propósito de su hijo.

Alfonso ya era el rey de España y, por tanto, no necesitaba el permiso de su madre para contraer matrimonio con su prima. Al tratarse de una cuestión de Estado solo precisaba el apoyo de las Cortes. A pesar de ello, por el cariño que le profesaba, pidió a su futura familia política que se dirigiese de nuevo hacia El Escorial para tratar de convencer a la madre obstinada.

Todo fue inútil. No consiguieron que Isabel II cambiara de parecer y se mostró firme en su decisión de no asistir al enlace, ante lo que su hijo le advirtió que se casaría con Mercedes obtuviera o no su beneplácito.

Isabel II no tardó en reaccionar y acudió a Cánovas, cuyo apoyo daba por sentado. Pero, para su sorpresa, este le respondió con evasivas y salió de su despacho de presidencia con la misma sensación con la que había entrado en él. Desesperada, y ante la estupefacción general, la impetuosa madre del rey se puso en contacto con los representantes diplomáticos de diferentes países europeos para informarles de que se oponía radicalmente a la futura boda de su hijo. Estos no tomaron cartas sobre el asunto por no provocar un incidente de Estado, pero los periódicos se encargaron de azuzar el escándalo.

La polémica no perjudicó a Cánovas, sino todo lo contrario, porque hacía de pantalla a otro conflicto que intentaba aplastar y que era, paradójicamente, el mismo por el que Isabel II estaba organizando aquel circo internacional.

Convocó a Sofía a su despacho. Su mensaje era preciso pero no así su letra transmitía urgencia. Por intuición, la rusa no informó de su propósito al duque de Sesto, pero sí de que saldría a la calle Alcalá por si alguien le avisaba de haber visto a su mujer en la Presidencia del Consejo.

Con la seguridad del que entra en su propia casa, la rusa apenas reparó en los guardias civiles que vigilaban la puerta y subió los peldaños. «Magnífica escalera —pensó—, oscura y angulosa para recordar al visitante que, en un principio, no se es bien recibido».

La duquesa fue saludada por el subsecretario con un entusiasmo que ella rechazó. En cuanto fue informado de su presencia, el malagueño la hizo entrar en su despacho y cerró la puerta tras sí. Sin esperar a que se lo indicara, la princesa se sentó en un diván enfrente de la mesa y apoyó con gracia en una esquina la sombrilla recogida. Cánovas se sentó enfrente. Buscó seguridad enlazando sus manos. Aspiró profundamente.

—Sofía, se han corroborado las especulaciones sobre el asesinato de Prim.

—Montpensier —susurró. Se quitó un guante blanco de su mano derecha—. Descubierto.

—Y aún hay más. Sé que ha llegado a oídos de doña Isabel. De ahí su inamovible oposición al enlace entre Mercedes y Alfonso.

—Montpensier… —Incomprensiblemente para el político, Sofía dibujó en su cara un esbozo de sonrisa y añadió con medida sorna—. Su torpeza me tranquiliza, es evidente que no es un adversario de altura para nosotros.

—¿Un adversario de altura? Sofía, ideó el crimen contra el presidente del Consejo de Ministros de España. Y nosotros estamos favoreciendo que el mismísimo rey de nuestra nación se despose con su hija. —¿Cómo podía hablar con semejante ligereza mientras él sentía cada uno de sus huesos atrapado en la obligación de dirigir el curso del país? La frialdad de la duquesa le hizo dudar momentáneamente sobre si, cegado, se había dejado guiar por una encantadora demente. Tuvo deseos de estar solo de nuevo.

—Cuéntame más, Antonio.

No se entendía. Por toda la capital tenían fama sus ocurrentes y taxativas respuestas. Tras el nombramiento de Alfonso XII una de las primeras resoluciones de las Cortes fue la de elaborar una nueva Constitución, para lo que fue necesario nombrar a una comisión que elaborara el documento. Un día en el que Cánovas se encontraba cansado y de mal humor al término de un acalorado debate en el Congreso sobre el proyecto, se acercaron unos miembros para preguntarle por la redacción definitiva respecto al concepto de español del artículo primero. A lo que el andaluz no reparó en contestar: «Los españoles son los que no pueden ser otra cosa».

Sin embargo, era incapaz de aunar el valor para trasladarle a la rusa sus recientes deseos de estar en soledad. Tragó saliva para serenarse y respondió tajante.

—Sofía, te recuerdo que no es un juego, sino una cuestión de Estado.

—Por favor, Antonio. Me llama tanto la atención la capacidad que tenéis los políticos para disfrazar la realidad con elocuentes conceptos. Claro que es un juego. ¿Acaso es moral haber mandado al exilio artístico a Adelina Borghi por entorpecernos los planes? ¿Lo es también allanar el camino del rey para que se case con Mercedes, hija de aquel que planeó el destronamiento de su propia madre? ¿Acaso lo es haber suspendido la edición de periódicos como *El Pueblo* o *El Correo de Madrid* por sus críticos contenidos? Son fichas sobre el tablero que nosotros movemos, querido. ¿Y qué me dices de…?

—Ya está bien, Sofía —la calló con autoridad—. No puedo estar con estas disquisiciones, tengo que encontrar una solución inmediatamente —concluyó sin incluirla en los planes para recordarle quién tenía el mando y qué puesto ocupaba ella. Pero la rusa no se inmutó, consciente de que era el método de defensa de un hombre asediado.

—Por supuesto —dulcificó la voz—. Sé que, como siempre, darás con la solución. Yo solo intento ayudarte desde mi ignorancia en cuestiones políticas.

Cánovas se recostó en la silla y se pasó la mano por la barbilla en actitud reflexiva. Ella esperó en silencio a que tomara la iniciativa de reiniciar la conversación.

—He estado tanteando a la reina Victoria pero se muestra firme en que su hija no se convertirá al catolicismo.

—Los liberales podrían agradecer un rey abierto a la libertad religiosa si ella no renuncia al protestantismo.

Cánovas se levantó con lentitud y se acercó a la ventana. Se apoyó en el quicio.

—Tumulto de alpargatas y chaquetas —pensó en voz alta—. Que se levantan al alba para mantener a sus familias. Dios es el apaciguador de sus almas rebeldes, y su palabra la conocen a través del cura todos los domingos. Que la reina no compartiera su religión les dejaría huérfanos.

—Ellos ya han elegido a su reina, Antonio. Mi marido me cuenta que la noticia del casamiento entre Alfonso y su prima se ha extendido por Madrid y que lo aplauden porque piensan que se ha casado «por amor, como hacen los pobres».

Cánovas sonrió enternecido.

—Pues que así sea. Te dejo, Sofía, tengo que organizar la negociación para que empiecen las obras de la Cárcel Modelo.

—¿Cárcel Modelo?

—Sí, las prisiones para varones no tienen especial prestigio en España. El objetivo es que bajo reinado de Alfonso XII se construya una cárcel innovadora tanto en instalaciones como en norma de conducta.

—Fantástico, estoy convencida de que el rey estará encantado con la idea.

—Sí, en cambio tu marido no está muy convencido. Dice que como la hagamos muy modelo tendremos cada vez más personas manifestándose frente al Ministerio de la Gobernación para que les detengan y tener un sitio donde pernoctar.

Los intentos de Isabel II por impedir el enlace de su hijo no surtieron efecto. Días después de que se pusiera en contacto con los representantes europeos, el rey hizo oficial su matrimonio pidiéndole la mano a Mercedes en la silla de Felipe II.

Por su parte, y sin temblarle el pulso, el presidente del Gobierno de Alfonso XII destituyó al señor Villarino, fiscal de la causa que apostaba por el padre de Mercedes como ideario del asesinato de Prim. Corría septiembre de 1877. La exsoberana de España se resignó al saber que Cánovas, a quien ella misma había otorgado plenos poderes, nombraba un mes después a un juez complaciente que archivó el caso. La prensa, controlada, tapó el asunto. La boda era imparable.

Pero si algo caracterizaba a Isabel II era su tozudez y firme voluntad de salirse con la suya. Y más si se trataba de mantener alejado a su hijo del que ella consideraba un asesino. Aún le quedaba un cartucho para demostrar que la imagen de amor eterno entre Alfonso y la hija de Montpensier también era quebrantable. Informó a Cánovas de que inmediatamente viajaria a París con el pretexto de visitar a unas viejas amistades.

15

Como hacía las veces que conseguía tener el día para ella sola, Elena cogió su sombrilla, se atavió con un uniforme discreto en tonos pastel y se encaminó hacia el Barrio Latino de
París. La diva quería pasar lo más desapercibida posible para im-
pregnarse de la nueva deriva de aquello por lo que ella vivía: el
arte. Quería escuchar versos directamente de los labios de los
poetas y detenerse a observar los cuadros de los pintores impre-
sionistas. Le gustaba pasear por delante de la Sorbona, de las
Escuelas Superiores de Medicina o del Observatorio Astronó-
mico para ver salir a los estudiantes y tener siempre presente
que ella también aprendió, que a ella también se le dio una oportunidad. Después de una mañana en soledad, en la que quizá fue
reconocida pero no molestada, la cantante se detuvo a comer en
el café Cluny, donde servían un menú por apenas dos francos
cincuenta.

Le habían recomendado, por cuestión de imagen, no fundirse demasiado con el gentío ni salir sola, no solo por su seguridad,
sino también por conservar un hálito de misterio y de inaccesibi-
lidad, conveniente para una estrella. Consejo del que, en ocasiones,
sentía el gusto de prescindir para dejar pasar las horas hasta que

el atardecer parisino apurase los pasos de los transeúntes que querían llegar a sus casas.

—Isabel II está otra vez en París —escuchó la Niña de Leganés decir a una señora detrás de su silla de mimbre.

La paz del momento quedó eclipsada por una turbación irracional, y Elena solicitó una berlina para que la trasladara de inmediato a su casa junto a los Campos Elíseos. Al llegar, caminó con prisa hasta la puerta del edificio, como si alguien la estuviera siguiendo, como si quisiera escapar de una mirada. Entró en la puerta y en el recibidor la informaron de que había recibido un sobre. La diva lo cogió con desinterés al ver que no llevaba remitente y, después de dejar una generosa propina, subió hasta su casa, donde ya en soledad respiró hondo. Hacía pocos días le había llegado la noticia de la boda de Alfonso, y sin saber por qué, algo le hacía sentirse ridícula ante los ojos de Isabel II, pensaba mientras abría el sobre mecánicamente.

Elenita. Te invito mañana a que participes en un concierto doméstico en el palacio de Castilla. A las ocho.

Isabel

Elena volvió a mirar el sobre. No había sello de la Casa Real española; era evidente que la madre del rey quería que todo se desarrollara con la mayor discreción. La cantante sonrió y ahogó un pequeño grito de emoción. No había recibido respuesta a la última carta que envió a Alfonso, y este detalle de su madrina artística, que hacía ver que su amistad era un asunto independiente, la reconfortó. Entusiasmada, redactó una carta y mandó enviarla al palacio de Isabel II sin identificación para hacerle ver que había comprendido la necesidad de ser discreta.

Como era habitual en ella, Isabel II solo había invitado a su residencia a sus íntimas amigas, con las que se sentía en la confianza de poder cantar ella también si se dejaba llevar. Aunque era conocida su devoción por el bel canto, la reina destronada no tenía ningún interés en que también lo fuera su cuestionado timbre de mezzosoprano, a pesar de que había recibido una exhaustiva instrucción musical. La diva se entusiasmó por que la soprano francesa Ana de Lagrange también hubiera acudido al convite de personas *très gentilles*.

Damas y divas cantaron dúos y tríos, desinhibidas por botellas de *champagne* Blanc des Millenaires de Charles Heidsieck y por aquella hermandad femenina, hasta altas horas de la madrugada.

—Señora. —Elena aceptó el café que le ofrecía el sirviente, acompañado de *macarons* Gerbert traídos de Ladurée para empapar la bebida espumosa, y se volvió exultante hacia la anfitriona en un momento de confidencialidad—. Me acuerdo en muchos momentos de aquellos paseos que dábamos por el Bois. Siempre habéis sido tan generosa conmigo.

—Ah, mi ilustre amiga. —Isabel II depositó con un golpe seco su mano encima de la de la cantante, que a ella le produjo un incómodo picor, pero apretó su mano con timidez—. Una, que tiene el talento de descubrir talentos. Y no me he equivocado. —Negó con el dedo—. Te dije que triunfarías y así ha sido.

La diva sonrió, y pensó que los duros momentos que había superado merecían la pena por recompensas como seguir sintiendo la protección de la que fue reina de España.

—Quiero que el 4 de octubre se abra la temporada del Teatro Real de Madrid con *La Favorita* de Donizetti, Elena. Quiero que sea la misma con la que se inauguró en 1850 el coliseo.

—Es una gran idea, señora. Si me permitís la osadía, creo que el tenor debe ser Julián Gayarre, es una voz...

—Lo sé, chiquilla —la interrumpió Isabel II, a lo que Elena bajó la mirada en señal de respeto—. Ya había pensado en él.

Elena levantó la mirada con entusiasmo.

—Majestad, se va a sentir tan afortunado cuando se lo cuente... No os imagináis lo...

—He pensado en él porque hace pareja perfecta contigo, Elena.

—¡Majestad!

—¡Chsss! —la calló—. Chica, sé discreta…

—Señora… ¿Me estáis diciendo que voy a inaugurar la temporada del Teatro Real en Madrid? —La diva obedeció y bajó el tono de voz, pero no abandonó el tema de conversación, por la sencilla razón de que trataba sobre el sueño de su vida.

—Eso mismo te estoy diciendo.

—Majestad, ¿pero cómo podéis decirme esto así, aquí… y quedaros tan tranquila? —profirió la cantante, dominada por la emoción, olvidando todo protocolo. De pronto recapacitó e intentó rehacer sus pasos—. Disculpadme, majestad. No sabéis lo que significa para mí abrir la temporada de ópera de mi ciudad.

—Y no sabes lo que significa para mí que me sigas llamando majestad, hija —respondió ella con escepticismo nostálgico—. Ven a verme mañana y te informaré de todo con tranquilidad.

—Eso haré. Ahora debo irme, señora.

La Diva del Re solo pensó en una cosa durante el trayecto hasta su casa. A pesar de las altas horas de la noche, sin colgar el abrigo ni el bolso entró en la habitación contigua a la suya y, sin reparar tampoco en la doncella que le guardaba durante la noche, se calmó cuando abrazó a Jorge, su hijo.

El rey contempló el proscenio y alzó lentamente la mirada hasta el palco de ministros. Rígido y en apariencia tranquilo, no quería que ningún movimiento en falso lo delatara públicamente en el palco real.

Contempló desde aquella altura la España de la que él era soberano. El pueblo que lo había aclamado al entrar, pero también el que le había apodado a él y al Gobierno «los higos chungos» y a las señoras, irónicamente, «las damas de las camelias». Gentes de mediano origen se sentaban a escasos metros de la aristocracia. Las calvas de los señores le parecían bolas de billar y Alfonso se entretuvo desde arriba colocando disimuladamente el dedo sobre la de aquel por quien no tenía especial simpatía y simulando que empujaba.

Se corrió el telón de terciopelo y las borlas doradas de la parte inferior parecieron bailar sobre el proscenio. El rey sonrió al recordar su nerviosismo de adolescente en Viena para conseguir enviar a su camerino aquellas rosas amarillas. Un leve escalofrío le recorrió las piernas al venir a su cabeza ráfagas de lo que compartió con ella entre esas cuatro paredes.

La ovación le hizo salir de su ensimismamiento y levantó la cabeza. Salió triunfal, como una deidad que había tenido la deferencia de descender para convertirse durante unas horas en una Leonor de Guzmán, la favorita de Alfonso XI. Su mirada era fuerte y directa, muy diferente a la de aquella vez en el Prater, cuando le aseguró con voz temblorosa que, pasado el tiempo, se acordaría de «aquella cantante» con la que jugaba «a convertir en Leonor de Guzmán». La diva ya no se entregaba a él, ni siquiera alzó la mirada hacia el palco durante la actuación. Elena se entregaba a cada nota que expulsaba por la boca con picaresca, solemnidad o desgarro. Alfonso la notaba tan lejos que creció en él un obsesivo deseo de tenerla entre sus brazos. De pronto, reparó en que no había mandado ningún obsequio a su camerino y esperó que su madre le hubiera enviado flores o alguna joya. Miró de soslayo a Isabel II y, por su postura y actitud, se percató de que no le había quitado el ojo de encima durante toda la actuación. Se revolvió molesto al percibir que sus sentimientos no le habían pasado desapercibidos, pero buscar su complicidad —a pesar de hacerla testigo de la deshonra de Mercedes—, para que le ayudara a tener un encuentro con Elena Sanz pesó más que la libertad de su secreto.

Aunque las Cortes aún no habían aprobado el enlace entre el rey y la hija de Montpensier, Alfonso sintió que las habituales miradas dirigidas hacia él tenían una intensidad diferente. Sobre todo por parte de las señoras, que sentían renacer con la historia del rey un romance anclado en el pasado, y pasaban las tardes tejiendo cábalas sobre cuáles serían los sentimientos del monarca. El que los círculos de opinión alfonsinos y los salones aristocráticos comenzaran a llamarlo el Pacificador por sus gestas en las batallas de la guerra carlista le confería un aura heroica que azuzaba más de un suspiro.

—Me gustaría tener una deferencia con Elena y saludarla en nuestros salones privados. Después de todo, su voz en el extranjero conquista igual que lo han hecho nuestros Ejércitos durante siglos. ¿Crees que podrás arreglarlo para que pueda hablar con ella?

—Esa es una gran idea. Lo dispondré todo para que podáis hablar en la intimidad —respondió Isabel de inmediato.

El rey apartó la mirada con desagrado, en ocasiones como aquella le reprochaba a su madre un lenguaje directo que consideraba excesivo.

Se dirigió a las instalaciones reservadas para la familia real en el Teatro Real. Estas constaban de dos gabinetes para recibir a aquel con quien quisiera entrevistarse, y uno de ellos desembocaba en una terraza. Las dos pequeñas salas flanqueaban la habitación principal, dominada por una chimenea de mármol de Granada que el rey ordenó encender. Sofás tapizados en seda descansaban sobre una alfombra en suaves tonos para hacer la sala más acogedora.

La esperó de pie, con la mirada absorta en el fuego. La anunciaron pero no se volvió, ni siquiera cuando sintió sus tímidos pasos entrar y la puerta cerrarse tras sí. Ella tampoco dijo nada.

—Pocas cosas tienen un poder tan hipnótico —pensó en voz alta, mirando cómo un leño era devorado por el fuego—. Pero al final, todo se consume.

La Favorita

Isabel II y su primo carnal Francisco de Asís de Borbón y Dos Sicilias. Su boda se concertó por intereses de Estado, pero nunca existió una buena relación entre ellos, lo que marcó la infancia de su hijo Alfonso XII.

Isabel II se quedó embarazada en once ocasiones, pero tres de ellas terminaron en aborto. En la imagen, el matrimonio con tres de sus hijos.

Alfonso XII, con faldón, en brazos de su aya. El fotógrafo, P. Martínez de Hebert, que trabajó para la Casa del Rey durante años, fue el encargado de hacer las fotografías de la boda de Alfonso XII con María de las Mercedes.

Isabel II y su familia vivieron en el palacio de Castilla durante su exilio en París, desde su derrocamiento en septiembre de 1868 hasta que Alfonso fue proclamado rey en 1875. No obstante, Cánovas nunca estuvo a favor de que la polémica madre del monarca se trasladara a España, por lo que la reina destronada continuó viviendo allí hasta su muerte con intervalos de visitas a su tierra natal.

Alfonso XII siempre tuvo una relación muy peculiar con su madre, quien trató de impedir por todos los medios la boda de su hijo con la dulce María de las Mercedes, hija de su eterno enemigo: el duque de Montpensier. Ni siquiera fue a su boda. Por el contrario, a Elena Sanz llegó a llamarla «mi nuera ante Dios».

Isabel II con sus hijas Isabel, María de la Paz y María Eulalia,
peinadas con un original recogido de trenzas.

El príncipe de Asturias recibió una selecta educación en diferentes colegios y países. El primero fue el Stanislas, en París, hasta que en 1869 la familia se trasladó a Ginebra, donde recibió clases particulares y acudió a la Academia Pública. Tras finalizar sus estudios en el Theresianum de Viena, se inscribió en la academia militar de Sandhurst antes de ser proclamado rey.

El duque de Sesto fue para Alfonso XII como un padre. Figura clave en la
Restauración por su gran popularidad y señorío, se le consideraba uno
de los hombres con más títulos y más ricos de Europa. Al fallecer Alfonso XII,
María Cristina lo «desterró» políticamente, incluso llegó a quitarle su título
más preciado, el de Sesto, ya que le culpaba de las infidelidades de su marido
por ser cómplice de sus correrías nocturnas.

El 25 de junio de 1870, Isabel II, en el exilio en París desde 1868, abdicó en favor de su hijo en el salón del palacio de Castilla.

A petición del duque de Sesto, Alfonso XII ingresó en el Theresianum de Viena para realizar sus estudios secundarios. Fue allí, en el año 1872, donde conoció a Elena Sanz, que lo visitó por encargo de Isabel II.

Alfonso, antes de ser proclamado rey, ataviado con el uniforme de capitán general con pantalón blanco y botas altas negras. Siempre tuvo de referencia a Fernando el Católico. «Pepe, te juro por mi sangre que si algún día ciño esa espada de Castilla no ha de ser menor mi voluntad que la de don Fernando V», le dijo a Osorio.

Antonio Cánovas del Castillo fue el artífice de la Restauración y el creador
del sistema bipartidista en España. Ocurrente y con una retórica muy efectiva,
tanto en el Congreso como con las mujeres. Las largas mangas
de su levita eran míticas en la capital.

Sofía Troubetzkoy, mujer del duque de Sesto, fue nombrada por Cánovas del Castillo secretaria personal para que liderara una corriente de influencia igual de importante que la que se desarrollaba en el Congreso: la de bastidores. Era considerada una de las mujeres más elegantes y bellas de Europa.

La cantante Elena Sanz inspiraba a más de una pluma. Galdós la
describió como: «Elegantísima, guapetona, de grandes ojos negros
fulgurantes, espléndida de hechuras, bien plantada».

La gran pasión de la contralto fue la ópera, pero su relación con Alfonso XII
la obligó a dejar los escenarios. Pasó de ganar trescientos mil francos por temporada
a una «guita» de sesenta mil pesetas anuales con la que la mantenía el rey.

La soprano Adelina Patti, en cuya compañía cantó Elena Sanz. Todo un privilegio,
ya que esta madrileña fue una de las principales figuras de la ópera del siglo XIX.
Verdi llegó a decir de ella que era la «mejor cantante que nunca hubiera escuchado».

Gayarre en 1er acto de Los Puritanos

Julián Gayarre no se resignó a ser pastor en las tierras navarras donde nació. Se convirtió en uno de los tenores más importantes: tuvo en su repertorio más de sesenta óperas, por las que fue conocido mundialmente como *el Rey del Canto*.

La dulzura y el encanto de María de las Mercedes hicieron que cuando se votaba en las Cortes su matrimonio con Alfonso XII, Moyano transigiera, a pesar de ser la hija del duque de Montpensier, con la célebre frase: «Los ángeles no se discuten». Prima del rey, fue reina de España durante apenas cinco meses.

El palacio de Riofrío fue el «refugio» de Alfonso XII y Elena Sanz, donde pasaron
una temporada tras la muerte de María de las Mercedes.

La habitación del rey en Riofrío era la
única de todo el palacio que tenía, en
aquella época, un retrato de la reina
fallecida enfrente de su cama. Se trataba
de una imagen de los dos juntos, él
vestido de capitán general.

La archiduquesa María Cristina de Habsburgo era una princesa católica de la más alta estirpe: la del emperador Francisco José I. Y, a su vez, princesa de Hungría, Bohemia, Eslavonia, Croacia y Dalmacia. Culta e instruida, llegaría a ser una reina muy reconocida en Europa por su inteligencia y visión política durante la regencia.

Alfonso XII se casó con María Cristina el 20 de noviembre de 1879,
en la basílica de Nuestra Señora de Atocha. Fue un enlace de Estado.

La relación de Alfonso XII y María Cristina fue meramente institucional.
En el primer encuentro antes de la boda, el comentario del rey fue:
«Lástima que gustándome más la madre tenga que casarme con la hija».

María Cristina sí llegó a estar profundamente enamorada de Alfonso,
a quien perdonó todas sus infidelidades y siempre le fue leal.

Alfonso XII fue un rey liberal, que juró la Constitución de 1876. Se le conoció
como el Pacificador por su espíritu conciliador entre los partidos políticos
de España, que se alternaron sin discordia en el poder.

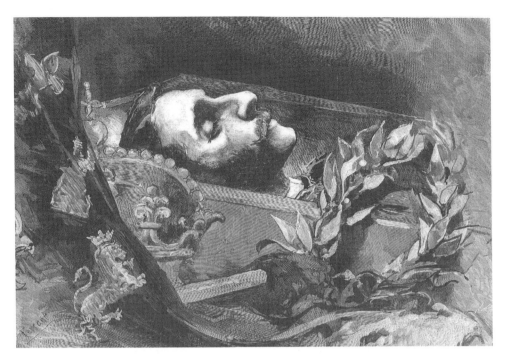

Alfonso XII murió de tuberculosis a los veintisiete años, el 25 de noviembre de 1885. Antes de exhalar su último suspiro, se acordó de la inseguridad jurídica en la que quedaban sus hijos con Elena Sanz al exclamar: «¡Mis hijos! ¡Qué conflicto!».

El pueblo dio fe del amor que sentía María Cristina hacia su marido, ya que se encargó del más mínimo detalle en aquellos días de luto de Estado, desde el cortejo fúnebre hasta que los restos del monarca fueron depositados en el pudridero del Panteón de Reyes de El Escorial.

El funeral de Estado se celebró en la iglesia de San Francisco el Grande
el 12 de diciembre de 1885.

Alfonso XII murió sin saber que la reina alumbraría un varón que mantendría la corona española sobre los Borbones. Alfonso XIII nació el 17 de mayo de 1886, y María Cristina por fin descansó tras siete años de agonía por darle un heredero al rey.

Antes había tenido dos hijas, las infantas María de las Mercedes y María Teresa.
La primogénita llevó ese nombre en honor a la primera esposa de su padre.

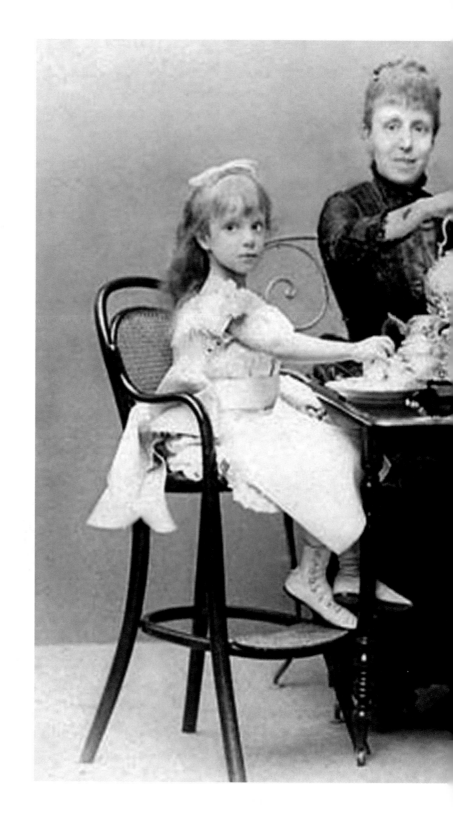

Doña Cristina junto a sus hijos.

Elena Sanz con sus hijos Alfonso y Fernando, la otra familia de Alfonso XII.
Nunca se les reconoció el apellido Borbón.

—Me siento honrada de poder transmitiros personalmente mi alegría debido a vuestra proclamación como rey.

—Ese tratamiento que me das te aleja tanto de mí como tu éxito sobre el escenario.

Elena guardó silencio. Alfonso empujó con la bota un tronco mal colocado y se dio la vuelta. Su imagen se le clavó en el pecho.

—Por favor —señaló el sofá.

Se sentaron de costado, uno enfrente del otro.

—Majestad, he oído que en breve os desposaréis.

—Elena, háblame de tú —ordenó el rey en un tono que ella no supo diferenciar si era de autoridad o de angustia. Ella agachó la cabeza en un gesto reverencial, lo que le hizo sentirse incómodo. Se levantó hacia la chimenea—. No sabes los celos que he sentido viendo cómo ellos te miraban y…

—¡Majestad! —interrumpió Elena, poniéndose en pie.

—Elena —se acercó a ella y la cogió de la mano—. Esta noche me he dado cuenta de que nunca he dejado de quererte.

La diva soltó su mano con suavidad y se separó, dando un paso hacia atrás.

—No hemos nacido para estar juntos. Yo me debo a los escenarios y vuestra majestad a la Corona de España y a su futura familia —terminó, sin que le temblase la voz al pronunciar estas últimas palabras.

—Voy a casarme con Mercedes, Elena. —La diva perdió su posición dominante al escuchar esas palabras—. Es la reina que necesita España y que necesito yo.

—Sé mejor que nadie cuál es mi sitio —respondió, con toda la dignidad que logró reunir.

—Elena, no te confundas. —Alfonso se adelantó para tomar su mano de nuevo—. Ella armará mi vida, pero solo existe una mujer capaz de desarmarme a mí.

La Niña de Leganés buscó el modo de cambiar de tema.

—Os escribí.

—Lo sé, Elena. Recibí tu carta. Una carta en la que me decías que habías rehecho tu vida.

—Efectivamente. Existe alguien que me ha permitido hacerlo.

—¿Y quién es? —exclamó Alfonso con contenida furia.

La cantante sonrió.

—Si queréis saberlo, venid mañana a mi casa. Os haré llegar la dirección.

—¿Te vas? —se sorprendió, al ver que se dirigía hacia la puerta.

—Sí. —Elena posó su mano sobre el pomo de la puerta.

—Quédate conmigo. Aquí. Esta noche. Solos tú y yo —le rogó.

—Mañana. Estaré por la tarde en mi casa. Majestad —se despidió con altiva impertinencia y cerró la puerta tras sí.

Aquella noche, la débil iluminación de los mecheros de gas confirió a las entrañas madrileñas un aura taciturna. Las calles, nombradas con expresiones que respondían a vivencias y sucesos, hacían que uno se encontrara caminando por la calle de Quitapesares, de la Sopa Boba, de la Enemistad, de Enhoramala Vayas o de Sal Si Puedes. En su último chasquido antes de fundirse, una de las farolas tuvo tiempo de captar la sombra de una capa que se movía con inconfundible y decidido paso.

Al día siguiente, el monarca despachó sus audiencias de la mañana y después anunció a Cánovas que saldría para realizar una visita particular. Para evitar que sospechara acerca de su paradero, le pidió al duque de Sesto que lo acompañase.

Indicó al conductor de la berlina que lo llevase a la calle de la Cuesta de Santo Domingo. Descendió del coche y entró en el edificio. Ante el estupor del sereno al ver que quien entraba en la vivienda era el mismísimo rey de España, Alfonso buscó en su chaqueta una propina y le indicó a Alcañices que le pidiera discreción.

Fue la propia Elena, y no una persona del servicio, quien abrió la puerta a Alfonso.

—Pasad.

El rey se despojó del sombrero. La residencia de la cantante era luminosa y sin estridencias. La diva ya llenaba de por sí cualquier estancia como para un adorno de más, consideró. Le ofreció café, pero Alfonso rehusó.

—¿Qué querías enseñarme con tanta urgencia?

—Seguidme.

Elena entró en su habitación y le indicó a la cuidadora que se marchara. Al ver la cuna, el monarca se acercó a ella sin mediar palabra. Apoyó las manos en el borde de la cama del bebé.

—Eres madre, Elena —le dijo desconcertado.

—Así es. —La diva le respondió con una franca sonrisa.

Alfonso alargó la mano para hacerle una caricia al bebé dormido.

—¿Su padre está aquí? —titubeó.

—No. —Elena se acercó a él y le apretó la mano—. Tranquilizaos, no es vuestro.

Alfonso respiró hondo y le correspondió apretándole la mano a su vez.

—¿Dónde está el padre?

—Ni está ni vendrá. Lo estoy criando yo sola.

—¿Sola?

—Y es el mayor regalo que me ha dado Dios.

El monarca asintió y bajó la cabeza.

—Por eso quisiste alejarte de mí.

—Ya estabas demasiado lejos. —El rey levantó la cabeza por la repentina cercanía en el tratamiento—. Sabía que era absurdo esperar. Esperar a la nada.

—Estoy condicionado desde el primer día en que nací, Elena.

—Eso me facilita mi entrega a la música.

—¿Ya me has olvidado, Elena? Dímelo y saldré inmediatamente de aquí.

El niño se despertó y empezó a llorar, por lo que su madre le cogió en brazos y le pidió al monarca que la esperara en la sala contigua. Cuando su hijo se calmó, lo volvió a dejar en su cuna y entró la cuidadora.

Elena tomó aliento y se dirigió a la sala de visitas. Alfonso estaba sentado con las piernas cruzadas y la mano colocada encima del labio en actitud reflexiva. La imagen aflojó la determinación de la cantante pero no la privó de argumentos.

—Alfonso. La reina me ha dado una gran oportunidad…

—Ya no lo es.

—Yo tenía un sueño desde pequeña. Y ella me lo ha concedido con la generosidad que la caracteriza. Me debo a ello.

—Está bien. Entonces me marcharé. —Se levantó y acarició la barbilla de la cabeza agachada de la diva. En un acto reflejo, Elena tomó su mano al ver que desaparecía de su vista. La apretó y ahogó un sollozo.

Lentamente, él se sentó a su lado.

—¿Quieres que me quede?

—Sí.

Alfonso cogió su cara entre sus manos y la besó.

No fue una pasión agradable, ya que no buscaron disfrutar del otro sino perpetuarse en él y lo que selló su piel fue su miedo por no conseguirlo. Horas después, ya sola, Elena acarició un hematoma en su hombro. Su único contrato.

El rey notó que el duque de Sesto lo miraba con sospechosa intensidad cuando regresaban al palacio, en aquel septiembre frío de 1877.

—Tenemos que preparar la nueva gira de viajes por España, Pepe. Quiero visitar hasta el último pueblo de España.

—Por supuesto, majestad —respondió, en actitud ensimismada.

—Mañana no tengo programada ninguna reunión, así que podríamos organizarlo con Antonio, porque…

—¿Cómo está ella?

—¿Cómo dices? —preguntó Alfonso a su vez, pero Alcañices seguía en su actitud abstraída. Percibió que, por algún motivo, el duque de Sesto estaba tan atado a ella como él, pero también sintió que no era el momento de preguntar por qué—. Bien, Pepe. Está bien.

A Elena Sanz le costó ganarse el favor el público madrileño, y no por falta de técnica. Las idas y venidas del rey de España a la vivienda de la diva no fueron bien encajadas en el ámbito cortesano. Conocido era su escaso oído y, en cambio, sus prismáticos no perdían de vista su objetivo a pesar de tener, en ocasiones, a su propia prometida al lado. Asistió a todas las funciones que pudo, lo que contribuyó a afianzar el prestigio de la cantante en suelo español. Tener su respaldo hizo que el director del Teatro Real, Antonio Robles, alargara sus actuaciones hasta el punto de que algunos diarios criticaron el trato de favor en perjuicio de otras obras. Al final de cada representación de *La Favorita*, el dúo con Gayarre era tan aclamado que las manos aplaudían frenéticamente, olvidándose de que momentos antes de que comenzara la función habían estado señalando a la cómica sin escrúpulos. Poco a poco, los españoles acabaron acostumbrándose a la situación. Si la futura reina de España —consciente de la situación, principalmente porque su enamoramiento le impedía quitar los ojos de encima al rey— lo aceptaba, ¿por qué los demás no? Una cosa parecía no influir en la otra: la ópera era a Thais lo que la Corona a Lucrecia.

El romance paralelo que mantenía el rey con Elena Sanz llegó hasta la prensa de Puerto Rico, donde el diario *El Pueblo Español* llegó a publicar a finales de octubre, después de una actuación de la Bella del Re: «Queda claro, por tanto, que Alfonso XII, al conocer que sus amores prohibidos con la cantante no son rechazados por los españoles —al menos, de una forma radical y adversamente crítica—, no se toma la molestia de disimularlos».

Isabel II se buscó la manera de estar al tanto de las visitas de su hijo a Elena, y recibía con una sonrisa cada nueva información. Sin embargo, la relación de Alfonso con la cantante no enturbió su deseo de casarse con su prima. El duque de Sesto fue testigo permanente de las andadas del joven rey, a la vez que le acompañaba a Sevilla para «pelar la pava» con su prima. Alcañices esperaba a distancia mientras los prometidos conversaban, y después daba con el rey un paseo de regreso en el que Alfonso solía llevar un bastoncillo de junco. Pero la utilidad del palo iba más allá de apoyarse al caminar hasta el alcázar. Fue tradición que se detuvieran a presenciar el espectáculo que ofrecía de madrugada una lechería de la plaza, consistente en que el dueño ordeñaba una vaca a la vista del público y después daba leche gratis a quien quisiera. Mientras esto se desarrollaba, el rey gustaba de hurgar con el bastón en las partes traseras de la res con disimulo y como esta no se inmutaba, el comerciante seguía a lo suyo. Hábito que se mantuvo todas las noches, hasta que el dueño del local se percató de la jugada y no tuvo ningún reparo en regañar públicamente al monarca. Como era habitual, Alcañices terminó por tomar cartas sobre el asunto y se lo llevó aparte para susurrarle que estaba abroncando al rey de España.

Este percance no interrumpió las visitas a la lechería, ya que a la noche siguiente volvieron a por su vaso de leche. Un nuevo letrero colgaba en el establecimiento: «Proveedor de la Real Casa».

16

Los duques de Sesto esperaban a Cánovas del Castillo en el salón de reuniones ya entrada la tarde. Cuando entró el malagueño se encontró al matrimonio en una pose circunspecta a la que no estaba acostumbrado.

—¿Cuál es el urgente motivo para que meta prisa al rey en la firma de un Real Decreto?

—De él queremos hablar —respondió Sesto, quien después de levantarse para saludar a Cánovas volvió a sentarse en una silla de la mesa ovalada—. Pero no de su vida oficial.

—Entiendo.

—Es absurdo mirar hacia otro lado. Toda la grandeza de España al tanto, el pueblo… Hasta la prensa internacional conoce su romance. Incluso la propia Mercedes, que transige por amor. Pero no nos interesa convertirla en una víctima y los españoles no estarán dispuestos a que se trunque el romance paralelo que viven. —Hablaba con la vista fija en una bola sobre la mesa de billar y Cánovas aprovechó para mirar a Sofía, pero esta tenía la vista concentrada en su marido. Alcañices se dirigió al malagueño—: ¿Qué tienes pensado hacer?

—El rey se casará con Mercedes si las Cortes lo aprueban, que es absolutamente seguro que lo harán. Respecto a la cantante, yo espero encontrar el modo de que vuelva a los escenarios internacionales. No sería la primera que sale de aquí. —Miró a Sofía buscando su complicidad, pero esta desvió la mirada para sorpresa suya.

—Elena debe seguir cantando aquí. Es deseo suyo pisar proscenio español.

—¿Cuál es el motivo para anteponer los deseos de una cantante al devenir del país? —preguntó el malagueño, intentando atar cabos.

—El talento de Elena no tiene parangón. Yo mismo me quedé tan impresionado al escucharla cantar de niña en mi hospicio que, de algún modo, he contribuido a promocionarla. —Sesto se levantó y se colocó delante de Cánovas para mirarle a los ojos al mismo nivel—. Y acabará la temporada del Real. Es mi última palabra y no hay negociación que valga.

Sofía se colocó al lado de su marido con intención de mostrar su respaldo, e indicó a Cánovas con la mirada que no insistiera.

El 28 de noviembre de 1877, el mismo día que cumplió veinte años, el rey le comunicó a Cánovas su decisión de que iniciara los trámites constitucionales para casarse con Mercedes. Y, a través del duque de Sesto, envió un telegrama a Montpensier: «He resuelto contraer inmediatamente matrimonio con Mercedes». El regalo de pedida fue una pulsera de oro, rubíes y brillantes.

La rabia de Isabel II al ver truncados sus planes no se quedó ahí e intentó una nueva ofensiva para arruinar el matrimonio de su hijo. Para conmemorar el enlace, los padres de Mercedes ofrecieron una fiesta en el palacio de San Telmo con más de mil invitados, que la madre del rey trató de velar reanudando ella misma las negociaciones dinásticas con el pretendiente carlista, Carlos VIII, pese a que la raíz de la tesis carlista para aspirar al trono era no reconocer el reinado de Isabel por ser mujer. Ninguno de sus movimientos surtió efecto. Los españoles estaban más cautivados por otro culebrón.

En 10 de enero de 1878, el Parlamento votó a favor de la mujer elegida por el rey. Es decir, las Cortes aprobaron que María de las Mercedes, hija de los duques de Montpensier, fuera la nueva reina de España. La votación no fue unánime. Hubo dos voces disidentes: la del general Pavía (en el Senado) y la del jefe del partido moderado y exministro de Fomento, Claudio Moyano (en el Congreso). En el caso de Pavía, el general era de los que mantenía cierto recelo respecto al motivo del archivo de la investigación por el asesinato de Prim. Muchos de los políticos que se posicionaron a favor de la boda dudaban si el carácter bondadoso de la futura reina no ofrecería un asidero de poder a su padre, pero creyeron conveniente dar su «sí, quiero». Y algunos de ellos, por otro lado, criticaron la desagradable situación de someter el matrimonio a votación parlamentaria, tal y como estaba estipulado en la Carta Magna. Moyano se erigió en su voz: «¿El matrimonio de su majestad con doña María de las Mercedes, hija del sobradamente conocido duque de Montpensier, puede ser aceptado o aconsejable por los ministros, sin herir profundamente el sentimiento moral de la nación?». La exposición del político tuvo gran acogida entre los diputados, y algunos de ellos le replicaron desde sus escaños: «¡Nos hiere a todos!».

En mitad del acalorado y confuso debate, Moyano resolvió con su célebre frase: «Antes de continuar este debate, debo advertir a la Cámara de que nada está más lejos de mi propósito como referirme en ninguna de mis palabras a su alteza real doña María de las Mercedes; doña Mercedes está completamente fuera de esta discusión… Porque los ángeles no se discuten». El pleno de la Cámara Baja se puso en pie y aplaudió.

Dos días antes, otra actuación produjo el mismo efecto en el Théâtre des Italiens de París: la de Elena Sanz, que interpretó el papel de Amneris en la *Aida* de Verdi. Francesco Pandolfini hizo de Amonastro. Así inauguró la «ahijada» de Isabel II el año en el que Alfonso se desposó con Mercedes. Había cerrado el anterior con nueve interpretaciones de *La Favorita*, tres de *Il Trovatore* y cinco de *Aida* en el Teatro Real de Madrid. Elena podía consentir porque se sentía consentida.

No así su «madrina». Debido a que no había interrumpido sus devaneos con Ramiro Puente, Isabel II siguió recibiendo llamadas de atención por parte del Gobierno sin hacerles caso, por lo que el marqués de Molins se vio en la obligación de trasladarle a Cánovas por carta lo que ella opinaba respecto a dichas peticiones de discreción: «Dice aquella persona (refiriéndose a la madre del rey) que no sabe por qué a ella se le exige la continencia, cuando el novio tiene estas y las otras (…) en su servidumbre de casado». Cánovas estrujó la carta en su puño al leer el último párrafo: «Añade que no irá y no irá, ni atada, por no presenciar la boda».

A pesar de los esfuerzos del Gobierno por mantener las opiniones de la madre del rey en el anonimato, doña Isabel aprovechó el interés de la prensa internacional sobre el asunto para alimentarla con primicias, así como a la aristocracia extranjera: trasladaba sus opiniones en *petit comité*, que tenían origen en sus confidencias con su íntima amiga la duquesa de Mouchy —a su vez, dama de mayor confianza de la emperatriz Eugenia— mientras ascendía por las escaleras de ónice de la residencia de los duques de Chartres en París.

Alfonso XII jugó con la ventaja de la controvertida fama de su madre. Además, para regocijo de Cánovas y los duques de Sesto, anécdotas históricas como que Alfonso y Mercedes protagonizaron la primera llamada telefónica entre Aranjuez y Madrid tenían más tirón. Pero ni siquiera el 23 de enero, día en que se celebró el regio enlace, quedó exento de un halo de impudicia. Aquella noche, Alfonso y Mercedes acudieron al Teatro Real para ver la representación de la ópera *Roger de Flor*. El papel protagonista lo interpretó el tenor Tamberlick, y mientras los recién casados enlazaban sus manos en el palco real observaban cómo la princesa de Bulgaria era encarnada por Adelina Borghi. Casualidades o no, Cánovas del Castillo había puesto todo su empeño para que no volviera a entrar en el país. A conjura pudo sonar el que fuera una travesura vengativa de Isabel II contra el político y contra la decisión de su hijo de contraer matrimonio con la hija del que ella consideraba un asesino. Lo que era un hecho es que, así como en el ámbito político Isabel II estaba destronada, en el Teatro Real nadie tenía su espacio si a ella se le ocurría alzar una ceja.

Pero Mercedes no era mujer de enfrentarse al mundo, sino de fluir con él. Su amor hacia Alfonso estaba por delante de cualquier otro sentimiento, incluido el de los celos o la furia que produce una infidelidad. Amaba a «su» Alfonso con todas sus consecuencias, y las acogía todas cada vez que lo abrazaba. El rey veneraba esta entrega de su esposa, lo que la hacía más inalcanzable aún.

Una noche, al volver de una fiesta en el palacio de los duques de Sesto, la reina no reprimió un estremecimiento al entrar en la berlina.

—¿Qué te pasa? ¿Tienes frío? —se preocupó el rey.

—No —le sonrió Mercedes—. Es que tengo miedo. Miedo de ser tan feliz.

El destino le daría la razón a ese temor.

—Déjame a mí, no seas patoso —se rio Elena, que todavía no salía de su asombro mientras el rey se afanaba en introducirle el periquito en su generoso escote—. ¿Y esta ocurrencia?

—Un amigo mío, cuya identidad me ha pedido no revele para no generar expectativas en su reputación, me lo ha regalado. Están adiestrados para que se acurruquen y se calienten en vuestro busto. ¿Lo ves? —ilusionado, el monarca se puso en pie para señalar cómo, efectivamente, el pajarito había desaparecido de su vista—. Cómo sigas poniendo esa cara me voy a poner celoso o de otro modo… No me provoques.

—Las patitas me hacen cosquillas. —Elena se retorcía de risa cada vez que el animal se movía entre sus senos—. No me picará, ¿no?

—Estas acostumbrada a ataques más fuertes, Elenita. —Ante la expresión de paciencia de la diva, emitió un chasquido con los dedos. La cabeza del pájaro salió de su escote y gorgojeó, tras lo que volvió a introducirse.

—¿Cómo has hecho eso?

—Ya te digo que están entrenados. —El rey lo repitió y el periquito procedió de nuevo.

—Hazlo otra vez.

El monarca obedeció y antes de que el periquito volviera a manifestarse, la Bella del Re entonó un pío hasta llegar a un do 5 que volvió a introducir la cabeza del animalito asustado.

Rieron a carcajadas.

—¿Has leído la crítica de Asmodeo? —Alfonso se recolocó en el sofá del salón de Elena, y bebió un poco más de café—. Te pone por las nubes en tu papel de Moffio Orsini.

Elena sonrió.

—Sí, he leído esta mañana el periódico. Le gustó mucho mi actuación durante el brindis.

—Me han comentado que estuviste gloriosa, divertida al principio de la escena figurando estar ebria en la fiesta. —El rey la miró con admiración—. Y luego perfectamente dramática en el desenlace, antes de morir. Eres todo fuego y sentimiento, Elena. Qué pena no haber podido verte.

El comentario y la repentina expresión de tristeza de él le recordó a la diva dónde había estado mientras ella actuaba.

—¿Cómo está la reina?

Ella sabía por el rey que desde principios de marzo Mercedes se encontraba muy débil y bajo cuidado de los médicos. Había pasado casi un mes desde entonces, y los balances no eran positivos. Elena guardaba silencio respecto a las explicaciones del monarca sobre el estado de salud de su esposa, del que la prensa no informaba por indicación de Cánovas.

—Elena, Mercedes ha sufrido un aborto.

La cantante se levantó de su silla y se sentó a su lado para abrazarlo, haciendo que apoyara la cabeza en su hombro.

—¿Cómo está ella?

—Todavía es muy pronto como para hacer un diagnóstico. Pero los médicos atribuyen su enfermedad al embarazo y esperan que se recupere.

—Ten fe, Alfonso.

—Podría haber sido un heredero para la Corona de España —continuó el rey, que hablaba al vacío—. La ilusión es tan frágil, Elena. Estás en plena felicidad y de pronto, ¡chas! te sumerges en… —Ante el chasquido de los dedos, el periquito sacó la cabeza de su nido y se chocó contra la barbilla del rey.

Los dos prorrumpieron en una carcajada incontrolada durante varios minutos, hasta que consiguieron serenarse. Alfonso la abrazó mientras ella se secaba las lágrimas, y le dio un agradecido beso en la mejilla.

—Contigo es siempre todo tan fácil. Este salón es mi refugio.

Pero el rey no volvió a ver a Elena durante las semanas siguientes. Su principal prioridad fue el estado de salud de Mercedes, que después del aborto no mejoró. Cuando sus obligaciones institucionales no le requerían, Alfonso no se movía de su lado.

El 6 de abril, la reina salió de sus habitaciones. Buscó a su rey.

El monarca se encontraba ensimismado, contemplando con tristeza la vajilla de plata bañada en oro que Isabel II había regalado a la familia Montpensier por el día del bautizo de su mujer. La acarició, ojalá las cosas hubieran sido más fáciles con su madre. Recordó cómo Mercedes le había acompañado a algunas cacerías. Sonrió imaginándola encima de su caballo Capuchino, por lo diestra que era manejándolo. «Podrías dedicarte al circo, pero no quiero verte cometer imprudencias», le había dicho él.

—Alfonso.

Dudando de si su nombre pronunciado en boca de la reina seguía siendo fruto de sus pensamientos, se giró lentamente hacia el lugar de donde provenía la voz. Corrió a abrazarla, y aquellos días de tregua continuaron la eterna «luna de miel», tal y como se conoció su matrimonio, que la enfermedad había interrumpido. Y volvió a finales de mayo. La reina sufrió una fuerte recaída, pero el monarca se aferró a la esperanza de los médicos —quienes no lograban dar con el diagnóstico— de que se debía a un nuevo embarazo.

A pesar de que la Casa del Rey cuidara mucho de que el estado de salud de Mercedes permaneciese entre las paredes de palacio lo máximo posible, el pueblo no era ajeno a la palidez de su rostro cuando reunía todas sus fuerzas y acompañaba a su marido a algún acto institucional para no preocuparle.

Por las calles de Madrid circularon todo tipo de rumores, desde que sufría fiebres altas hasta una fuerte enfermedad de pecho. Las conclusiones supersticiosas no tardaron en llegar a las mentes populares y las señoras se agolpaban en corrillos en las puertas de sus casas mientras se hacía la comida, echándole la culpa a Montpensier y negando con la cabeza el drama de que los hijos inocentes acaban asumiendo las obras de sus padres pecadores. Pero la idea que más peso adquirió fue la que se originó en la lógica que subyace en la sabia memoria del pueblo. Sin los conocimientos de los, lógicamente, médicos más reputados de Europa que atendían a la reina, la efemérides de la familia Montpensier constaba de trágicos fallecimientos de los miembros a causa de distintas infecciones adquiridas en el palacio de San Telmo, debido al mal estado de sus instalaciones que portaban mucha humedad. Y todo indicaba que Mercedes correría la misma suerte que sus antecesores.

La grandeza y la corte española se deshicieron en atenciones a la joven reina enviándole pliegos de ánimo, que ella leía desde sus aposentos y la ayudaban a seguir luchando. Se le prohibió salir del palacio, por lo que fluía con las horas escribiendo impresiones en un cuaderno, y el máximo recorrido que efectuaba era de la cama a la *chaise longe* de su habitación.

El monarca, desesperado, cada vez la encontraba en peor estado y calmó su ansiedad en solitarios paseos por la Casa de Campo. Para no enturbiar los momentos de reposo de Mercedes, ordenó que se vertiera arena en el suelo de las inmediaciones del Palacio Real para que los cascos de los caballos no hicieran ruido, y mandó que las trompetas del alcázar se abstuvieran de tocar. La vida de la calle se apagó, amoldada al tictac del corazón de la reina.

La gravedad de la situación hizo que se emitieran dos partes públicos sobre la salud de Mercedes, de los que los que los españoles vivieron pendientes como si se tratara de un familiar. El matrimonio Montpensier se instaló en las habitaciones contiguas a la alcoba de su hija, mientras que ni el rey ni la infanta Luisa Fernanda se separaron del lecho de la reina, así como tampoco sus doncellas y sus damas de compañía. En uno de los escasos momentos en que el monarca abandonó la habitación para asearse o atender asuntos de Estado, Mercedes aprovechó para anunciar:

—Me voy poco a poco.

Y se corrió la voz de que le quedaban pocos días de vida. Cánovas y los duques de Sesto observaron admirados el cariño incondicional que el pueblo sentía por su reina. Las plegarias por evitar el trágico desenlace tejieron una manta para Mercedes a lo largo de toda la capital: desde las rogativas en los templos cristianos hasta las presas de la cárcel de mujeres, que, conocedoras de la bondad de la joven, tuvieron la iniciativa incluso de reunir una suma de dinero para celebrar una misa con el objeto de pedirle a Dios misericordia.

Elena Sanz se sentía fuera de las calles de Madrid y se marchó a París para vivir su propio duelo: el de ver cómo su rey pasaba el suyo por su reina.

En la noche del 25 al 26 la alarma recorrió toda la capital. Los restaurantes y teatros se desalojaron y la gente amotinada invadió el patio del palacio de tal forma que la Guardia Real tuvo que despejar la zona, pero el pueblo quería arropar a su reina y se conformó con quedarse cerca, en la plaza de la Armería y la de Oriente. Mercedes le pedía continuamente a Alfonso que abriera las ventanas para escuchar aquel silencio que le llegaba desde la calle, interrumpido por algún clamor de: «¡Viva la reina!».

A las doce y cuarto del día 26, exhaló su último suspiro.

De pocas horas dispuso el presidente del Congreso, Adelardo López de Ayala, para pronunciar unas palabras en la Cámara Baja: «Nuestra bondadosa reina, nuestra cándida y malograda Mercedes, ya no existe. Ayer celebramos sus bodas, hoy lloramos su muerte». Así definió la consideración general hacia la reina: «Joven, honesta, candorosa, coronada de virtudes antes que de la real diadema, estímulo de halagüeñas esperanzas, dulce y consoladora aparición… ¡Quién no siente lo poco que ha durado!».

Al día siguiente, los españoles hicieron cola desde primera hora de la mañana hasta entrada la noche para visitar la capilla ardiente de Mercedes, vestida con el hábito de la Merced en el sarcófago de tisú de oro, para decirle adiós a sus ciento cincuenta y cuatro días de reinado.

17

—Elena, por favor. —Dolores colocó la sombrilla recta, que su hermana ya llevaba completamente volcada en la espalda, como si de una jorobada se tratara—. Parece que la que se ha muerto soy yo.

—No digas tonterías, por Dios —salió de sus pensamientos, cogiéndole del brazo y poniendo la pantalla recta—. Ah, perdóname. Menos mal que has venido a verme estos días. No sabía a quién acudir.

—Lo que no entiendo es por qué te cambia tanto a ti la vida su fallecimiento —comentó la hermana pequeña de la diva, apresurándose después a hacer la señal de la cruz en su pecho—. Además de la pena que nos causa a todos, que en paz descanse su alma.

—Esto lo puede cambiar todo, hermanita, lo puede cambiar todo —respondió Elena, sonriendo a una familia que también paseaba por el Bois de Boulogne y la había reconocido, señalándola a varios metros de ellas—. Anda, continuemos el paseo en una victoria, será la única forma de que estemos las dos solas. —Se acercaron a uno de los coches de caballos y Elena le pidió al cochero que pusiera la capota.

—¿La capota con este calor? —protestó Dolores—. Así sí que vas a llamar la atención. La gente se preguntará qué extraño individuo se tapa en junio.

—También hay que protegerse del calor. Arriba.

La diva agradeció el aire que le entraba por los pies, y volvió a sumergirse disimuladamente en sus pensamientos mientras su hermana le contaba que estaba interesada en un prometedor funcionario de la administración.

Llevaba muchos días separada de Alfonso. Una vez más, el proceso de asimilación había sido el mismo que cuando se dijeron el primer adiós en Viena. Sufrir tanto los primeros días y reunir fuerzas de la nada para superarlo hacía que todo se relativizara después. Su amor no estaba ligado a la obligación de permanecer unidos en vida, sino que continuaría el tiempo que decidiera su voluntad, y esta independencia facilitaba que cada uno se dedicara a lo que indicó la rosa de los vientos desde su nacimiento. Estaba confusa. Y se sorprendió al comprobar que algo asustada.

La diva notó que su hermana había guardado silencio.

—¿Y entonces qué vas a hacer? —se arriesgó. Pero Dolores empezó a responderle e inconscientemente volvió a sus divagaciones.

Sacó un abanico de nácar y lo agitó frente a su rostro, que comenzaba a transpirar unas gotitas de sudor. La Bella del Re resistía mejor el frío que el calor. De todos modos, ¿qué iba a exigirle a ella ahora? Sonrió, y de pronto se sintió ridícula. ¿Es que acaso estaba barajando la posibilidad de que él tuviera la intención de casarse con ella? Liberó unas risitas nerviosas.

—¿Qué te hace tanta gracia? —le preguntó Dolores. El tono de su hermana le hizo comprender que su romance con el administrador no se encontraba en el paraíso de la *Divina comedia*.

—Nada, que te metes en cada lío…

—De momento yo no me veo con un rey que se acaba de quedar viudo.

Elena recogió el abanico y calló a su hermana dándole con gracia en la cabeza. La rodeó por el hombro.

—Sí que nos metemos en algunos líos, hermanita —suspiró—. Solo los cobardes no lo hacen. —No percibió la mirada escéptica de Dolores y volvió a sonreír.

Lo último que recordó Elena Sanz fue el relinchar del caballo. Al llegar a una verja que cercaba el bosque, el animal se asustó y se subió a la acera, haciendo que la victoria volcase. Un guardia de orden público intentó sujetarlo, pero fue inútil. Todos, incluido él, salieron heridos del percance, resultando la peor parada Elena Sanz, quien sufrió heridas graves en el pecho, en el brazo derecho y en ambos pies. Solo dos días después de la muerte de Mercedes, ambas hermanas comentaron que había sido decisión de Dios mantenerlas con vida. Dos veces habían pasado las ruedas del carruaje por encima de la cantante.

Toda la colonia artística y literaria española afincada en París se personó en casa de la diva para visitarla y conocer el diagnóstico de los médicos, quienes, a pesar de la gravedad del suceso, confiaban en sus fuertes huesos para que se recuperase del todo en un futuro.

La noticia viajó rápidamente hasta Madrid, pero el monarca ni se enteró ni fue informado. Porque no salía de palacio. La muerte de Mercedes le sumió en una profunda tristeza con la que el pueblo, contagiado por ella, fue comprensivo. Pasaba las horas encerrado en sus aposentos, con la única compañía de su ayudante Ceferino y dejándose visitar solamente por Cánovas y el duque de Sesto. Solo salía de sus habitaciones para entrar en la cámara donde la reina había exhalado su último suspiro y hacerse con objetos de ella que quisiera guardar para el recuerdo. Si reunió fuerzas para salir del Palacio Real fue para trasladarse a El Escorial y entrar en la capilla donde fue enterrada Mercedes para, tras cerrar la tosca puerta de madera tras de sí, arrodillarse y sentir el frío mármol apoderarse de su cuerpo mientras lloraba durante horas su muerte.

El entorno político, la corte y la familia del rey empezaron a temer, no ya por el estado del monarca, sino por el de la propia Corona que tanto trabajo había costado recuperar. Cada vez que, con delicadeza, el político malagueño le recordaba que los asuntos de Estado le requerían, Alfonso le miraba como si no reconociera a quien precisamente debía el trono de España.

Viendo que la palabra no funcionaba con el rey, Cánovas decidió pasar a la práctica, y una mañana, aprovechando que Ceferino le había informado de que Alfonso se encontraba tomando café, entró en su habitación.

—Señor —saludó lo que se veía de él, detrás de una eterna columna de periódicos que sacó al rey la primera sonrisa que no estuviera relacionada con el recuerdo de Mercedes—. Os traigo la prensa de estos días, por si no os la estuvieran guardando.

El político había recopilado todos los ejemplares de distintos periódicos desde el fallecimiento de la reina, por lo que detrás de él aparecieron dos ayudantes que portaban el resto en dos carros de madera. Hábil recordatorio del malagueño de que el país no se detenía mientras que él sí.

Y, efectivamente, causó impresión sobre el monarca. Dejó la taza sobre la mesa de madera de nogal y le dijo a Ceferino que continuarían el ritual de su vestido más tarde.

Todos los periódicos habían estado abriendo con la noticia de la muerte de Mercedes. Alfonso cogió uno al azar, el ejemplar de *La Iberia* del 30 de junio. En la sección de «Noticias» se hacía referencia al tratamiento destacado de los diarios internacionales sobre el suceso, sobre todo los de París. «… Acababa apenas de cumplir dieciocho años. Vínculos de familia la unían a Francia, que se asociará con emoción a la pérdida que el rey sufre en tan pocos meses de matrimonio…». Se detuvo ahí al percibir en la columna de la derecha un nombre. Saltó al bloque informativo y leyó: «El estado de Elena Sanz no es tan grave como se había dicho. La contusión del brazo derecho es la única grave. La del pecho derecho no es de muy grande importancia. Aunque muy larga, la curación completa es segura».

El monarca sintió una sacudida en el corazón y un inmediato sentimiento de culpabilidad. No solo estaba descuidando los asuntos de Estado.

Fingió respetuoso interés mientras escuchaba a Cánovas divagar acerca de las ventajas de un sistema capitalista para la economía del país, y en cuanto se marchó pidió que hicieran venir al duque de Sesto.

—Pepe, nos vamos a París.

—¿Qué tencmos en París?

—Alguien me necesita.

Sesto guardó silencio y asintió con la cabeza. Intuyó de qué se trataba, pero prefirió enterarse por el camino.

—Pues si se trata de organizar un viaje de incógnito, creo que es el mejor momento para hacerlo. El pueblo pensará que no salís de palacio hasta que le digan lo contrario.

Cánovas trató de impedir aquel «disparate», pero finalmente transigió al ver de nuevo vida en don Alfonso. Quizá le vendría bien salir y volver con ganas de asumir sus responsabilidades.

El rey ni siquiera informó a la cantante de su intención de ir a verla para evitar que, por algún descuido, se corriera la voz. Ataviados de tal modo que fuera imposible reconocerlos en el tren, al llegar se dirigieron al apartamento de Elena nada más llegar a la capital francesa. El rey consintió que Alcañices subiera con él.

La tiple, con el corazón en un puño, le indicó a la doncella que hiciera entrar al marqués de Covadonga después de conseguir levantarse de la cama con gran dificultad para pasar a una sala de estar contigua. Se sentó en el sofá y apoyó el brazo dolorido y vendado en el reposabrazos.

—Majestad, señor duque —saludó, con voz débil.

El monarca contuvo sus ganas de correr a abrazarla por respeto a la presencia de Alcañices, que vertió sobre Elena una batería de preguntas sobre el accidente.

Después, alegó unos recados como excusa para dejarlos solos.

—Elena, deberías haberme avisado de algún modo. —Se acercó y cuando la besó en la frente sintió que su egoísmo por haberla dejado sola tanto tiempo pesaba más sobre él que sobre ella—. Déjame ver cómo tienes el pecho.

—De ninguna manera —respondió la diva, en un alarde de coquetería—. Estoy bien, recuperándome poco a poco.

—Estamos en la misma situación, por lo que veo. —El rey se sentó junto a ella.

—¿Por qué no te alejas del Palacio Real durante alguna temporada? Instálate en algún lugar desde el que puedas seguir cumpliendo con tu agenda. —La diva alargó su mano temblorosa, que él se apresuró a apretarla con fuerza.

—¿Por qué motivo?

—No puedes superar tu dolor en un sitio en el que cada rincón te recuerda a su muerte.

Alfonso se quedó pensativo.

—Es una grandísima idea, Elena. Podríamos instalarnos…

—¿Podríamos? —le interrumpió la cantante.

—Elena, vente conmigo. Podríamos pasar una temporada en el palacio de Riofrío, está lo suficientemente alejado de la corte como para evitar habladurías. Tendrías todos los cuidados para recuperarte, y yo te enseñaría los alrededores, te encantarían los paisajes de ensueño…

La diva sonrió al visualizar la propuesta.

—Alfonso, suena tan bien. Pero no quiero causarte ningún problema, acaba de morir Mercedes y al final todo se sabría…

—Eso déjalo en mis manos. Estoy cansado de sentirme solo.

La Niña de Leganés guardó silencio. Ella también lo estaba.

La corrida de toros ya había terminado y Sofía y sus amigas se levantaron del palco para salir a la puerta de la plaza. Solo con la estampa de aquel grupo de damas se podría engalanar todo el circo, con sus mantillas y adornos de flores en la cabeza y en el escote de sus alegres vestidos. La duquesa apartó la mirada al ver en la distancia hombres y mujeres en un tendido, comiendo con ansiedad y alzando botellas o zaques hasta sus bocas. Pensó que la zafiedad era el único enemigo al que era incapaz de enfrentarse.

Se mantuvo en el corrillo y miró alrededor a ver si lo divisaba, hasta que le sintió detrás.

—Es un alivio que vuestras madres nunca me encontraran atractivo, hubiera sido imposible darles hijas tan bellas.

Todas las damas rieron la ocurrencia de Cánovas.

—Lo que es un alivio, Antonio, es que nos encuentres tan jóvenes —respondió la princesa—. ¿Me disculpáis?

Se alejaron un poco del grupo para no llamar demasiado la atención, aunque era un alarde de optimismo pretender que las miradas no estuviesen interesadas en el presidente del Gobierno.

—Podíamos haber quedado en tu despacho, aquí hay muchos testigos.

—Es mejor así, Sofía, no es bueno que te vean mucho por el ministerio, enseguida especularían con que en realidad eres una espía que trata de sacarme información para pasársela a los rusos.

La princesa sonrió levemente.

—Pepe ya me ha informado de que el rey tiene pensado irse a Riofrío una temporada —le informó, con resignación—. Y parece que no tiene intención de instalarse solo.

—Es voluntad del rey —respondió llanamente la princesa.

Cánovas le tomó el codo para alejarse un poco más y le habló con contundencia.

—Sofía, no sé qué relación tiene tu marido con Elena Sanz, pero soy el presidente del Gobierno y es mi deber estar al tanto de estos asuntos.

—Es la vida privada del rey, Antonio. No es un asunto de Estado.

Antonio reprimió una carcajada.

—Eres bastante más inteligente que ese comentario. Si quieres nos comunicamos por carta para que te dé tiempo a pensarte las respuestas.

La duquesa torció el gesto.

—Y tú tienes el suficiente ingenio como para evitar ser grosero.

—Pues no se me ocurre por qué motivo hacemos la vista gorda constantemente con Elena Sanz, sobre todo cuando el rey viudo va a Riofrío a consolarse con ella mientras el pueblo sigue llorando la muerte de su reina.

—Entiendo… —Sofía bajó la mirada.

—Y Pepe es incapaz de darme ninguna respuesta convincente —continuó Cánovas, haciendo un marcado aspaviento con el brazo. Ella miró alrededor, lo último que les interesaba era un escándalo.

—Es familiar suyo.

El malagueño tardó en reaccionar.

—¿Familiar suyo?

—Elena es hija ilegítima de un Sesto que él conoce muy bien. O eso cree. —La duquesa de Sesto, muy incómoda, zanjó el asunto—. Hasta ahí te puedo decir.

El malagueño tardó en reaccionar.

—Bien. Gracias.

Cánovas detuvo con la mirada a un señor cansado de esperar su turno. Al igual que los demás, mantenía conversaciones paralelas sin apartar sus ojos del político para encontrar el momento de asaltarlo.

—Nadie debe saberlo, Antonio.

—Te lo prometo. Gracias de nuevo, Sofía. Era necesario que estuviera al tanto.

El político consideró que ya habían hablado demasiado tiempo solos a la vista de los demás y se perdió con su afable sonrisa entre el gentío. La duquesa se quedó observándole y sonrió con ternura al ver cómo, distraídamente, se llevaba una mano a la cabeza y se rascaba el pelo, ya más blanco que gris. Siempre con un libro bajo el brazo, los sastres más codiciados del momento se las arreglaban para presentar cualquier excusa con tal de no vestir a una persona que luego fuera a lucir con tanto descuido su trabajo.

18

Aún no se podía imaginar que fuera a vivir en un palacio. Con él. Como la señora de la casa. Cerró el baúl y salió de la habitación, la berlina que le había proporcionado el rey, sin ninguna distinción de la Casa Real, la estaba esperando abajo. Fue a la habitación de Jorge; se había quedado dormido. Le dio un beso y le dijo a la cuidadora, a modo de advertencia, que se pondría en contacto con ella para saber que todo iba bien, pero no le informó sobre su destino.

El viaje hasta Riofrío era pesado: dos días de camino desde Madrid con descanso en la casa de postas, ubicada en la carretera de Segovia, al inicio de su ascensión hacia Navacerrada. El maestro de postas estaba al tanto de su llegada, le había dicho Alfonso. Como llegaría de noche, había dejado la luz encendida en la cuadra y en el zaguán.

El hombre que la atendió —alto, de frondoso y desagradable bigote— no fue especialmente amable con ella. Cuando entró en el comedor de la fonda para cenar una sopa lo entendió al ver colgada en la pared una réplica de un cuadro de Mercedes. El porte de la reina le mostraba una distancia burlona, como si nunca hubiera sido una amenaza. Agachó la cabeza hacia el plato en un gesto inconsciente de resignación.

Al dejar atrás las montañas, la civilización comenzó a quedarse fuera del cuadro del paisaje, lo que le hizo a la diva sentirse protegida. Cansada del viaje, cada vez que cerraba los ojos se daba cuenta de las ganas que tenía de estar con él. Hasta aquel paisaje, cubierto de encinas y de arroyos entre álamos y fresnos, empezó a resultarle insoportable de la ansiedad que sentía por llegar. Solo cuando abría la ventana del coche, aspiraba aquella quietud y la brisa de la mañana de julio refrescaba el olor de la hierba seca, aún impregnada del rocío, se calmaba y sentía que todos los resquemores y temores se relativizaban hasta desaparecer bajo aquella tierra.

Pensó que formaba parte de aquella vida de Alfonso en cuanto lo vio. Aquella masa arquitectónica de color salmón, que parecía emanar de la tierra como las encinas de su alrededor. El verde ácido de las carpinterías de las ventanas armonizaba de un modo singular con la estampa, y le confería un aspecto a veces dulzón y pícaro como algún *château* francés, y otras terminante como un palacio romano. De hecho, el empaque era bastante similar, un cuadrado con sus ochenta y cuatro metros de lado y sus cuatro fachadas prácticamente iguales, con diecisiete ventanas repartidas por cada uno de los dos pisos.

Cuando llegaron a la puerta y Elena descendió del carruaje, le pareció encontrarse delante de un vestigio de Roma. Miró hacia arriba y sonrió a los jarrones de piedra que adornaban la balaustrada de la cornisa.

Salió a recibirla un hombre largo y de una expresión taciturna que a la diva le resultó algo fingida y muy cómica. Simpatizó con él sin mediar palabra.

—Buenos días, señora —saludó, agachando levemente la cabeza. Aparecieron detrás de él dos sonrientes sirvientas, para ayudar a bajar el equipaje y llevarlo a la habitación de Elena—. Su majestad el rey no tardará en bajar, ha llegado usted antes de lo previsto. ¿Quiere que le enseñe el patio interior?

La amabilidad y atención con la que la trataba el criado de confianza del rey —Ceferino era su ayudante de cámara, pero más tarde Elena descubriría que Prudencio era su máximo confidente en palacio— la emocionó sabedora de que Alfonso habría hecho ver al servicio que se trataba de un huésped especial. Desde el vestíbulo del palacio salían dos escaleras imperiales, sobre las que Prudencio se apresuró a informar, con la barbilla ligeramente alzada, de que estaban relacionadas con la del palacio Madama en Turín, mientras Elena admiraba embelesada las entrañables figuras de niños divirtiéndose con trofeos de guerra, caza, ciencia, agricultura y las artes que adornaban la balaustrada. Desde la entrada se accedía a un patio interior, al que se asomaban todas las habitaciones. Un pórtico recorría todo el contorno del patio, entre pilastras toscanas que finalizaban en arcada. Sostenían una cornisa en la que se abrían los balcones entre pilastras jónicas y los arcos de medio punto. Sobre ella, una terraza con balaustrada, en cuyo centro un gran escudo mostraba las armas reales de España y las de la casa Farnesio.

Basta de ocultarse. Elena, en un gesto travieso y algo desafiante, se colocó en mitad del patio y miró a las ventanas sonriente, por si alguien estuviera allí observando.

—Me encanta este lugar.

De pronto, notó cómo unas manos se enrollaban fuerte en su cintura. Supo que era él.

—¡Pero Prudencio! —fingió indignarse antes de volverse.

El rey le sonrió.

—Estás aquí. —Su rostro se ensombreció ligeramente, turbado por la emoción de verla, y la besó.

—Alfonso… —se resistió Elena, coqueta—. Podrían vernos… Las ventanas…

—¿Y qué problema hay en que vean cómo el rey besa a la dueña y señora de la casa?

Volvieron al vestíbulo y se detuvieron delante de una de las escaleras.

—¿Lista? —le preguntó Alfonso.

Con timidez, la Niña de Leganés comenzó a subir a su lado. El rey se dio cuenta de la inseguridad que sentía la cantante y se dispuso a enseñarle todos los rincones del palacio para que se familiarizara con el ambiente. Los oídos de Elena escucharon confidencias de la vida palaciega, tales como que las paredes de la primera sala con la que se encontró según puso el pie en el último peldaño estaban pintadas en azul porque era el color favorito de la reina Isabel, o que el suelo estaba cubierto por una alfombra de paja porque lo decidió así para ocultar las originales baldosas de barro cocido, que no eran de su gusto.

Elena se sintió cómoda en ese ambiente austero, de paso, pero acogedor, en el que cada esquina descubría un detalle, como la pata de elefante con la «A» de Alfonso, regalo de un ministro extranjero. La cantante absorbía cada información con la fascinación de acceder a un mundo que siempre se le había negado.

—En este palacio se reflejan las dos pasiones que siempre ha tenido mi familia: la caza y las colecciones de pintura. —Se detuvo delante de uno de los ciento cincuenta cuadros que representan la vida de Jesús, pintados por Giovanni del Cinque en un solo año. Los que pertenecían a Isabel de Farnesio estaban marcados con la flor de lis, y los de Felipe V con la cruz de Borgoña—. Mira, aquí tienes un claro ejemplo de precaución matrimonial. Sería muy típico de mis padres.

Antes de salir a dar un paseo por las seiscientas cincuenta hectáreas de bosque vallado, almorzaron en el comedor de caza. Era una de las estancias más acogedoras de la residencia, con sus paredes decoradas con cuadros de bodegones de la escuela flamenca. Elena sintió debilidad por el original gusto de la reina Isabel, y consideró que su personalidad se proyectaba en las sillas, como las que tenían una peineta de respaldo, y sobre todo las que terminaban en ruedas para desplazarse cómodamente de un sitio a otro sin moverse. Para Alfonso era reconfortante haber encontrado una mujer que se llevara bien con su madre, después de los desplantes que le había hecho a Mercedes. Empezaron una botella de vino en la comida —que también sirvió de salsa para el bistec—, y que Alfonso decidió llevarse a la excursión.

—Elena, quiero guardar un fiel recuerdo de cómo es la vida aquí. Así que pediremos que preparen una mula para que tire del landó, como hacemos cuando vamos de caza.

Prudencio se reservaba en el atardecer su momento del día. Le gustaba salir, siempre y cuando las necesidades del monarca se lo permitieran, para ver cómo el campo se iba tiñendo de ocre hasta que las nubes alcanzaban esos rosas, y él se entretenía relacionando las diferentes formas que adquirían con personajes que hubiera conocido a lo largo de su vida.

A lo lejos divisó el landó. Cerró los ojos para fijar la vista y cerciorarse de la imagen: la copa de vino que Elena llevaba en la mano temblaba, sin saber si era debido al movimiento del coche sobre la tierra o a sus carcajadas al ver cómo el rey, de pie, apoyado en el asiento del landó descapotado, intentaba imitar a Gayarre con su papel predilecto, el Fernando de *La Favorita*. Sonrió, como hacía a veces en soledad; parecía que al señor le venía bien compañía.

Después de cenar, fueron al despacho del rey para que preparara la audiencia con Cánovas del día siguiente, ya que este había consentido la «escapada» del monarca a cambio de que no descuidara los asuntos de Estado. Elena, sentada en la alfombra a los pies del *secrétaire* de nogal, hojeaba uno de los libros de la biblioteca, mientras él apuntaba algunas anotaciones con su pluma de plata, acorde al tintero, en unos papeles. Después, y tras ahogar un bostezo, Alfonso se reunió con la diva en el suelo y echaron una partida de cartas antes de irse a dormir.

Los primeros rayos de sol entrando por el resquicio de su cortina la despertaron. Miró hacia su derecha; de la presencia de Alfonso solo quedaba de testigo la forma de su figura sobre el colchón. Se levantó rápidamente, temerosa de que fuera muy tarde. Miró el reloj de cobre sobre su mesilla de noche: las siete de la mañana. No, Alfonso no había pasado toda la noche junto a ella.

Estaría en su habitación. Pensó en darle una sorpresa. Se pondría apenas la bata, bajaría y atravesaría los ochenta y cuatro metros de pasillo hasta llegar a la habitación del rey. Excitada por los nervios de que la descubriera el servicio de esa guisa, Elena se detenía en cada esquina de la pared y asomaba levemente la cabeza para ver si aparecía alguno. Los sorteó todos con suerte hasta que llegó al ansiado dormitorio. Abrió lentamente la puerta sin llamar: allí no estaba. Notó movimiento en el baño, tenía que darse prisa. Dudó entre tumbarse en aquella cama francesa, bordada con tela de damasco y esperarlo sin la bata… O sentarse en las sillas de madera de nogal con las piernas encima de la mesita filipina…

Aquello no era la réplica de un cuadro de Mercedes. Aquello era un cuadro real, de ellos dos, él con el uniforme de capitán general y ella con el traje de novia, colgado justo enfrente de su cama. La última imagen que ver antes de acostarse, y la primera antes de levantarse. El único recuerdo de Mercedes en todo el palacio estaba ahí. En su habitación.

Una arcada desde el lavabo la sacó de su dolor. El rey comenzó a vomitar, pero algo le indicó a Elena que no debía acercarse. Cerró la puerta con cuidado y caminó deprisa hacia su habitación, hasta que a mitad de camino se detuvo para tomar el aire. Notó una presencia a su izquierda; un criado venía hacia ella. Se quedó perplejo mirándola, pero rápidamente disimuló y tras un «Buenos días, señora», acompañado por una protocolaria sonrisa, continuó su camino. Por algo era tan importante no saltarse el protocolo en la vida palaciega, pensó la tiple mientras subía a su dormitorio a regañadientes.

Cuando llegó al comedor para desayunar, Alfonso ya la estaba esperando. Mojaba el bizcocho en el chocolate con tal avidez infantil, incluso acercando la cabeza a la comida aprovechando que se creía solo, que a la cantante se le olvidó su agrio despertar y se acercó a darle un beso en la frente.

—Mi amor, le he dicho a Prudencio que te acompañe a dar un paseíto mientras me reúno con Cánovas. Luego comeremos e iremos a un lugar muy especial para mí que te quiero enseñar.

Elena, dócil, asintió con la cabeza, y el sol que recibió en la cara nada más salir del palacio la llenó de optimismo. Salieron al parque que daba al bosque y a la cantante le hizo gracia cómo el criado, tímido, pasaba apuros para encontrar un tema de conversación.

—Esas montañas que se ven a lo lejos son las que forman la Mujer Muerta, ¿no es así, Prudencio? —sacó el tema de conversación.

—Efectivamente, señora —respondió con alivio—. Vea su contorno y percibirá enseguida el cuerpo de una mujer muerta o dormida. Hay muchas leyendas en torno a ella, ¿quiere que se las cuente?

—No hace falta, la realidad no desmerece —se sorprendió Elena, refiriéndose a la reina. Se había despistado, demasiado tiempo de emoción contenida. La cara de Prudencio ya no era de apuro, sino de pánico, por lo que la cantante se acercó a unas rosas blancas y rojas y arrancó la blanca.

—Son de mis favoritas —le comunicó—. Huélela.

Prudencio, por el contrario, cogió la roja, y se la cambió. Sin mediar palabra, la alzó en el aire hasta que quedó a la altura de las supuestas manos de la Mujer Muerta, como si Mercedes estuviera cogiendo la flor.

—Entiendo —dijo Elena, ofendida, mirando su rosa roja.

—La diosa del amor en la mitología griega, Afrodita, surgió de las olas del mar, y para que aspirara aire perfumado nacieron rosas blancas, inmaculadas en su pureza. —El criado dejó de mirar a las montañas y se volvió hacia una estupefacta cantante—. Pero Afrodita se enamoró de Adonis, y los dioses, celosos, le enviaron un jabalí salvaje para que le diera muerte. Ella, sin pensar en las consecuencias, corrió hacia él para salvarlo y se pinchó con la espina de una de aquellas rosas blancas, tiñéndolas de rojo con su sangre. —Miró a la rosa roja en las manos de Elena y luego la miró a los ojos—. Si todo fuera blanco no habría pasión, no habría coraje, no habría errores glorificados por amor. No habría color.

La diva sonrió y pensó que era feliz.

Siguieron caminando.

—No sabía que el ambiente palaciego inspirara tanto romanticismo.

—Son muchas horas de soledad junto al señor.

La cantante guardó silencio, Prudencio nunca sabría hasta qué punto lo comprendía.

—Supongo que habrás visto pasar por aquí todo tipo de personas sorprendentes.

—En realidad, señora, al final acaban pareciendo todos muy similares. Lo que sí le puedo asegurar es que todos los que han parado en estas tierras han venido aquí movidos por lo mismo, la caza. La caza de jabalí, gamo, corzo, serranas…

—¿Serranas?

—Por supuesto, señora. No me diga que no ha leído *El libro del buen amor*, del Arcipreste de Hita.

—¿Debo hacerlo, Prudencio?

—Por supuesto. Pobre Arcipreste, sucumbiendo a los favores de las lugareñas a cambio de hospedaje…

Elena soltó una carcajada y continuaron caminando.

Cuando Alfonso terminó de despachar con Cánovas, quien evitó hacer ninguna mención a la presencia de la cantante en el palacio, el rey salió a despedirlo y buscó con la mirada a Elena y a Prudencio, sin dar con ninguno de los dos. Preguntó al servicio.

—¿En la sala de música?

Allí se dirigió un sorprendido monarca, quien ya no cupo en sí cuando se encontró la siguiente escena: Elena Sanz, con un cojín debajo de su vestido para representar mejor el papel de la oronda Gadea, declamaba con un brazo en alto y en el otro los versos del «buen amor»:

—A la fuera *desta* aldea, la que aquí he nombrado, / *encontreme* con Gadea, vacas guarda en el prado.

Prudencio la escuchaba y sufría espasmos de risa ante la exagerada interpretación; sentado en un taburete de espaldas al piano la cercanía de los codos a las teclas, hacía que de vez en cuando sonara una nota musical tras los saltitos del criado.

—Siento interrumpir tan divertido montaje —dijo Alfonso, sin demasiada amabilidad.

Prudencio se puso en pie de un salto y, con una experiencia en su haber digna del actor más instruido, tornó serio su semblante como si, siglos atrás, de Vatel ante el mismísimo Rey Sol el día del banquete se tratara.

Pero Elena no cambió su actitud, se volvió hacia el monarca y continuó:

—Yo le dije: «En buena hora sea de vos, cuerpo tan guisado». Ella me repuso: «¡Ca! La carrera has errado».

La cantante parodió una reverencia al rey que terminó por sacarle una sonrisa. Miró a Prudencio significativamente y este comprendió que debía desaparecer.

—Ven. Te llevaré a un lugar.

Salieron por la puerta del palacio y anduvieron por el camino principal, hasta que este se desvió hacia la izquierda en un sendero de tierra y grava. Sin mediar palabra, el rey tomó a Elena en brazos y descendió con ella por el desnivel que producía el arroyo oculto entre la vegetación que delimitaba su cauce.

Una vez abajo, el monarca la dejó en el suelo.

—En esta zona el fondo es uniforme y el agua se remansa, puedes ver tu reflejo en los días soleados. Cuando era pequeño me gustaba venir aquí y conocer mi verdadero estado de ánimo según la imagen que me devolvía el río. Fíjate qué tontería, con la cantidad de espejos que hay en la casa.

—El río nos devuelve la imagen que le queremos mostrar —respondió Elena, con el semblante muy serio. Luego inclinó la cara hacia el agua y el monarca vio cómo reflejaba un rostro sonriente y alegre. La miró, y ella mantuvo un segundo la sonrisa hasta recuperar su expresión circunspecta.

Alfonso se dispuso a seguirle el juego, pero al inclinarse sufrió una arcada y empezó a toser. Impidió con la mano que la cantante le socorriera hasta que ella, horrorizada, fue testigo de cómo el agua se manchaba de sangre.

Cuando terminó, el rey sacó un pañuelo de su bota y se limpió los labios. Agotado, permitió que ella lo ayudara con un brazo a sentarse contra la pared de tierra de detrás.

—Alfonso, ¿qué está ocurriendo? Dime la verdad. —La cantante le acarició el pelo para ayudarlo a serenarse.

—Estoy enfermo, Elena. No sé qué es ni los médicos ayudan mucho. Tampoco soy buen paciente, no saben ni la mitad de las cosas que me pasan a diario —respondió, con la voz entrecortada.

—Pero eso no puede ser, tienes que mantenerlos informados.

—Elena, estoy demasiado acostumbrado a aceptar las cosas tal y como me vienen. No sé funcionar de otro modo y mi instinto me dice que no lo haga.

—No entiendo nada —insistió Elena con angustia.

—Tengo la sensación de que sufro algo que no va a tener remedio. Por eso me gusta venir aquí a tomar aire puro. Contigo. —Le tomó la mano y la miró a los ojos. Acarició su barbilla—. No pongas esa cara, sé qué es fingida. Como la que le has dado antes al arroyo. No quiero ni imaginar la cantidad de besos falsos que me habrás dado.

—¿Qué beso? —Elena se levantó con impotencia—. ¿El beso de la desesperación?

Se separó de él unos metros, dándole la espalda. Después, corrió hacia un rey algo asustado y cogió fuerte su cara entre sus manos. Poco a poco las fue suavizando hasta que una lágrima resbaló por su mejilla y acercó lentamente sus labios a los de él sin llegar a rozarlos. El monarca hizo un intento de besarla, pero ella se apartó y volvió a su lugar de origen.

—¿El del pecado?

Con paso lento, se aproximó con la respiración temblorosa y se sentó a su lado. Esperó mirándole a los ojos hasta que Alfonso la cogió e intentó besarla de nuevo, entonces ella agachó la cabeza. Poco a poco la fue subiendo, pero se retiró a tiempo otra vez.

Recuperó su punto de partida.

—¿O el de la despedida?

Con una media sonrisa, impostora de dignidad, la diva se quedó quieta cuando llegó junto a él. Alfonso se levantó y ella le hizo una caricia en la cara, sin renunciar a la media sonrisa. Se aproximó, volvió a separarse, y dio un paso atrás.

—Adiós, Alfonso.

—Eso nunca. —La cogió de la nuca y la acercó a él.

Aquella noche, el rey esperó en la habitación de Elena hasta comprobar que dormía, de costado, y lentamente retiró el brazo de su cintura.

—¿Sabes, idolatrada mía? —le susurró al oído, antes de marcharse—. Hay un beso que se te ha olvidado. El beso del perdón. Me han cubierto de gloria en la Puerta de Alcalá por nuestras victorias frente a los carlistas, he conseguido que la Corona vuelva a ser querida por un pueblo que la había pisoteado. Y, sin embargo, solo tus besos del perdón me vencen. Un beso ante la afrenta, un beso ante la desconsideración, un beso ante la traición. Comprenden que en el pecado llevo la penitencia, como si ellos hubieran dirigido mis actos y luego me ayudaran a levantarme. Ese dominio me arrodillará siempre ante ti.

Segundo acto

19

Demasiadas giras, demasiados alientos en la cara del otro como para que Julián Gayarre no percibiera en ella una respiración de más. Elena llevaba así un tiempo, de pie, con la cabeza apoyada en la cortina y la mirada puesta en las butacas que habrían de llenarse con un público que ansiaba, con aquella representación, quitarse un luto que cada día parecía darle más horas de sueño al sol.

Tres meses habían pasado desde el entierro de la reina, Mercedes de Orleans. Tres meses desde aquel «me voy poco a poco» pronunciado al borde de la muerte. Un suspiro final que hizo estremecerse al pueblo cuando lo leyó reproducido en gacetas y periódicos de Madrid, La Habana y las cuatro esquinas de un imperio que se desvanecía. Mercedes, la reina niña, les había dejado huérfanos.

Elena aisló sus pensamientos al notar el recorte de prensa que el célebre tenor le colocó en su mano. Cerró los ojos al reconocerlo. Un año después todavía podía recordar el vuelo de las palomas engalanadas y las composiciones poéticas que caían sobre los espectadores en papeles de colores la noche de su debut en el Teatro Real. «Aplausos y coronas, placer y llanto de un genio sublime son los despojos, y allí donde no llega tu dulce canto llegan, miran y vencen tus bellos ojos», escribía un tal M. del P. en el diario.

Rio al recordar el calificativo «Bella Sultana del Betis» del marqués de Valle Alegre, que le imploraba: «Vuelve, ingrata, vuelve luego nuestra pena a consolar; impacientes te aguardamos… ¿No es cierto que volverás?». Toda la *high life* y el diletantismo madrileño llenaba el coliseo. Y en el palco…

Elena se apartó de la cortina con un gesto nervioso y se dirigió a su camerino. Cerró la puerta con violencia y retiró el sudor que empezaba a brotar en sus pómulos.

Se colocó sobre sus enaguas el vestido que la convertiría en Leonor de Guzmán, la amante de Alfonso XI, cuya vida sirvió de inspiración a Donizetti para escribir su ópera *La Favorita*. Un papel de apenas dos horas que a ella le hubiera gustado interpretar toda la vida. Se sonrió. Qué ironía: cinco siglos y medio después, la historia regresaba con sutiles variaciones. En vez de la noble Leonor estaba ella, la cómica Elena Sanz. En vez de Alfonso XI, de la Casa de Borgoña, Alfonso XII, de la Casa de Borbón y también casado con una prima. ¿Se repetiría también el desenlace? ¿Los hijos nacidos de su amor prohibido fundarían una nueva dinastía de reyes para España, como la de los Trastámara, surgida de la historia de adulterio inmortalizada por Donizetti? Tiró del corsé hasta que se le cortó la respiración.

—Deja de pensar estupideces.

El año pasado no había sido casual que Isabel II la eligiera a ella para reabrir el Teatro Real tras la restauración de los Borbones en el trono de España. «Elenita, tenemos que hablar de una cosa», le había dicho. Bien sabía aquella reina sin trono la necesidad que tenía Elena de conquistar Madrid, su tierra, después de haber ocupado Francia, Italia, Rusia, América. Pero aunque la corona ya no pesara sobre su cabeza, en el auditorio real seguía sin entonarse ni un «re» sin el consentimiento de la madre del recién coronado rey.

Sabía también que el oído de su hijo Alfonso apenas podía distinguir la «Marcha real» del «Himno de Riego» al piano. No sería su amor por la música lo que movería a ocupar su sitio en el palco, sino su obsesión por ella, su favorita. La misma podría impedir su boda con la dulce Mercedes.

La contralto cogió la polvera y se animó el rostro.

Hoy, un año después, todo era distinto. Mercedes estaba muerta. Y el rey que se sentaría en el palco con el frac y la camisa de pechera no era el mismo que la traspasó con la mirada hacía un año, comprometido con la que sería reina de España durante escasos cinco meses.

No lo era. Era un rey perdido, ya en duelo con una tuberculosis que se empeñaba en marcarle el camino. Y en el momento en que puso el pie sobre el escenario y lo vio entre las sombras, algo le indicó a *La Favorita* que la de Mercedes no sería la única muerte.

Las noches anteriores todo había sido celebración. Elena tuvo temor de perder la ilusión en caso de llegar más alto. El calor que recibía desde los asientos del público se prolongó durante noches seguidas, en reuniones con otros artistas a los que ofrecía té en su casa hasta altas horas de la madrugada. Incluso el expresidente de la República, Emilio Castelar, dejó este escrito para la posteridad: «La color morena, los labios rojos, la dentadura blanca y la cabellera negra y reluciente como el azabache, la nariz remangada y abierta con una voluptuosidad infinita, el cuello carnoso y torneado a maravilla, la frente amplia como la de una divinidad egipcia, los ojos negros e insondables cual dos abismos que llevan a la muerte y al amor hacían de ella una de aquellas mujeres meridionales por cuya belleza hubiera perecido Antonio, de Roma olvidado, en la embriaguez del placer».

Parecía imposible que algo pudiera enturbiar la devota caricia del mismísimo expresidente del país, pero en más de una actuación Elena había tenido que apartar sus ojos tras unirlos con alguien del público. Ahí, en las butacas, ojos testigos y jueces reprochadores de sus actos. O al menos ella sentía una intensidad de más en su brillo en la penumbra. Más de una madrugada la levantó de la cama la misma pesadilla: en mitad de una interpretación, todos los ojos se volvían verdes como luciérnagas, hasta adquirir cuerpo propio y abalanzarse sobre ella formando una angustiante nube a su alrededor. Encendía la vela de su mesilla y se llevaba la mano al pecho, que coceaba nervioso. Una de esas mañanas, antes de arreglarse, pidió que le trajeran el periódico para leerlo durante el desayuno. Cuando terminó el baño y se vistió con un sencillo traje blanco, salió de su habitación y comprobó que, al lado de las tazas de porcelana con dibujos de flores trenzadas, había un ejemplar de *El Globo*.

—¿*El Globo*? —dijo, extrañada de ver el periódico republicano.

La sirvienta le explicó que no le quedaban ejemplares de otros medios al repartidor, y que le habían traído ese para que lo ojeara mientras le procuraban el número de *La Época*. La diva lo abrió y buscó la sección de espectáculos, deteniéndose en las «Novedades teatrales». La primera noticia estaba dedicada a ella y a Gayarre. Sonrió al comenzar a leer el inicio de su descripción: «La señorita Elena Sanz, artista de gran corazón y de bellísimo timbre de voz…».

Cerró el periódico y apuró el café, dejándolo de nuevo sobre la taza con un golpe seco. La brusquedad con la que se levantó hizo que tirara la silla al suelo. La sirvienta, que se disponía a recoger la mesa, pensó que era mejor idea quedarse al final del pasillo, junto al salón. Cuando vio que Elena se encerraba en su habitación de un portazo, se acercó. Mientras colocaba las tazas en la bandeja leyó hasta encontrar el párrafo que había provocado la ira de la cantante: «Hoy la señorita Sanz es una de las primeras contraltos

234

de Europa, pero a seguir el camino que ha emprendido, muy pronto tocará funestos resultados».

Cánovas y el duque de Sesto consideraron que, tras su duelo, el rey debía volver por la puerta grande y para tal fin le organizaron un viaje por las provincias del norte para que las inspeccionara e hiciera maniobras militares. El día 25 de octubre se fijó su regreso, y el pueblo contempló admirado cómo su rey entraba por la Puerta de Alcalá, erguido sobre su dignidad y sobre el caballo blanco. Según el impacto se alejaba seguido de sus capitanes generales, comenzaron a entonar salvas que le siguieron por las calles de la capital, y las flores que le arrojaban las mujeres trazaron la estela de los cascos de los caballos. El monarca presenció conmocionado el tedeum que se cantó en la basílica de Atocha. Ya en las proximidades del palacio de Oriente, a la altura del número 93 de la calle Mayor, se pusieron al trote hasta que la irrupción de un hombre en mitad de la calle obligó al rey a tirar de las riendas para detener a su caballo. Al ver que el insurrecto sacaba una pistola, Alfonso se agachó y la suerte se posicionó de su lado: no era un tirador profesional. Falló los dos tiros y echó a correr. Entre los gritos, el rey hizo un gesto con la mano a sus generales para que nadie se acercara a comprobar su estado y azuzó a su caballo para que continuara hasta el Palacio Real como si nada hubiera sucedido. Una vez las puertas se cerraron a su paso, se dirigió al duque de Sesto, que montaba a su lado.

—Pepe, me han disparado dos tiros.

—Sí, señor.

No volvieron a hablar sobre el asunto. Alfonso se retiró a sus aposentos y, en soledad, rezó y agradeció a Dios haberle permitido seguir con vida. Consideración que decidió corresponder solicitándole a Cánovas al día siguiente que concediera el indulto al autor del frustrado asesinato, al que al poco tiempo se le puso nombre y cara: Juan Oliva Moncasí, tonelero anarquista natural de Tarragona. En su bolsillo se encontraron unas anotaciones que le hacían muy consciente de su destino: «Ya tengo poco que vivir, porque dentro de una hora viene Alfonso y después me condenarán a muerte». Y así fue, Cánovas no aceptó la petición del monarca.

Alfonso se fue, en compañía de su hermana Isabel, a la basílica de Atocha para agradecerle a la Virgen el mero hecho de poder hacerlo. Asistió a la salve subido en un faetón, gesta que causó la admiración de un pueblo que no podía pedirle más a un rey.

Pero si había alguien a quien estar agradecido por mantenerle con vida era a ella. Aquella noche, una vez más, tras las flores, los abanicos, los pañuelos e incluso algún collar de perlas australianas al finalizar su interpretación en el Real, el monarca la reclamó en las habitaciones reservadas para la familia real. Como era costumbre, mandó encender la chimenea.

Elena apareció colorada y jadeante. No podía recordar las veces que había vuelto a salir al escenario para recibir más aplausos. Aún llevaba el traje y la corona de la reina Leonor de Guzmán. Se acercó a él y lo abrazó, apoyando la cabeza en su pecho.

—Alfonso, si te hubiera pasado algo… yo…

—Ya ha llegado la reina —respondió. Acarició la corona con sus dedos.

Lentamente, la tiple se separó y alzó la cabeza para mirarlo directamente a los ojos.

—No lo soy. Y ellos me lo reprochan.

—¿Quiénes son ellos? —preguntó el monarca, con extrañeza.

—Para la gente aún no se ha escrito el final de la historia de Mercedes. Y no quieren que yo sea la guionista que lo termine.

—¿Quiénes, Elena? ¿Te refieres a los que tienen las manos enrojecidas de aplaudirte?

—Tengo la sensación de estar recibiendo un aviso. —Alfonso sintió que la diva regresaba a París con el paso que dio hacia atrás mientras hablaba—. A veces no sé qué sentido tiene esto. Estoy cansada de sentir que estoy haciendo algo malo, de estar escondiéndome de una sentencia.

—Yo te protegeré. —El rey se acercó y la tomó de los brazos—. Nunca dejaré que te suceda nada malo.

—Lo sé, Alfonso. —Le acarició la cara con ternura—. Nunca he llevado una vida convencional. Sabes que te quiero, pero no sé manejarme en la contención que marca la corte, porque me ahogo. No sé fingir ni esconderme.

El monarca se separó de ella.

—Sabes cómo me gustaría que las cosas fueran diferentes. —Tragó saliva para aunar el valor suficiente y añadió—: Si es tu decisión, nada te retiene aquí ya.

La Niña de Leganés pasó apuros para contener las lágrimas. Asintió y agachó la cabeza para inclinarse levemente ante él. Alfonso hizo el amago de intentar levantarla con su mano, pero ella se incorporó antes.

—Majestad.

El rey sintió el impulso de retenerla, pero una fuerza que tenía que ver con la gravedad, o al menos lo sintió así, mantuvo sus zapatos pegados al suelo. Recuperó la esperanza al ver que ella detenía la mano en el pomo. Se estremeció.

Duró poco. Súbitamente, Elena se volvió y le miró durante unos segundos. Después abrió la puerta con decisión y se marchó.

Apenas tuvo tiempo para asimilar lo sucedido al día siguiente. Buen estudiante, había aprendido rápido que un rey no puede permitirse anteponer crisis anímicas a los casos de fiebre amarilla que estaba provocando el estado sanitario de la capital. Recibió al marqués de Torneros, alcalde de Madrid, para tratar el asunto, despachó con el ministro de Guerra para analizar los últimos informes sobre la situación en el norte y se puso al día con Cánovas sobre cómo pensaba enfrentarse a las críticas por la última subida de impuestos y los proyectos del ministro de Hacienda para la amortización de la deuda.

Se sintió muy débil y subió a sus aposentos dudando entre cuáles habían sido más intensos, los días por el norte de España desde que volviera de Riofrío o los dos últimos en Madrid. Al llegar a su habitación, se tumbó en la cama para descansar antes de jugar con el duque de Sesto una partida de billar. Tiró de la campanilla colocada en el cabecero para llamar al servicio, y pidió que se le indicara a Alcañices cuando llegara que fuera directamente a la sala de fumar.

Se sobresaltó cuando escuchó que llamaban a su puerta para avisarle de que Osorio ya le esperaba. Se había quedado dormido. Se dispuso a levantarse, lo que le costó tres intentos debido al agotamiento.

—Perdona, Pepe, no sé por qué estoy tan débil —saludó a Sesto, que lo esperaba tranquilamente sentado en una silla forrada con seda valenciana junto a otras tres, frente a una mesita de madera de nogal. Cuando se organizaba una recepción en palacio, la sala se llenaba con más mobiliario para que después de la cena las señoras pasaran al Salón de los Espejos, una de las salas más espléndidas por su inspiración suntuosa y sutil. Antiguo tocador de María Luisa de Parma, Alfonso XII había realizado cambios en el palacio para modernizarlo y dar más uso a tales estancias que consideraba desaprovechadas. Bajo la bóveda que representaba *La apoteosis de Hércules*, todo estaba decorado sobre estuco; los elementos arquitectónicos en tonos azules, y los escultóricos, en blanco. Por su parte, la sala de fumadores tenía un estilo completamente distinto. Muy al tanto de la última moda europea en decoración, el rey mandó importar una interpretación parisina del estilo japonés que, aunque todavía no estaba terminada, consistía en decorar las paredes con grandes paneles de escenas chinescas bordadas en seda. El duque de Sesto parecía ajeno a todas ellas, era de esas personas que se decantan por una postura u otra según su estado de ánimo, no de que el asiento sea una confortable silla como aquella o el tronco de un árbol caído. Le esperaba con un habano en la boca y una botella de Armagnac en la que se podía leer Castarède. Instruido el servicio en los gustos del aristócrata según la hora y el mes del año, Alcañices se la había encontrado directamente servida al llegar. Se levantó en cuanto entró el rey.

—Señor, quizá lo más conveniente es que os vayáis a descansar y pospongamos la partida.

El rey se sentó frente a él.

—No te preocupes, si yo… —se interrumpió al darle un leve ataque de tos.

—¿Os encontráis bien? —Alcañices se apresuró a apagar el puro y apartó el humo con la mano.

—Sí, sí. —Alfonso se levantó y zanjó el asunto con una palmada—. Vamos a por esa partida.

El duque de Sesto cogió su copa y siguió al monarca hasta la sala de billar. Decorada en estilo victoriano, también había sido utilizada por la mujer del anterior rey de España, Amadeo de Saboya, para agrupar una extensa colección de cuadros de los clásicos, entre los que se encontraban las obras *La bacanal* y *La ofrenda a Venus* de Tiziano.

Alfonso inauguró la salida una vez que su contrincante hubo apartado el triángulo de las bolas de marfil. No tuvieron mucho recorrido por el tapete hasta quedar quietas de nuevo.

—¿Habéis visto algún lince en Riofrío, señor? —preguntó Alcañices de inmediato, para hacer ver que no se había dado cuenta del mal estado del rey. Dejó la copa encima del marcador de madera y se dispuso a golpear la bola. Aprovechó que el monarca se daba la vuelta para hacer una carambola a dos bandas largas que recorrieron la mesa de lado a lado. Los quinqués, que a base de alcohol iluminaban más que las lámparas de aceite, acentuaron el rostro blanquecino del monarca cuando se volvió.

La pregunta, que el duque de Sesto había considerado inofensiva, se clavó en el pecho del rey como un cuchillo de caza de los que solía llevar en la solapa de la chaqueta cuando iba al campo.

—Sí, alguno vi. —Se inclinó para tirar, pero negó con la cabeza y se irguió de nuevo, irascible—. ¿Vas a preguntarme por ella?

—Solo en caso de que vos queráis que lo haga.

—Perdona, Pepe. —Se pasó la mano por la frente y se sentó en el borde de madera de la mesa—. Ya no hace falta, Elena no volverá.

—¿Y vos qué queréis, señor? —Alcañices le indicó con la cabeza que una bola esperaba ser golpeada.

Alfonso se levantó y procedió. El taco se le resbaló y la bola blanca no llegó tan siquiera a tocar la primera de las rojas.

—Yo no puedo ofrecerle otro palacio que Riofrío.

—Entiendo, señor. —El duque de Sesto tiró sin mucho afán, haciendo carambola de todos modos. Hacía rato que no se molestaba en cambiar el marcador.

—¿Sabes, Pepe? Hasta llegué a ilusionarme con que tuviéramos los hijos que no pudo darme Mercedes. Fíjate. Como dice Cánovas, la tontería debería ser delito.

—Desde luego, señor, lo más razonable es quitaros esa idea de la cabeza y aconsejaros que volváis a contraer matrimonio con alguna heredera extranjera que beneficie a las relaciones con España, como la princesa Estefanía de Bélgica.

—El buen tiempo lo cura todo, supongo. —El rey sabía que su fiel consejero le hablaría en esos términos, que no eran sino la réplica de los que él tenía perfectamente asimilados. Pero el hecho de que se lo recordaran le puso de mal humor, por lo que se acercó al armario para devolver su taco. Se volvió antes de hacerlo al escuchar que el duque de Sesto proseguía—: Ella es una tiple y no tiene sangre real ni aristócrata, por lo que el matrimonio es imposible. —Alfonso guardó el taco y cerró fuertemente la puerta como respuesta—. A no ser… —El impacto del golpe final a tres bandas de Sesto frenó un nuevo arranque de tos del rey. Se acercó a él y guardó también el taco en el mueble. Lo cerró con suavidad y le miró con firmeza—: Que Elena sea hija mía.

Alfonso buscó en la mirada del confeso la confirmación a sus palabras.

—¿Elena… hija tuya? —Adelantó la mano, en un gesto de autoprotección, para separarse del duque antes de asimilar la información. Sentía que todo ese tiempo había sido una marioneta suya—. ¿Cómo no me lo has contado antes?

—Jamás lo hubiera hecho, señor. —Alcañices se arriesgó al demostrarle al rey quién era prioritario para él—. Y es posible que me arrepienta de haber hablado. —Alfonso lo entendió y asintió con la cabeza. Sesto caminó hasta el otro extremo de la sala y acarició las franjas doradas que sobresalían de la pared y que intercalaban paneles de madera. Prosiguió, de espaldas a él—: Conocí a su madre, Josefa Arizala, en una tienda de telas en la calle Arenal. Hace mucho tiempo ya, ni siquiera estaba casado con Sofía. Ella estaba inclinada sobre una rústica muestra, extendida encima de la mesa. Repasaba concienzudamente la longitud, su cintura era una curva perfecta en la que matarse. —Tragó saliva antes de continuar—: Cuando su dedo no había llegado ni a la mitad, se detuvo y agachó la cabeza con tristeza. No podía pagar más centímetros. «¿Cómo puedo hacer para que me encaje en las ventanas de casa?», pensó en voz alta. Me adelanté y le dije al dependiente que yo me haría cargo de la tela entera. Josefa se volvió sobresaltada y se apartó contra la pared, sin atreverse a mirarme. Ella era… —Alcañices prefirió callar. Sonrió y recordó sus palabras—: «No, señor. Por favor».

El rey pensó que, a pesar de todo lo que había vivido con el que consideraba un gran amigo y mejor padre, nunca le había llegado a conocer.

—Ella se quedó embarazada —prosiguió el duque—, y todo lo que supe hacer fue buscarle a su marido un puesto en las oficinas de la corte. Cuando me enteré de que él había muerto, la visité y la convencí para que Elena ingresara en mi hospicio.

—¿Cuándo se lo vas a contar a ella?

El duque de Sesto se volvió.

—Ella no debe saberlo. El único motivo por el que he interrumpido mi silencio es por vuestra felicidad, ella os quiere. Y para ayudaros en caso de que quisierais cambiar vuestra situación. Solo os pido que a cambio me deis vuestra palabra de que ella nunca sabrá nada.

—No te preocupes, Pepe. Te doy mi palabra de que no será por mí.

—Si me disculpáis, señor. Sofía me espera esta noche.

—Claro. Yo también me iré a acostar.

Sesto se envolvió en su capa en la puerta del palacio, era una noche sorprendentemente fría para ser octubre. Se encendió un puro y empezó a caminar sin orientación.

—Señor —se apresuró un cochero a salir a su paso—, el coche os está esperando.

—Ah, sí. Gracias.

Se dio la vuelta y siguió con distraída sumisión los pasos del hombre. La berlina, oscura, se escondía en la noche y solo el uniforme sonido de los cascos de los caballos la delataba. Alcañices acabó acompasando el ritmo ecuestre con ligeros toques de su bastón en el suelo de la berlina. No podía pensar con claridad.

Nada más entrar en su casa preguntó por Sofía. Se encontraba en su habitación. Subió las escaleras de mármol con los ojos puestos en el suelo, y los criados se miraron significativamente antes de verlo desaparecer tras las cortinas que hacían de puerta en un marco de piedra. Se acercó hasta el dormitorio de su mujer y llamó a la puerta con suavidad.

—Adelante, querido —le llegó su voz, alegre. En una perfecta coordinación del servicio, antes de que él llegara la duquesa ya había sido avisada de que su marido iba a visitarla.

Sesto entró y cerró la puerta tras sí. Sofía estaba de espaldas a él, sentada sobre un escabel. Al lado de los libros que se agolpaban sobre su mesa descansaba un cigarro en un cenicero de bronce. Tenía la costumbre de prepararse para dormir en su sala de baño, pero aquel nuevo escenario tenía una razón de ser. Llevaba puesto un camisón de seda blanca, que recorría su silueta como la última gota de rocío sobre el tallo de un junco. La princesa se cepillaba el pelo, suelto sobre sus hombros desnudos. A Alcañices le desconcertó que no le recibiera con una bata por encima.

—¿Qué tal la partida? —le preguntó, a través del espejo del tocador. Dejó el cepillo de plata sobre la mesa, al lado de una copa pequeña de cristal, apenas manchada de vino de Madeira.

—Sigue, por favor.

Sofía cogió el cepillo de nuevo y reanudó su cometido. Sesto la observó con detenimiento, hasta que ella terminó y se levantó para ir hacia él.

—Quítate la capa, estarás más cómodo.

—Oh, sí.

Alcañices se percató de que había ido directamente a la habitación de su mujer sin dejarle el abrigo al mayordomo. Sofía le ayudó a deshacerse de él y fue a colgarlo en el armario, pero él reaccionó y la detuvo.

—No hace falta, estoy muy cansado. Me iré a dormir, solo había venido a decirte que el plan está en marcha.

Sofía ató cabos rápidamente.

—¿Se lo has contado? ¿Y qué te ha dicho?

—Aún nada. Necesita asimilarlo.

Sesto cogió la capa de manos de su mujer con la intención de marcharse.

—¿Qué te pasa? Ya no recuerdo cuándo fue la última vez que vi esa tristeza en tus ojos —dijo, acariciando sus legendarias patillas hasta su frondosa barba, y no apartó la mano.

—No sé si debería haber seguido pensando en su bien y no actuar por él. Simplemente pensar. Hubiese sido lo correcto.

—Ya hablamos de esto, Pepe. Lo único que puede pasar es que finalmente no sea reina de España.

—Lo sé. Pero tengo la impresión de haberla empujado por un acantilado. En fin, mañana será otro día. Que descanses. —Alcañices besó a su mujer en la frente y se dio la vuelta. Mientras se dirigía hacia la puerta, su mirada se detuvo en la pared para contemplar una acuarela del zar Nicolás I, cuya tasación apenas sería de un franco. Sofía se había hecho con aquel retrato barato siendo una niña, concretamente cuando su madre decidió internarla en Smolny. En cambio, la efigie en miniatura de sus progenitores la guardaba en un cajón.

—Quédate.

Pepe, sorprendido, se volvió con la mano en el pomo. Solo ella sabía sustituir en milésimas de segundos una mirada de súplica penitenciaria por la de una pícara náyade escurridiza. La duquesa caminó hacia atrás sin dejar de mirarlo, hasta que se topó con una de las columnas que custodiaban su cama: réplicas de las que forman el Patio de los Leones de la Alhambra terminaban en los mismos arcos de medio punto peraltados. Apoyó despacio su mano en la columna y dio un paso hacia atrás, invitándolo a entrar en la intimidad de su alcoba en penumbra. Una vaga sombra definía la curva de su cadera, a la que el camisón se ceñía como una segunda piel.

Alcañices relajó la mano hasta que se soltó.

Sofía tenía razones para pensar que no era momento de distanciamiento entre ellos. Ser los abuelos del futuro rey de España era una opción muy atractiva, pero lo era aún más después de haber salido aquella mañana del Banco de España para entrevistarse con un conocido alto cargo. Era un acuerdo tácito desde hacía lustros el que Sofía recibiera información de la situación económica de su marido bajo una firme cláusula de confidencialidad. Y los desagradables rumores que hacía días le habían llegado eran ciertos: la generosidad de su marido en la restauración alfonsina había contribuido a entronizar a Alfonso, pero también a alcanzar un endeudamiento de trece millones de reales.

Alcañices había mantenido una cuenta abierta de forma permanente de quinientos mil francos desde 1871, y hasta la fecha en que Alfonso fue proclamado rey solo él se había hecho cargo de los gastos políticos en favor de la Corona. De los que no había recuperado ni un real. Y si en algún momento recuperaba parte, desde luego no sería porque él lo pidiera. Había sido educado bajo un sentimiento inquebrantable de lealtad a la monarquía, transmitido de generación en generación. No era un acto de generosidad, simplemente era una obligación. Su sobrino, Joaquín Osorio y Heredia, había fallecido enfermo a los veinte años de edad, pudriéndose en prisión por negarse a reconocer como rey a Amadeo de Saboya.

20

Alfonso no había intentado acercarse a Elena desde su conversación con el duque de Sesto. Y tampoco había vuelto a requerirle más que para lo estrictamente institucional. No sabía explicárselo a sí mismo, pero acarreaba un sentimiento muy próximo a la vergüenza que le hacía mantenerse algo distante.

España ya había vencido el luto por Mercedes, y no solo oficialmente. Los españoles volvían a llenar los teatros y hacía tiempo que la risa no se identificaba con una frivolidad —aunque de mal gusto—. La comunicación entre el rey e Isabel II durante la enfermedad y el luto de Mercedes había sido muy escasa, para decepción del joven monarca. Había sabido más de su madre a través de la prensa extranjera que Cánovas disciplinadamente le dejaba sobre la mesa de su despacho, separada del resto de los periódicos. La reina Isabel llevaba camino de acaparar más titulares que su propia nuera cuando agonizaba entre la vida y la muerte.

Se había asentado en la región francesa de Fontenay, en la que llevaba una vida de lo más estrambótica. Como era de esperar, ni había renunciado a su relación con Puente ni había dejado de airearla. Después de leer la noticia sobre el comportamiento de su madre en la Exposición Universal de París, Alfonso le pidió a Cánovas que dejase de seleccionarle información relacionada con ella a no ser que fuera estrictamente necesario. Isabel II se había sentido en dicha exposición en plena libertad, ya que Francisco de Asís era presidente de la comisión española de la, hasta la fecha, mayor feria europea conocida. París había escogido el palacio del Trocadero para celebrar la recuperación del país galo tras ser vencido en la Guerra Franco-Prusiana de 1870 y, a ojos de todo el mundo, la madre del rey de España se presentó no solo con su amante, sino con personajes de la realeza más exótica a los que ella misma había invitado, como el sha de Persia. En un momento del acto más internacional que se produciría en mucho tiempo, todos los ojos se posaron sobre la regia española al coincidir espontáneamente en la misma sala con Amadeo de Saboya. Isabel II no tardó en llamar al embajador italiano para que le transmitiera a su homólogo italiano sus deseos de hablar de «ex a ex».

El 26 de diciembre de 1878, Cánovas, en su habitual despacho con el rey, reservó el asunto más peliagudo para el final. Cuando Alfonso consideró que la reunión había concluido y se disponía a relajarse con un puro, el presidente del Gobierno le informó de que había recibido un telegrama del marqués de Molins desde el palacio de Castilla, donde Isabel II pasaba las fiestas religiosas. El monarca dio una calada más prolongada de lo habitual.

—Soy todo oídos —dijo, y añadió su habitual coletilla—: Vamos a ganarnos el sueldo.

El malagueño se tomó su tiempo para escoger las palabras adecuadas.

—Veréis, señor. A veces los asuntos de Estado se interponen en los del corazón…

La carcajada le hizo atragantarse con el humo del tabaco.

—Vamos, Antonio. Que nos conocemos ya. Cuéntame qué pasa.

—Está bien. —Cánovas se colocó las lentes en un gesto seco y reclinó el cuerpo hacia adelante hasta apoyar los codos sobre la mesa—. La reina, que en paz descanse, tuvo la desgracia de no poder daros descendencia. Debéis volver a casaros, señor. Por la mera supervivencia de la Corona. —El monarca asintió con la cabeza, ya con el talante serio. Cánovas continuó—: Según me informa el marqués de Molins, vuestra madre ya ha movido los hilos en este sentido, y hace unos días organizó una cena con sus asesores para analizar a las candidatas. La princesa Estefanía de Bélgica resultó la más adecuada.

—Nunca descansa mi madre —reprochó con resignación el rey, quitando y poniendo el capuchón a una pluma.

—Parece ser que antes de dar ningún paso prefirió tantear al ministro de Bélgica. La operación se ha quedado ahí, porque la heredera es muy joven todavía como para contraer matrimonio. —El rey guardó silencio sin darle tregua a la estilográfica—. ¿Qué vais a hacer, señor? —preguntó directamente el político.

Un ataque de tos se apoderó del monarca antes de que pudiera responder. Se levantó y caminó por el despacho para intentar calmarse, mientras Cánovas ordenaba que le trajeran un vaso de agua. Una vez se le hubo pasado la tos, el político consideró que ya era suficiente para aquel día e, intentando disimular su preocupación, pospuso la conversación al día siguiente.

El rey subió hasta su habitación acompañado de Ceferino. Ya dentro, le pidió con urgencia que lo dejara solo.

—Pero, señor, dejadme ayudaros a...

—¡Cuando te necesite, te llamaré! —exclamó con furia.

El ayudante de cámara obedeció y el monarca corrió hasta el baño. Se agachó con las manos apoyadas en el retrete y vomitó. Sangre.

Sin decir nada a nadie, solicitó a Ceferino que le preparara el baño, pero después de dárselo le deseó «buenas noches» sin haber cumplido con el ritual del pijama. El ayudante procedió y cerró con cuidado la puerta tras sí, sabedor de lo que ese «buenas noches» significaba. En un breve espacio de tiempo, algún criado que ultimara la sacudida del polvo a las cortinas, o quizá el rabillo del ojo de algunas de las estatuas de «cera» desplegadas en el pasillo para proteger al rey, serían testigos de cómo unas botas se movían con celeridad y sigilo hasta desaparecer por los subterráneos del palacio.

En la tarde de fin de año, después de comer, Elena Sanz revolvía todo su armario para escoger el vestido apropiado: cenaría con su hijo en casa y después asistiría a una fiesta benéfica en Madrid para cantar en favor de los indigentes. Se decantó por uno negro repleto de pedrería que nacía en el escote y recorría la parte delantera del vestido. Dejó indicaciones de que lo plancharan y salió al salón para leer los montones de felicitaciones que le habían enviado al Teatro Real amigos y admiradores. Dejó las tarjetas de los familiares, los únicos que conocían la dirección de su hogar, para el final. Detectó un billete entre ellas y tocó la campanilla para llamar al servicio.

—¿Cuándo ha llegado esto? —preguntó.

—Esta mañana, señora, y lo hemos añadido al montón de felicitaciones —sonrió el interpelado.

El sobre le resultó familiar. Lo abrió e inmediatamente identificó la letra: «Querida Elena, me gustaría verte hoy, quiero hablarte. Dime a qué hora puedo pasar a recogerte. Si no pudieras, os deseo un feliz año a ti y al pequeño Jorge. Tuyo, A.». El corazón de la cantante se disparó. No la había olvidado. Le respondió con distancia que a las siete podrían encontrarse.

Puntual, y ya vestida para la cena, la tiple se enfundó en un abrigo de brocado azul noche, con el cuello y los puños forrados de zorro negro. Al salir del edificio, el frío glacial de diciembre logró congelar su nerviosismo.

Al poco tiempo, el cascabeleo de los caballos anunció la berlina real. El cochero tiró de las riendas al llegar al número que le habían indicado y detectó la presencia de Elena con la misma mirada mecánica con la que hubiera observado brotar en el cuerpo de santa Teresita del Niño Jesús los estigmas sangrantes con los que revivía cada fin de semana la pasión de Cristo. Descendió del carruaje, abrió la puerta, y se colocó a su lado en actitud respetuosa. Elena intuyó la débil sombra del rey en el otro extremo del coche, iluminado por las ráfagas de las lámparas de las berlinas que se cruzaban.

Con ademán resuelto, la cantante entró en el carruaje y se sentó a su lado, pero solo se decidió a mirarle cuando empezaron a moverse. La actitud de Alfonso era cálida y segura.

—¿Adónde vamos? —preguntó ella, en tensión.

—A ningún sitio en concreto. —El monarca iba vestido con un frac negro. Miró por la ventana y siguió con el dedo las imágenes que aparecían y desaparecían fugazmente tras el cristal—. Al fin y al cabo, el viento nos llevará, como a las palabras que pronunciemos ahora, como a este paisaje que desaparece según avanzamos —concluyó, afectadamente.

La diva rio.

—La lírica nunca ha sido tu fuerte, Alfonso.

Él sonrió discretamente.

—No podremos estar mucho tiempo, hace demasiado frío esta noche como para que el cochero esté a la intemperie.

—Tienes razón, Elena. Tu manía de pensar siempre en los demás me facilitará mucho las cosas para que vuelvas a mí.

Ocurrencia que la tiple no quiso reconocer. Guardó silencio.

—Me están apremiando para que vuelva a casarme. Con una heredera extranjera, ya sabes… Conveniencias estratégicas entre naciones.

—¿Y de qué país te has enamorado? —se burló.

Alfonso le cogió la mano y la apretó.

—De uno que quiere recluirse y no entrar en el juego.

—No te conviene. Desecha la idea —respondió ella tajante, sin retirar su mano.

—No puedo, tiene demasiada riqueza en su tierra como para resistirse. —El rey abrió un botón del abrigo de la diva y acarició su escote.

Elena se estremeció, pero bajó la cabeza cuando el monarca se acercó a besarla.

—No. Esta situación va a volverme loca.

—Lo sé. Y estoy dispuesto a intentar cambiarla.

—¿Cómo? —preguntó ella, la voz entrecortada.

—Casándome contigo.

—¿Conmigo?

—Contigo. —El rey apretó aún más la mano de la cantante, mirándola fijamente a los ojos.

Elena intentó ahogar una risita histérica y lo miró con incredulidad.

—Pero eso es imposible, Alfonso. No te dejarán. Además, no tengo linaje. El único apellido que puedo ofrecer aparte del mío es el de un hijo ilegítimo.

El rey colocó un dedo sobre sus labios para callarla.

—Déjame a mí. Tú solo tendrás que hacer una cosa, Elena.

—Lo que me pidas, Alfonso. —La Niña de Leganés le sonrió con lágrimas en los ojos.

—Tendrás que dejar los escenarios.

La diva se sorprendió a sí misma respondiendo de inmediato y con aplomo:

—Lo haré.

El rey corrió las cortinas de terciopelo rojo del carruaje para tener intimidad antes besarla.

—¿Y el cochero? —se acordó de pronto Elena.

El rey se separó bruscamente y fingió un súbito enfado.

—Elena, yo no puedo casarme contigo si ya estás pensando en otro hombre…

—Cállate. —Le cogió de la solapa y le besó.

Ya de regreso, Elena se bajó de la berlina y sonrió hasta que la corona, colocada en el centro del imperial coche, desapareció en el último resquicio de luz. Subió corriendo las escaleras y, sin importarle que se estropeara su vestido, se tiró en la cama y lloró de alegría hasta que la cena estuvo lista. Súbitamente, el sufrimiento pasado se había convertido en el esfuerzo necesario para conseguir una meta que mereciera la pena. Todos sus sueños se estaban cumpliendo. Miró al techo y gritó al vacío.

—¿Por qué, Señor, me consientes tanto?

1879 se intuía convulso. El augurio tuvo su origen en el fallecimiento, en su retiro de la Fombera, del general Espartero, regente de la reina Isabel en su minoría de edad y afín al reinado de Alfonso XII tras su proclamación en Sagunto. Cánovas empezó el año con la satisfacción de haber dirigido el curso de la historia de España desde que empezó el reinado de Alfonso; entre otras hazañas políticas había promulgado la Constitución de 1876 y conseguido que bajo su liderazgo concluyera la guerra carlista, enmarcada con la promesa del pretendiente don Carlos: «¡Volveré!». No obstante, las discrepancias con la gestión de Martínez Campos en las colonias de Cuba y su lucha feroz contra los proyectos abolicionistas de la esclavitud le hicieron perder popularidad en algunos sectores, en lo que también influía su carácter autoritario. Lastres de cara a la opinión pública que conseguía subsanar con su brillante oratoria en las Cortes, animada siempre por una copa previa de Málaga Virgen. Y, a diferencia del fervor y admiración que despertaba el duque de Sesto entre las clases populares, Cánovas se les antojaba tan gris como la fachada del edificio de Presidencia cuando el viento impregnaba en sus paredes el polvo revuelto.

Martínez Campos tenía encomendada una misión clara en Cuba: terminar con la Guerra de los Diez Años. Firmó en febrero del año anterior la Paz de Zanjón, por la que llegó a un acuerdo con el Comité Revolucionario de Cuba para que depusieran las armas a cambio de algunas concesiones, como una situación jurídica que amparara sus derechos. Desde la capital, el presidente del Consejo de Ministros no ocultó su rechazo por convicción a dichos acuerdos y además consideró que no estaban bien enfocados, ya que apenas favorecían la libertad a los esclavos que se habían sublevado, y en cambio abrían una puerta que iba a ser muy difícil cerrar.

La inauguración del primer ferrocarril directo a Portugal fue un soplo de aire para España en mitad de estas trifulcas en cuanto a política exterior: afianzaba las estrechas relaciones con el país vecino. El monarca disfrutó especialmente de aquel viaje hasta encontrarse con el rey Luis I, porque mientras se dirigía a su destino final se detuvo en algunas regiones de España en las que fue agasajado y recibido con honores, lo que le infló de optimismo y fuerza para el nuevo curso.

A la vuelta de esta visita, que había durado varios días, lo primero que hizo el rey fue reunirse con Cánovas para trasladarle su intención de casarse con Elena.

A pesar del frío, necesitaba un horizonte despejado para aquel encuentro, y le propuso al estadista caminar por el parque del palacio, conocido como el Campo del Moro. Ubicado en la parte de detrás del edificio, lindaba con la verja hasta el paseo de la Virgen del Puerto. Anduvieron en silencio por el camino de piedra, flanqueado por frondosos árboles, que con el sol cebándose en sus copas nevadas les daban aspecto de imponentes antorchas.

—He estado sopesando lo que me dijiste de volver a casarme —rompió el silencio el rey, formando cercos de vaho tras sus palabras.

—Magnífico pensamiento, señor, y espero que mejor decisión. —Cánovas se abrazó los codos, aterido de frío.

—Creo que la mejor decisión que puede tomar un hombre es casarse con la mujer que ama. —El político adoptó la pose más escéptica que el respeto al rey le permitía—. Por eso he tomado la decisión de casarme con Elena Sanz.

Esta vez Cánovas no pudo controlar su actitud.

—Pero, señor, no podéis hablar en serio.

—No solo puedo, sino que lo estoy haciendo —respondió Alfonso, con autoridad de rey.

—Permitidme recordaros que, según nuestra Constitución, el rey no solo no puede casarse con una persona de rango inferior, señor, como sería la cantante…

—Doña Elena.

—Disculpad, doña Elena, sino que está prohibido contraer matrimonio con una persona que, por ley, esté excluida de la sucesión. Es inviable vuestra propuesta.

El monarca tomó aliento.

—¿Y si ella fuera la hija de una persona a la que, junto a ti, más le debe la Corona? ¿Y si solo en su persona aunara más de dieciséis títulos nobiliarios y cuatro grandezas de España? ¿Y si esa persona fuera mi consejero y una de las personas más queridas y populares del país a todos los niveles? —El rey tragó saliva para el órdago final—. Y, lo mejor de todo, ¿y si él estuviese dispuesto a reconocerla?

Cánovas le seguía el ritmo, a su lado, en actitud reflexiva para ocultar su impresión ante la primicia. Caminaron hasta la Fuente de las Conchas en silencio. El rey le dejó que asimilara lo que el político consideró una jugada cuyos derechos de autor concedió a Sofía. «Elena es hija ilegítima de un Sesto que él conoce muy bien. O eso cree», recordó las palabras de la princesa después de la corrida de toros. No solo le había engañado con la verdad, sino que además se había permitido un sarcasmo.

Se dispuso a parar las fábulas románticas del rey de inmediato, y meditó cómo hacerle entender la importancia para los intereses de España de un matrimonio con una princesa católica. Observó cómo Alfonso quitaba el polvo de nieve del borde de la fuente para sentarse en la piedra helada; él permaneció de pie.

—Señor, las Cortes no aprobarán este matrimonio. Entiendo perfectamente vuestros sentimientos, pero, como sabéis, para que la corona se mantenga en vuestra cabeza no debéis permitiros tropezar. Y ha costado mucho llegar hasta aquí. —Cánovas sabía encontrar el sentido de responsabilidad del monarca—. No hace falta que os recuerde que Francia acaba de proclamar su Tercera República al mando del izquierdista Jules Grévy, con sus pretensiones de separar el Estado de la Iglesia católica, ni tampoco que el canciller Bismarck pretende acabar con el catolicismo excusándose en razones culturales con la única intención real de ganar poder. No solo el sentir de los españoles es religioso, señor, sino que este país es un Estado confesional. Y necesitamos el apoyo de la Iglesia; por eso hemos recuperado el concordato de 1851 después de los baches republicanos que hemos padecido. Nuestro objetivo es la unión con un país de larga tradición católica y que favorezca nuestra posición en el exterior. Señor, no soy el único que opina así, las piezas han comenzado a moverse y, perdonad la crudeza, pero los parlamentarios ya sucumbieron una vez a la gracia y a la pureza de un ángel. Esa historia no se volverá a repetir y el pueblo quiere seguir proyectándose en ella.

Alfonso juntó sus manos e introdujo en ellas su nariz congelada. Las despegó y un murmullo se desprendió de sus labios agrietados y ya algo amoratados. Cánovas se inclinó para escucharlo.

—Las piezas han comenzado a moverse… —repitió sus palabras—. A veces me siento…

—¿El rey de España, señor? —terminó Cánovas su frase. Alfonso volvió a introducir la nariz entre las manos—. Creo que sería más conveniente que volviéramos dentro de palacio o este frío terminará anulando cualquier atisbo de lucidez —propuso, señalando una nube que se había puesto delante del sol.

—Vete tú, Antonio. Yo me quedaré aquí un rato más.

No se giró ni un momento mientras Cánovas subía por el camino hasta convertirse en un punto negro que desaparecía tras las arqueadas puertas del Palacio Real.

21

Lo primero que hizo el estadista fue dirigirse al Ministerio de la Presidencia para enviar un telegrama a Isabel II y avanzar el próximo matrimonio de Alfonso. La intención de Cánovas era que el rey se uniera a una princesa de una gran potencia, como podía ser la heredera de Prusia, pero la Santa Sede se posicionó en contra al ser esa familia real luterana. Finalmente, la brújula política terminó señalando a la archiduquesa María Cristina de Habsburgo, princesa católica de la más alta estirpe: la del emperador Francisco José I. Además, era también princesa de Hungría, Bohemia, Eslavonia, Croacia y Dalmacia. Y canonesa del Capítulo de Damas Nobles del Hradschin de Praga; este dato no podía convencer más al político, quien, hastiado de tanto devaneo a su alrededor, mendigaba algo de castidad femenina.

Por ascendencia materna, María Cristina, como tataranieta de Carlos III de España y bisnieta de Leopoldo II, del Sacro Imperio Romano Germánico, era descendiente de la familia real española y de la austríaca. Y a Cánovas y a su círculo no se les escapó el hecho de que, pese a ser una de las monarquías más conservadoras de Europa, la austríaca seguía prestando un considerable apoyo al pretendiente carlista, don Carlos VII, quien todavía mantenía una gran influencia en regiones importantes como Cataluña, País Vasco y Navarra. El matrimonio entre Alfonso y Cristina daría por zanjado ese asunto. Por último, Cánovas encontró una razón que terminó de inclinar la balanza: la urgencia de casar al rey y obtener de ese matrimonio un heredero al trono antes de que fuera demasiado tarde debido a su débil estado de salud.

Isabel II le introdujo en conversaciones con el ministro de Estado, Manuel Silvela, íntimo amigo de la madre de la futura esposa del rey: la archiduquesa Isabel Francisca de Austria, conocida internacionalmente por su belleza. Decidieron ponerse en contacto con el diplomático Augusto Conté —ministro plenipotenciario en Constantinopla y Viena—, a quien Cánovas envió una carta en la que él mismo sentaba las bases del regio enlace: «Urge consolar en lo posible al rey, dándole una compañera que llene otra vez su corazón. Urge, asimismo, que la Casa Real, donde no hay casi ningún varón, posea cuanto antes una descendencia masculina que asegure la sucesión en la Corona. Vaya usted a ver cómo es. No pretendo que sea una extraordinaria hermosura. Bástame que sea agradable y de noble aspecto. Pero lo que sobre todo deseo es que sea discreta y educada».

Alfonso aceptaba cada paso que le marcaban, sin poner trabas ni ganas. Se subió en la berlina real, equipada con un compartimento extra para que pernoctara —con una cama y un lavabo—, y partió hacia Doñana escoltado para, bajo la excusa de una cacería de jabalíes, entrevistarse con el archiduque Rodolfo, heredero del imperio austríaco, y con el príncipe Leopoldo de Baviera. Solo en la intimidad de su habitáculo, antes de dormir, el rey se revolvía intentando apartar las imágenes que le asediaban cuando cerraba los ojos. «Y ahora, cuando voy a dejar mi carrera, ¿me dices que no hay vuelta atrás?», le recriminaba, encolerizada, con el pecho desbordándose de su escotado vestido color plata, los pómulos enrojecidos y la trenza deshilachándose y cayendo sobre sus hombros en concordancia con un ánimo que iba descendiendo de la rabia a la desesperanza. El rey la recordaba más hermosa que nunca. «Lo he dejado todo por ti, lo he perdido todo por ti. Hasta a mí misma». Elena hablaba al aire, buscando con la mano un sofá que nunca alcanzó hasta caer al suelo. El monarca se había apresurado a ayudarla, pero ella le apartó el brazo con brusquedad. «Elena, no me has perdido. Me tendrás siempre», le había replicado él. «¿Y qué pretendes? ¿Que me encierre entre estas paredes esperando a que me visites media hora al día?». Esta última frase retumbaba en su cerebro hasta que le obligaba a abrir los ojos.

El encuentro con los austríacos cuajó tal y como se esperaba, y el monarca regresó a la capital con la misma sensación con la que hubiera vuelto tras firmar un acuerdo diplomático.

Mantuvo una reunión con Cánovas, y este, tras cerciorarse de que el enlace con María Cristina estaba encauzado, le trasladó su intención de pasarle la presidencia del Gobierno a Martínez Campos. El político convino con el rey en que sería apropiado para él que pasara a ocupar un segundo plano, principalmente por la situación en Cuba, con la intención de recuperar el poder más adelante. Este sistema de alternancia intermitente fue el sello del reinado de Alfonso XII, siendo así Cánovas el creador del sistema bipartidista que se mantendría posteriormente.

Lo que el político no le confesó al monarca fue su intuición de que era su oportunidad para marcar una conveniente distancia respecto a los duques de Sesto. Era más razonable alejarse un tiempo prudencial para poder retomar después una relación menos implicada en lo personal, en la que dejar a un lado sentimientos y peleas románticas. Al fin y al cabo, Cánovas era y se tenía por un hombre de Estado.

Elena cantó durante aquel invierno hasta que el Teatro Real dio por terminada la temporada en primavera. Para despedirla por todo lo alto, el coliseo le reservó una última sesión destinada «a su propio beneficio». Desde finales del siglo XVIII era tradición que, en reconocimiento al talento y a la dedicación de los cantantes, se ofreciera un recital escogido por el propio artista, en el que colaboraban los cantantes que quisieran —era inusual que alguno rechazase participar, aunque fuera egoístamente para cerrar la baraja de bajas por si en un futuro también se celebrase una sesión «a su propio beneficio»—, y en el que la recaudación de ese día se destinaba exclusivamente al cantante privilegiado.

Elena se había volcado en aquella función para que no hubiera ni el más mínimo fallo, y no solo por su necesidad de ofrecer un espectáculo que compensara a los espectadores la inversión —algún palco se había vendido en dos mil reales, mientras que las butacas se disputaban en la calle por alrededor de diez duros—. «Me encadenas con tu dulzura y con tu debilidad, Elena —le había dicho en una ocasión el rey—. Porque, encadenándome, te encadenas a mí». Y hacía tiempo que aquella cadena la arrastraba por donde él quisiera. Y el dolor era ya insoportable. Necesitaba, con cada nota que saliera de su garganta, recuperar su libertad.

La cantante escogió las obras que sabía podrían remover los escrúpulos del auditorio en el momento álgido de sus míticas arias. Así, no defraudó en las intensas escenas de *La Favorita*, en las desesperadas de la dramática *Julieta y Romeo*, de Vaccai, ni en las salerosas andaluzas de *El barbero de Sevilla*.

Le costó conciliar el sueño tras la función. Y no por el angustioso motivo de las últimas veces. No más ojos convertidos en luciérnagas acosándola. Exultante, no podía aislar de su cabeza cómo las bandejas de plata de la entrada se habían llenado con las donaciones de los seguidores, ni cómo elaboradas *corbeilles* se pasaban de mano en mano desde los palcos hasta los asientos más humildes para acabar en el escenario. Muy entrada la madrugada, Elena consiguió dormir, acunada por retazos de imágenes tales como la corona preparada por jóvenes admiradores que habían inscrito en las cintas: «A la eminente artista Elena Sanz, su estado mayor», la avalancha de ramilletes que llegaban desde los palcos del Veloz Club, o los brillantes que el señor Robles le había enviado a su camerino.

Solo faltaba la última nota para que su triunfo fuera perfecto. Elena mandó comprar la prensa del día siguiente. Además de los elogios a su interpretación, la cantante se regodeó más de la cuenta en unos párrafos que le dedicaba *La Época*: «Hace todo cuanto puede: trabaja, infatigable y asiduamente, y en las dos temporadas que ha pertenecido a nuestro Teatro Real, jamás una indisposición, nunca un capricho de esos tan frecuentes en las divas a la moda ha hecho suspender el espectáculo. Buena amiga, excelente compañera, siempre está dispuesta a auxiliar, a favorecer a los que tiene a su lado». Pero fue en *La Moda Elegante, periódico de las familias* donde Elena topó con la sentencia que buscaba: «Elena Sanz, nuestra compatriota igualmente, maltratada por una parte del público, influida, sin duda, por malas pasiones, ha logrado en su beneficio una reparación completa». Y concluía el artículo: «La hora de la justicia llegó al fin para la excelente y valerosa contralto, que ha trabajado con celo y ardor, que nada ha omitido para complacer a los espectadores, y que tenía además un título poderoso y respetable a su consideración: el de ser española».

Elena percibió que los españoles estaban de su lado y deseó que, en ese preciso instante, Alfonso estuviese leyendo el mismo artículo que ella. Tenía tantas ganas, que tentada estuvo de recortar el trozo de periódico y hacérselo llegar. Había conseguido cada paso que se había propuesto para alcanzar su meta, ni siquiera al amor del rey le había permitido destrozarla. Ni en los momentos más duros de soledad. Había triunfado en el extranjero y vuelto a casa por la puerta grande del Teatro Real. Y en la balanza que los españoles habían establecido entre los entresijos palaciegos y el arte, habían puesto tanto peso en el primer platillo que impulsaron al del arte hasta lo más alto.

La duquesa de Sesto escogió un terciopelo negro. En París, en días como aquel, acostumbraba a callejear en búsqueda de una capilla solitaria. Pero en Madrid solo necesitaba bajar una planta y rodear el jardín. Para esconderse, reflexionar. O, simplemente, recordar.

Se detuvo delante de una armadura, pasó el dedo lentamente y retiró el polvo depositado sobre la pechera de hierro. Nadie había pasado el plumero aquella mañana. No reprimió un sollozo que se propagó por las estancias vacías. Se tapó la boca y se apoyó en el armazón metálico para recobrar la compostura, hasta que notó la presencia de una persona del servicio.

—Señora, ¿se encuentra bien?

—Gracias —asintió la princesa.

Un lejano recuerdo le vino a la cabeza como si lo hubiese vivido recientemente. Ella estaba en París, pero no con el duque de Morny, sino paseando a caballo con Pepe. Hacía tiempo que salía a montar en su compañía y siempre volvía a casa con la sensación de haber conversado mucho tiempo, pero él nunca se decidía a hablarle. Un día organizó una cena y citó a Alcañices media hora más tarde que al resto de los invitados. Poco a poco todos fueron ocupando sus respectivos asientos, ella se sentó a una cabecera de la larga mesa y la otra quedó libre. Rio cuando acudió a su mente la imagen del que ahora era su marido al entrar y ver a todo el mundo sentado. «Perdón… —había dicho, desconcertado, y se había dirigido a ella—. Pero ¿la cena no era a las nueve y media?». La duquesa recordó cómo, sin contestar, le indicó con una significativa sonrisa el lugar que le había dispensado. Emocionado, se acercó a ella y le susurró: «*Madame, vous avez gagné*». No tardó en pedirle matrimonio.

Siempre había conseguido todo lo que se había propuesto. O, al menos, de forma habitual. Hacía varias semanas que no se entrevistaba con Cánovas, temporalmente en la sombra de la política. El episodio con la duquesa de la Torre había levantado entre ellos un muro de arcilla, aún blanda, pero ninguno de los dos tenía intención de derribarlo mientras se secaba.

Descendió por cada uno de los peldaños de mármol de Carrara. Sonrió al apoyarse en la balaustrada. Sesto y ella tuvieron que esperar a que estuviera terminada para inaugurar la casa con una gran fiesta. Ahora grises y desnudos, visualizó en esos escalones los tacones y las suelas de cuero de los zapatos acordonados de toda la *high life* española y europea, que habían ascendido y descendido por ellos reconfortados con aquella pesada alfombra roja que colocaron para la ocasión. «¿Quiénes serán los privilegiados que asistirán a la fiesta?», leían con el primer café los madrileños en los artículos de los cronistas más reputados de la época. Las señoras habían encargado sus trajes al Louvre, otras lo confeccionaban ellas mismas con figurines de París. Los duques recibieron en la entrada a los invitados, que iban llenando los salones del palacio con alboroto. Sesto, con un sencillo frac negro, sonreía a su mujer para tranquilizarla en su primera aparición en sociedad como anfitriona. La presentaba con orgullo a quien no la conociera, ataviada con un vestido naranja obra del modista inglés Worth, con el bajo cubierto por encajes organizados en pabellones y, fiel a su estilo, con una sola joya: un broche de brillantes con el emblema de la flor de lis. Las fiestas en aquella casa habían originado tantos correveidiles que acababan convirtiéndose en fábulas… Soltó una carcajada al recordar que algunos gacetilleros las habían titulado en sus artículos como «Las fiestas de las mil y una noches».

También visualizó las fiestas de carnaval, en las que se enfadaba porque los señores, vestidos con trajes de Luis XV y pelucas, no sabían sacar a las señoras a bailar el minué. Sesto se reía sin tregua cuando, ya en soledad, ella imitaba a las invitadas que le resultaban grotescas. Cuando pasaban largas temporadas en Francia antes de que Alfonso fuera proclamado rey, los periódicos contaban que Madrid se aburría y esperaba con impaciencia que Sofía volviera a abrir sus salones.

La princesa colocó un pie en el último peldaño de la escalera y se giró para observar aquellos escalones que, una vez descendidos, ya nunca volvería a subir. No pudo soportar la visión. Se vaciaba cada sala, y los muebles eran lo de menos. Aquellas paredes habían guardado tantos secretos, tantas conversaciones para fraguar las bases de la Restauración… lo habían puesto todo a su disposición hasta buscarse la ruina. Y algo le hacía pensar a la rusa que la económica no sería la única.

Entró en la capilla y anduvo directamente hasta un poyete de la pared sobre el que descansaba el icono de una Virgen. La apretó contra su pecho y suspiró fuerte, él no se había rendido hasta su muerte. Y ella tampoco lo haría. Recordó que el zar no soportaba el olor a tabaco ni fuera del palacio de Invierno y la alumna rebelde del internado Smolny fumaba a escondidas. Algo llevaría en sus genes, pensó observando el regalo que, clandestinamente, le había hecho para que la protegiera siempre. Aquella fue la única conversación a solas que mantuvo con él, en la que únicamente le transmitió ese mensaje. Encendió la lucecita de aceite de la Virgen.

Sintió una mano en su hombro y se volvió súbitamente. Al ver a su marido se tranquilizó y besó sus dedos. Tomó su brazo, que se mantenía erguido y sonriente. Ella imitó su dominio, pero cuando subieron al coche y Alcañices indicó la dirección de su nueva casa en Recoletos, cerca de la iglesia de San Pascual, escondió la cabeza en su hombro y rompió a llorar.

—Todo irá bien, Sofía —le susurró, abrazándola y besándola en la frente—. Todo irá bien.

22

Elena miró el reloj de madera de caoba importado de Londres. Acababa de dar las seis. Alfonso llegaría de un momento a otro. Echó un vistazo general para corroborar que todo estuviese en orden y se sentó. Movió el pie con nerviosismo al pensar en cómo reaccionaría. Sintió los pasos de la sirvienta, acompañando a los seguros y rápidos de su amante.

—Señora.

Alfonso entró en el salón y se quitó el sombrero antes de quedarse frente a Elena. Los dos permanecieron solos y en silencio durante unos segundos.

—Pensé que nunca volvería a tener este paisaje delante de mis ojos.

La cantante sonrió y se acarició el vientre.

—Hay un hecho que lo ha cambiado todo.

Siguió pasándose la mano por su regazo sin quitarle la mirada de encima, hasta que el rey abrió los ojos con incredulidad.

—¿Estás…? —Elena asintió—. ¿Embarazada?

Al ver que no reaccionaba, la diva se adelantó para coger su mano, que aún llevaba el guante puesto. Se lo quitó despacio. Después, se la colocó sobre su tripa.

—Llevo un hijo tuyo dentro de mí, Alfonso.

—Un hijo mío —repitió el rey, sin quitar los ojos ni las manos del lugar donde había sido dirigido. La miró con los ojos vidriosos.

—El niño que tanto ansiabas —añadió ella, ilusionada al ver su reacción. Apagó pronto esa vela—. Aunque no venga de una reina.

—Tú siempre serás mi reina —repuso él con vehemencia, abrazándola.

Rápida, la diva chasqueó los dedos y el periquito salió de su escote, dándole tal susto al monarca que soltó a Elena y se echó hacia atrás.

Lejos de hacerle gracia, la miró con expresión dolida. Pero ella no podía dejar de reír e insistió en colocarle los brazos alrededor de los hombros, a pesar de que él tratara de impedírselo.

—Elena, solo a ti se te ocurre en este momento…

La diva le colocó el dedo en los labios y lo besó hasta que Alfonso la correspondió. Se dio la vuelta y le pidió que le desabrochara el vestido.

—Cómo echaba de menos hacer esto…

—Alfonso, quiero que lo desabroches para que me aflojes el corsé. Me niego a que mi hijo salga deforme por las tonterías de la moda. El otro día me contaron la historia de una señora embarazada de varios meses que tuvo un aborto natural por llevar demasiado ceñida la tortura esta.

Alfonso procedió y la cantante exhaló un suspiro de alivio. Se sentó en el sofá e invitó al rey a hacer lo propio. Volvió a coger su mano.

—Elena, vas a tener un niño que lleva mi sangre. Solo tú podías regalarme la paternidad por primera vez. —Movió la cabeza y la miró con fe. Ella había completado su masculinidad y alimentado un orgullo visceral muy halagador. El amor romántico había pasado a asentarse en el tiempo, Elena llevaba dentro de ella un ser que perpetuaría su amor. Alfonso notó una arruga de más en la frente, tenía que responder de ella. Sintió algo de miedo.

Elena sonrió y sacó el periquito de su pecho, temía que le asustara el repentino bombeo de su corazón.

—¿Y ahora qué haremos?

—Yo me haré cargo de la situación, Elena. Te pasaré una pensión para que no os falte de nada ni a ti, ni a Jorge, ni a nuestro pequeño Alfonsito.

La Niña de Leganés se echó a reír. El rey se levantó.

—¿Adónde vas? —le preguntó ella, sin soltarle la mano.

—Tengo que volver al palacio, Elenita. Esta noche hay organizada una cena con los ministros.

La diva le soltó la mano y agachó la cabeza.

—Y supongo que eso es inaplazable, ¿no?

—Supones bien —dijo, y acarició su barbilla con la mano. La tranquila expresión de su rostro la hirió más que su marcha—. Mañana vendré a verte, te mandaré un billete para avisarte.

Se agachó para besarla, pero los labios de Elena apenas buscaron corresponderle. Se mordió la rabia en el labio inferior al ver cómo, sonriente, se despedía de ella. «Te quiero», le había dicho.

Oyó a Jorge llorar y fue a su habitación. La cuidadora la miró con resignación.

—No se calma, señora.

Sin mediar palabra, la cantante tomó al niño en sus brazos y lo acunó hasta que, poco a poco, se fue quedando dormido al sentir el calor de su madre. Elena regresó con él al salón y se acercó a la ventana que daba a la Castellana. Reconoció con dificultad la berlina, que se alejaba despacio a causa de la lluvia. Y pensar que en algún momento se permitió fantasear con que podría ir allí, junto a él, y que luego esperaría en sus habitaciones a que volviese a su lado después de una cena como aquella, con los ministros. Besó a su hijo y le secó la mejilla, humedecida tras el roce. Se apartó de la ventana y se retiró las lágrimas.

—Señora, ¿dormirá hoy Jorge en su habitación o con usted?

La diva tardó un tiempo en hablar. En el hospicio de Leganés no le habían enseñado a dominar el tono en la escena más difícil.

—Yo dormiré con él. Vete a descansar, yo me ocuparé.

Ya en la cama, Elena acurrucó a Jorge contra ella y cerró los ojos. Se dio cuenta de que había tomado la costumbre de recurrir a su hijo en las noches de máxima soledad. Y también se dio cuenta de que, a pesar del calor que le transmitía el cuerpecito del niño, ella siempre sentía frío en la espalda.

En palacio, Alfonso se excusó pronto después de la cena y despachó rápido a los políticos. Necesitaba estar solo. Se retiró a sus habitaciones, y una repentina sensación de agobio comenzó a invadir cada una de sus articulaciones. Pensó en volver junto a Elena, pero no podía demostrar flaqueza ante ella. Él era el rey. Y ahora también para la cantante. Su mundo paralelo había dejado de serlo en el momento en que ella portaba de él algo real. Mecánicamente, se dirigió al armario para cerrar una puerta que había quedado entreabierta, y al hacerlo identificó entre los demás abrigos su capa de incógnito. Minutos más tarde la puerta estaba cerrada. Y la habitación, vacía.

A la mañana siguiente, Elena recibió el billete con ansiedad. Lo abrió, pero la información que en él venía la dejó inerte. Alfonso tenía que marcharse de viaje y no podría visitarla en unos días. La cantante no respondió a aquella misiva, por lo que al poco tiempo el rey le envió un retrato suyo ataviado con un uniforme de almirante, y un mensaje apaciguador: «Cuando mandaba la escuadra blindada, querida Elena, todas las brújulas marinas sentían distinta desviación según la proximidad de los metales que cubrían mi férrea casa; si allí hubieses estado tú, tus ojos las hubieran vuelto todas hacia ellos, como han inclinado el corazón de tu Alfonso».

Elena recibía cada misiva con la misma esperanza con la que un enfermo postrado en la cama acoge la imagen del médico que aparece de pronto en el umbral de la puerta. Pero el diagnóstico nunca variaba, y si en un primer momento absorbía cada palabra con una ansiedad desbordada, después de haberla repasado una y otra vez volvía a quedarse igual que al principio. Sola.

Un día en que el rey fue a verla, la cantante no pudo controlar las formas. Si ese carácter apasionado tenía la virtud de salir dominante sobre un escenario para arrancar al público de sus asientos y más de un alma en versos de algún político o mejor trampero, también podía atacar al mismísimo monarca si hiciera falta.

—Tengo que plantearme ahora cómo voy a cantar con esta tripa, no se vayan a creer que me esté saltando la rigurosa dieta del artista —había dicho ella, acariciando con ternura su vientre.

—¿Cantar? —se extrañó el monarca, como si le estuviese hablando de que se proponía ser la nueva jardinera del Palacio Real.

—Sí. Cantar —repitió la diva con irritación. No soportaba cómo todo su esfuerzo por ser una de las voces más reconocidas del planeta se reducía hasta la nada con ese vacío «¿cantar?».

—Pero, Elena, no creo que sea conveniente estar pensando en eso en tu estado.

—¿Hay algo entre nosotros que sea conveniente? —ironizó la diva. Se frotó la frente con desesperación—. Ya sé que nunca te ha importado lo más mínimo mi carrera, pero no puedo desaparecer de pronto. Sería el fin.

—Elena, no tiene sentido que cantes ahora estando preñada.

—¡Preñadas están las vacas! —vociferó ella; la falta de sensibilidad en el lenguaje de los Borbones en momentos como aquel la desquiciaba.

—Afronta la situación —le respondió Alfonso con autoridad, para dominar a una Elena encolerizada—. No estás casada y nuestra relación es un secreto a voces. Todo el mundo empezaría a sospechar quién es el padre.

—No te preocupes, tu idilio con Adela Borghi les despistará —replicó ella con insolencia, dados los rumores que le habían llegado de las últimas andanzas del rey.

—Elena, no digas tonterías. —Alfonso habló con nerviosismo—. ¿Ahora vas a hacer caso de las habladurías de la gente? No eres nueva en esto. —El silencio de la cantante fue el eco de su frustración—. ¿No te das cuenta de la situación? —insistió el monarca, cuando se hubo dominado—. Soy el rey de España y voy a casarme con Cristina de Habsburgo. ¡No puedes estar exhibiéndote en los escenarios con esa tripa! —Esa tripa. Como si fuera algo mal hecho, algo que estorbara. Alfonso se dio cuenta inmediatamente de su error—. Perdóname.

—Esa tripa, como tú la llamas, la tengo porque tú quisiste que yo la tuviera. Porque tú quisiste fantasear con que en algún momento nos casaríamos. Y ahora quieres —dijo Elena, señalándole con el dedo— que me retire de los escenarios porque nada de lo que tú quisiste se cumplió. La cuestión es qué hay de lo que yo quiero.

—Elena, ya te he dicho que me voy a hacer cargo de todo para que no te falte de nada, y yo…

La cantante soltó una carcajada despectiva que oprimió su vientre por el dolor y la impotencia.

—Te aseguro que toda tu guita no puede igualar a cada perla o diamante que ha llegado a mi camerino —escupió con toda la arrogancia que reunió, hiriendo el orgullo del rey—. Márchate.

—Si es eso lo que prefieres, no tienes más que seguir seduciéndolos para que te mantengan.

La bofetada sonó seca como el golpe de una vara.

Alfonso entendió que había llegado el momento de recoger sus cosas y se marchó.

La cantante estuvo toda la noche en vela y se levantó con los ojos hinchados de llorar, como si la bofetada la hubiera recibido ella. Pasó todo el día con la silla pegada a la ventana, simplemente observando a la gente pasar con la distancia dominante del que se siente en un trance superior al resto.

Como, a pesar de que la sirvienta pronunció en varias ocasiones la palabra «señora», Elena no se volvió, la muchacha terminó por situarse delante de ella y extender un billete que la cantante cogió con dejadez antes de seguir diez minutos más mirando por la ventana.

Fue al levantarse cuando se percató de que lo tenía en la mano y, lentamente, leyó: «Idolatrada Elena: perdón si no soy siempre gentil, si anoche te hice tanto sufrir. En el pecado llevo la penitencia, pues varias veces me he despertado pensando en ti y lleno de remordimientos. De diez menos cuarto a diez y media te verá con sumo gusto mañana domingo, tu A.».

La diva se fue resignando a este estilo de vida, como también a que de recibir trescientos mil francos por cada temporada que firmaba en la ópera le llegara una «propina» de sesenta mil pesetas anuales y, en ocasiones, ni siquiera en hora porque su regio amante no había podido reunir toda la cantidad.

Paralelamente a esta vida, se desarrollaba la oficial del rey. Su boda con María Cristina era cuestión de ponerle fecha, pero la austríaca ya había revelado su carácter prudente y romántico estableciendo una última condición: tener un encuentro previo con Alfonso. «Quiero que el rey me conozca antes de contraer matrimonio ninguno, a fin de que no pueda decir nunca que se casó conmigo sin saber si era yo tal y como él suponía. Si después de verme me pide, será señal de que le agrado. Si no me ve antes, ¿cómo sabré yo nunca su verdadera opinión sobre mi persona?», reflexionó en confidencias con Conté.

El monarca aceptó los requisitos, pero también se hubiera casado con ella valiéndose solo del recuerdo que tenía de Crista de su época en el Theresianum, antes de pasar aquellos días en el castillo de Randan con Mercedes. A pesar de que ella aderezara el asunto con detalles de noviazgo, para el rey en ningún momento dejó de ser una cuestión de Estado. Se barajaron las posibilidades de que el encuentro fuera en Viena o en Madrid, pero finalmente se optó por una zona neutral para que ninguno de los «novios» quedara desaventajado en importancia. La villa de Arcachón, en Aquitania, cerca de Biarritz, fue el lugar escogido para finales de agosto.

Pero el día 5 de ese mes, la muerte volvió a acosar a Alfonso. Su hermana, la infanta Pilar, falleció en el balneario guipuzcoano de Escoriaza, en donde recibía tratamiento por su delicada salud. El rey decidió desplazarse unos días a La Granja de San Ildefonso para evadirse entre los pinares de la vertiente norte de la sierra de Guadarrama y organizar jornadas de caza. En una de ellas, el coche volcó cuando circulaba por uno de los agrestes caminos y Alfonso salió malherido, incluso hubo que colocarle el brazo en cabestrillo. Esa misma noche, el duque de Sesto, que, para no perder la costumbre, estaba a su lado, después de visitar al monarca en sus aposentos y cerciorarse de que se encontraba en buen estado, se dirigió a sus habitaciones y se quedó un tiempo en actitud reflexiva. Pensaba en la soledad de Elena. En cómo debía de sentirse, a kilómetros de Alfonso y con un niño en camino, sabedora de que el padre partiría en unos días a otro país para reunirse con su próxima reina. Y no solamente eso, sino que sabía por el monarca que ella estaba cada vez más distante por los rumores sobre sus correrías nocturnas. Se sentó enfrente del escritorio y tocó la campana del servicio para que le trajeran papel. A trazo lento, redactó: «Cumpliendo mi deber os comunico, doña Elena, la verdad del accidente sufrido por el señor, para vuestra tranquilidad y para que no creáis tantas mentiras como os han contado. Le ruego, señora mía, que cuando le escriba le encargue por Dios que no haga ningún esfuerzo hasta que la cura esté hecha, pues de hacer ensayos podría quedar mal, dígaselo usted, por Dios, que a usted le hará caso».

A la hora de firmar, Alcañices escribió con letra segura y firme el nombre de Prudencio Menéndez, y le hizo llamar.

—Disculpe mi tardanza, señor, pero no quería abandonar a don Alfonso hasta cerciorarme de que se encuentra bien.

—Y haces muy bien, siempre haciendo honor a tu nombre —dijo Sesto para preparar un ambiente cordial—. Necesito que me hagas un favor.

—Lo que usted dispense.

—He firmado una carta en tu nombre con la intención de que la persona a quien va dirigida venga a visitar al rey —dijo sin preámbulos—. Necesito que cuando recibas contestación me la enseñes inmediatamente.

—¡Pero señor! —se violentó Prudencio—. ¿Cómo podría yo colaborar en algo a espaldas del rey? ¡Y con mi rúbrica!

Alcañices le tendió el sobre.

—Por favor —le indicó que la abriera.

El ayudante de cámara del rey procedió y leyó las palabras de Pepe Osorio en silencio.

—Entiendo, señor. Ningún problema. Lo que no sé es cómo no se me ha ocurrido a mí planteároslo. No solo para el rey es un placer tener a la señorita Sanz aquí.

—Gracias, Prudencio —respondió, dándole una amigable palmada en el hombro.

La cantante se había anticipado a la misiva de Sesto. En cuanto tuvo noticias de la muerte de la infanta Pilar, escribió una carta al rey presentándole sus condolencias. Primero Mercedes y ahora su hermana. Se planificó para que sus días estuvieran ocupados en una actividad casi frenética para tener la cabeza en otras cosas hasta obtener respuesta. La única distancia que le parecía asumible era la que necesitaba para respirar después de tenerlo en sus brazos. Cualquier inquina contra él había quedado supeditada a su ansiedad de protegerlo.

Al llegar a casa después de un paseo con Jorge, lo primero que hizo fue comprobar si había llegado correspondencia. Cerciorarse de que así era le aceleró el pulso y sonrió al darse cuenta de cómo las personas del servicio terminaban siendo las que más conocían los recovecos del alma de sus señores, ya que la sirvienta que le había abierto la puerta llevaba directamente la carta en la mano.

—¡Alfonso! —exclamó alarmada después de leerla. Se dispuso inmediatamente a contestar a Prudencio para informarle de que le gustaría visitar al rey y que lo pusiera en su conocimiento. No creía en aquello de «tantas mentiras como os han contado», pero saber que los demás percibían que era importante para el monarca le confería fuerzas para aferrarse a lo único que le quedaba ya.

Ordenó que lo dispusieran todo para partir a primera hora del día siguiente hacia La Granja, haciendo caso omiso de las advertencias de la cuidadora de Jorge de que en su estado no era lo más conveniente iniciar ese viaje. La Niña de Leganés solo escogía vestidos y jugaba con el pequeño, aprovechando cualquier anécdota divertida para soltar una risita.

—No te preocupes, mi vida. Mamá volverá pronto —se despidió de su hijo, que lloraba desconsolado, y se sorprendió añadiendo—: Mamá y papá volverán pronto.

Buscó en los ojos de la cuidadora complicidad por su descuido, pero ella retiró la mirada y cogió al niño para separarlo de su madre temporalmente.

—Buen viaje, señora.

La carta de Elena llegó un día antes de que lo hiciera ella. En cuanto estuvo en manos de Prudencio, este buscó un momento de intimidad para entregársela a Alcañices, antes del almuerzo y después de una jornada de caza.

—No me extraña que seas el ayudante de cámara de don Alfonso, eres tan discreto que ni siquiera abres las cartas que van dirigidas a tu nombre —bromeó el duque, rasgando el sobre para leer la carta. Prudencio asintió en silencio.

—Bien, informaré al rey. Muchas gracias.

El «padrino» del monarca no tenía prisa para tal fin. Se sentó en la mesa dispuesto a darse otro festín después de las migas del desayuno, mantuvo una animada conversación con el resto de los cazadores, bebió vino y no hizo ascos a una posterior copa de Armagnac, acompañada de un buen puro.

El calor de agosto se asentó en sus huesos hasta dormir los estados de alerta, y buscó a Alfonso para dar un paseo por los jardines del palacio de La Granja. Llegaron hasta la Fuente de la Fama, que montada en un caballo alado presenciaba impertérrita cómo un chorro recorría más de cuarenta metros hacia arriba.

Conversaron durante largo tiempo del amor, de mujeres, pero solo les ponían cara en contadas ocasiones, como una nebulosa que flota alrededor y por la que Alcañices —que no había abandonado su Armagnac— se dejó arrullar, hasta terminar considerando una ordinariez presentarle al rey una esfera terrenal bajo el nombre de Elena. Pasó la tarde y ambos se fueron a acostar sin que el monarca tuviese ninguna noción de que iba a ser visitado. «Es mejor que no se lo cuente yo, ya reaccionará cuando la vea —pensó el duque de Sesto mientras se introducía entre las sábanas—. Seguro que de un modo mucho más apasionado si son sus ojos los que tiene delante».

Sesto se despertó al notar unos golpes fuertes en su puerta.

—Señor —escuchó una voz respetuosa al otro lado—. Es urgente.

—Adelante, Prudencio —se llevó la mano a la frente, sentía una cierta jaqueca.

—Señor, disculpe —la cabeza de Prudencio precedió al resto del cuerpo. Cerró la puerta tras sí—, pero he creído conveniente avisarle. —Portaba una energía que se notaba activada desde hacía varias horas, y Alcañices sintió un moderado sentimiento de vergüenza—. Esta mañana, muy temprano, el rey lo ha dispuesto todo para ir solo al palacio de Riofrío. Quería ir con una escolta muy reducida, no me ha dejado acompañarle. Solo la Guardia Real ha ido con él.

—En ocasiones, el macho de la manada tiene que abandonarla para tomar una mayor perspectiva —ahogó Osorio un bostezo—. No hay mayor problema, Prudencio.

—Comparto su análisis, señor —asintió su interlocutor—. Pero es que doña Elena ya está aquí.

—¿Que Elena ya está aquí? —Alcañices se incorporó súbitamente—. Prudencio, no siempre hay que respetar el orden de los hechos para narrarlos, la literatura rusa podría servirte de referencia... Dickens, si me apuras.

El ayudante de cámara asintió, imperturbable.

—¿Y dónde está exactamente?

—En la puerta del palacio, señor.

—Bien. Que se la abran inmediatamente y ordena que habiliten el salón más alejado de estos salvajes cazadores que tenemos de invitados. No quiero que la importunen ni que se sienta incómoda.

Así se comunicó a los miembros del servicio que se lo indicaran al guarda del palacio, quien informó a la contralto de que podía continuar. Ella asintió intentando ocultar la emoción; parecía que todo iba a resultar muy fácil.

La tiple apenas llevaba un baúl de equipaje en su carruaje alquilado, como el viajero que huye sin tener clara su resistencia al remordimiento por dejar atrás su casa, o el que desconfía sobre si lo que encontrará al llegar a su destino merecerá el tiempo de la estancia. Mientras llegaban a la puerta del palacio recordó qué diferente había sido parar en la casa de postas aquella vez. La cantante había deseado que una orden del Gobierno hubiera mandado sustituir al hombre de frondoso bigote que conoció la primera vez que paró allí por sentido del pudor. Por si acaso, y a pesar de que hacía una noche templada, se había envuelto en una capa para ocultar al hijo del rey que venía en camino. Al pasar al sencillo comedor para cenar, había reparado en que Mercedes seguía reinando en la pared. Cómo habían cambiado sus sentimientos desde aquel verano: su recuerdo ya no la amenazaba, sino que la acogía simplemente porque formaba parte de él. Aquella noche se había levantado de madrugada, empapada en sudor. La oscuridad de la habitación había ayudado a mantener vagamente aquellas escenas en su cabeza: el duque de Sesto tiraba de un trineo en el que Isabel II, la zarina esposa de Alejandro II y la duquesa de Sesto se reían a mandíbula batiente. Ella, congelada, permanecía inmóvil frente a la entrada de un hospicio parecido al de las Niñas de Leganés y que se derrumbaba mientras ellos se alejaban y se perdían en la lejanía. De pronto, el duque de Sesto aparecía en el horizonte, caminando solo hacia ella, pero nunca llegaba. Elena le esperaba, caían los escombros. Y nunca llegaba. A la mañana siguiente, muy temprano, había reanudado el viaje y tomado el camino que desde Los Molinos y el puerto de Fuenfría llegaba hasta Segovia y, por lo tanto, a La Granja. Durante aquel trayecto, la imagen de Alcañices no se había movido de su cabeza, llegando a desbancar a la de Alfonso.

Elena mantuvo la cortina medio corrida hasta que el coche se detuvo por completo. Acercó tímidamente la cabeza al cristal y comprobó que el mismo Alcañices aguardaba en la escalera de la entrada. Solo, fumaba un puro con una pierna ligeramente adelantada, sosegado pero con su habitual ademán inquebrantable. Ataviado con el uniforme de caza, llevaba botas altas que limitaban con unos pantalones bombachos, conjuntados con una chaqueta Norfolk, último grito en moda británica del *tweed*. De cuatro botones, portaba amplios bolsillos de fuelle a los que daba utilidad introduciendo algunos cartuchos. Elena consideró que había acertado con su atuendo discreto: un sencillo vestido color burdeos de paño de lana y sus rizos recogidos.

—Señora mía. —Osorio besó la mano de Elena y saludó a su dama de compañía—. Espero que haya tenido un buen viaje. ¿Quiere descargar algo de su equipaje?

Elena, aturdida, no supo qué responder. Había viajado durante dos días para que el duque de Sesto cuestionara el que fuera a pasar allí la noche.

—El rey se encuentra en estos momentos en Riofrío. —El desplome anímico de Elena fue muy evidente. Pepe le sonrió con calidez—. Me gustaría invitarla a una taza de café.

La cantante asintió con la cabeza, agradecida por una hospitalidad que intentaba compensar la humillación que sentía. Siguió a Sesto hasta uno de los salones. La suntuosidad de la sala despertó en la Niña de Leganés la alarma habitual; nunca había conseguido sentirse una más del mobiliario palaciego.

—Por favor —le indicó que tomara asiento en el sillón, mientras él hacía lo propio en una de las sillas de enfrente, tapizadas con figuras alegóricas. La diva lo miró atentamente, a la espera de una explicación. Osorio comenzó a hablar sobrecogido; la valentía de Elena portaba a su vez una vulnerabilidad demasiado explícita: cualquier otra hubiera bebido de la taza como forma de disimular su aflicción. En una situación así solo una mujer como la suya podía tener la osadía de mirar a cara descubierta y conseguir que el que se sintiera incómodo fuera el de enfrente—. El rey no sabe que se encuentra aquí.

—¿Cómo es posible? —preguntó con alivio: prefería hacer el ridículo por desplazarse hasta allí sin haberse cerciorado de la presencia del rey que por la falta de interés de este en verla. Todavía estaba a tiempo de regresar a Madrid. Notó que Alcañices posaba su mirada en su tripa y la protegió con una mano—. Oh… bueno…

—¿De verdad cree que es necesario? Para un hombre su familia siempre es bienvenida.

Elena trató de contener sus lágrimas después de escuchar las palabras de Alcañices, pero se sorprendió intentando ahogar con sus manos un sofocado llanto que no consiguió detener.

Osorio cogió aire y se mantuvo en silencio durante unos segundos. Cuando la calma se sobrepuso a la rabia, se levantó y se acercó a ella para ofrecerle un pañuelo que mantuvo a la altura de sus ojos, hasta que la diva los abrió.

—Por Dios, discúlpeme —se avergonzó. Cogió el pañuelo y se secó los ojos enrojecidos—. De verdad, no sé cómo ha podido pasarme esto… —Ahogó un hipo y Alcañices forzó una carcajada a modo de bálsamo que terminó por contagiarla a ella—. ¿Cómo está su esposa?

—Muy bien. Adaptándose a su nuevo estilo de vida. Creo que lo que lleva peor es no poder tener una casa lo suficientemente grande como para llenarla de loros y aves estrambóticas.

La tiple volvió a reírse y se dio cuenta de que, por alguna extraña conexión con Alcañices que no lograba comprender, en raras ocasiones se había sentido tan a gusto como aquella mañana, en aquel salón.

—Se ha quedado en Madrid con sus hijos, mi lugar debe estar siempre al lado del rey. No es una elección.

Elena se maravilló de que un hombre lleno de lealtad hacia la Corona la tratase con tanta consideración.

—¿Sabe? —Cogió el plato con la taza y lo colocó sobre sus rodillas antes de beber—. Ahora entiendo por qué todo el mundo le adora. Nos hace sentir tan importantes como si fuéramos sus hijos. Quizá porque nunca los tuvo se comporta así con las personas.

El duque de Sesto sonrió de un modo que a Elena de pronto le hizo sentir incómoda. Dejó la taza sobre la mesa.

—Señora, le dejaré una berlina para que se desplace lo más confortablemente posible. Aún le queda una hora de trayecto, no debe entretenerse.

—Descuide. —Se le iluminó la cara a Elena—. Y muchas gracias por el café —se levantó y se colocó la capa por encima. Alcañices, apoyado sobre una mesa, sacó una pluma y comenzó a escribir en un papel que ya estaba encima del mueble de mármol—. Un rey puede dar una sorpresa siempre que quiera, pero me pregunto cómo se puede dar una sorpresa a un rey. No me dejarán pasar dentro del palacio sin su consentimiento.

Sesto terminó de escribir y metió el papel en un sobre con el escudo de armas de la Casa de Spínola. Se lo tendió.

—Con esto no tendrá ningún problema. Entréguelo al guarda de la entrada, siempre encuentra un motivo para no llevarme la contraria. —Le guiñó un ojo.

Elena partió sola, sin su dama de compañía. No quería que ojos ajenos siguieran haciendo garabatos en el guion de su vida con sus juicios internos. Tras una hora eterna para el apremio de la diva, las curvas del camino anunciaron Riofrío. Apretó la carta de Alcañices en su mano al distinguir el muro de piedra que cercaba la finca.

—Buenos días, señora —se cuadró el guarda militar, cuando Elena llegó a la puerta exterior. Ella abrió su ventanilla y le entregó el mensaje de Alcañices, que a ella ni se le había pasado por la cabeza leer. Había cosas que si Dios había decidido dejarlas en manos de otros, ahí había que dejarlas.

El guarda leyó las palabras del duque de Sesto e, inmediatamente, hizo una señal a dos militares de la Guardia Real, montados sobre esbeltos caballos pardos, para que se acercaran y darles las instrucciones. Mientras se colocaban delante y detrás del carruaje, se acercó al cochero para hablar con él. Después, se dirigió a la ventana de Elena.

—Señora, ellos la llevarán hasta su majestad el rey.

—Gracias. —La diva sonrió. Nunca le estaría lo suficientemente agradecida a Pepe Osorio.

A mitad de camino, sus escoltas se encontraron con otros militares que les indicaron el paradero de Alfonso. Lo que le llevó a concluir a Elena que no se encontraba en el palacio, sino perdiéndose en el bosque.

Los castrenses se detuvieron en un punto del camino que a la tiple le resultó familiar. Y el hecho de que el monarca se encontrara en las inmediaciones la conmovió. Alfonso estaba en el «río del espejo». En cuanto el coche se detuvo, Elena abrió la puerta sin esperar al cochero.

—Señora, esperad —se acercó rápidamente a ella el militar. La cantante obedeció impaciente, y aguardó a que se bajara del caballo y cogiera la rienda con una mano—. Os acompañaré por el camino.

—No hace falta —repuso la diva, que no quería testigos en su reencuentro con el rey. Y añadió, altanera—. Me lo conozco a la perfección.

—Señora —repuso el militar, con severidad—, tengo orden expresa de acompañaros hasta el final. Es mejor no perder el tiempo en discutir. —Por su sonrisa ladeada, la cantante achacó aquella obediencia insobornable a las ganas de poder contarlo después en la taberna.

No obstante, acabó agradeciendo su presencia; aquellos caminos de arena seca y piedrecitas escurridizas no eran aptos para sus botas de medio tacón. Sonrió al recordar que nunca había descendido por su propio pie. A medida que se acercaban, el sonido de la corriente de agua se fue haciendo más presente, hasta convertirse en la única música del lugar. El cantar de los pájaros parecía una sucesión de triángulos musicales acompañando el ritmo. Una nube colapsó el sol y la sombra le dio a Elena algo de frío. Se abrigó: era una mujer de constitución fuerte, pero el embarazo la hacía estar más pendiente de sí misma. El militar andaba cada vez más decidido, y los pasos de la cantante eran cada vez más débiles. No soportaría que él considerase la visita de ella y el niño como una intromisión en su momento de paz.

Cuando llegaron a la orilla del río miró a su alrededor con cautela, no fuera que el monarca estuviese en una situación comprometida. Allí estaba, apoyado contra un montículo de tierra, la mirada perdida hacia el cielo. Uno de los caballos percherones dormía con la cabeza apoyada en la rama de un fresno, por lo que Elena dedujo que llevarían allí varias horas de letargo.

—Majestad —se cuadró el militar cuando estuvieron a una distancia prudencial. El rey se volvió sobresaltado y se puso en pie, apoyándose con dificultad en un brazo para observar a quienes invadían su intimidad. Al distinguir a Elena se quedó pasmado.

—Majestad, tengo orden del duque de Sesto de acompañar a la señora a donde estuvierais.

—Tienes orden mía de acompañarla siempre donde ella te diga —respondió el rey con autoridad.

—Sí, señor —repuso el guarda real. Se cuadró de nuevo y se volvió a Elena—. Señora.

—Gracias —respondió la cantante, observando unos segundos cómo desaparecía de su vista antes de enfrentarse a la imagen de Alfonso. Seguía mirándola, en la misma posición. Comenzó a andar hacia ella.

—No, Alfonso, quédate ahí, ya voy yo. No te vayas a caer que no tienes buen equilibrio.

El rey obedeció.

Al llegar a él, le palpó la cara. Tenía los ojos hinchados y unas grandes bolsas debajo. Las acarició con los dedos y, en un ademán algo maternal, le cogió por los hombros para comprobar bien su aspecto, abrigado con una capa azul marina. Notó que los huesos habían adquirido presencia.

—Mi amor. —Lo abrazó fuerte contra ella y recorrió sus mejillas con besos hasta llegar a sus labios. El rey cogió su cara y la besó con fuerza. Le dio lentamente la vuelta y la rodeó con un brazo, pero el cabestrillo quedó en medio al apretar el cuerpo de Elena contra el suyo y se hizo daño.

—Alfonso… —intentó la cantante separarse, pero el monarca insistió en tenerla así. La empujó levemente con la cadera para que anduvieran unos pasos hasta quedarse pegados al agua. Cerró los ojos para besarla en la nuca, y ya más calmado apoyó la cabeza en su hombro.

—El agua ahora no tiene interés en mostrarnos —aseguró con tristeza, señalando el tapiz en tono verde oliva que tenían enfrente.

—Sí, se ha escondido el sol —corroboró Elena—. Pero es temporal. Si de verdad queremos que lo sea.

Alfonso respiró hondo y volvió a besarla en el cuello. Al pegar su cara, una lágrima humedeció la piel de Elena. Ella no se volvió, no quería incomodarle. Apretó su mano y todo su rencor se disipó al comprender que los vicios crecen en un rey al ser las únicas debilidades que se le permiten tener. Por primera vez, sintió que con su abrazo la hacía merecedora de descargar cierto peso de responsabilidad en ella.

—¿Has estado en La Granja? —le preguntó. Ella asintió con la cabeza—. A mi madre le gusta tanto cazar allí como en Riofrío. —El ritmo de su voz era muy pausado—. Cuando éramos pequeños, organizaba grandes expediciones a caballo por Peñalara, Siete Picos, la Fuenfría, el Paular… Eran buenos veranos en familia.

—Siempre te encuentras más cómodo en tu pasado —susurró la cantante.

—Depende de cuál sea mi presente. —Con un movimiento seco le dio la vuelta para besarla en la boca, tras lo que le susurró en el oído—: Y el de ahora es inmejorable.

La diva miró en derredor suyo. El monarca la cogió de la mano y la condujo hasta el montículo donde había permanecido él resguardado, y la hizo apoyar su espalda allí. Siguió besándola mientras desabrochaba los botones de su abrigo.

Media hora después, ya oscurecía. El rey le indicó a Elena que debían retirarse antes de que la oscuridad se adueñara del campo.

—Yo creo que deberíamos volver por la carretera principal, para que te escolte la Guardia Real. No sea que te vuelvas a caer del caballo y no tengas mano sana para besar la de tu prometida —le aconsejó la cantante con sorna.

A Alfonso le brillaron los ojos.

—¿De verdad crees que eso puede ocurrir? —Sonrió de felicidad—. Entonces no hay tiempo que perder, idolatrada mía. Subamos al caballo y galopemos entre los árboles hasta que por ir tú sentada delante no vea una rama y caiga encima de un punzante pedrusco.

Rieron al unísono y a Elena le reconfortó la falta de ilusión con la que Alfonso afrontaba su nuevo matrimonio.

—Subamos entonces. No seré yo quien lo impida.

Ella colocó un pie en el estribo e intentó subir con torpeza, dado su estado. Lo grotesco de los esfuerzos de Alfonso por encaramarla al paciente caballo con una sola mano le provocaron unas carcajadas que dificultaron la operación, hasta que el pie de la cantante resbaló en el estribo y cayó sobre el rey, que con una sola mano no pudo con su cuerpo y se estamparon los dos con el suelo.

—¡Alfonso! —exclamó la diva alarmada, encima del monarca—. ¿Estás bien? ¿Te he hecho daño? Déjame ver el brazo…

—No, no te preocupes —repuso con la respiración entrecortada por el susto que había sentido de dañarse más el brazo perjudicado. Lo movió con precaución—. No ha pasado nada, no he caído sobre él.

La cantante apoyó las manos para incorporarse y al levantar la cabeza vio a dos militares a lo lejos, que observaban atónitos la escena.

—Querido, tenemos visita —informó en la misma posición; le parecía absurdo levantarse precipitadamente para disimular lo indisimulable—. Han debido de acercarse al escuchar mis gritos.

El rey giró la cabeza hacia atrás y los vio. Desde esa posición, les gritó:

—¡Esto me pasa por decirle que no a una dama!

—¡Pero Alfonso…!

La cantante le tapó la boca con la mano y se inclinó hacia él para ahogar su risa.

—Majestad, ¿todo bien? —insistieron—. La noche hoy pinta cerrada.

Elena se incorporó y le ayudó a levantarse.

—Todo bien. Llevad el coche de la señora hasta la casa e indicad que le preparen las habitaciones.

—Sí, señor. Os esperaremos en el camino.

El monarca miró a Elena y sonrió.

—No os preocupéis, nosotros tenemos el nuestro propio —murmuró. Volvió a mirarlos y les dijo—: Id al palacio y haced lo que os digo.

—Pero señor…

—¡Os lo ordena el rey! —exclamó.

Los militares asintieron y se marcharon. Elena entendió mejor que nunca el papel de Leonor de Guzmán, y pensó que en ningún escenario podría llegar a interpretarlo como aquel día.

23

María Cristina había dispuesto todo para que ni el más mínimo detalle quedara expuesto al azar durante su encuentro en Arcachón. Se había preocupado tanto porque la cita tuviera un feliz desenlace, que hasta se decantó por la villa Bellegarde porque estaba ubicada entre las calles de Fausto y de España.

Además, no quería generar impresiones erróneas y aquella villa comulgaba con su carácter. De tres pisos, era austera y sobria, y constaba de un cuidado jardín sin pretensiones de más. Con la estampa de la tradicional residencia de campo francesa, cuadrada y con el tejado en pico, anunciaba la nobleza de su estirpe en una imagen limpia: rotunda y visible, apenas flanqueada por una valla más protocolaria que defensiva. Tenía un halo de encanto con aquellos grandes ventanales enmarcados en piedra blanca y balcones que prometían la escenificación de las memorias de Chateaubriand. Aquella esencia definía a la futura reina de España, aunque escondía su agudo sentido del humor, reprimido por el asentamiento de una educación exquisita.

Mientras que la archiduquesa llevaba diez días instalada en el escenario de la cita prematrimonial, Alfonso llegó la misma tarde de aquel 22 de agosto de 1879 y se presentó en la villa con la urgencia de un negocio que hay que cerrar cuanto antes.

Cuando entró en el salón donde le aguardaba su inminente mujer se encontró con la sorpresa de una fotografía de la reina Mercedes sobre el piano. A su lado, María Cristina de pie, y en pose escultural —en lo referente al porte—, tenía la mano apoyada sobre la tapa del instrumento. Ataviada con un sencillo vestido claro de algodón de una sola pieza, lo ceñía a su angosta cintura con un cinturón de hebilla y una pequeña flor recogida en un patio adornaba sus rizos castaños.

—Querida Cristina —sonriente, Alfonso se acercó a saludarla con el brazo aún en cabestrillo. Cogió su mano y se la llevó a los labios—. Sigues igual que la última vez que nos vimos, hace ya tanto tiempo… Fíjate, estudiaba yo en el Theresianum.

—Así es —asintió María Cristina, en un forzado español. Hubiera preferido una actitud más reservada, de observación hacia quien sería su nueva compañera, y no la pose obsequiosa, pero fría y distante, del que ya viene dispuesto a aceptar.

—No te preocupes, podemos hablar en inglés. Ya irás aprendiendo mi idioma con tranquilidad —la ayudó el rey, hablando en lengua anglosajona. Miró la imagen de Mercedes y le sonrió—. Es muy gentil por tu parte.

—Sé lo enamorado que estabas de ella, Alfonso. Y no pretendo ocupar su lugar. Solo quiero decirte que encontrarás en mí a una esposa leal, que te apoyará siempre en lo que sea mejor para tu reinado y que buscará la forma de ganarse el respeto y el amor de los españoles.

—Y que me dará un heredero para el trono de España —terminó Alfonso sin preámbulos.

María Cristina asintió, algo ruborizada.

El monarca encontró muy agradable la compañía de la austríaca: discreta, inteligente y muy atenta a cada uno de sus comentarios. Se vieron cada uno de los ocho días que duró la visita, y la «cuadrilla» alfonsina —formada por Alcañices; Morphy; el fiel defensor de la monarquía y recién destituido ministro de la Guerra, marqués de Torrelavega y, cómo no, el ministro de Estado en el nuevo Gobierno de Martínez Campos, el duque de Tetuán y actual embajador español en Viena— se hospedó en la villa Mónaco, muy cerca de María Cristina.

El rey no tuvo muchas dificultades a la hora de ganarse el favor de la madre de su prometida. Como cabía esperar, España y Austria no estuvieron abandonadas a su suerte: la hija del rico banquero portugués Émile Pereire, madame Cécile Rhoné, fue la encargada de organizar reuniones en la villa Pereire. Tanto Émile como su hermano Isaac, judíos, fueron claves en el desarrollo capitalista del siglo XIX.

Alfonso se desenvolvió sin problemas en los planes organizados por madame Cécile. La dama francesa no tardó en poner sobre la mesa los grandes negocios que su padre y su tío habían desarrollado en España, como la construcción de los ferrocarriles Caminos del Hierro del Norte en 1858, y María Cristina se prendó por igual de los ojos verde oliva de su inminente marido como de su encanto innato tanto para reivindicar la participación española en la ampliación de las obras del Canal de Suez delante de la anfitriona.

—Ah, si en mi trabajo se pudiese tener solamente dos meses de vacaciones, qué feliz me haría. Las iría a pasar a París —decía espontáneamente.

Y María Cristina pensaba, para sus adentros, que nada le gustaría más que acompañarlo en sus paseos por el borde del Sena.

Por el día, la institucional pareja aprovechaba para conversar con las playas de la Gironda de fondo, o pasear por el parque durante horas y sentarse en el banco de los Enamorados. Eran conversaciones sencillas, dirigidas por Alfonso, sin más pretensiones por su parte que establecer lazos de conocimiento y cordialidad para una futura convivencia. Como era habitual, en esos momentos no estaban solos, sino que la archiduquesa Isabel, acompañada por una dama de honor, les guardaba distancia montada en un coche de ponis.

El último día, en su paseo final, llegaron caminando por la playa hasta la casa del guardés de la villa de madame Cécile.

—¡Alfonso, mira! —exclamó con entusiasmo María Cristina y señaló un grupo de delfines que les ofrecían, a lo lejos, un espectáculo de saltos. La idílica visión la animó—: Alfonso, me da un poco de vértigo separarme tantos kilómetros de mi país y de mi familia, pero tengo tantas ganas de empezar una vida nueva allí en España… —confesó, sin atreverse a añadir «a tu lado».

Ya de regreso a Viena, la austríaca mostró tanto entusiasmo en su entorno que hasta la archiduquesa María, esposa del archiduque Raniero, mandó una misiva a Alfonso: «Me rejuvenece tener el gozo de ver a una persona tan feliz como Cristina».

Y así era. La hija de la bella archiduquesa Isabel transmitía esa alegría mientras se familiarizaba con todo lo que fuera español planteando al duque de Tetuán toda clase de preguntas sobre las costumbres del país. Con la ilusión de causar la mejor impresión en la corte española, contactó con el canciller de la legación española en Berlín, Santiago de Palacios, y se centró en aprender bien el idioma.

La historia del rey de España en lo que a sus impresiones se refiere se escribió de distinta manera, ya que al regresar a España pernoctó en La Granja donde se reunió con el duque de Sesto para contarle su viaje en la intimidad.

—Majestad, creo que se podría decir que la cosa ha ido bien —dio el primer paso Alcañices, que acababa de recibir una carta de Sofía desde París en la que el cariño no era el tono que predominaba, cansada ya de tenerlo siempre tan lejos de ella y tan cerca de Alfonso.

—Lo que se podría decir es que es una lástima que, gustándome más la madre, tenga que casarme con la hija —zanjó el asunto el rey.

A pesar de su indiferencia respecto a María Cristina, el «cortejo» oficial fue de lo más entregado. La novia dejó su cargo de canonesa al concedérsele el lazo de la Orden Dinástica Española, y el rey solicitó que se pusiera en marcha la delegación que viajaría a Viena para realizar oficialmente la petición de mano. Esta misión corrió a cargo de los duques de Bailén y se selló con un magnífico regalo por parte de Alfonso: un broche de diamantes «Devant de Corsage».

La Casa de Austria buscaba establecer con el trono de España unas relaciones más allá de la cordialidad protocolaria: «En el fondo debería estar un tanto enfadado con vos por llevaros a nuestra Crista, cuya separación me es muy penosa, escribía en una misiva su tío paterno, el archiduque Guillermo, haciendo referencia al humor chispeante de su sobrina. Poco gratificante tuvo que ser para él y aquellos que bien la conocían el que su familia política solo sacara de ella un puñado de actitudes por las que se ganó el apodo de doña Virtudes en el palacio de Oriente.

Durante el mes de octubre de aquel año, una tragedia meteorológica asoló la zona del Levante español. Murcia, Lorca, Orihuela y Almería quedaron arrasadas por las inundaciones a causa de las lluvias que se llevaron por delante familias que dejaron huérfanos a centenares de niños. Los españoles se volcaron en ayudar a las zonas devastadas, y en ocho días la Junta de Madrid reunió treinta mil pesetas y un millón de reales. María Cristina no quiso quedarse atrás y dejó boquiabierto al país al destinar veinticinco mil pesetas de su peculio a la causa.

La noticia también removió la conciencia de la Niña de Leganés. Y no solo la solidaria. Una creciente inquietud despertó la maquinaria del cerebro de la cantante, que no dejó de soñar con una idea: recaudar fondos para la causa haciendo lo mejor que ella sabía hacer. Solo la imagen de verse de nuevo encima del proscenio de un teatro le generaba una ilusión de la que pasados los días hubiera resultado demasiado pernicioso deshacerse.

Elena valoró la situación como una segunda oportunidad que le ofrecía la vida, las opiniones que le llegaban sobre su retiro de los escenarios la encerraban cada vez más entre las paredes de su apartamento para no escucharlos.

No conseguía enfrascarse en la lectura del cuento de Arthur Conan Doyle y eso que había estado esperando con ganas a que le enviaran el ejemplar del *Chamber's Edinburgh Journal* de septiembre. Tenía interés por conocer el estilo de aquel oftalmólogo; su primera incursión literaria había causado mucho revuelo. Sin comentarlo con nadie, ordenó que mandaran un billete al editor de partituras, Benito Zozaya, para que se reuniera con ella en el Teatro de la Comedia.

A los casi siete meses de embarazo, a Elena le resultaba desagradable caminar sola por las calles de Madrid por si pudiese encontrarse con alguien. El sambenito de madre soltera era muy jugoso para los justicieros. Se bajó de la berlina en la puerta del teatro de la calle Príncipe, con la mirada en el suelo y el sombrero bien encajado para tapar lo máximo posible y que nadie la pudiera identificar. Había acudido a la cita una hora antes de lo previsto.

Unos cánticos la hicieron detenerse. Giró la cabeza hacia la esquina de la calle y anduvo entre la gente hasta averiguar a quiénes pertenecían las voces. Hacía tiempo que no asistía a un concierto de ciegos. Aparecían casualmente, cuando uno menos se lo esperaba, en grupos de cinco o de seis, con sus ropas raídas y siempre ubicados en el cruce de una calle. Entonaban una alegre opereta.

La Niña de Leganés se agachó junto a ellos para darles una generosa propina.

—Muchas gracias, señora —respondió uno de ellos.

—Gracias a ustedes por llenar de alegría las calles de Madrid.

Elena iba a marcharse cuando uno de ellos le indicó que se detuviera. Cogió el dinero que la diva había depositado en la cesta y se lo devolvió. Ella lo miró sin comprender.

—Nuestro ejemplo son los maestros como usted, señora Sanz, para cantar y poder ganar para comer. Pero ha decidido abandonarnos. ¿Y sabe qué? —le dijo con dureza— hace demasiado frío en la calle.

Con un movimiento de mano, la echó de allí.

Elena entró en el teatro con el sombrero en la mano.

No tuvo que identificarse. Los «custodiadores» de la puerta la reconocieron inmediatamente.

—He quedado en la sala con el señor Zozaya en una hora. Sé que no tienen programa de actuaciones hoy, me gustaría esperarlo dentro.

Tras un respetuoso asentimiento de cabeza de aquellos, la diva se dirigió hacia su destino no sin antes detenerse ante las estatuas de bronce de la entrada, que representaban a un malabarista y a un encantador de serpientes. La decoración se debía a que era propiedad del empresario de salas de juego Silverio López de Larrainza, quien quiso dejar su sello en los forjados de las balaustradas del interior, reproduciendo en ellas los motivos de los palos de la baraja. Era un teatro de pequeñas dimensiones, perfecto para que su plan surtiera efecto.

—Disculpe, señora —la sacó un empleado de sus pensamientos—. El señor Zozaya ya nos informó de que su entrevista se haría en la sala, pero ha venido usted con demasiada antelación. —Elena notó cómo se armaba de valor para añadir—: Sintiéndolo mucho, no va a poder esperarlo ahí; el señor Albéniz se encuentra ensayando.

—¿El señor Albéniz? —A la artista le costó reaccionar—. ¿Isaac Albéniz?

—Sí, señora.

Haciendo caso omiso de las indicaciones del empleado, la cantante se dirigió a la puerta de madera y pegó el oído.

Le llegó un lejano sonido de piano, apenas perceptible, pero lo suficiente como para que no hubiera marcha atrás. Giró el pomo, pero una mano se colocó sobre la suya y lo giró de nuevo hasta dejarlo en su posición.

—Señora Sanz, lamentándolo mucho, ya le he dicho que no puede entrar. Tengo indicaciones del señor Albéniz de no ser molestado.

—¿Disculpe? —Elena se irguió—. Apártese o recibirá indicaciones de no volver por aquí.

Indeciso, el guardián de la intimidad del músico negó con la cabeza, humillado, y se marchó farfullando contra la diva.

Abrió la puerta. La platea tenía forma de herradura, a lo italiano, con tres pisos en los que se distribuían doce palcos por planta, seis a cada lado. Al fondo de la sala, pegado al proscenio, un chico con el pelo revuelto aporreaba el piano como si se enfrentara solo contra todo el ejército de Napoleón.

La diva fue dando pequeños pasos hacia adelante con largas pausas. Tenía la sensación de que si le interrumpía el chico moriría.

La música emergía a tal velocidad que le entró ansiedad, era como estar dentro de un angustioso laberinto sin salida, pero que a la vez transmitía una entrega y una fuerza que a uno le impedía abandonar. Súbitamente, el ritmo de la pieza se suavizó hasta dar con unos toques elegantes y escurridizos, propios de los pies de una bailarina.

—¡Pero qué…! —De pronto, Albéniz apoyó fuertemente las manos sobre el teclado y se volvió con violencia.

La diva se llevó una mano a su tripa, asustada, y permaneció inmóvil. Un frondoso bigote precedía a una cara redonda, de ojos pequeños que, a esa distancia, le resultaron casi imperceptibles. Albéniz era grueso; tenía algo de Sancho Panza mezclado con dignidad quijotesca.

Se puso en pie y caminó hacia ella para ver bien a la intrusa hasta reconocerla, luego se dirigió de nuevo hacia el piano y le hizo una señal con el brazo para que lo siguiera.

—Acérquese.

Volvió a sentarse frente al piano y tocó durante unos segundos, hasta que la diva se colocó a su izquierda y se apoyó levemente sobre la tapa. Albéniz la miró a los ojos, sin fijarse en su abdomen.

—Hace mucho que no se oye hablar de usted.

La cantante optó por colocar la mano en su vientre para responder al músico, pero como este no apartaba la mirada de sus ojos, habló:

—Llevo un niño dentro de mí.

Albéniz asintió con un movimiento seco de cabeza.

—Entiendo.

Elena miró sus manos, era conmovedor que siendo tan pequeñas pudieran enlazar notas con tanta pulcritud.

—Es indescriptible lo que uno siente cuando se le escucha tocar el piano —susurró Elena. La magia del ambiente la hacía sentirse en un santuario, junto a aquel joven al que sacaba dieciséis años—. ¿Cómo puede conseguir un ritmo tan elegante y preciso… y a la vez tan caótico?

—Tengo nombre judío, apellido árabe y sangre catalana, vasca y andaluza —respondió, con absoluta seriedad.

A la diva se le escapó una risita ahogada, que al músico le motivó para seguir hablando con una postura algo fanfarrona.

—Eso me dijo una señora cuando yo tenía doce años y me escapé como polizón en el vapor *El España*. Llegué a Cuba, Argentina, Puerto Rico, Nueva York y San Francisco.

—¿Y no le descubrieron?

—Sí. Pero los pasajeros se quedaron tan conmovidos con mi música que me pagaron entre todos el billete. Yo nunca he sabido leer, no fui a la escuela. —Se le iluminaron los ojos—. Pero aprendí a distinguir mi nombre en grandes carteles.

La cantante sonrió; Albéniz sabía meterse a la gente en el bolsillo con ese baile de arrogancia y de humildad. Al cabo del tiempo averiguaría que lo del pasaje del barco era mentira.

—Antes de llegar a Madrid estuve a punto de quitarme la vida en París. Y ya me ve, maltratando aquí este pobre piano.

Elena no supo si reaccionar con burla porque el joven hubiese contado ese capítulo con semejante frivolidad, o simplemente comprender la existencia de personas con una extremada lógica de supervivencia que les permite observarse con semejante distancia.

—Tengo entendido que, cuando llegó aquí en el 76, el conde de Morphy se quedó tan impresionado al verle tocar que le consiguió una beca del rey para que estudiase en Bruselas.

—Oh… ¡Fue una época formidable! —exclamó Albéniz—. Tenía un compañero con el que me pasaba las horas jugando a los soldaditos de plomo. —Soltó una escandalosa risotada tras la que se tornó serio de nuevo y fijó la mirada en las teclas del piano. Era difícil que una corbata estuviera tan mal anudada como la suya, roja, en un insípido traje gris—. ¿Qué la ha traído por aquí?

—He quedado con el editor Benito Zozaya.

—¿Aquí? —se sorprendió el músico con exageración—. Tiene un taller magnífico en el 34 de la Carrera de San Jerónimo, he ido alguna vez. Tengo entendido que está preparando la publicación de una nueva revista, *La Correspondencia Musical*. —Arrugó la frente, en actitud de hacer memoria—. La intención es propagar la afición a la música poniéndola al alcance de la gente acomodada.

—Será de la gente con pocos recursos.

—Pues eso digo.

—He preferido quedar aquí para intentar motivarlo.

Albéniz miró a su alrededor y, por primera vez, el vientre de Elena.

—Mi hermana Blanca se suicidó en 1874 por no conseguir triunfar en la escena madrileña. —Su mirada contenía algo de advertencia y la cantante apartó las manos de su tripa en un súbito sentimiento de culpabilidad—. Estuve todo ese año sin anotar nada en mi álbum de viajes.

Supo que la ayudaría.

—Por favor. Quédese aquí cuando aparezca el señor Zozaya. No me deje sola.

Sorprendido por el arrebato de la cantante, no apartó los ojos de la mano de Elena en su brazo hasta que ella, avergonzada, lo retiró y miró al suelo.

—Por supuesto que me quedaré. —Le guiñó un ojo— Yo estaba primero.

Se abrió la puerta y apareció el señor Zozaya en el umbral.

—Buenas tardes, señor. —La Bella del Re desplegó todo lo que pudo su sonrisa para recibirlo. Caminó hacia él.

Esa mirada solo podía pertenecer a un cuerpo como aquel, espigado y sin definición, pensó Elena según se acercaba a unos redondos ojos aturdidos. Hasta su frondosa barba parecía un jardín abandonado a horas de levitación.

—Buenas tardes, señora Sanz —respondió Zozaya, tomando su mano y llevándosela a los labios. Miró hacia adelante al distinguir a Albéniz en el piano. Se volvió a la diva con cara de interrogación.

—Don Benito, sentémonos en una de estas butacas mientras Isaac continúa con sus ensayos.

La cantante lo dirigió hasta la primera fila para situarse cerca del músico. Después de que los dos hombres se saludaran, habló sin cortapisas.

—Don Benito, mi estado me impide volver a los escenarios. —El editor sonrió con ternura porque entendió que así debía hacerlo tras la noticia de Elena, quien prosiguió con ganas de llegar al final—. Pero había pensado que se podía organizar un concierto benéfico en este teatro para recaudar fondos por las víctimas de las inundaciones.

Zozaya asintió.

—¿Por qué en este teatro?

—Es pequeño y su programación de conciertos, limitada; en el Teatro Real sería difícil colocar una función a estas alturas. Además, mi pretensión es que tenga un carácter más íntimo con el fin de que venga quien así lo desee, sencillamente.

—Precisamente me han comentado esta mañana que el señor Birch, socio de Mildson Goyeneche, corresponsal del Banco de España en Londres, ha abierto una suscripción para el socorro de los afectados —soltó aquella retahíla mientras reflexionaba sobre qué responder. Se acarició la barba—. ¿Tiene pensado quién actuaría?

—Por supuesto, se me ocurren varios nombres de voluntarios que estarían encantados de participar, como Mile, Beszké, Gayarre o Verger.

—«¿Conoces esa tierra? ¿Conoces esa tierra donde florecen los limoneros, donde con un follaje oscuro los naranjos relucen, donde una suave brisa sopla en el cielo azul, y vemos el silencioso mirto y el frondoso laurel? ¿Lo conoces bien? ¡Es allá! Allá donde quiero ir contigo, ¡oh, amado!» —recitó Zozaya elevando poco a poco el brazo hacia el cielo hasta que le hizo levantarse. Se volvió a sentar y miró a Elena—. Hace tiempo que quiero ver a la *Mignon* de Ambroise Thomas adaptada a la de Charles Gounod.

—¿Quiere representar música de salón?

—Exacto, Elena. Veo que está al día.

—Jamás podría desconectar de algo por lo que vivo —le salió del alma a la cantante. Notó que la espalda de Albéniz se ponía rígida.

Zozaya volvió a sonreír del mismo modo que antes y la miró en silencio, como si aquella confesión fuera algo demasiado personal como para que él pudiera aportar algo.

—Déjeme que mire para cuándo podría organizarse la función. Me parece una excelente idea.

—¿Me lo dice en serio? —Elena sonrió y apretó una mano contra la otra hasta hacerse daño.

—Sí. —Zozaya se levantó, dando por zanjada la conversación—. Tendré que hablarlo con la princesa de Asturias.

—¿Con Isabel de Borbón? —Elena se sobresaltó al ver en peligro su plan, Alfonso se enteraría y nunca lo permitiría.

—Por supuesto. Cualquier obra que quiera representarse ha de contar con la aprobación de la Casa del Rey, y la princesa de Asturias es quien está al tanto de las obras que corresponden a este teatro.

—Sí, pero pensé que al ser un concierto benéfico el proceso sería distinto… —Elena tragó saliva, sus hombros se hundieron.

—Si me permite yo organizaré el encuentro con la princesa de Asturias, señor Zozaya —intervino de pronto Albéniz. Elena lo miró, atónita—. Contactaré primero con Morphy para anticiparle la sorpresa que le daremos usted y yo.

—¿Sorpresa? Pero ¿de qué sorpresa me está hablando? —preguntó Zozaya algo irritado; no le gustaba verse en el lugar del sorprendido.

—Estoy componiendo una suite, la *Suite española*. Estará dividida en diferentes piezas dedicadas a cada comunidad, un trabajo que me llevará varios años y todo ese esfuerzo se lo dedicaré a ella.

Albéniz le guiñó un ojo a Elena y ella comprendió al instante por qué cuando él hablara con la Chata, esta haría lo imposible para que ese concierto se celebrase.

Gayarre, puntual, la esperaba en el Café de Zaragoza. Apoyado en la barra, ojeaba las crónicas de Asmodeo en *La Época*. La cantante se colocó detrás de él y le tapó los ojos. A pesar de llevar en su porte hercúleo el endiosamiento que el público le transmitía, su mirada narraba sus orígenes humildes en las montañas navarras del Roncal, que tuvo que abandonar para trabajar como criado modestísimo en una herrería.

—¿Cómo está el *roi du chant* de todos los tiempos? —bromeó Elena—. ¿El único tenor *senza rivali* del mundo?

—Déjate de tonterías —se rio el cantante al escuchar los apodos que se había ganado por todo el planeta—. Pues, si te soy sincero, tanta gira hace que uno esté deseando llegar aquí para tomarse estas patatas con jamón. —Cerró los ojos para saborearlas. Elena pidió un vaso de agua—. ¿Cómo vas de tu embarazo?

—Por el momento se porta bien.

—Sabes que tienes todo mi apoyo, Elena. Si algo va mal, no dudes en recurrir a mí.

El hecho de que no le preguntara por la paternidad de su hijo le hizo ver a Elena que las habladurías habían llegado hasta el tenor, y que este les daba total credibilidad. Y, lo más importante, consideraba que estaba sola.

La Niña de Leganés cambió rápidamente de tema y se centró en contarle sus planes para organizar un concierto benéfico.

—Bueno, si puede celebrarse, no dudes en contar conmigo —señaló Gayarre, con cierto escepticismo.

—Ya veo que no te entusiasma demasiado la idea.

—Elena, es que dudo mucho de que obtengas permiso para ello… —El tenor se pasó la mano por la poblada barba—. No sé cómo decirte esto, pero…

La tiple lo observó y comparó su fortaleza e indudable atractivo físico con la curvatura de sus propias nalgas que cada semana caía un milímetro más hacia abajo.

—Julián, siempre nos lo hemos contado todo, puedes…

—¿Siempre? —puntualizó el tenor, haciendo que ella bajase la mirada—. Está bien, te lo contaré. Como bien sabrás, el rey y María Cristina de Habsburgo se casarán el 29 de noviembre, lo que significa que durante esa semana Madrid será un hervidero de fiestas, bailes, banquetes… y ¡cómo no! de funciones.

—Sí, lo sé perfectamente —fingió naturalidad.

—Pues no sé si también estarás al corriente de que la obra que iba a primar sobre todas las demás no era otra que *La Favorita*, y me llamaron para que fuera mentalizándome para los ensayos. —Elena tragó saliva—. Pero al cabo de poco tiempo se volvieron a poner en contacto conmigo para informarme de que la Casa del Rey se había decantado por *Los hugonotes*. El motivo, Elena, no es que don Alfonso no sea sensible a la batuta de Donizetti, sino que se ha temido que la gente creyese que tú podías ser la cantante estrella y se considerase una ofensa hacia la futura reina de España.

—¿Cómo? —Elena sintió una punzada por la maniobra del monarca a sus espaldas, pero sobre todo vergüenza por quedar como una tonta engañada ante su compañero de reparto, con el que no hacía tres años había brillado en cada escenario del globo que pisaron. Respiró hondo para serenarse—. Siento mucho todo esto, Julián, y que no te hayan dejado lucirte.

—No es eso lo que más me importa, Elena —aseguró el tenor, mirándola fijamente.

—Bien. —La diva se sintió renacer—. Cantaremos. Y la cola del Teatro Real no será de la gente que vaya a ver un espectáculo allí, sino que llegará desde las taquillas de la Comedia. No dejaremos que manejen nuestras vidas como si se tratara de una obra de teatro. No tienen talento. Que el arte nos lo dejen a nosotros y sigan con sus conspiraciones políticas. —Agarró fuerte la cara del cantante con las dos manos y la atrajo hacia sí—. Y Dios está de nuestro lado.

Gayarre peleó por zafarse de ella entre risas. Dio el último bocado a las patatas y la miró.

—¿Sabes? —La señaló con el tenedor—. Ahí está la estrella que yo conocí. Ahí.

Elena tenía desplegadas sobre la mesa las partituras de *La gran polonesa*, de Chopin. Zozaya le había comentado que podría ser una idea acertada que fuera una de las piezas que ejecutara el maestro Tomás Bretón. Como cabía esperar, la princesa de Asturias había sucumbido al hechizo de Albéniz.

Enfrascada estaba en los apuntes que le había proporcionado el editor cuando la sirvienta le anunció que tenía visita.

—¿Quién es? —preguntó, sin levantar la mirada de las notas.

—Su majestad el rey, señora.

La cantante dio un respingo que le hizo daño al pegar su tripa contra la mesa. Gritó de dolor.

—¿Se encuentra bien, señora?

—Sí, sí —balbució—. Hágale entrar… Traiga café y algo de merendar.

Alfonso no traía una expresión amable. Se quedó en el umbral de la puerta que daba al salón.

—No me has mandado ningún billete —atacó ella primero, como método de defensa.

—¿Acaso has escrito tú para informarme de tu propósito de cantar en la Comedia?

La cantante iba a hacer el esfuerzo de levantarse para saludarlo, pero el tono de voz en el monarca no la motivó. Tampoco él fue a darle un beso hasta que la visión de la asistenta con el café y los pasteles le hizo relajarse. Se acercó y rozó ligeramente los labios contra su frente.

—Estas paredes ya no solo me ahogan, sino que todos los recuerdos que me traen son agresivos. Aquí no hacemos otra cosa que discutir. Ten clemencia, Alfonso, que tú luego puedes irte de correrías para desconectar.

—Tus palabras no son tan amables como para tranquilizarme. Ni mucho menos tu proceder a mis espaldas.

—¿Me has traído el dinero?

—¡No! —gritó el monarca. La cantante se estremeció y se abrazó los codos—. Perdona —siguió Alfonso con suavidad, apretándole el hombro. Pero rápidamente se distanció—. ¿Sabes la cara que se me ha quedado cuando me he enterado de que estás organizando una función benéfica en la Comedia por los afectados?

—Supongo que de horror, hay que ser mala persona para hacer algo así.

—Elena, no te voy a consentir que te dirijas a mí así, te lo garantizo —recuperó el tajante tono de voz—. Tendrás que suspender la función, ¡estás embarazada de siete meses! Es una locura.

—Pues voy a proponer que parte de lo que recaudemos sea para mí, o a este paso moriremos de hambre todos aquí también —replicó ella, colocando la mano sobre su vientre.

—¿Solo piensas en ti, verdad? Te da igual la reputación que pueda tener ese niño, todos viendo cómo lo pavoneas, cómo pavoneas sin pudor ser mi amante cuando estoy a punto de casarme.

—No puedo soportarlo más.

—¿Cómo dices?

—Que no puedo soportarlo más.

Elena mantuvo la mirada en un punto fijo para evitar perder el control y montar otra de las continuas escenas delante del servicio. Sabía que no siempre actuaban con discreción cuando salían de su casa y no le convenía. Alfonso recogió su capa y se dirigió a la puerta para marcharse.

—Sí, huye. Como siempre haces cada vez que hay un problema.

—Todavía no lo hay. Estás a tiempo.

Habló despacio y cerró la puerta con cuidado tras sí, lo que desquició a Elena.

—Señora, Jorge está llorando… —La cuidadora entró en la sala.

—Ahora no puedo —le respondió la diva con furia—. Ocúpate de él.

—Sí, señora.

Cuando la oyó marcharse, se levantó de la mesa y caminó despacio hasta el sofá. Agarró un cojín y rompió a llorar sin control. Notó una mano sobre su brazo. Deseó con todas sus fuerzas que fuera la de Alfonso. Alzó la mirada y al ver a la cuidadora se echó hacia atrás en señal de rechazo, pero ella no se retiró. Lentamente, se sentó a su lado. La Niña de Leganés apretó su mano y ella la abrazó hasta que Elena controló los espasmos y relajó la cabeza en su hombro.

24

El 17 de noviembre de 1879 la comitiva austríaca se puso en marcha para viajar a España. Partió desde la estación del Oeste en Viena, cuyos vagones imperiales fueron decorados con guirnaldas de flores para conmemorar fecha tan emotiva. En representación familiar, acompañaron a María Cristina su madre y también sus tíos, la archiduquesa María y su marido, Raniero.

Como era tradición, el séquito de la futura reina no tenía programado viajar directamente hacia España, sino hacer paradas en lugares significativos. Uno de ellos fue París, ya que María Cristina no quería contraer matrimonio con el rey sin antes conocer a Isabel II.

Gran parte de la aristocracia y de la grandeza española se desplazó hasta el palacio de Castilla para que la nueva reina de España se sintiera arropada. Entre ellos, como cabía esperar, figuraban los duques de Sesto.

Madre e hija se alojaron en el hotel Meurice el día 20. Lo primero que hicieron fue asistir a misa para conmemorar el quince aniversario del fallecimiento del padre de María Cristina, quien aprovechó para pedirle en sus rezos que la ayudara a afrontar la nueva vida que comenzaría en cuanto pusiera un pie en el palacio de Castilla.

La madre del soberano organizó para la ocasión una recepción a la que invitó también a los representantes diplomáticos del presidente de la República francesa. Una vez terminada la cena, el duque de Sesto tomó del brazo a Sofía, a quien sentía cada vez más lejos de él.

—Querida, hay un asunto que me preocupa respecto a la adaptación de la reina.

—¿Cuál? —se sorprendió la duquesa—. Yo creo que todo ha ido estupendamente, doña Isabel se deshacía en elogios. Es más, en todo momento me ha transmitido su admiración hacia ella por su generosidad a la hora de colaborar en las inundaciones en el Levante.

—¿Y qué más te ha dicho? —se interesó Alcañices.

—Ensalzó una serie de virtudes que consideró beneficiosas para el país, como la honestidad, la discreción… y una actitud en permanente respeto que, sin duda, responde a una educación basada en el temor a Dios. Cree que va a ser una buena elección para la imagen de España.

—No le quito razón a doña Isabel en ninguno de sus juicios —aseveró Alcañices, acariciándose la barba—. Pero hay una cualidad muy importante para ganarse al pueblo y de la que ella carece por completo.

—¿Y cuál es?

—La cercanía. Tú tampoco la tienes, querida, pero Dios lo ha compensado dotándote de una gracia capaz de hacer que el tiempo se detenga hasta que te dignas acercarte. —Comprobó que Sofía no le concedía el trono con aquella media sonrisa, pero se conformó con que se enrollara un bucle en un dedo, como hacía tiempo no la veía hacer—. Y eso es igual de importante que contar con la aprobación del Altísimo.

—Entiendo. ¿Crees que puedo ayudar en algo?

Desde la venta de la casa y el distanciamiento con Cánovas, Sofía había dejado de mostrar entusiasmo, y a veces siquiera interés, por el reinado de Alfonso XII. Sin embargo, a Alcañices nunca dejó de sorprenderle que sistemáticamente antepusiera el sentido del deber a su estado de ánimo, resultado de su rígida educación ortodoxa.

—Estoy seguro de ello. Para terminar con su porte distante es prioritario que piensen que es de este siglo y no que se haya escapado de un cuadro de Holbein.

—¿Puedes ser más explícito?

—Su forma de vestir es completamente anticuada. Roza el desaire. —Sofía se echó a reír—. No hay nadie más indicado que tú para darle clases de estilo y elegancia.

—Déjalo en mis manos. Mañana me las arreglaré para llevarla a Worth a renovar toda su *toilette*.

La princesa fue temprano al palacio de Castilla. Con la exquisitez embaucadora que la caracterizaba, le pidió a la austríaca que la acompañara a visitar la tienda del cotizado modisto para ayudarla a elegir un vestido de noche. Y como María Cristina, para agradar, decía que sí a cualquier cosa que se le solicitase, fueron las dos hacia la rue de la Paix, donde el británico tenía su casa de la moda.

—Es una lástima que vengamos en estas fechas, porque a principios de año lanza su nueva colección, pero quizá nos adelante un conjunto por ser vos —le comentó.

—¿Nueva colección? —se extrañó.

—Sí, Charles Worth es pionero no solo en sus originales diseños, sino que cada año los renueva para marcar tendencia.

María Cristina contempló su rígido vestido y, por primera vez, se sintió incómoda con él.

—En París se le da mucha importancia a la moda, es un mundo diferente de Austria.

—Sí, completamente cierto. En España también es así —tomó distancia la rusa con las españolas para empatizar con ella—. Worth tiene una extensa cartera de fieles clientas. Y he de confesar que yo también he acabado sucumbiendo —siguió acercándose al oído de su interlocutora buscando confidencialidad.

—Es posible que a mí me suceda lo mismo —correspondió María Cristina, risueña.

Las compras estaban aseguradas.

Posiblemente, Sofía fue la que más disfrutó viendo a María Cristina escoltada por un entusiasmado Worth ante tan distinguida visita, recorriendo la tienda como si de una inspección de cuartel se tratara: removía entre los crespones de China y las puntillas para convertirse en una *femme ornée* y se probaba los vestidos de lana y terciopelo que le aconsejaban y sobre los que ella y Worth daban su veredicto final. Inconscientemente, hizo gala de una ingenua coquetería que la rusa encontró encantadora. Lamentablemente, fue testigo de ella por única vez.

Salieron de la tienda cargadas de bolsas y la duquesa consiguió su objetivo, ya que desde entonces María Cristina fue una más de aquella lista de fieles clientas. Como la moda no era uno de sus focos de investigación, en cuanto daba con algo que la convencía le resultaba muy cómodo ser leal.

En la puerta se encontraron con una condesa de la grandeza de España, sus dos hijas y una chica del servicio de la misma edad que las niñas. Como mandaba la tradición, las domésticas heredaban la ropa de los hijos de sus señores, o incluso la de las señoras que se había quedado vieja, por lo que era muy sencillo distinguirlas dado que su atuendo estaba completamente pasado de moda.

La condesa indicó a las niñas que le hicieran la reverencia a María Cristina, lo que ella impidió entre risas:

—Todavía no soy reina, ¡no me vaya a traer mala suerte! Qué tres chicas más guapas —añadió mientras las saludaba.

—Señora, una de ellas es del servicio —aclaró la condesa en francés con disimulo, pensando que la reina la había confundido con una de sus hijas.

—Lo sé, no es incompatible —respondió María Cristina en un perfecto francés. Al igual que hubiera podido hacer en alemán, húngaro, checo, italiano o inglés.

Lección de señorío que Sofía se encargó de propagar por la capital en cuanto llegaron a Madrid.

Elena ultimaba el repaso final cuando apareció Zozaya.

—El teatro está a rebosar. Dice Larrainza que si lo llega a saber hubiera vendido las localidades a más de trescientos reales los palcos y a tres duros las butacas.

—¡Pero eso es carísimo para esta función!

—Sí. Pero ya sabe cómo son estos empresarios. Bueno, a lo nuestro. Creo que ha sido un gran acierto representar una romanza de Tosti con la poesía de Víctor Hugo. Fue una gran idea, sin duda tiene mucho talento, Elena.

La cantante asintió para agradecer la alabanza. Su hermana acababa de dejarla hacía unos minutos para que se preparara mentalmente antes de salir al escenario de nuevo. Bebió agua. Había hecho lo que tenía que hacer.

Se obligó a no pensar en otra cosa que no fuera la función. Sonrió, Zozaya había conseguido que Bretón interpretara la obra de Chopin. Sonaba de maravilla. El maestro ejecutó seis piezas de diferente género, dejando *Les Brynnies* de Massenet para el final, lo que causó el furor del público.

—Es tu turno, Elena —la apremió Zozaya.

Salió al escenario y acogió el aplauso de los asistentes con esa mezcla de orgullo y pudor de quien aún teme defraudar. Cuando los guantes de las señoras dejaron de chocar y los párpados de los señores empezaron a hacerlo, en una ráfaga visual la cantante distinguió una mirada elegante en su insolencia que le resultaría imposible olvidar. Volvió a ella con estupor: la duquesa de Sesto se encontraba entre el público, con aquella maravillosa sucesión de perlas de «los Balbases» anudada al cuello —se sabía la importancia que la rusa concedía a un acto en función de que lo llevara o no—. Sostuvo su mirada hasta que un chaqué se movió a su lado y comprobó que se trataba de Alcañices. La apremió con un movimiento de cabeza a que comenzara a cantar. La música había cesado y el silencio había cobrado demasiada fuerza, pero la cantante no pudo hacerlo callar. Solamente su mirada tenía vida como para recorrer todas las caras de alrededor y distinguir a la marquesa de Torrecilla, a la de Bedmar... La grandeza de España se agolpaba en los palcos, pero, debido a las pequeñas dimensiones del lugar, los últimos en conseguir entrada se mezclaban con la burguesía, el funcionariado y demás escalones sociales en las butacas frente al escenario.

Elena bajó la mirada hacia su vientre abultado; por primera vez se sentía merecedora de él. Volvió a mirar al duque de Sesto y le sonrió con los ojos empañados.

Un señor forzó un carraspeo, el público comenzaba a impacientarse.

Un aplauso fuerte y seco llamó la atención de los asistentes. Al que le siguió otro. Y después otro. Solo al tercero la diva levantó los ojos de Osorio para mirar hacia el palco ubicado enfrente del escenario, de donde procedía el ruido. Notó que los latidos de su corazón se espaciaban hasta forzarla a respirar con la boca. El rey, de pie, aplaudía sin quitar sus ojos de ella.

Alcañices le secundó y acompasó sus aplausos al ritmo fuerte y lento del monarca. No tardaron la princesa de Asturias, sentada al lado de su hermano, ni la duquesa de Sesto en proceder, hasta que fueron imitados por todos los aristócratas y la gente del pueblo llano, que se miraba entre sí confusa y sin comprender.

Elena intentó cantar, pero los aplausos habían alcanzado tal intensidad que su voz se perdió entre ellos. Se echó a reír y Alfonso indicó con un movimiento seco del brazo que se detuvieran. Se sentó. Poco a poco, los demás le fueron imitando, hasta que la diva comenzó. Recordaría aquella función como una de sus mejores actuaciones, y entonó cada nota con la seguridad de haber obtenido ya la más alta.

Al término de la función, Elena buscó a Zozaya por los pasillos de detrás del escenario. En cuanto lo encontró fue hacia él, que charlaba con Albéniz.

—Soy tan feliz de que haya venido —lo saludó.

—¿Cómo iba a perdérmelo? —La miró con extrañeza el músico.

—De lo que estoy segura es de que a partir de aquí comenzará una gran amistad artística entre ustedes —presagió Elena, como así sucedería años después. Se dirigió a Zozaya—. No me había informado de que tendríamos un público tan selecto.

—Ah, ya —respondió el editor, sin demasiado interés—. Creo que debería salir al vestíbulo y saludar a sus admiradores; siento que no pueda pasar antes por su camerino, pero, como sabe, por alguna extraña razón el arquitecto consideró que los cómicos venían vestidos de casa para la función.

El bullicio en la entrada era tal que Elena se sintió incómoda, ya que las primeras caras, desconocidas, la observaban con atención, pero no se atrevían a dirigirse a ella. Tomó la decisión de mezclarse entre el gentío para encontrar al rey, y así actuó hasta que distinguió las espaldas de los duques de Sesto que charlaban con un grupo de aristócratas.

—Sé que todo esto es responsabilidad suya —le dijo a Alcañices.

—Yo solo les puse en conocimiento, no me cargue a mí con la culpa de su éxito.

Elena negó con la cabeza.

—Siempre me preguntaré por qué.

—Disculpe mi descortesía, pero cuando el rey de España tiene intención de hablar con usted no me queda más remedio que retirarme. Es un fastidio.

Elena siguió la mirada del duque de Sesto hasta dar con Alfonso.

—Majestad.

El volumen de los murmullos en los corrillos descendió para escuchar al rey.

—Señora, si exceptuando una invasión a España encontrara un pretexto para no venir a verla, los españoles tendrían un problema de Estado: estarían representados por un necio.

La boda se celebró el 29 de noviembre. En la esfera institucional y política, el comportamiento de María Cristina fue protocolariamente intachable. La noche anterior mostró toda la ilusión que sentía por su nueva etapa al transmitirle al general Martínez Campos, presidente de la Cámara Baja, las siguientes palabras:

—Me siento profundamente impresionada con la felicitación que acaba de dirigirme el Congreso de los Diputados. Yo ruego a la Cámara que me considere desde hoy como española, porque mi único deber es ser española y hacer la felicidad del rey en la modesta esfera de la familia. Muy feliz sería, señor presidente, si me quisieran los españoles tanto como yo quiero a España.

Tal actitud reafirmó en la madre de Alfonso su simpatía por la prometida de su hijo, con la que mantendría una actitud muy diferente a la que mostró con Mercedes, lo que consta en las cartas que le escribió a su cuñada la infanta Isabel Fernandina: «La archiduquesa María Cristina es encantadora, buena, amabilísima, y espero que hará la felicidad de mi Alfonso y de España, y que será para toda la familia lo que debe ser, pues no tiene las ideas pequeñas, gracias a Dios».

En los cuatro días siguientes, que coincidieron con los de celebración de las reales nupcias, el rey otorgó la gracia de indulto de pena de muerte, premió las buenas calificaciones de los universitarios y repartió generosas limosnas entre las clases menos favorecidas.

Eran fechas de gala y de celebración para todo el mundo, pero si alguien no cabía en sí de gozo era la nueva reina. En la basílica de Atocha, apareció imperial con un traje de raso blanco y cola larga, bordado con flores de lis de plata. El velo era de encaje de Alençon, en el que predominaban como adorno los brillantes y las perlas, y llevaba un gran lazo de dama de la Orden de María Luisa que se colocó alrededor del pecho. Si de algo nadie pudo culpar a María Cristina es de no haber avisado a su marido de su carácter sentimental y romántico, ya que el mismo día de su enlace las lágrimas precedieron al inmediato momento en que se dirigió a Alfonso para dar el «sí, quiero».

María Cristina puso todo su carácter austríaco al servicio de la corte y del pueblo. Optó por adoptar al principio un papel observador y nada protagonista para absorber el modo de vida de su nueva patria. Pero el pueblo español no estaba acostumbrado a las aguas tranquilas y profundas del Danubio, que en las nevadas invernales muestra una pureza blanca y congelada. El pueblo español se sentía más a gusto cruzando el puente de Triana sobre el Guadalquivir, con la procesión y el corral de vecinos. En resumen, con aquella alegría colorida que demostraba Mercedes. Y nunca le perdonó a María Cristina su mohín de desagrado ante una corrida de toros, que describió como «un bárbaro espectáculo».

A pesar de eso, la reina se esmeró en familiarizarse con las costumbres españolas, que si de zarzuelas se trataba encontró una misión muy fácil, ya que le recordaban a las operetas de las que tanto disfrutaba en Viena.

Desde aquella tarde con la duquesa de Sesto en la tienda de Worth, comprendió la importancia de vestir de acuerdo a la moda, y no dudó en volver a pedirle asesoramiento para comprarse tres nuevos vestidos antes de que terminara el año: uno de terciopelo azul bordado en oro, uno de raso rosa y terciopelo bordado rematado con perlas, y otro gris plata con flecos y adornos bordados. Los tres sumaron una factura de sesenta y siete mil reales. Si no le temblaba el pulso en satisfacer vanidades estéticas, tampoco en salir a la calle de madrugada para ver llegar los carromatos de la carne que bajaban por la calle Bailén.

Su excelente formación científica la hacía apasionarse por los avances en la industrialización en el país, que corrieron a cuenta de grandes investigadores en Cataluña y en el País Vasco, pero como no encontró en la corte madrileña oídos muy interesados, se recluía a estudiar en sus habitaciones. Aquello no le resultaba duro de llevar si mientras degustaba una zarzaparrilla o un sorbete de fresa. En definitiva, se adaptó a todo, incluso a las palabrotas que el rey le hizo aprender con un significado distinto al real que luego ella emplearía en público en situaciones verdaderamente vergonzantes.

A casi todo. A dos meses de su boda, la reina tuvo conocimiento de que una cantante de ópera valenciana había dado a luz a un vástago llamado Alfonso, sangre de su marido, con la que se seguía viendo. La cómica había viajado a París para ocultar el escándalo, pero las paredes de la antecámara de María Cristina fueron las primeras en descubrir el fuerte carácter de la soberana enamorada, que mandó encolerizada llamar a Cánovas del Castillo para pedirle que echara del país a «esa puta».

Doña Isabel no se había movido de su lado en toda la mañana. Elena aún seguía empapada en sudor, sin saber definir sus sentimientos entre la euforia y el dolor por las contracciones del útero. Le pidió al médico comadrón que le devolviera al pequeño Alfonso y lo apretó entre sus brazos. La madre del rey aún no había terminado de escribir el billete.

—Muy bien. Distrito 8 de los Campos Elíseos… ¿Qué número era, querida?

—El 99.

—Pues ya está. Informados quedan de que acabas de dar a luz. En poco tiempo estarán aquí.

Abrió la puerta para ordenar que enviaran la carta y enseguida volvió a ella. Se acercó y la miró con cariño.

—Mi nuera ante Dios —pensó en voz alta, acariciándole la frente.

—Sí, majestad. Ojalá lo fuera también legalmente y así pudiera él estar aquí hoy conmigo y abrazar a su hijo.

—Lo sé, criatura. La reina, la cual tiene todos mis respetos, como mujer es de armas tomar y está dispuesta a poner todo de sí para conseguir el corazón de mi hijo.

Isabel II se dio cuenta rápidamente de que no había ido por buen camino, al notar cómo a Elena se le provocaba una contracción y su rostro enverdecía de dolor.

—Pero tú sabes tan bien como yo que todo lo que el rey puede sentir por ella es consideración. No digas que mi hijo no te cuida, ¡vaya broche de oro blanco y brillantes que te ha regalado!

—Pues sentirá por ella algo más que eso si consideramos que tiene el poder de mandarme fuera de España con el consentimiento de él —siguió la cantante concentrada en lo suyo. Miró al pequeño Alfonso, que comenzó a llorar—. Le toca comer.

Entró la comadrona en la habitación al escuchar al niño y ayudó a Elena a incorporarse. Cuando esta hubo salido y mientras la cantante alimentaba al hijo del rey, la reina Isabel prosiguió.

—La contestación que me has dado hace unos minutos es la que ella quiere, querida. ¿Es que no ves la jugada? Sabe perfectamente que mi hijo no puede oponerse a esa decisión, no le interesa un escándalo de celos. Y te manda fuera porque sabe que no solo tú eres una amenaza en su matrimonio. —Miró al bebé, que bebía de Elena con avidez—. Eres la única mujer que, a día de hoy, sería capaz de darle continuidad al trono.

—Majestad —protestó débilmente Elena, los mordisquitos del niño no facilitaban la resistencia—. Sigo sin estar convencida de lo que vamos a hacer, ¡estamos actuando a espaldas del rey!

Isabel II se sentó en el borde de la cama y le respondió tajante.

—Elena, piensa en tu hijo. ¿Qué le quedará cuando, que Dios no lo quiera, tu Alfonso muera? Has dejado los escenarios…

—Bueno, gracias a vuestra generosidad pude volver a cantar hace un mes aquí, con toda la tripa hinchada… —recordó la diva, arrastrando una sonrisa—. Toda la alta sociedad parisina reunida en el hotel Continental…

—Sí, Elenita —le acarició la barbilla—. Pero sabes tan bien como yo que fue un concierto benéfico por los inundados de Murcia, Almería y Alicante… Vives del dinero que te pasa mi hijo. No tendrás nada. Y, lo peor, no tendrán nada —señaló al niño y notó cómo la cantante comprimía su vientre—. Lo único que vamos a hacer es firmar un acta que reconozca el nacimiento del pequeño Alfonso. Un acta por la que, en caso de que mi hijo deje este mundo sin heredero este niño sea llamado a recoger la sucesión al trono.

Llamaron a la puerta para anunciar que el embajador y el cónsul general ya habían llegado. La madre del rey salió a recibirlos y a recoger el documento. Les pidió que esperaran en la sala contigua y regresó al lado de Elena. Le dio el papel y una pluma y esperó a que la diva leyera las condiciones del acta.

Se retiró a la ventana de la habitación, desde la que se podía observar la hilera de chopos que tapizaban la avenida hasta el Arco del Triunfo.

—No se equivocó Napoleón III cuando antes de la batalla de Austerlitz les hizo una promesa a sus soldados. —Como Elena, detrás de ella en la cama, guardaba silencio, prosiguió—: «Volveréis a casa bajo arcos triunfales».

La reina Isabel pensó que en cuanto saliera de la casa pasaría por la *boutique* de Guerlain a probar nuevos perfumes. Quizá había que renovar el que la firma había creado exclusivamente para ella. Dio media vuelta. El documento, en las rodillas de la cantante, estaba firmado.

La reina «de los tristes destinos» se lo dio a los diplomáticos y, mientras contemplaba cómo estampaban su rúbrica tras una breve conversación informativa sobre el bebé, una sola idea invadía su cabeza: si María Cristina no le daba descendencia a su hijo y ocurría una desgracia, la regencia aún no estaba perdida para ella.

Tercer acto

25

Ahí estaba, entre las demás.

Con su larga melena rubia, encantadora bajo su traje de gitana rumana. Miró a Alfonso e intentó descifrar sus verdaderos pensamientos tras esa expresión de estudiada indiferencia hacia la Biondina.

Desvió la mirada hacia los palcos de la nobleza para distraerse con los vestidos de las condesas de Villamejor, de la Conquista, de Puente y Soto-Mayor, de Selva-Alegre, de… ¿Elena Sanz? ¿Cómo podía tener la desfachatez de presentarse en el Teatro Real y mezclarse con las damas de la aristocracia, a la vista de todo el mundo? Volvió a mirar al rey para comprobar si su amante oficial era ahora de su interés, pero su marido seguía sin quitar su inexpresividad de la soprano. Se recolocó su tiara rusa y su mirada coincidió con la de la duquesa Ángela de Medinaceli y la de Híjar, que la observaban mientras hablaban entre ellas. Rápidamente apartaron la vista.

Trató de pensar en otra cosa y, sobre todo, se prometió no volver su mirada hacia la contralto durante toda la representación. No quería saciar las ansias morbosas de todos los que buscasen en un intercambio visual la comidilla de toda la semana siguiente. Desde que había puesto sus pies en aquella corte, lo único que había hecho era esforzarse para cumplir con su deber. Que consistía en soportar momentos como aquel por estar al lado de su marido, del rey. Y, sin embargo, no había sido capaz de cumplir con el principal. Sabía que no era culpa suya, pero lo sentía así. Porque todos se encargaban de hacérselo sentir así. Y en cambio ella... No, no podía mirarla... Elena había alumbrado a otro varón hacía un año y ocho meses, ¡cómo olvidar aquel horrible mes de febrero de 1881! Fernando se llamaba el segundo hijo que su propio marido había tenido con la cómica. El segundo.

Tenía que dominar su mente, pensar en algo positivo. ¿Quién la estaría mirando? Se acordó de Sagasta. Qué cómoda se sentía cuando aquel liberal era presidente del Consejo de Ministros, y no Cánovas, tan autoritario y soberbio. Aquella misma mañana habían despachado con el rey sobre los sucesos que se estaban produciendo en Andalucía, porque Sagasta había querido conocer su opinión. La terrible sequía y la peor cosecha de cereales del último lustro, el hambre... Tantos jornaleros pidiendo limosna y trabajo a las puertas de los ayuntamientos. Pobre gente. Pero lo sucedido en Jerez y Sanlúcar unos días antes con los robos generalizados tenía un carácter organizado que hacía pensar en el inicio de una revuelta. Ella había aconsejado la aprobación de la ley de asociación, y ahora... Ahora no había más remedio que atajarla antes de que empezaran los asesinatos y los asaltos a viviendas y campos.

Le apasionaba ofrecer su visión política porque era cuando ella podía destacar sobre los demás y, sobre todo, las demás. Era el momento en que era escuchada, en que Sagasta se callaba, en que Alfonso la miraba. Y se aferraba a aquellas, cada vez más frecuentes, llamadas mientras ella estaba en sus habitaciones estudiando, o con sus damas en las galerías del palacio, para que asistiera junto al rey a las audiencias oficiales. Porque eran precisamente su inteligencia y su preparación sus únicas bazas para huir de aquella angustiosa soledad. Después, cenando los dos, cuando Alfonso decidía quedarse en palacio, intercambiaban impresiones.

Tengo que hablar con él, pensó, tenemos que buscar la forma de paliar tanta necesidad al tiempo que aplacamos la revuelta en Andalucía… Notó una presencia a su lado, un acomodador le ofrecía un pañuelo húmedo para refrescarse el rostro. Alargó su mano, enfundada en un largo guante blanco, y, cuando fue a cogerlo, el empleado, sin perder la sonrisa, le deslizó primero un billete. Con disimulo, la reina agradeció la tela y sonrió a su marido, que observaba la operación. Este le devolvió el gesto y se acomodó antes de volver a centrarse en el espectáculo.

Utilizó el programa de la representación: «Beneficio de la orquesta y del cuerpo de coros. Ópera de *Los hugonotes*» para colocar encima el mensaje anónimo, que decía: «Majestad, me consta que esta noche, después de la ópera, el rey visitará a la señorita Adelina Borghi en su casa».

María Cristina tragó saliva e imitó la inexpresión de su marido para volver a la función. No había peor duelo que el interior, el que ella sufría en su acorralamiento. Mirara donde mirara, sentía la guerra. Rapp cantaba el «Cubre-fuego».

No se iba a dejar vencer. Seguro que la persona que le había mandado la nota estaba en aquel instante con sus ojos fijos en ella. Se acercó al oído de su marido y le preguntó sonriente si le estaba gustando la representación, con la intención real de que el autor del billete fuera testigo de cómo le apretaba afectuosamente el brazo. Tenía que darle un varón como fuera para que volviera a ella. Aunque tuviera que denigrarse aceptando todas las prácticas sexuales que los científicos y médicos les aconsejaban para determinar el sexo del varón.

Miró al escenario. El coro de Rataplán repetía.

Ahí estaba, entre las demás.

Un cañonazo. Por fin, el sufrimiento que había empezado cuando a las cinco de la mañana la nodriza avisó de que la reina se sentía indispuesta había terminado. Y hasta las cuatro de la tarde no se había puesto de parto. Y ya iban cinco. La nodriza le había cogido la mano, mientras ella se valía del recuerdo del libro secreto de bautismos al que había tenido acceso para empujar con furia: «Yo, don Bernardino Quejido, bauticé solemnemente a Fernando… Hijo de doña Elena…».

Diez. La gente esperaba con ansiedad, agolpada en los alrededores del palacio, a que los disparos anunciasen por fin el sexo del recién nacido. La bandera, izada en la fachada del palacio de Oriente, resplandecía flanqueada por dos luces blancas.

Quince. La reina cerró los ojos y rememoró ese beso frío de Alfonso, esa sonrisa que percibió como la del enemigo con el que se acaba de firmar la tregua de despedida al final de una acalorada e intensa batalla.

Se hizo el silencio. Una vez más, no habría veintiún cañonazos. No habría sucesor a la Corona de España.

El rey colocó a la niña en la canastilla y esta sobre una bandeja de plata. Abrió la puerta del dormitorio de su mujer y salió para presentarla a la corte, tanto palaciega como parlamentaria, que había ido llegando desde las cuatro de la tarde de aquel gélido 2 de noviembre de 1882. Las damas, que se calentaban con chupitos de consomé de jabugo a la hierbabuena, los depositaron en la bandeja o mesa más cercana en cuanto vieron aparecer al rey.

María Teresa Isabel Eugenia Patrocinio Diega fue bautizada seis días después por el cardenal Bianchi y, en señal de alegría, a la reina le pareció buena idea repartir limosnas entre los jornaleros de Andalucía. Dentro de palacio, los médicos comenzaron a alarmarse por la enfermedad pulmonar del monarca, que cada vez le provocaba mayores ataques. No tardó en separarse de ella para recuperarse en las montañas navarras de Betelu, y María Cristina, en lugar de invertir su tiempo libre en afianzar sus amistades en la corte para asegurarse apoyos, se refugió en la lectura de los clásicos españoles y en largas sesiones de patinaje sobre hielo.

Llegó un momento en que la reina no sabía valorar si era mejor acordarse de él en la distancia o de los continuos rumores sobre sus correrías nocturnas cuando lo tenía a su lado. La última complicidad de sus amigotes corrió a cargo de su primo Julito, que, tras conocer el atractivo físico de las nietas del poeta Espronceda, no tardó en hacer partícipe de ellas al rey. Encaprichándose rápidamente de Blanca, utilizó su gusto por los versos del abuelo como cebo para seducirla en las tertulias que esta organizaba en su palacio de la Castellana. Acabó por ser la comidilla de todo Madrid, ya que el monarca se desenvolvía por los pasillos de la casa como el marido de la anfitriona. Pero no fue el conde de Benalúa quien alimentó la reserva de rencor de la reina de España, sino el mayordomo mayor y jefe de palacio. María Cristina culpaba al duque de Sesto de las surrealistas informaciones que llegaban a sus oídos, tales como que la intendencia de la Casa había ordenado colocar una ostentosa alfombra en la puerta de un modesto domicilio de la calle Mayor, donde vivía la Cubana, con el fin de hacer el entorno más adecuado para las visitas del monarca. La reina vio esa misma alfombra regresar a palacio en cuanto su marido perdió el interés.

O la leyenda del vaquero, digna de figurar entre las más ácidas sátiras de Voltaire. A su local, ubicado en una de las callejuelas de la plaza de Oriente, acudía diariamente su bella hija para ayudar en las labores del comercio. Al rey poco le importó que en el letrero rezara «La vaquería del republicano» mientras se le permitiera gozar de los favores de la joven, así como tampoco el propietario vio incompatible colocar un cartel al lado del letrero que decía: «Proveedor de la Casa Real», como años atrás hiciera aquel ordeñador de vacas cuando Alfonso volvía de visitar a Mercedes en el palacio de San Telmo y metía su bastón a la res por sus partes traseras mientras era ordeñada.

Su elevada educación y su alto sentido de Estado inculcado desde niña le permitían soportar lo insoportable, pero hasta Isabel la Católica tuvo un límite, y María Cristina no iba a ser menos. Con motivo de la presentación de las cartas credenciales del embajador italiano —que no había podido hacerlo en septiembre por motivos de salud—, se organizó una recepción en el Palacio Real y un posterior cóctel en El Pardo. A escasos metros del rey, doña Cristina conversaba con un grupo de damas de la nobleza.

—Dos mujeres españolas han recibido hace unos días el título de doctoras en medicina, Marina Castells y Dolors Aleu. Un gran paso en la participación de la mujer en todos los ámbitos de nuestra sociedad, ¿no les parece?

En un primer momento, el cortés pero escaso interés de sus interlocutoras por asuntos que no estuvieran aderezados por chascarrillos le pareció lo habitual, pero algo le hizo ver que esta vez había otro motivo. Se giró para comprobar cómo el duque de Sesto le susurraba algo al oído a una comedianta italiana, quien recibió el comentario con unas insulsas risitas que a la reina le resultaron suficientemente indicativas. Incómoda por una cercanía que consideró excesiva entre ellos dos, se giró de nuevo e intentó seguir con la conversación.

Pero no pudo. Volvió a girarse con disimulo, aunque fuera delante de aquellas damas, que se esforzaron con urgencia por atraer nuevamente su atención.

—Señora, hemos oído que Cánovas podría volver a ser presidente del Consejo. ¿Es eso cierto...?

Pero María Cristina solo seguía al duque de Sesto y a la actriz para comprobar cómo, en su propia presencia, era presentada a su marido con una actitud que denotaba una clara intención. Aquello fue demasiado.

El trío salió de la sala con naturalidad, sin saber que la propia reina les seguía. Apenas habían dado unos pasos cuando se detuvieron al escuchar una cortante voz a sus espaldas.

—Perdonad.

Se dieron la vuelta y, sin mediar palabra, María Cristina le propinó una sonora bofetada a Pepe Osorio. El rey, incómodo al comprobar que una buena parte de la sala, ubicada cerca de la puerta, observaba atónita la escena, intentó tranquilizar a su esposa y, al ver que era inútil, creyó conveniente retirarse y entrar en el otro extremo del salón por otra puerta. María Cristina fue a decirle algo a la comedianta, pero ya se había esfumado. Solo se había quedado Pepe.

—Crees que no soy consciente de que tienes una deuda de ciento treinta millones de reales y de que el rey está invirtiendo parte del dinero que recibe de los Presupuestos Generales del Estado en ayudarte. Crees que no sé que estás completamente arruinado. —Alcañices no dijo ni una palabra—. Pues nunca olvides que lo sé absolutamente todo.

Osorio tragó su rabia, inclinó la cabeza y se llevó la mano de la reina a los labios.

—Señora.

Ordenó que le devolvieran su capa y se marchó a su casa.

Pero esta humillación no hacía tambalear el amor de la reina hacia su marido; ella se mostraba más accesible que nunca, acompañándolo adonde fuera preciso o mandando traer jamones de la Alpujarra, cuyas propiedades podían ser beneficiosas para mejorar la salud del rey. Alfonso obedecía todas las indicaciones con la sumisión mecánica del que ya intuye el desenlace.

26

En la Navidad de 1884 un temblor en las lámparas de las calles asustó a los madrileños. Las avenidas se llenaron de gente presa del pánico, hasta que el Gobierno informó de que la capital no corría peligro. Sin embargo, las zonas costeras de Almería, Granada y Málaga recibieron el año nuevo con centenares de muertos a causa de que el movimiento sísmico se convirtió en un terremoto que asoló España.

El rey sintió obsceno el confort palaciego y se calzó sus botas de montar para visitar los pueblos afectados y conocer de primera mano el estado de las víctimas. Entre los días 9 y 22 de enero, recorrió a caballo, o a pie cuando eran angostos los caminos, la geografía mediterránea adaptándose al modo de vida de la zona. El último día, antes de volver a Madrid, lo pasó en la playa de Málaga, y, en la arena con los lugareños, cenó sardinas. Su única fuente de sustento aquellos días. Cuando lo vieron partir, comentaron entre sí la excentricidad del rey de llevar un pañuelo blanco dentro de la bota, y que se apresuraba a introducir de nuevo cuando sobresalía. Como cada vez estaba más rojo, concluyeron que las grandes caminatas habían causado heridas en su pierna. Pero nadie se atrevió a preguntar.

No hubo tregua para el país. Meses después de la tragedia sísmica, el cólera se adentró en España por la costa francesa del mediterráneo.

—Prudencio, ¿enviaste a la señorita Sanz la carta que te pedí que escribieras?

—Sí, majestad.

—Muy bien. ¿Ya has avisado al ayudante militar que me acompañará a Aranjuez de que partimos?

—Sí, señor.

—Ya le habrás indicado que nadie debe saberlo.

—Sí, señor.

El rey respiró hondo y se sentó en la cama de su habitación. Apoyó la cabeza entre sus manos.

—Señor, si me permitís… El cólera ya se encargará de encontraros a usted si quiere. No hay necesidad de salir a buscarlo. Creo que es la razón por la que don Antonio no quiere dejaros ir a Aranjuez, precisamente el lugar donde más se está esmerando.

—Por eso mismo, Prudencio, es el sitio donde debe estar el rey. —Levantó la cabeza y lo miró—. ¿Qué le decías a la señorita Sanz?

—Le comenté que los juguetes los había comprado por indicación vuestra, y que me alegraba de que le hubieran gustado a los niños. Le dije que a vuestra majestad le habían encantado los retratos que ella mandó, concretamente los que están con los trajes de terciopelo. Y que pronosticó que Fernando saldría tan aficionado a los caballos como su padre. —El rey rio con ternura, recordando aquellas imágenes que Elena había enviado—. De todos modos, señor, si se me permitís de nuevo… Creo que a la señorita Sanz le haría más ilusión que no sea yo quien firme las cartas.

—Basta de permisos. —Alfonso se puso en pie—. Me debo a mi país más que nunca, Prudencio. En marcha.

El plan del rey era que, mientras Cánovas y el ministro de Gobernación, Romero Robledo, visitaban Valencia, él aprovecharía para presentarse en la estación de tren de Madrid para viajar a

Aranjuez de incógnito, ya que la decisión de estar en la zona afectada la había tomado a espaldas del Gobierno. Y así lo hizo, hasta que un policía lo reconoció al llegar y la noticia se extendió más rápido que la terrible enfermedad. Pero los vítores que se lanzaron en la capital aclamando su gesta hicieron que a Cánovas no le quedara más remedio que reconocer la gallardía del monarca y consentir su presencia allí —con la oposición en las Cortes de Claudio Moyano, por considerar que el viaje era inconstitucional—, con la condición de que Francisco Silvela acudiera a su lado. Juntos recorrieron hospitales, casas de acogida y viviendas de niños agonizantes, repartiendo consuelo y ayuda.

A la vuelta del viaje, Alfonso intentó pasar desapercibido, pero los madrileños no estaban dispuestos a minusvalorar los actos del rey en una epidemia que se había cobrado cinco mil quinientas muertes. La berlina real fue rodeada entre aplausos y «vivas al rey», ignorantes de que cuando traspasó las puertas del Palacio Real y estas se cerraron, habían despedido al monarca para siempre.

La muerte no tardó en personarse. Sin prisa. Alfonso seguía atendiendo los asuntos de Estado y en las reuniones se afanaba por intentar encontrar una solución para resolver pacíficamente el conflicto exterior de las islas Carolinas, que Bismarck se empecinaba en hacer suyas, mientras Cánovas y los ministros escuchaban en realidad a aquel rostro demacrado y entumecido que pedía descanso.

El 31 de octubre fue trasladado al palacio de El Pardo. Cánovas indicó que no se propagara su estado de salud, ya que ni en esas circunstancias dejó de ser el animal político que lo llevó al poder. El presidente del Consejo sabía que, con el rey semiinconsciente en el lecho, republicanos, carlistas y demás enemigos de la Restauración estarían, literalmente, frotándose las manos. Y no solo los enemigos sabían ver una oportunidad.

Al monarca le acompañaron los generales Echagüe y Blanco, el conde de Sepúlveda, el doctor García Camisón y otros médicos como Sánchez Ocaña y, como no podía ser de otra manera, su inseparable duque de Sesto.

El mismo día en que fue trasladado, Martínez Campos se personó para visitarlo y fue llamado después para entrevistarse con Isabel II, que se encontraba en Madrid. Porque ella sabía con quién debía plantear ciertos asuntos, y no eran precisamente Cánovas, con quien no tenía una buena relación, ni Sagasta, demasiado próximo a la reina, los más indicados.

—En caso de que ocurriera una desgracia, Dios no lo quiera, ¿quién asumiría la regencia?

La respuesta fue inequívoca:

—Señora, la legalidad es la regencia de María Cristina.

—Austria ha estado del lado de Alemania durante el conflicto con las Carolinas. Y está comprobado que el pueblo no acaba de aceptar a la reina extranjera. Y por otro lado…

—Señora, la legalidad es la regencia de María Cristina.

Isabel II dio por zanjada la conversación y se marchó del palacio de El Pardo. «Ya veremos si es capaz de concebir un varón», pensó, ya que por aquellas fechas la mujer de su hijo estaba embarazada de tres meses. Y, sin embargo, ya existían dos niños varones con la sangre del rey en sus venas.

Cánovas lo dispuso todo para no generar alarmas, ocultando información incluso a la propia reina. Con la intención de publicarlo en caso de muerte, los médicos finalmente firmaron un documento en el que se detallaba el estado del rey: «Los infrascritos, doctores en la Facultad de Medicina, han reconocido en el día de hoy a su majestad el rey y después de tener en cuenta los antecedentes todos de la enfermedad y apreciado, además, los síntomas que ofrece al presente, consideran que la enfermedad que en la actualidad padece es una tuberculosis aguda, que pone al augusto enfermo en grave peligro».

La víspera de su fallecimiento, el día 24 de noviembre de 1885, la reina no se encontraba en la habitación del rey, sino en la antecámara. Allí había permanecido por orden del estadista, pudiendo entrar a la alcoba de su marido en contadas ocasiones. En una de ellas, mientras la reina le cogía la mano, Alfonso la miró y habló:

—Crista, guarda el coño, y de Cánovas a Sagasta y de Sagasta a Cánovas.

A ella, que sabía bastante mejor que él lo que era eso. Le hablaba como hablaría a alguna de sus «amiguitas» folclóricas. Eso la consideraba. Apretó su mano y pidió a Dios que lo perdonara. Después, la tristeza le hizo agachar la cabeza.

La propia madre del rey presidió aquella tarde el palco del Teatro Real, donde fue «colocada» para dar imagen de normalidad. Solo el duque de Sesto compartía con Alfonso sus últimas horas, además de los médicos, huelga decir.

Isabel II no pudo soportar la dureza de tal estrategia política. Al fin y al cabo, era su madre. Ensimismada en sus pensamientos, desde los balcones más próximos se la escuchó decir: «¡Se muere! ¡Y le dejan morir solo, como a un perro!».

Pidió su berlina y se dirigió a El Pardo sin consultarlo, pero una vez allí tuvo que quedarse en la antecámara junto a la reina, a quien Sagasta hacía compañía en tan difíciles horas.

Entre las cuatro y las siete de la madrugada, el rey tuvo un alarmante ataque de disnea, que hizo que el duque de Sesto abandonara a toda prisa la habitación para ir a buscar al cardenal Benavides, quien llegó a las ocho de la mañana para practicarle la extremaunción.

Los labios y la lengua ya adquirían el aviso del color púrpura, los ojos se hundían poco a poco y la cabeza se acomodaba en su pecho. El pelo, empapado cada vez más en sudor, se aplastaba contra en su frente, pálida y venosa. Alcañices creyó envejecer. Más de la mitad de su vida se la había dedicado a él… y con él sintió que se iba.

—¡Mis hijos! ¡Qué conflicto! —exclamó de pronto el rey, abriendo los ojos de un modo desorbitado.

Solo el duque de Sesto comprendió con horror lo que significaban aquellas palabras con las que se despidió, a sus veintiocho años de edad. Giró la cabeza en un golpe seco motivado por el último esfuerzo y se le cortó la respiración. La sala entera se quedó sin oxígeno. El doctor Camisón fue el primero en reaccionar. Le tomó el pulso.

—Su majestad el rey ha muerto. Que en paz descanse.

Sesto miró el reloj de la pared, marcaba las ocho y cincuenta y tres minutos. Con el labio tembloroso se acercó a la cama y se sentó a su lado.

—Adiós, señor. Adiós, amigo mío. —Alargó la mano y le bajó los párpados.

Cánovas se acercó y colocó una mano en el hombro de Alcañices.

—Hay que avisar a la reina.

Al entrar, María Cristina y doña Isabel permanecieron de pie, petrificadas ante la imagen. Sesto se levantó y volvió a su sitio inicial, junto a la pared.

—¡Alfonso! —La reina corrió hacia su marido y se deshizo en lágrimas. Su suegra no tardó en acompañarla—. Me gustaría… —Se volvió hacia los presentes, que la escucharon con asombro—. Exijo lavar yo misma el cadáver.

Miró fijamente a Cánovas, a quien culpaba de no haberle permitido estar junto al padre de sus hijas en sus últimas horas, y el político asintió. María Cristina encontró así su oportunidad de estar a solas con Alfonso antes de que su féretro fuera expuesto en el Salón de Columnas del Palacio Real para que los españoles pudieran despedirse de su rey. La reina no se separó del cadáver en toda la noche, ni a la mañana siguiente. Cánovas y los ministros la encontraron colocando flores en la caja mortuoria.

—Señora.

—Ahora no puedo, Antonio, estoy ocupada —respondió sin volverse.

—Señora, no tenéis más remedio que atender las cuestiones de Estado.

La reina volvió su rostro ojeroso hacia Cánovas y un puñado de ministros.

—¿Es que no se le va a conceder a una mujer despedirse de su marido como ella quiera? —Se levantó, indignada.

—Haría lo imposible porque así fuera, pero lo que no puedo es conceder a una reina que abandone el trono. A no ser que ella así lo quiera.

María Cristina contuvo una arcada y sonrió. Con paso firme y mirada al frente se alejó de su marido muerto y solo miró de soslayo a Cánovas cuando estuvo a su altura, sin detenerse. Los parlamentarios la siguieron cuando traspasó el umbral de la puerta. La reina se detuvo en la sala de audiencias.

—Bien, señora —comenzó el político—. Tras la muerte de su majestad el rey don Alfonso XII, en virtud de los artículos 67 y 72 de la Constitución os corresponde la regencia del reino, por lo que dimitiremos inmediatamente de nuestros cargos.

—Comprendo que deba seguirse ese protocolo, pero por el momento me gustaría que no hubiera ningún cambio hasta que pueda tomar una decisión con sosiego.

Se respetó su voluntad y así firmó su papel de reina regente «durante la menor edad del príncipe o princesa que deba legítimamente suceder en el trono a mi difunto esposo don Alfonso XII». No obstante, Cánovas dimitió de sus cargos y Sagasta fue nombrado presidente del Consejo, para satisfacción de la reina.

Los más cercanos a la realeza dieron fe del amor que María Cristina sentía hacia su marido, ya que se encargó hasta del más mínimo detalle en aquellos días de luto de Estado, desde el cortejo fúnebre hasta que los restos del monarca fueran depositados en el pudridero del Panteón de Reyes de El Escorial. Allí María Cristina se separó definitivamente de Alfonso. Y no solo de su cuerpo.

El 12 de diciembre, a las diez de la mañana, se celebró el funeral de Estado en la iglesia de San Francisco el Grande. Las solemnes notas del *Libera me Domine*, de Asenjo Barbieri, llenaban los altos techos del templo, y el pueblo de Madrid, desde el catedrático hasta el funcionario de la administración que había sido invitado, honraba con su recogimiento la memoria de un rey que los había dejado antes de tiempo, víctima de una enfermedad que también había segado la vida de muchos de sus familiares. La pieza había sido compuesta veinte años atrás para cantar las glorias de Miguel de Cervantes, pero la grandeza del contenido de su melodía, su sencilla y sentida piedad, parecía haber sido concebida precisamente para dar forma al sentimiento de pérdida que vagaba entre los asistentes.

La reina se colocó en un lugar destacado, cerca del presbiterio, sentada de forma transversal entre los asistentes y el arzobispo de Madrid-Alcalá. «Cuando vengas a juzgar al mundo por medio del fuego…», entonaba Gayarre. Y ella sentía que el mensaje se adentraba en sus entrañas… Ubicada así podía ser el reo al que el juez del altar mayor va a sentenciar a la vista del pueblo.

Aquellas tres mil miradas de hombres vestidos de frac y mujeres de negro resultaban intimidatorias, pero a la salida del templo serían llanamente el preludio de lo que la esperaba: republicanos e isabelinos se habían encargado de difamar su nombre alegando que no sería una reina adecuada para España porque apenas tenía cualidades de institutriz.

Miró a su alrededor. Seis capillas se distribuían a lo largo de la nave, y en cada una de ellas se habían dispuesto imponentes cortinas negras de terciopelo con franjas de oro, y en su centro, la corona real y las siglas del fallecido monarca bordadas en oro. «Líbérame, Señor, de la muerte eterna en el día de la ira…», continuaba Gayarre. En una almohada de terciopelo negro, sobre la cabecera de los dos metros de túmulo real, descansaban inmutables las insignias de la monarquía, mientras las velas en sus candelabros, a sus pies, se tambaleaban. Volvió su mirada a Alfonso. Y aquellos que se fijaron en ella en aquel momento fueron testigos de cómo algo la invadía hasta provocarle una expresión que no consiguieron descifrar. La sensación de que, por fin, tenía poder.

27

Quince. María Cristina sonrió al imaginarse la expresión de los españoles, semejante a la de *El señor del biombo* de El Greco. Estarán pensando: ¿sería niña de nuevo? ¿O un niño traería la estabilidad al país, debilitando las pretensiones del, aún deseado por muchos, carlismo y de un republicanismo que todavía soñaba con nuevas ofensivas revolucionarias?

Dieciséis. Desde que llegó a España, por primera vez esas lágrimas significaban paz. Había vencido. Había remodelado el palacio instaurando un criterio cristiano y austero, sin libertinajes. Y aún le quedaba mucho por hacer, el destierro de aquel truhán de poca monta no había hecho más que empezar. Había puesto en marcha toda la maquinaria de sus contactos en la poderosa corte de Viena para matar cualquier esperanza carlista: Francisco José había mantenido audiencias con don Carlos para impedir cualquier ultraje al trono español y el archiduque Carlos había movido sus fichas, dados sus lazos sanguíneos con los carlistas. Asintió cuando la nodriza le preguntó si podía entrar el presidente del Consejo de Ministros.

Veintiuno. Sagasta, emocionado, tomó al niño en sus brazos y lo colocó sobre el cojín de terciopelo en bandeja de plata y salió a la antecámara para presentar a Alfonso XIII al Gobierno, a las altas jerarquías del Estado y a los jefes de palacio.

Con el nacimiento de su hijo había asegurado la Corona de España. Y, lo más importante: había conseguido asegurar a su hijo en la Corona de España. Elena sería el mascarón de proa de un barco hundido, cuyos rasgos se van desvaneciendo en el tiempo hasta desaparecer erosionados en la arena. Eliminaría las reseñas y los documentos que hablaran de ella. Hasta que el nombre de Elena Sanz significara la nada. A lo sumo, alguien la recordaría como lo que era: la barragana de un rey.

Un año había pasado desde la muerte de Alfonso. Y sus ojos verde oliva seguían siendo lo último que veía antes de acostarse y lo primero antes de amanecer. Pero Elena no se podía permitir abandonarse a ellos.

Preguntar si había llegado correspondencia eran sus «buenos días».

Al principio, una de las ahora solo dos personas de servicio que podía mantener en su apartamento de París le daban la totalidad de las cartas que hubieran llegado, pero, como la cantante volvía a dejarlas todas tal y como estaban después de comprobar el remitente, entendían lo que en realidad significaba la pregunta: «¿Hay correspondencia?». Y, día tras día, la respuesta era no.

Fue a buscar la última carta que había recibido de Alfonso antes de morir, interesándose por los niños. Pobre Prudencio. Tenía que haber cobrado un sueldo aparte. ¿Dónde estaría? ¿Habría recibido orden expresa de no escribirle? ¿Ni siquiera para informarle de qué estaba sucediendo con la guita que había dejado de llegarle y de la que dependían ella y sus hijos?

A veces su cerebro se convertía en su mejor rival para angustiarla con que todo había sido una farsa. Que nunca le habían importado realmente ni ella ni sus hijos. Que ella había sido el desahogo de una vida predestinada, en la que él era el máximo representante del país para los españoles, que no veían los hilos en los brazos y en las piernas que movían desde arriba los que de verdad dirigían la función.

Ella sabía dónde se metía, nadie la había engañado. Pero él nunca se había parado a pensar qué era lo mejor para ella. Y, si lo había hecho, no había pesado lo suficiente en la balanza.

Siempre la segunda. Y a veces, incluso la tercera o la cuarta. Se revolvió el pelo con rabia. Lo que resultaba innegable era que se trataba siempre de aquella a la que esconder. «Esa tripa», había dicho señalando su embarazo cuando le habló de seguir cantando. «Esa tripa» que iba a delatar su relación. Una relación que había sido una mentira desde el primer momento en que hubo que ocultarla. Ni siquiera se había preocupado de dejar la situación arreglada para sus hijos antes de su muerte.

¿Una marioneta, Alfonso? ¿Eso acababa de pensar? ¿Y ella qué había sido? A ella directamente la habían empujado hacia él, utilizando los escenarios como señuelo. Tampoco culpaba a nadie, su vida en ellos era la única real que había tenido. Y tampoco se había resistido, pensó que la recompensa le valdría.

Había sido tan feliz a su lado. El único momento en que no le importaba el escenario, porque cualquiera era bueno si estaba con él. Aquel abrazo, aquella protección que, de algún modo, siempre había buscado en ella, aquella expresión de paz y devoción que se dibujaba en él al mirarla, como si nunca necesitara un reloj. Ya se encargaría alguno de dar la hora para que él pronunciara aquella maldita frase: «Tengo que irme».

A veces pensaba que ya únicamente se mantenía en vida por sus hijos. Le hubiera gustado decirle tantas cosas antes de su muerte… Aunque solo fuera «te quiero». Aunque solo fuera «adiós».

Aquella mañana de octubre de 1886 había amanecido de un gris perla que las nubes iban poco a poco envolviendo como si de una concha se tratase. Elena decidió salir a desayunar pronto, antes de que le cayese un chaparrón encima.

Se vistió con un traje gris estampado con flores negras, se colocó un sombrero a juego e indicó que no tardaría en regresar para estar con los niños y ayudar a Jorge con sus estudios, que ya tenía once años. Caminó hasta el restaurante Baby y se sentó en la barra. Saludó al camarero.

—Lo de siempre.

—Con dos de azúcar en el café, Renard.

El camarero sonrió cómplice a la voz que hablaba a espaldas de la diva. Esta se tomó su tiempo en volverse.

—¡Señor duque!

Alcañices cerró el periódico francés y lo apoyó encima de la mesa sin dejar de mirarla. Se levantó y tomó su mano enfundada en un guante blanco para llevársela a unos milímetros de su boca.

—Señora.

—Pero ¿qué hace usted aquí? —preguntó Elena con entusiasmo.

—Acudir a una cita. Cada sábado, a las nueve, uno de los pocos caprichos permitidos de la semana: café y un sencillo cruasán en soledad.

—Así que se ha informado de mi rutina.

—Cuando se es una de las cantantes de ópera más importantes del mundo es difícil pasar desapercibida.

La diva sonrió y bajó la mirada. Hacía meses que había perdido la arrogancia ante los cumplidos.

—Si me permite, la acompañaré con otro café. Yo también me doy algún capricho de vez en cuando: tengo la intención de secuestrarla esta mañana para dar un paseo.

—*Enchantée.*

Recurrieron a lugares comunes en lo que duró el desayuno, y después cogieron una berlina hasta el pont Neuf. Las nubes habían pintado ya su día sombrío.

Alcañices le indicó al cochero la hora a la que debía regresar a buscarlos, asegurando su puntualidad con una justa propina. Ofreció el brazo a Elena y comenzaron a caminar.

—¿Sabe que este puente se construyó hace dos siglos? Era el lugar preferido de tragafuegos y músicos. «El pont Neuf era una feria perpetua», escribió Lacroix, «pero en la actualidad es solo un puente para cruzar sin detenerse». Y eso es lo que haré en cuanto nos despidamos.

—No lo entiendo —confesó Elena, divertida.

—Lo entenderá.

La gravedad en el tono de Sesto hizo que cambiara de tema.

—¿Qué tal la vida en la corte madrileña?

—Sufriendo la pérdida.

—Sí, también se encargan de que unos la suframos más que otros —pensó en voz alta la cantante. Alcañices guardó silencio—. Me gustaría pedirle un favor.

—Dígame.

—Mi hermana no goza de buena salud. Lleva varios días enferma. ¿Podría visitarla e indicarme cómo está? No me fío de lo que ella me cuenta, creo que le quita importancia para no alarmarme.

—Por supuesto. Si no es muy indiscreto, ¿por qué no va usted misma a verla?

—No tengo medios… —Elena comenzó a frotarse las manos con nerviosismo—. ¿Por qué ha venido a verme?

—Puede contármelo todo. Sepa que en los últimos días de vida de don Alfonso yo estuve a su lado tanto como lo debió estar usted.

La cantante se apoyó en una de las dos farolas que cercaban uno de los miradores semicirculares del puente, y se adentró en él. Apoyó las manos en el muro.

—No fui a su funeral, yo no formaba parte de ese mundo oficial. Yo pertenecí al que no figura, y es lo que están consiguiendo. Hace meses que no recibo nada de la asignación que me daba Alfonso. He intentado ponerme en contacto con algunas personas de confianza de la Casa, pero nunca hay respuesta.

—Elena, yo la ayudaría, pero me temo que estamos en la misma situación. No solo en usted tiene puestos sus ojos nuestra reina María Cristina.

La Niña de Leganés asintió y optó por no preguntar.

—Supongo que solo nos queda la resignación.

—A mí sí, usted todavía puede maniobrar. He estado al tanto de su situación todo este tiempo, y contacté con una persona que se mostró dispuesta a colaborar en lo que sea necesario para ayudar a su «nuera ante Dios».

—¿De verdad? —Elena juntó las manos y lo miró sin ocultar su alegría. Según fue relajando su cara, sus ojos se clavaban con más intensidad en los de Sesto—. Ya le hice una vez esta pregunta y no me respondió… ¿Por qué? Es como si de algún modo siempre estuviera usted detrás de mí, como si fuera mi ángel de la guarda.

—Ella era igual que usted. —Elena sintió que veía otra cara a través de la suya—. Solo que no tuvo oportunidad de serlo. —La diva se llevó la mano a la boca. El duque se la cogió y se la llevó a los labios para besarla. Cerró los párpados, la cantante notó que el guante se humedecía—. Siempre quise ver en sus ojos lo que he conseguido ver en los de usted. Ahora sé que puedo descansar.

La berlina llegó. Alcañices ayudó a subirse a una cantante sin voz.

—Adiós, Elena. —Cerró la puerta y le hizo un gesto con la cabeza al cochero para que se pusiera en marcha.

Elena descorrió la cortina del cristal trasero y le buscó entre la gente. Pero Sesto caminaba ya en dirección contraria por un puente que cruzaría sin detenerse.

—Adiós. Papá.

Alcañices era ya una sombra entre la niebla.

Cerró las cortinas.

—Fernando, tienes que estar calladito, como Alfonso, a ver cuándo me haces caso y tomas ejemplo de tu hermano mayor. ¿Se lo prometes a mamá?

El niño asintió y Elena les colocó bien a los dos el cuello del abrigo.

Llamó a la puerta y una persona del servicio los acompañó hasta el salón del palacio de Castilla. Isabel II abrió la puerta y dio a la cantante un fuerte abrazo.

—¡Elenita! —Se separó y la miró de arriba abajo—. ¡Pero qué estupenda estás! ¿Y estos dos pequeños *gentlemen*? ¡Pero qué mayores están ya! ¿Qué edad tienen?

Fernando se aferró a la falda de su madre, algo intimidado.

—Niños, responded.

—Yo tengo seis y él cinco —dijo Alfonso, armándose de valor.

—Majestad —añadió su madre.

—Majestad —sonrió el niño.

Su abuela lo miró significativamente y le acarició la nuca.

—Pasad.

El salón estaba dividido en dos ambientes, separados por dos tresillos que se daban la espalda: uno tenía enfrente una chimenea sobre la que descansaba un espejo hasta el techo, y en cuya repisa reinaba un reloj de bronce con guarnición de dos candelabros. En el otro lado, sobre una mesa estilo rococó, había tal cantidad de fotografías empujándose por falta de espacio que parecía que fueran a caerse de un momento a otro. La cantante sintió un nudo en el estómago al ver las ruedas en las patas de las sillas, que la catapultaron a los felices días en Riofrío.

La anfitriona había preparado unas láminas de colores y unos dulces para que los niños se entretuvieran mientras ellas hablaban, y le indicó a la cantante que se sentaran en el ambiente que daba a la chimenea.

—Anda, hija, que tenga que venir Pepe a contarme todo esto... —Isabel II habló en voz baja para que los niños no escucharan—. ¿Ellos saben algo?

—No, aún son muy pequeños.

—¿Tienes para sobrevivir?

—Sí, señora. —La diva tragó para matar su orgullo—. Pero por poco tiempo.

—Escúchame atentamente. Tendrás que ponerte en contacto con Nicolás Salmerón, él será tu abogado. No te preocupes, que me consta que no te pondrá ningún impedimento.

—Pero, señora... Si lo mandasteis a prisión por sus ideas políticas cuando erais reina... ¡Y fue presidente de la República antes de Castelar!

—Por eso mismo, querida. —Isabel II emitió una risita y la miró con tierna condescendencia—. Es un momento complicado para la Corona, con la regencia de María Cristina. Lo peor que puede pasar es un escándalo, y además politizado. Es la baza que encontrarían los republicanos para hacer tambalear el trono de la reina.

—¿Qué baza?

—¿Acaso no es obvio? Le propondrás a Salmerón que le haga saber al señor Abella, el intendente de la Casa, tu intención de publicar las cartas que te envió mi hijo. Ya verás cómo no tarda en responder.

—Pero majestad... Esas cartas son íntimas y...

—Elena. Te las pedirá a cambio de una cuantiosa suma de dinero. Ya sé que es duro, pero no te queda más remedio que jugar fuerte si no quieres verte en la calle.

La cantante miró a sus hijos que, tumbados sobre la alfombra, se distraían coloreando unas plantillas con lápices de colores.

Si algo le habían dejado a la reina Isabel los años pasados en el trono era olfato político. Aquel marzo de 1886 se firmó un convenio por el que la cantante Elena Sanz entregó a la Casa Real todas las cartas firmadas por el rey Alfonso de Borbón, a cambio de doscientas cincuenta mil pesetas, ochenta y cinco mil más de lo que percibía por parte de su regio amante. Pero ahí no terminaba el «trueque»: incluso se creó un fondo de quinientas treinta mil pesetas en el banco francés Comptoir D'Escomptes para que dispusieran de él los hijos del rey en cuanto alcanzaran la mayoría de edad, a los veintitrés años.

El repartidor de la edición vespertina ya dudaba si poner en alerta a algún gacetillero. El rostro de aquel hombre era apenas imperceptible: el sombrero encajado hasta las orejas y la barbilla inclinada dentro del cuello de su abrigo. La negrura de su atuendo se confundía con la de la noche, y solo el vaho que producía su respiración le hacía visible, al igual que las farolas hacían constar la presencia de las quietas aguas del Estanque Grande del Retiro. Quería pasar desapercibido prescindiendo de aquellas famosas mangas de su levita, pero su caminar reflexivo no daba lugar a equívoco. Todos los días, al anochecer, Cánovas no faltaba a su cita con aquella balsa caudalosa que Felipe IV ordenó construir para hacer simulacros de batallas navales, en las que él mismo participaba. Pero el malagueño era ajeno a toda realidad; parecía pasear por el real sitio casualmente. Y quizá él quería transmitir que así era, por si alguna mente pensante como la del repartidor se entretenía en confabular.

Era el turno de Sagasta en el poder, y aquella segunda línea, otrora preparación de posterior afianzamiento, le dejaba expuesto a la melancolía. A la melancolía del triunfador.

Estaba considerado un inestimable jugador de ajedrez, paciente, con más interés en observar el movimiento del adversario que en avanzar, para qué comerse al alfil si la ofensa impediría un jaque mate final. Comenzaba a cansarse de su mente.

Necesitaba albergar en su alma un sentimiento parecido al que sintió en una ocasión cuando un bebé cogió su dedo y enrolló inconscientemente su mano. Necesitaba volver a encontrar esa música. Y pensó en la única persona cuya su mera presencia se la había dado. Paradójicamente, la única que había estado a su mismo nivel intelectual. Necesitaba hablar con ella.

Únicamente el banco y Cánovas formaban parte del andén de la estación de Biarritz. A los lados, metros de acera se desplegaban en una quietud incólume tan solo trastocada por las apariciones momentáneas del guardagujas para comprobar el estado de las vías. La gélida humedad del Cantábrico se había adentrado en él y no conseguía entrar en calor. Ni siquiera mediante aquel té caliente en el hotel Du Palais, señorial refugio de la realeza que hacía parada en la ciudad francesa.

Pobre Sofía, la imaginó identificándose para comprar su billete en la taquilla de la estación de Madrid para regresar a París. Con qué dura resignación un orgullo como el suyo había tenido que despojarse del título de duquesa de Sesto. La reina lo había hecho bien, la humillación al matrimonio había sido lenta y constante, como implacables gotas en su nuca. Primero, destituir al duque del cargo de mayordomo mayor y jefe de palacio y poner en su lugar al duque de Medina Sidonia, nada más morir don Alfonso. Apartarlo sin más hubiera provocado toda clase de habladurías, por lo que le concedió el cometido de ser mayordomo mayor de sus hijas. Pero la venganza no quedó ahí, no solo se encargó de que el presupuesto que el rey había reservado para su amigo como compensación por su labor se le retirara de inmediato, sino que le despojó de su título más querido. Una maniobra muy efectiva con una persona como Sesto, para quien su señorío estaba por delante de cualquier defensa, incluso de su propia vida. Cuando el jefe de administración de palacio le había preguntado por las partidas de dinero, se limitó a contestar: «Mañana vendrá mi administrador con los bienes de mi hijuela».

Sabía que, a pesar de que desde hacía tiempo el matrimonio llevaba vidas separadas, Sofía se había preocupado de redactar un testamento en el que dejaba a su marido no solo las joyas, regalos, muebles o cuadros, sino también una buena parte de su fortuna invertida en acciones, entre otras en ferrocarriles. Era tan generosa y señora como obstinada y rencorosa. Entendía que no le hubieran sentado bien los encuentros que había tenido con la duquesa de la Torre después de la fiesta en el palacio de los duques de Bailén… A veces la situación lo arrastra a uno a hacer ciertas cosas aun siendo consciente de que no las está decidiendo él. Y se había dejado llevar hasta donde no debió. Pero ¿cómo podía pensar ella que otra estaba ocupando su lugar? Rio sarcásticamente y negó con la cabeza. Tan infranqueable y tan frágil e insegura a la vez. El cerebro de una mujer nunca dejaría de asombrarlo.

Sonó el silbato que anunciaba la llegada del tren. Se quedó sentado y desperezó las piernas hacia adelante. ¿Se bajaría? Una temeridad con aquel frío.

Se abrieron las puertas. A Cánovas se le aceleró el pulso. Antaño, las llegadas de la rusa a cualquier estación eran esperadas con expectación. Se corría la voz e incluso los viajeros iniciaban una conversación o fumaban un cigarrillo para disimular mientras aguardaban. Jaulas de loros y canarios eran sacadas del compartimento para que tomaran el aire, perros corrían por el andén vigilados por el servicio, y las criadas bajaban entre dos un baúl para comprobar que los sombreros de la señora estaban en perfecto estado, entre otras tareas rutinarias.

Nada ni nadie salía. El reloj marcó las doce de la noche. Cánovas hizo el amago de levantarse. ¿Qué aspecto tendría? Sus últimos viajes eran un banquete para los románticos de la capital; habían llegado a decir que se la había visto sola en el Orient Express camino de Constantinopla.

—Pero, señora, ¿cómo va a salir con este frío?

—Los españoles… —respondió la aludida con sorna— no sobreviviríais ni a una primavera rusa. Este tiempo no me pide ni un sorbito de vodka para entrar en calor.

—Sí, señora. —La doncella disimuló una sonrisa y volvió a introducirse en el vagón.

Supo que le había visto, aunque no fijó los ojos en él. Rondaría los cincuenta años, pero mantenía la misma mirada dulce e insolente de cuando la conoció. Descendió los escalones con naturalidad, envuelta en un abrigo de paño oscuro. Se colocó bien el sombrero y con la cabeza ligeramente elevada de más comenzó a caminar sin prisa y sin variar el ritmo, con la mirada siempre al frente. Al llegar a su banco la situación no varió. El político hizo el amago de levantarse para detenerla, pero algo le retuvo. Sofía, sin modificar el gesto, continuó su paseo hasta llegar al otro extremo del tren, subió los tres escalones del vagón y, sin volverse a mirar, entró. Cánovas la contempló a través de las ventanas mientras se dirigía hacia su compartimento. Al cabo de unos minutos, las puertas se cerraron y el silbato anunció que el tren continuaba su trayecto hacia París.

Telón

No era viento, eran navajas que rebotaban en las estrechas calles de Londres hasta clavarse en su pecho. Elena cubrió su barbilla con el pelo de zorro que sobresalía de las solapas de su abrigo. Hacía dos semanas que había ido a recogerlo y aún sentía en su nuca los chismorreos de las modistillas del peletero. Qué ironía. Parecía que aquel asunto de Estado se hubiera convertido en un folletín. «¿Será el abrigo también gentileza del difunto rey de España?».

Todavía había quien creía que el que la había llevado a la ruina la había sacado de ella. Cómo podrían imaginar que era obra de su propia mujer. La misma que había comprado su silencio por setecientas mil pesetas como si ella, que había hecho estallar en ovaciones teatros desde San Petersburgo a Nápoles, de Londres a Budapest, fuera una vulgar prostituta a la que se paga y se olvida. Porque eso era en lo que se había convertido —en una meretriz— en el mismo momento en que estampó su rúbrica en el documento que la obligaba a admitir que aquel por el que había renunciado a su vida ni siquiera había formado parte de ella.

Llamó al timbre del número 2 de Upper Wimpole St. Siempre había sentido un instintivo desdén hacia esa parte de la capital británica, Marylebone, atestada de hospitales y consultas de especialistas, con sus frías salas de espera que en nada evocaban el espíritu de los románticos paisajes de Constable que colgaban en alguna de sus paredes.

—Señora, ¿cómo tiene ese abrigo en la mano con el frío que hace? Caerá enferma.

—¿Qué abrigo? —Se dio cuenta de que, inconscientemente, se lo había quitado en un arrebato. Se lo dio—. Quédeselo. Prefiero llevar dignidad encima.

—¿Cómo dice?

Despidió a un confundido portero y subió a la consulta del doctor Conan Doyle. Se sentó en un chester de cuero. Miró a su alrededor. Ni rastro de Constable. Tan solo un mapa que reproducía la ruta seguida por Livingstone en busca de las fuentes del Nilo, medio torcido, en la pared. Sobre la mesa, un ejemplar del *Beeton's Christmas Annual*.

—¿Señora Sanz?

Lo primero que le llamó la atención fue su modo de clavarle la mirada. Una mirada inquisitiva, casi ansiosa, sorprendente hasta que uno se acordaba de que era el gesto instintivo de un oftalmólogo, del mismo modo que un zapatero se fija primero en una horma inadecuada. Y su voz. Tampoco podía pasar desapercibida para una cantante como ella la nota forzada en aquella voz que a duras penas lograba encubrir la inseguridad de una infancia dura. Elena tenía motivos para identificarla.

—Por favor —la invitó a pasar.

Supo que aquel doctor escocés no se llevaría su mano enguantada a los labios. Entró en la sala de exploraciones.

Ninguna mención a su carrera artística. Doyle examinó su irritación ocular a través de la lámpara durante unos minutos. Después, le indicó que pasaran a su despacho. Cogió un papel de su escritorio y empezó a escribir el diagnóstico de Elena.

—Los dos escondemos un secreto, doctor.

—¿Perdone? —Sus ojos reflejaban la molestia de un trabajo interrumpido.

—Usted sabe que además de ser su paciente soy cantante, al igual que yo sé que usted además de médico es escritor.

—¡No me diga! —Doyle se recostó en su sillón a la espera.

—Esas manchas de tinta en sus dedos, ese desproporcionado número de plumas sobre su escritorio… ¿qué me dice de esa montaña de papeles que parecen todo menos informes médicos? ¿Las pruebas de imprenta del siguiente caso de Sherlock Holmes?

—Demasiado elemental, querida Elena.

—Sí, a Watson no se le hubiera escapado ese ejemplar de *Beeton's Christmas Annual*, donde se ha publicado una novela… ¿Está siendo una novela de éxito *Estudio en escarlata*?

—Debe de serlo cuando la favorita de Donizetti se baja del proscenio para saludar al más anónimo de sus espectadores. Permítame que no entienda cómo la musa del mismo zar de Rusia ha terminado empleando su talento en aliviar la penuria de los pobres en conciertos benéficos.

—¿Me ha seguido para utilizarme como argumento para su próxima novela, doctor?

—No, pero algo me dice que usted no ha venido solo a consultarme por una leve conjuntivitis. —Conan Doyle inclinó los codos hacia adelante con una media sonrisa cómplice en los labios, quizá era una mueca.

—De alguna manera, el arte de los médicos sufre la misma maldición que el de los cantantes, ya que la obra de ambos está condenada a desaparecer. Su arte, con su muerte. El mío, con el silencio. Sin embargo, como escritor, usted sí que podría alcanzar la eternidad…. Con mi ayuda.

—Soy todo oídos, señora Sanz.

—He venido hoy a proponerle un trato. Yo le contaré la historia de unas cartas. Unas cartas que pusieron en jaque a la Corona de España. La historia de un amor imposible entre un rey y una cantante de oscuro y no menos digno pasado. Usted tendrá el argumento que le falta y al mismo tiempo quizá pueda vengar la crueldad de los que me han condenado al olvido, de manera que la historia de su injusticia perdure en la memoria de toda Europa.

Doyle sacó una pipa de su cajón y comenzó a prepararla, gesto de confianza que Elena recibió como una invitación a que prosiguiera.

—Solo una sugerencia, la acción no se desarrollará en suelo español.

—¿Por qué no en un principado en Europa Central? Algo así como… ¿*Escándalo en Bohemia*?

—Usted es el escritor, señor Doyle. Yo solo soy una tonadillera. Y se acerca el silencio.

—No. Usted es la mujer. Y así la describiré. —Doyle se volvió a recostar en su sillón y cogió distraídamente los papeles médicos. ¿Por qué yo, señora Sanz, y no los tribunales?

—Los tribunales borrarán mi nombre. Pero la historia del amor de mi vida, con un poco de ayuda por su parte, no quedará borrada. Usted la perpetuará con su pluma. Puede incluso que dentro de un siglo alguien vuelva a escribirla con un título diferente al de *Escándalo en Bohemia*. El título cambiará pero la historia será la misma. ¿Y sabe por qué? —dijo Elena.

—¿Por qué?

—Porque el amor tiene vida propia. Y contra él nada puede la muerte. Ni el tiempo. Ni el silencio.

Nota de la autora

La época de la Restauración me parece uno de los periodos más interesantes que ha vivido nuestro país por la alta visión política de los artífices que tejieron el curso de la Historia, a veces formando una telaraña en la que difícilmente se pudieron separar los intereses de Estado de las ambiciones personales.

Todos los personajes de la novela son reales y me he ceñido escrupulosamente a los hechos —salvo escasas licencias que no influyen en el devenir de la Historia—, porque la realidad es tan intrigante de por sí que precisamente ficción no necesita. Sí me gustaría aclarar que hay dos hipótesis en la que creen algunos historiadores por las que yo he apostado, ya que me parecen tan verosímiles como convincentes según el desarrollo de los acontecimientos: que Elena Sanz fuera hija ilegítima del duque de Sesto, y que Alfonso XII barajara la posibilidad de casarse con ella.

Para saber más

BARRIOS, Manuel, *El gran amor prohibido de Alfonso XII*, Temas de Hoy, Madrid, 1998.

CIERVA, Ricardo de la, *La otra vida de Alfonso XII*, Fénix, Toledo, 1994.

CORTÉS CAVANILLAS, J., *Alfonso XII, el rey romántico*, Ediciones Aspas, Madrid, 1943.

HERNÁNDEZ GIRBAL, F., *Adelina Patti, la reina del canto*, Liria, Madrid, 1979.

MATEOS, Ricardo, *La reina María Cristina*, La Esfera de los Libros, Madrid, 2007.

PÉREZ GALDÓS, Benito, *Cánovas*, Historia 16, Madrid, 1996.

SAGRERA, Ana de, *Una rusa en España*, Espasa Calpe, Madrid, 1990.

ZAVALA, José María, *Bastardos y Borbones*, Plaza y Janés, Barcelona, 2011.

Índice